KB266261

브루클린

BROOKLYN
by COLM TÓIBÍN

브루클린

COLM TÓIBÍN

콜럼 토빈 장편소설
오숙은 옮김

Brooklyn

다신
책방

피터 스트라우스에게

차례

아일리시 레이시는 프라이어리가에 있는 집, 2층 거실 창가에 앉아 있었다. 활기찬 걸음으로 직장에서 돌아오는 로즈 언니가 보였다. 햇빛 비치는 양지에서 음지를 향해 거리를 건너는 로즈는 더블린 클러리스 백화점에서 세일할 때 산 새 가죽 핸드백을 든 채 어깨에는 크림색 카디건을 걸치고 있었다. 로즈의 골프 클럽 가방은 현관에 있었다. 몇 분 후 누군가 데리러 오면 로즈는 외출했다가 여름밤이 깊어진 후에나 돌아올 것이다.

아일리시가 듣는 부기簿記 강좌는 거의 끝나 가고 있었다. 그녀의 무릎 위에는 회계 입문서가 있었고, 뒤쪽 탁자에는 지난주 직업학교 수업에서 받아 적은 어느 회사의 일상적인 거래 내역을 차변과 대변으로 나누어 기입한 과제용 원장이 놓여 있었다.

현관문이 열리는 소리를 듣자마자 아일리시는 아래층으로 내려갔다. 손거울을 든 로즈가 현관에 서 있었다. 손거울에 얼굴을 가까이 대고서 립스틱을 바르고 눈 화장을 하더니, 커다란 거울로 전체 매무새를 비춰 보면서 머리를 매만졌다. 로즈가 입술을 축이고 다시 한번 얼굴을 살핀 뒤 손거울을 집어넣는 모습을 아일리시는 말없이 지켜보았다.

부엌에 있던 어머니가 현관으로 나왔다.

"예쁘다, 로즈. 골프 클럽에서 우리 로즈가 제일 예쁠 거야."

"배고파 죽겠는데 먹을 시간이 없네요." 로즈가 말했다.

"나중에 먹을 특별한 식사를 차려 주마. 아일리시랑 나는 지금 먹을 거란다."

로즈는 핸드백에서 지갑을 꺼내어 현관 탁자에 1실링짜리 동전을 놓고 아일리시에게 말했다. "영화 보고 싶을 때 써."

"내 건 없니?" 어머니가 물었다.

"아일리시가 보고 와서 줄거리를 말씀드릴 거예요." 로즈가 대답했다.

"말은 참 잘도 한다!" 어머니가 투덜거렸다.

세 사람이 웃고 있는데 현관문 밖에서 차가 멈추고 경적이 울렸다. 로즈는 골프 클럽 가방을 들고 나갔다.

나중에 어머니가 설거지하고 아일리시가 그릇의 물기를 닦을 때, 다시 현관문을 두드리는 소리가 들렸다. 아일리시가 나가 보니, 성당 옆 미스 켈리가 운영하는 식료품점에서 일하는 소녀였다.

"미스 켈리의 심부름으로 왔어요. 언니를 만나고 싶어 하세요."

"미스 켈리가? 무슨 일 때문에 그러시지?" 아일리시가 물었다.

"몰라요. 그냥 오늘 밤에 들러 달래요."

"그런데 왜 날 보자고 하신 거지?"

"모른다니까요. 여쭤보지 않았어요. 가서 여쭤보고 올까요?"

"아니, 괜찮아. 근데 분명 나한테 심부름 온 거 맞니?"

"네. 언니더러 오라고 했어요."

어차피 영화관에는 다른 날 저녁에 갈 생각이었고, 회계원장 정리도 지긋지긋하던 참이라, 아일리시는 옷을 갈아입고 카디건을 걸친 뒤 집을 나섰다. 프라이어리가와 래프터가를 지나 마켓 스퀘어로 접어든 뒤 다시 성당 쪽 오르막길을 올라갔다. 미스 켈리의 가게 문은 닫혀 있었으므로,

아일리시는 미스 켈리가 사는 2층으로 연결된 옆문을 두드렸다. 아까 집에 왔던 소녀가 문을 열더니 현관에서 기다리라고 했다.

위층에서 말소리와 누군가 마루 위를 돌아다니는 소리가 들렸고, 이윽고 소녀가 내려와서 미스 켈리가 곧 올 거라고 말했다.

아일리시는 미스 켈리의 얼굴을 알고는 있었다. 어머니는 물건이 너무 비싸다며 그 식료품점에 다니지 않았다. 그리고 무슨 이유인지는 몰라도 어머니는 미스 켈리를 좋아하지 않는 눈치였다. 미스 켈리가 이 시내에서 제일 좋은 햄과 크림 버터를 팔고, 크림을 포함한 상품들이 신선하다는 소문은 들었지만, 아일리시는 지나다가 계산대에 있는 미스 켈리를 힐끔 본 적이 있을 뿐, 가게 안에 들어가 본 적은 없었다.

미스 켈리가 천천히 계단을 내려와 현관에 나오더니 전등을 켰다.

"그래." 그 여자는 마치 그게 인사말이라도 되는 듯 그 말을 반복했다. 웃음기는 없었다.

아일리시는 자기를 찾는다기에 왔다고 설명하고, 이런 시간에 찾아와도 되는지 공손하게 물을 생각이었다. 그러나 자기를 위아래로 훑어보는 미스 켈리의 눈길로 봐서는 아무 말도 하지 않는 게 나을 것 같았다. 미스 켈리의 그런 태도 때문에, 아일리시는 혹시 이 여자가 이 동네 누군가에게 감정 상한 일이 있었는데 사람을 착각한 게 아닌가 하는 생각이 들었다.

"그래, 왔구나." 미스 켈리가 말했다.

현관 탁자에 기대어 놓은 검은 우산 여러 개가 눈에 띄었다.

"듣자 하니 아가씨가 하는 일은 없지만 셈에 재능이 있다고 해서."

"정말요?"

"아, 어중이떠중이 할 것 없이 이 동네 사람들은 전부 우리 가게에 오니까 모든 소문이 내 귀에 들어 오지." 아일리시는 그 말이 다른 식료품점만 다니는 어머니를 비꼬는 말 같기도 했지만 확신할 수는 없었다. 미스 켈리의 두꺼운 안경 때문에 표정을 읽기가 힘들었다.

"우리는 일요일에도 어김없이 발이 닳도록 일한다. 물론 다른 가게는 다들 문을 닫지. 그래서 좋은 손님, 나쁜 손님, 무심한 손님, 별별 사람들이 다 찾아온다. 보통은 7시 미사를 다녀와서 가게 문을 여는데, 9시 미사가 끝난 때부터 11시 미사가 끝나고 한참 뒤까지 가게에 발 디딜 틈이 없어. 메리가 가게 일을 거들어 주긴 하지만 제 딴에는 아무리 잘해도 행동이 좀 느려서 말이야. 그래서 사람들과 좀 알고, 거스름돈을 제대로 내줄 야무진 사람을 찾고 있었다. 다시 말하지만, 일요일에만 일할 사람을. 주중에는 우리끼리 할 수 있으니까. 마침 사람들이 널 추천하더구나. 그래서 여기저기 좀 알아봤다. 일주일에 7실링 6펜스다. 네 어머니한테 조금 도움이 되겠지.”

미스 켈리는 마치 자기가 모욕당한 일을 설명하는 듯, 중간중간 입술을 꽉 다물면서 말했다.

“내가 할 말은 끝났다. 일요일부터 시작해도 되지만, 내일 와서 가격을 외우도록 해. 저울과 슬라이서 사용법도 가르쳐 줄 테니. 머리는 뒤로 묶고 댄 볼저스나 버크 오리어리스 매장에서 괜찮은 작업 가운을 하나 사 입도록 하고.”

아일리시는 벌써부터 어머니와 로즈에게 전할 생각으로 이 대화를 새겨 두고 있었다. 그녀는 미스 켈리에게 건방져 보이지 않으면서도 뭔가 똑똑한 말을 건네고 싶었다. 그러나 아무 말도 찾지 못한 채 계속 입을 다물고 있었다.

“됐지?” 미스 켈리가 물었다.

아일리시는 그 제안을 거절할 수 없었다. 아무 일도 안 하는 것보다는 나을 테고, 무엇보다 지금 당장은 일거리가 없었다.

“네, 미스 켈리. 원하시는 때에 시작하겠습니다.”

"일요일에 7시 미사를 보면 될 거다. 우리도 그때 미사를 보고 와서 가게 문을 여니까."

"좋아요." 아일리시가 말했다.

"그럼 내일 오거라. 만약 내가 바쁘면 넌 다시 집에 갔다 오든가, 아니면 기다리면서 봉지에 설탕 담는 일을 해도 되니까. 내가 바쁘지 않으면 일을 속속들이 가르쳐 주마."

"감사합니다, 미스 켈리."

"네가 일을 하면 네 어머니도 기뻐하실 게다. 참, 그리고 네 언니……." 미스 켈리가 말했다. "골프를 아주 잘 친다더구나. 그럼 이제 착한 아가씨답게 집에 들어가거라. 배웅은 나가지 않으마."

미스 켈리는 몸을 돌려 천천히 계단을 오르기 시작했다. 집으로 가면서 아일리시는 돈벌이가 생겼다고 기뻐할 어머니 모습을 그려 보았다. 그러나 로즈는 동생이 식료품점 계산대에서 일하는 걸 탐탁지 않게 여길 것이다. 아일리시는 로즈가 그런 말을 솔직하게 내뱉을지 궁금했다.

도중에 가장 친한 친구 낸시 번의 집에 들렀더니, 또 다른 친구인 아네트 오브라이언이 와 있었다. 낸시네 집 아래층에는 부엌 겸 식당 겸 거실로 사용하는 방이 하나밖에 없었다. 분위기로 보아 낸시는 뭔가 비밀스레 전할 소식이 있고, 아네트는 이미 어느 정도 알고 있는 게 분명했다. 낸시는 세 친구끼리 은밀히 이야기할 생각인지 아일리시가 온 걸 핑계 삼아 산책을 나섰다.

"무슨 일 있어?" 거리에 나오자마자 아일리시가 물었다.

"저 집이 까마득히 멀어질 때까지는 아무 말도 하지 않을 거야." 낸시가 말했다. "엄마가 낌새를 챈 것 같은데 아직 아무 말도 안 했거든."

그들은 프라이어리 힐을 내려가 강 쪽으로 밀파크 길을 건넌 후 산책로를 따라 링우드 쪽으로 걸었다.

"조지 셰리든을 만났대." 아네트가 말했다.

"언제?" 아일리시가 물었다.

"일요일 밤 애서니엄 무도회에서." 낸시가 대답했다.

"무도회에 안 간 줄 알았는데."

"가지 않으려다가 간 거야."

"내내 조지와 춤췄대." 아네트가 말했다.

"아니야, 마지막 네 번만 췄어. 무도회가 끝난 뒤엔 조지가 집까지 바래다줬어. 사람들이 다 우릴 봤는데. 난 네가 몰랐다는 게 오히려 놀랍다, 얘."

"다시 만날 생각이야?" 아일리시가 물었다.

"모르겠어." 낸시는 한숨을 쉬었다. "그냥 길 가다 마주치는 사이로 끝날지도 몰라. 어제 그 애가 차 몰고 내 옆을 지나면서 경적을 울리더라. 그날 무도회에 다른 사람이, 그러니까 걔네와 비슷한 부류의 여자가 있었다면 그 여자랑 춤췄을 테지만 그런 여자는 없었거든. 조지는 짐 패럴과 같이 왔었어. 짐은 가만히 서서 우리를 보기만 했고."

"걔네 엄마가 이 사실을 알면 뭐라고 할지 모르겠네." 아네트가 끼어들었다. "정말 대단한 사람이거든. 난 그 가게에 조지가 없으면 들어가기도 싫더라. 전에 우리 엄마가 베이컨 두 조각을 사 오라고 시켰는데 그 아줌마가 두 조각씩은 안 판다지 뭐야."

그러자 아일리시는 일요일마다 미스 켈리의 가게에서 일하라는 제안을 받았다고 말했다.

"그 돈을 누구 코에 붙이냐고 물어보지 그랬어." 낸시가 말했다.

"하겠다고 했어. 손해 볼 건 없잖아. 그리고 직접 번 돈으로 같이 애서니엄에 가서 네가 이용당하는 걸 막아 줄 수도 있고."

"그런 거 아니야. 조지는 친절했어." 낸시가 말했다.

"다시 만날 생각이야?" 아일리시가 다시 물었다.

"일요일 밤에 나랑 같이 갈래?" 낸시가 아일리시에게 물었다. "물론 조지는 아예 안 올지도 모르지만, 아네트가 못 간다고 해서 말이야. 조지가 왔는데 나한테 춤을 청하지 않거나 아예 나를 거들떠보지도 않을 경우에 대비해서 날 도와줄 사람이 필요하거든."

"가게에서 일하고 나면 너무 피곤할지도 몰라."

"그래도 갈 거지?"

"거기 가 본 지가 까마득하다." 아일리시가 말했다. "거기 바글바글한 시골 애들도 싫지만 이 도시 애들은 더 재수 없어. 반쯤 취해서는 여자애들을 으슥한 탠야드 골목으로 데려갈 생각만 하잖아."

"조지는 그런 애 아냐." 낸시가 말했다.

"걘 너무 거드름 빼느라 탠야드 골목 근처에도 안 갈걸." 아네트가 거들었다.

"조지한테 앞으로 베이컨 두 조각씩 팔 생각은 없는지 물어봐야겠다." 아일리시가 말했다.

"개한테는 아무 말도 하지 마." 낸시가 말렸다. "너 정말 미스 켈리 가게에서 일할 거야? 베이컨 살 곳이 생겼네."

다음 이틀 동안 미스 켈리는 아일리시에게 그 가게의 모든 품목을 보여 주었다. 아일리시가 다양한 상표의 차와 여러 종류의 포장 크기를 적으려고 종이 한 장을 달랬더니, 미스 켈리는 그런 걸 받아 적는 건 시간 낭비라고 했다. 머리로 외우는 게 최고라는 것이었다. 담배, 버터, 차, 빵, 병우유, 포장된 비스킷, 조리된 햄, 소금에 절인 쇠고기 통조림이 일요일에 가장 많이 나가는 품목이었다. 그다음은 정어리나 연어 통조림, 귤과 배, 과일샐러드 통조림, 병에 든 닭고기와 햄 페이스트, 샌드위치 스프레드, 샐러드 크림이 뒤를 이었다. 미스 켈리는 아일리시에게 각각의 물건을 하나씩 견본으로 보여 주며 가격을 말했다. 아일리시가 그 가격들을 다 외웠다고 판단이 서면 그녀는 팩으로 포장된 생크림, 병에 든 레모네이드, 토마토, 양상추, 과일, 아이스크림 통 등 다른 품목으로 넘어갔다.

"꼭 일요일에 가게에 오는 사람들이 있지, 주중에 사지 않고 꼭 주말에 찾아. 하지만 어쩌겠어?" 미스 켈리는 비누, 샴푸, 화장지, 치약 등을 나열하면서 못마땅하다는 듯 입술을 비죽거리고는 가격을 불러 주었다.

많지는 않지만, 일요일에 설탕이나 소금, 심지어 후추를 사 가는 사람들도 있다고 그녀는 덧붙였다. 골든 시럽이나 베이킹소다, 밀가루를 찾는 사람들도 있지만 그런 품목은 대부분 토요일이면 다 팔려 나갔다.

초코바나 토피, 셔벗이나 젤리를 찾는 아이들과 가치담배랑 성냥을 찾는 남자들은 항상 있는데, 그런 손님은 메리가 알아서 할 거라고 미스 켈리는 말했다. 메리는 많은 주문을 받거나 가격을 기억하는 데는 소질이 없어서, 가게가 붐빌 때는 도움보다 방해가 될 때가 많다며 그녀는 투덜거렸다.

"아무 이유 없이 멍하니 사람들을 바라보는 걸 도무지 고칠 수가 없어. 심지어 몇몇 단골한테도 그런다니까."

아일리시가 보기에는 구색을 잘 갖춘 가게였다. 다양한 상표의 차와 아주 비싼 차까지 있었는데, 그 모든 물건이 프라이어리가에 있는 헤이스의 식료품점이나 마켓 스퀘어에 있는 셰리든의 가게, 그리고 래프터가에 있는 L&N보다 비쌌다.

"설탕 담는 법이랑 빵 포장하는 법을 배워 두도록 해." 미스 켈리가 말했다. "사실 그건 메리가 잘하는 일 중 하나지만. 주님, 그 아이를 도우소서."

아일리시는 그날 그렇게 일을 배우면서, 미스 켈리가 가게에 들어온 손님들에게 제각기 다른 말투를 쓴다는 걸 알았다. 때로 미스 켈리는 아무 말도 하지 않고 입을 꾹 다문 채 그 손님이 자기 가게에 있는 게 매우 못마땅하니 빨리 나가 주기를 바란다는 듯한 자세로 계산대에 서 있었다. 어떤 손님들에게는 성의 없는 미소만 지으며 싫어도 꾹 참는다는 식으로 그들을 뜯어보다가, 막대한 호의라도 베푸는 듯 돈을 받았다. 반면에 미스 켈리가 친한 척 이름을 부르며 따뜻하게 인사하는 손님들도 있었다. 그런 손님들은 대개 외상 거래를 하는 사람들이어서 현금은 오가지 않았다.

대신 장부에는 거래 금액과 함께 건강에 관한 안부, 날씨에 관한 담소, 햄과 베이컨의 품질이나 한 번에 구워 내는 식빵부터 오리고기 빵, 건포도 빵까지 진열된 온갖 빵에 관한 품평이 기록되었다.

"이 아가씨한테 일을 가르치는 중이랍니다." 미스 켈리가 여느 손님보다 중요하게 여기는 것 같은 한 손님에게 말했다. 갓 파마를 한 그 손님은 아일리시가 처음 보는 여자였다.

"이렇게 애써 가르치는 만큼, 이 아가씨가 일을 알아서 척척 해 줬으면 좋겠어요. 메리는 열의는 있지만, 주님, 그 불쌍한 아이를 축복하소서. 확실히 쓸모가 없어요. 아니, 쓸모없는 정도가 아니지요. 전 이 아가씨가 민첩하고 영리하고 믿을 만했으면 싶어요. 하지만 요즘은 정을 주나 돈을 주나 그런 사람 구하기가 어렵죠."

아일리시는 메리가 금전 등록기 곁에 불편하게 서서 대화를 가만히 듣고 있는 것을 쳐다보았다.

"하지만 주님께서는 각양각색의 인간들을 만드셨으니까요." 미스 켈리가 말했다.

"네, 그 말씀이 맞아요, 미스 켈리." 파마한 여자가 그물 가방에 식료품을 가득 넣으면서 말했다. "불평해도 소용없는 짓이죠, 안 그래요? 확실히 길거리를 청소하는 사람들도 필요한 것 아니겠어요?"

토요일에 아일리시는 어머니에게 돈을 빌려 댄 볼저스 옷 가게에서 짙은 녹색 작업 가운을 샀다. 그날 밤 그녀는 어머니에게 자명종을 맞춰 달라고 부탁했다. 아침 6시까지 는 일어나야 했다.

나이 차이가 가장 적은 잭이 그 위의 두 오빠를 따라 버 밍엄으로 떠났기 때문에, 아일리시는 오빠들이 쓰던 방으 로 옮겨 와 지내고 있었다. 그래서 로즈는 방을 혼자 쓰고 있었는데, 어머니는 매일 아침 로즈의 방을 공들여 정리하 고 청소했다. 어머니가 받는 연금 액수가 얼마 되지 않아, 이들의 살림은 데이비스 제분소 사무실에서 일하는 로즈 에게 의지했다. 생활비 대부분을 로즈가 받는 급여로 충당 했다. 부족한 부분은 잉글랜드에 간 오빠들이 이따금 부치 는 돈으로 메꿨다. 1년에 두 번 로즈는 세일 기간에 맞춰 더블린에 갔다. 1월에는 새 외투를 포함한 옷가지를, 8월에 는 새 드레스와 카디건과 스커트, 블라우스를 꼬박꼬박 사 들고 왔다. 로즈는 대개 유행을 타지 않을 만한 옷들을 골 랐고, 그 옷들을 옷장에 넣어 두었다가 이듬해에 꺼내 입곤 했다. 로즈의 친구는 대부분 기혼 여성이었다. 장성한 아 이를 둔 나이 많은 여자들이 있는가 하면 은행에서 일하는 남편의 부인들로, 여름날 저녁에 골프를 치거나 주말에 넷이 한 조를 이뤄 골프를 칠 여유가 있는 사람들이었다.

서른 살인 로즈는 아일리시가 보기에 해마다 더 멋있어졌고, 남자 친구가 몇 명 있었지만 여전히 독신이었다. 로즈는 종종 유아차를 밀고 길거리를 다니는 옛 학교 친구들보다 자기 삶이 훨씬 낫다고 말하곤 했다. 아일리시는 자신의 외모를 잘 가꾸고 이 동네와 골프 클럽에서 어울리는 사람들을 깊이 배려하는 로즈가 자랑스러웠다. 로즈가 자신에게 사무직 일자리를 구해 주려고 무척 애를 썼고, 지금 자기가 배우는 부기와 초급 회계 책값을 대주고 있다는 사실을 아일리시는 알고 있었다. 하지만 자격증이야 어떻든 적어도 지금 에니스코시에 일자리가 전혀 없다는 점 또한 잘 알고 있었다.

아일리시는 미스 켈리가 일거리를 제안했다는 사실을 로즈에게 말하지 않았다. 대신 일을 배우는 동안 세세한 것들을 기억해 뒀다가 어머니한테 얘기했다. 어머니는 소리 내어 웃었고 어느 대목은 다시 이야기해 달라고 했다.

"미스 켈리는 제 엄마만큼이나 못됐구나. 그 가게에서 일했던 사람한테 들었는데 그 엄마가 악의 화신이었다지. 결혼 전에는 로시 집안의 하녀에 불과했으면서 말이다. 켈리의 가게는 옛날에 식료품점과 같이 하숙집도 했거든. 그 여자 가게에서 일하는 사람한테는, 아니, 심지어 그 하숙집에 살거나 그 가게와 거래하는 사람들한테도 그 여자는 악의 화신이었을 거야. 물론 돈이 많은 사람이나 성직자한테는 아니었겠지만.”

“일거리가 생길 때까지만 거기서 일할 생각이에요.”

“로즈에게도 그렇게 일러두었단다.” 어머니가 대꾸했다. “혹시 로즈가 너한테 뭐라고 하더라도 귀담아듣지 말렴.”

그러나 로즈는 아일리시가 미스 켈리의 가게에서 일하게 된 것에 대해서는 아무 말도 하지 않았다. 대신에 몇 번 입지도 않았던 연노란색 카디건을, 자기보다 아일리시에게 더 어울린다며 주었다. 그리고 자기가 쓰던 립스틱도 주었다. 로즈는 토요일이면 저녁 늦게까지 들어오지 않았으므로 일찍 잠자리에 든 아일리시를 보지 못했다. 그날 밤 낸시와 아네트는 영화를 보러 간다고 했지만, 아일리시는 미스 켈리의 가게에서 일하는 첫 일요일을 상쾌하게 맞고 싶었다.

오래전에 딱 한 번, 아침 7시 미사에 나간 적이 있었다. 아버지가 살아 계시고 오빠들이 아직 집에서 살던 시절의 크리스마스 아침이었다. 다른 식구들이 자고 있을 때 아일리시는 어머니와 함께 선물들을 2층 거실 크리스마스트리 밑에 놔두고서 살금살금 집을 나섰다가, 가족들이 막 일어나 선물 포장을 풀기 시작했을 때 집에 돌아갔던 기억이 났다. 그때의 어둠과 추위, 그리고 고즈넉한 시내의 아름다움이 아련히 떠올랐다. 이제 6시 40분을 알리는 벨 소리가 울린 직후, 작업 가운이 든 쇼핑백을 들고 머리를 뒤로 넘겨 한데 묶고서 집을 나선 아일리시는 시간이 넉넉하다고 확신하면서 성당으로 향했다.

오래전 그 크리스마스 아침, 성당 중앙 통로 쪽 자리는 거의 다 차 있었다. 오전을 부엌에서 바삐 보내야 할 여자들은 미사가 빨리 시작되기를 바랐다. 그러나 지금 그곳에는 아무도 없다시피 했다. 두리번거리며 미스 켈리를 찾던 아일리시는 성찬식 때에야 비로소 그녀를 발견했는데, 알고 보니 미스 켈리는 내내 건너편에 앉아 있었다. 아일리시는 미스 켈리가 두 손을 맞잡고 눈을 내리깔고서 중앙 통로를 걸어가는 모습과 검은색 만틸라*를 쓰고 그 뒤를 따르는 메리의 모습을 지켜보았다. 아일리시처럼 두 사람 다 아침을 걸렀을 터였다. 아일리시는 그들이 언제 아침을 먹을지 궁금했다.

미사가 끝난 후, 아일리시는 미스 켈리를 성당 마당에

◆ Mantilla. 스페인, 이탈리아 등지에서 여성들이 의례적으로 머리에 쓰는 베일이나 스카프.

서 기다리지 않기로 했다. 대신 사람들이 신문 꾸러미를 푸는 신문 가판대 주위를 서성거리다가 식료품점 앞에서 미스 켈리를 기다렸다. 미스 켈리는 인사를 하거나 웃지도 않고 부루퉁하니 옆문으로 향하면서, 아일리시와 메리에게 바깥에서 기다리라고 했다. 미스 켈리가 가게 문을 열고 불을 켜는 사이, 메리는 가게 뒤로 가서 계산대 쪽으로 빵을 나르기 시작했다. 아일리시는 그것들이 어제 남은 빵임을 알았다. 일요일에 배달되는 빵은 없었다. 미스 켈리가 죽은 파리들이 빈틈없이 달라붙은 오래된 끈끈이를 떼어 내고, 길고 끈끈한 노란색 종이띠를 새로 꺼내 메리에게 건네며 매대 위 천장에 붙이라고 시키는 광경을 아일리시는 가만히 서서 지켜보았다.

"파리를 좋아하는 사람은 없어. 특히 일요일에는." 미스 켈리가 말했다.

곧 손님 두세 명이 담배를 사러 가게에 왔다. 아일리시는 벌써 작업 가운을 입고 있었지만 미스 켈리는 메리에게 손님을 응대하게 했다. 손님들이 나가자 미스 켈리는 메리에게 위층에 가서 찻주전자를 준비하라고 일렀다. 메리는 직접 신문 가판대에 차를 배달했다. 눈치를 보니 차를 주는 대신 《선데이 프레스》 한 부를 공짜로 얻는 것 같았는데, 미스 켈리는 그 신문을 접어 한쪽에 놓아두었다. 아일리시는 미스 켈리와 메리, 두 사람 다 아무것도 먹거나 마시지 않는 것을 깨달았다. 미스 켈리는 아일리시를 뒷방으로 안내했다.

미스 켈리가 탁자를 가리키며 말했다. "거기 있는 그 빵이 가장 신선한 거야. 어제저녁에 멀리 스태퍼드의 빵집에서 배달 온 건데, 특별한 손님들에게만 파는 거다. 그러니 무슨 일이 있어도 그 빵은 건드리지 마라. 대부분의 사람에겐 다른 빵도 먹을 만하니까. 그리고 토마토는 없다고 해. 저기 있는 토마토는 내가 정확히 지시하지 않는 한 누구한테도 팔면 안 돼."

9시 미사가 끝난 후 첫 번째 손님 무리가 들이닥쳤다. 담배와 사탕을 사러 온 사람들은 메리에게 가야 한다는 걸 아는 모양이었다. 미스 켈리는 뒤쪽에 멀찍이 서서, 가게 문과 아일리시를 번갈아 지켜보았다. 그녀는 아일리시가 적은 가격들을 일일이 확인하고, 아일리시가 기억하지 못하는 가격을 큰 소리로 일러 주었고, 아일리시가 계산을 다 마치면 다시 직접 가격을 적고 셈했으며, 아일리시가 손님에게 받은 돈을 보여 준 다음에야 거스름돈을 내주게 했다. 그러는 와중에도 특정 손님들에게는 친근하게 이름을 불러 가며 인사했고, 앞쪽으로 오라고 몸짓하고는 아일리시에게 하던 일을 중단하고 그들을 맞게 했다.

"어머, 프렌더개스트 부인. 여기 새로 온 아가씨가 부인을 봐 드리고, 짐은 메리가 차까지 옮겨 드릴 거예요."

"이것부터 먼저 끝내야 해요." 아일리시가 말했다. 몇 개 품목만 더하면 주문이 또 하나 마무리될 참이었다.

"아, 그건 메리가 할 거다." 미스 켈리가 말했다.

이때쯤 계산대에는 다섯 명이 서 있었다. "내가 다음입니다." 미스 켈리가 더 많은 빵을 가지고 계산대로 돌아오자 한 남자가 소리쳤다.

"지금은 아주 바쁘니까 차례를 기다려 주세요."

"다음 차례는 나란 말입니다. 그런데 나보다 저 여자 주문을 먼저 받았잖습니까." 남자가 말했다.

"그래서 필요하신 게 뭐죠?"

남자는 식료품 목록을 손에 들고 있었다.

"아일리시가 봐드릴 거예요. 하지만 여기 머피 부인 먼저 봐 드린 후예요." 미스 켈리가 대답했다.

"내가 그 여자보다 먼저 왔단 말입니다." 남자가 말했다.

"오해가 있으신 것 같군요." 미스 켈리가 말했다. "아일리시, 어서 서둘러라. 이 손님께서 기다리시잖니. 하루 종일 기다리면 누가 좋아하겠니, 그러니 머피 부인 다음은 이 손님이다. 아까 차 값은 얼마로 계산했지?"

1시 무렵까지는 그렇게 지나갔다. 쉴 짬도 없었고 먹거나 마신 것도 없어서 아일리시는 배가 고팠다. 자기 차례에 물건을 산 손님은 아무도 없었다. 미스 켈리는 아일리시를 보고 반갑게 인사한 로즈의 친구 두 명을 비롯해 몇몇 손님들에게는 신선하고 탐스러운 토마토가 있다고 귀띔했다.

아일리시가 그 손님들과 아는 사이라고 짐작했는지 미스 켈리는 직접 토마토 무게를 달았지만, 다른 손님에게는 오늘은 토마토가 아예 없다고 잘라 말했다. 그녀가 좋아하는 손님들에게는 보란 듯이, 자랑스럽게 신선한 빵을 내놓았다. 아일리시가 보기에 문제는 미스 켈리의 가게만큼 구색을 갖추고서 일요일 오전에 문을 여는 가게가 시내에 없다는 것이었다. 게다가 사람들은 그냥 습관적으로 이 가게에 오고, 기다리는 것도 마다하지 않을뿐더러 혼잡하고 북적거리는 걸 즐기는 것 같았다.

그날 저녁 집에서 저녁을 먹을 때였다. 아일리시는 로즈가 먼저 얘기를 꺼내지 않는 한, 미스 켈리네 가게에서 일한다는 사실을 말하지 않기로 했지만, 혼자만 알고 있을 수가 없어서 자리에 앉자마자 아침에 있었던 일을 이야기하기 시작했다.

"나도 한 번 그 가게에 간 적 있어." 로즈가 말했다. "미사 끝나고 집에 오다 들렀는데, 나보다 메리 델러헌트 주문을 먼저 받잖아. 그래서 돌아서서 나왔어. 그리고 가게에서 무슨 냄새가 나던데, 그게 무슨 냄샌지 모르겠어. 참, 그 여자한테 어린 노예가 하나 있지? 수녀원에서 데려온 아이래."

"그 여자 아버지는 괜찮은 사람이었는데." 어머니도 끼어들었다. "하지만 그 여자도 불운했어. 말했지만 그 엄마가 악의 화신이었으니까. 옛날에 그 집 하녀 하나가 끓는 물에 데었는데 병원도 못 가게 했다지 뭐냐. 게다가 그 엄마는 넬리가 걸음마를 할 때부터 집에서 일을 시켰어. 넬리는 햇빛을 보지 못하고 살았으니, 성격이 그 모양인 게 당연하지."

"넬리 켈리요? 그게 진짜 그 여자 이름이에요?" 로즈가 물었다.

"학교에선 다른 이름으로 불렀지."

"뭐였는데요?"

"다들 네틀스✦ 켈리라고 불렀어. 수녀님들도 우리를 말리지 못했지. 난 지금도 넬리가 또렷이 기억나. 나보다 한두 학년 아래였거든. 여자애들 대여섯 명이 항상 머시 수녀원에서부터 넬리를 따라가면서 '네틀스' 하고 부르며 놀리

✦ Nettles. 영어로 쐐기풀이라는 뜻.

곤 했지. 그러니 그렇게 괴팍해진 것도 무리는 아니야."

로즈와 아일리시가 그 말을 곱씹는 동안 침묵이 흘렀다.

"웃어야 할지 울어야 할지 난감했겠네요." 로즈가 말했다.

식사가 계속되는 동안 아일리시는 미스 켈리의 목소리를 흉내 내면 로즈와 어머니를 웃길 수 있다는 걸 알았다. 이 집에서 잭을 기억하는 사람은 자기 혼자가 아닐까 하는 생각이 들었다. 막내 오빠 잭은 일요일 설교를 하는 신부님이나 라디오 스포츠 해설자, 학교 선생님이나 동네 여러 사람을 흉내 내 가족 모두를 웃기곤 했었다. 잭이 형들을 따라 버밍엄으로 떠난 뒤 그들이 이 식탁에서 웃은 게 이번이 처음이라는 사실을 어머니와 언니가 깨달았는지는 알 수 없었다. 아일리시는 잭 오빠 이야기를 하고 싶었지만, 그러면 어머니가 너무 슬퍼할 터였다. 잭에게서 편지가 왔을 때에도 말없이 서로 돌려 읽기만 했다. 그래서 아일리시는 계속 미스 켈리 흉내를 냈고, 누군가 함께 골프를 치러 가자고 로즈를 찾아왔을 때에야 비로소 멈췄고, 어머니와 둘이 남아 식탁을 치우고 설거지를 했다.

그날 밤 9시에 아일리시는 낸시 번을 찾아갔지만, 외모에 충분히 신경 쓰지 않은 게 마음에 걸렸다. 머리를 감고 여름 드레스를 입기는 했어도 왠지 초라해 보이는 것 같았다. 만약 낸시가 조지 셰리든과 두 번 이상 춤을 춘다면 혼자 집으로 돌아올 생각이었다. 집을 나서기 전 로즈와 마주치지 않은 게 다행이었다. 로즈가 봤으면 여러모로 더 근사해 보이도록 머리에 뭔가를 하고 화장도 좀 하라고 시켰을 게 분명했다.

"그럼, 그렇게 하는 거다." 낸시가 말했다. "조지 셰리든을 쳐다보지도 않기로 말이야. 걔는 그 럭비 클럽 떼거리와 같이 올지도 모르고, 어쩌면 아예 안 올지도 몰라. 그 떼거리는 일요일 밤에 코트타운 호텔에 자주 가거든. 그럼 우린 얘기만 하다 나오는 거야. 난 다른 누구하고도 춤추지 않을 거야. 혹시 걔가 들어와서 보면 어떡해. 만약 우리한테 다가와 춤을 추자는 사람이 있으면, 그냥 자리에서 일어나 화장실에 가는 거야."

낸시는 지난 일요일에 조지 셰리든과 춤을 췄다는 소식을 마침내 알게 된 여동생과 어머니의 도움으로, 외모에 엄청난 공을 들인 게 틀림없었다. 전날에 머리까지 새로 하고 아일리시가 딱 한 번 본 적 있는 파란 드레스를 입고 있었다. 지금은 어머니와 동생이 들락날락하면서 충고하고 평가하고 칭찬하는 가운데 화장실 거울 앞에서 화장하는 중이었다.

그들은 말없이 프라이어리가에서 처치가로 걸어갔고,

캐슬가로 접어들어 애서니엄 건물로 들어선 후 무도장으로 가는 계단을 올랐다. 몹시 긴장한 낸시를 보고도 아일리시는 놀라지 않았다. 낸시의 전 남자 친구가 바로 이 무도장에 다른 여자를 데리고 나타나 낸시를 크게 실망시킨 것이 1년 전이었다. 그날 밤 그는 낸시가 앉아서 지켜보는 줄도 모른 채 내내 그 여자와 같이 있었다. 그는 잉글랜드로 떠났다가, 잠시 돌아와서는 그날 밤 같이 있던 여자와 결혼했다. 낸시가 이토록 긴장한 것은 조지 셰리든이 잘생기고 차를 갖고 있어서만이 아니라 그가 마켓 스퀘어에서 번창하는 가게를 운영하기 때문이었다. 어머니가 죽으면 조지가 통째로 물려받을 사업이었다. 아일리시는 낸시와 함께 특별히 누구를 찾는 건 아니라는 듯 홀을 둘러보면서, 버틀스 발리페드 베이컨 가게에서 계산대 일을 보는 낸시에게 조지 셰리든과 사귀는 건 깨고 싶지 않은 꿈일 거라고 짐작했다.

몇 쌍이 춤을 추고 있었고 문가에는 남자 몇 명이 서 있었다.

"저 애들은 우시장에 온 것처럼 보이네. 맙소사, 내가 싫어하는 머릿기름을 발랐어." 낸시가 말했다.

"쟤들 중 누구라도 다가오면 난 당장 일어설 테니까 넌 나랑 같이 외투 보관소에 가야 한다고 말해." 아일리시가 말했다.

"우리가 두꺼운 안경을 쓰고 뻐드렁니를 하고서 머리에 기름이 잔뜩 낀 채로 왔어야 하는 건데." 낸시가 말했다.

홀에 사람들이 들어서기 시작했지만 조지 셰리든의 모습은 어디에도 보이지 않았다. 남자들이 여자들에게 춤을 청하려고 홀을 건너올 때도, 낸시나 아일리시에게는 아무도 다가오지 않았다.

"우리 이러다 완전히 월플라워♦였다고 소문나겠다." 낸시가 말했다.

"너는 그보다 더 안 좋게 소문날걸." 아일리시가 말했다.

"천만에, 너야말로 그럴걸. 코트너커디 버스♦♦라고 불릴 거야." 낸시가 대꾸했다.

두 사람은 웃음을 멈추고 다시 홀을 둘러보다가도, 둘 중 한 명이 킥킥거리기 시작하면 다른 한 명도 따라서 웃음을 터뜨리곤 했다.

"누가 보면 우리 미친 줄 알겠다." 아일리시가 말했다.

그런데 옆에 있던 낸시가 갑자기 진지해졌다. 무알코올 음료를 파는 바 쪽을 돌아보니, 조지 셰리든과 짐 패럴이

♦ Wallflower. 무도회에서 파트너가 없어 벽에 외롭게 기대어 선 사람을 뜻하는 말.
♦♦ Courtnacuddy Bus. 아일랜드의 작은 마을 코트너커디와 소설의 배경이 되는 에니스코시를 잇는 버스. 여기서는 아일리시의 차림새가 시골뜨기처럼 촌스럽다는 뜻으로 사용됐다.

럭비 클럽 친구들과 함께 왔는데 젊은 여자 여럿이 같이 있었다. 짐 패럴의 아버지는 래프터가에서 선술집을 하고 있었다.

"올 것이 왔어." 낸시가 속삭였다. "나 집에 갈래."

"기다려, 그러지 마. 이번 곡이 끝난 후 화장실에 가서 어떡할지 얘기해 보자."

그들은 곡이 끝나기를 기다렸다가 텅 빈 플로어를 가로질렀다. 아일리시는 조지 셰리든이 봤으리라고 짐작했다. 화장실에서 아일리시는 낸시에게 아무것도 하지 말고 그냥 기다리다가, 다음 춤이 한창 무르익었을 때 홀에 돌아가자고 말했다. 계획한 대로 홀로 돌아가던 중, 아까 조지와 친구들이 있던 쪽을 힐끗 돌아보던 아일리시는 조지와 눈이 마주쳤다. 앉을 자리를 찾는 사이 낸시의 얼굴은 붉게 얼룩졌다. 수녀님에게 교실 문밖에 나가 서 있으라는 꾸중을 들은 학생 같았다. 그들은 춤이 계속되는 동안 말없이 자리에 앉아 있었다. 아일리시는 머릿속에 떠오르는 말들이 전부 우스꽝스럽게 느껴져서 아무 말도 하지 않았지만, 누군가 조금이라도 주의 깊게 그들의 모습을 본다면 둘 다 딱해 보이리라는 걸 알고 있었다. 만약 이번 곡이 끝난 후 낸시가 집에 가자는 눈짓을 주면 바로 나가야겠다고 아일리시는 마음먹었다. 사실 진작부터 밖으로 나가고 싶은 마음이 간절했다. 훗날 이 일을 떠올리며 웃을 때가 오리라는 걸 아일리시는 알았다.

그런데 그 곡이 끝날 때쯤 조지가 홀을 가로질러 오더니 음악이 시작되기도 전에 낸시에게 춤을 청했다. 그는 아일리시에게도 미소로 인사를 보냈고 그사이 낸시가 일어나서 그에게 웃음으로 답했다. 춤을 시작하면서 조지가 편안하게 떠들자, 낸시는 명랑하게 보이려고 애쓰는 것 같았다. 계속 지켜보면 낸시가 불편할까 봐 아일리시는 눈길을 돌렸고, 자기에게 춤을 청해 오는 사람이 없기를 바라면서 바닥을 내려다보았다. 이번 곡이 끝나고 조지가 또 한 번 낸시에게 춤을 청하면, 그때 살그머니 혼자 집으로 돌아가는 편이 나았다.

그러나 조지와 낸시가 다가와 레모네이드를 마시러 바에 간다면서 조지는 아일리시에게도 한잔 사고 싶다고 했다. 아일리시는 일어나서 그들과 함께 홀을 가로질렀다. 짐 패럴이 조지의 자리를 잡아 둔 채 바에 서 있었다. 아일리시가 이름을 아는 친구 한두 명과 얼굴만 아는 친구들이 그 근처에 있었다. 세 사람이 다가가자 짐 패럴은 몸을 돌려 한쪽 팔꿈치로 바를 짚었다. 그는 고개를 끄덕이거나 말을 하지는 않았고 낸시와 아일리시를 위아래로 훑어보더니 자리를 비켜 주며 조지에게 뭔가 말했다.

다시 음악이 시작되자 그들의 친구 몇몇이 플로어로 나 갔지만 짐 패럴은 가만히 있었다. 낸시와 아일리시에게 레 모네이드가 가득 든 잔을 건네면서 조지가 정식으로 그 둘 을 소개했지만, 짐 패럴은 퉁명스레 고개를 끄덕일 뿐 악수 를 청하지는 않았다. 조지는 당황한 듯 음료수를 홀짝거리 고 서 있었다. 그가 낸시에게 뭔가 말을 했고 낸시가 대답 했다. 그런 다음 조지는 다시 음료수를 마셨다. 아일리시는 조지가 어떻게 나올지 궁금했다. 그의 친구가 낸시나 아일 리시를 좋아하지 않으며 말을 섞을 의사가 없다는 건 분명 했다. 아일리시는 이런 식으로 바에 끌려오지 않았으면 좋 았을걸 하는 생각이 들었다. 그녀는 음료수를 조금 마시고 주변을 둘러보았다. 힐끗 눈길을 돌렸을 때, 짐 패럴은 싸 늘하게 낸시를 살피고 있었다. 아일리시가 자기를 보는 걸 눈치챘는지 짐 패럴은 몸을 돌려 아일리시를 쳐다보았지 만, 그 얼굴엔 표정이 없었다. 그는 값비싼 스포츠 재킷과 셔츠를 입고 크라바트♦를 매고 있었다.

조지는 바에 잔을 내려놓고 낸시에게 춤을 청했다. 그는 짐에게도 똑같이 하라는 몸짓을 보였다. 낸시는 조지에게 미소를 지었고 다시 아일리시와 짐에게도 미소를 짓더니,

---

♦　Cravat. 넥타이처럼 목에 매는 스카프.

잔을 내려놓고 조지와 함께 플로어로 나섰다. 낸시는 편안하고 행복해 보였다. 아일리시가 둘러보니, 바에는 이제 그녀와 짐 패럴 두 사람밖에 없었고, 홀의 숙녀석에는 자리가 없었다. 다시 숙녀석으로 가거나 집으로 가지 않는 한 꼼짝도 할 수 없는 처지였다. 한순간 짐 패럴이 춤을 청하려고 앞으로 나서는 것 같았다. 선택의 여지가 없다고 생각한 아일리시는 받아들일 준비를 했다. 조지의 친구에게 무례하게 굴고 싶지는 않았다. 막 응하려는 순간, 짐 패럴은 다시 생각해 보겠다는 듯 뒤로 물러서더니 아일리시를 무시한 채 오만한 태도로 홀을 둘러보았다. 그는 아일리시에게 다시는 눈길을 주지 않았다. 곡이 끝나자 아일리시는 낸시에게 먼저 갈 테니 나중에 보자고 조용히 말했다. 아일리시는 조지와 악수를 하고 피곤하다는 핑계를 대며, 최대한 품위 있게 홀에서 나왔다.

이튿날 저녁, 차 마시는 시간에 아일리시는 어머니와 로즈에게 그 일을 이야기했다. 처음에 그들은 낸시가 두 번 연속으로 일요일 밤에 조지 셰리든과 춤을 췄다는 소식에 관심을 보이더니, 아일리시가 짐 패럴의 무례함을 이야기하자 훨씬 더 격앙된 반응을 보였다.

"다시는 애서니엄 근처에도 가지 마." 로즈가 말했다.

"네 아빠가 그 애 아빠를 잘 알았는데." 어머니가 말했다. "오래전이었지. 경마장에도 몇 번 같이 가곤 했어. 아빠는 가끔 패럴의 선술집에서 술도 마셨어. 아주 깔끔하니 괜찮은 술집이야. 그 애 엄마도 아주 괜찮은 여자고. 글렌브리언 시골 출신인데 결혼 전 성이 더건이었지. 그 애가 그런 행동을 하는 건 분명 럭비 클럽 때문일 거다. 외동아들이 그렇게 못됐다면 부모 마음이 미어질 테다."

"소문에는 애가 아주 괜찮다던데. 보기에도 그렇고." 로즈가 말했다.

"뭐, 어쨌든 어젯밤엔 기분이 안 좋았나 보지." 아일리시가 말했다. "내가 할 말은 그것뿐이야. 아마 조지가 낸시보다 더 근사한 여자랑 사귀어야 한다고 생각하는지도 모르지."

"그건 절대 변명이 될 수 없다." 어머니가 잘라 말했다. "낸시 번은 이 소도시에서 가장 예쁜 아이야. 낸시랑 사귄다면 조지야말로 정말 행운아지."

"그 남자애 엄마도 그렇게 생각할지 모르겠네." 로즈가 말했다.

"이 도시의 가게 주인들, 특히 물건을 싸게 들여와서 비싸게 파는 주인들은 다들 몇 미터짜리 매대 뒤에서 하루 종일 손님을 기다리는 신세라고. 그러면서 왜들 그렇게 자기를 대단하게 여기는지 모르겠구나." 어머니가 투덜거렸다.

일요일에 일하는 대가로 겨우 주급 7실링 6펜스를 주면서도, 미스 켈리는 걸핏하면 메리를 보내 아일리시를 불러내곤 했다. 한번은 가게를 열어 둔 채 미용실에 간다고 아일리시를 불렀고 한번은 선반에 있던 통조림들을 죄다 꺼내 먼지를 떤 후 제자리에 넣어 놓으라고 불렀다. 그때마다 미스 켈리는 아일리시에게 2실링을 주고 몇 시간씩 붙잡아 두면서 틈날 때마다 메리에 관해 불평했다. 그러고는 아일리시가 퇴근할 때는 한눈에 봐도 맛이 간 빵 한 덩이를 어머니에게 드리라며 내주었다.

"그 여자는 우리를 가난뱅이로 아나 보다." 어머니가 말했다. "곰팡내 나는 빵을 뭐에 쓰라고? 로즈가 펄펄 뛸 거야. 다음에 또 부르면 가지 마라. 바쁘다고 둘러대."

"하지만 안 바쁘잖아요."

"적당한 일자리가 나타나겠지. 내가 매일 기도하는 게 바로 그건데."

어머니는 딱딱해진 빵으로 빵가루를 만들어 돼지고기 속에 채워 넣고 구웠다. 그 빵가루가 어디서 났는지 로즈에게는 말하지 않았다.

어느 날 점심때였다. 그날 로즈는 1시에 집에 들렀다가

1시 45분에 사무실로 돌아갔는데, 전날 저녁에 함께 골프를 쳤다는 신부에 관해 이야기했다. 이름은 플러드였으며, 아버지와는 오래전부터 아는 사이였고 어렸을 적 어머니도 안다는 것이었다. 그는 휴가를 맞아 미국에서 왔으며, 전쟁이 끝난 후 첫 방문이라고 했다.

"플러드?" 어머니가 되물었다. "모나기어 근처에 플러드라는 성을 가진 사람이 한둘이어야 말이지. 하지만 그중에 사제가 된 사람은 없는 것 같은데. 하긴, 그 사람들이 뭐가 됐는지 알 길이 없지. 최근에는 플러드 가문 사람 중 누구도 본 적이 없어."

"머피 플러즈가 있어요." 아일리시가 말했다.

"성이 다르잖아." 어머니가 대답했다.

"어쨌든 신부님이 엄마를 한번 뵈었으면 하시기에 가볍게 저녁 식사를 하자고 초대했어요. 내일 오실 거예요."

"맙소사, 미국 신부님은 어떤 음식을 좋아하시려나? 조리된 햄을 사 둬야겠다." 어머니가 부산을 떨었다.

"미스 켈리네 가게에 최고급 햄을 팔아요." 아일리시가 웃으며 말했다.

"미스 켈리 가게에선 절대 뭘 사면 안 돼." 로즈가 대꾸했다. "플러드 신부님은 뭘 대접하든 다 잘 드실 거예요."

"토마토, 양상추에 햄이면 괜찮을까, 아니면 쇠고기 구이? 아니, 튀긴 걸 좋아하시려나?”

“아무거나 좋다니까요. 호밀빵과 버터만 넉넉히 준비하면 돼요.”

“식당에서 먹어야겠구나. 좋은 도자기 그릇을 꺼내야겠어. 연어가 조금 있으면 좋을 텐데. 신부님이 연어를 드실까?”

“신부님은 아주 좋으신 분이에요.” 로즈가 말했다. “엄마가 내드리는 거라면 뭐든 잘 드실 거예요.”

플러드 신부는 키가 컸고, 아일랜드 억양과 미국 억양이 반씩 섞인 말투를 썼다. 신부가 어떤 말을 해도 어머니는 옛날에 신부네 가족과 아는 사이였다는 걸 믿지 못했다. 신부는 자기 어머니 성이 로치포드였다고 했다.

“제가 아는 분은 아닌 것 같아요.” 어머니가 말했다. “우리가 아는 로치포드라고는 늙은 ‘도끼머리’ 영감뿐이었거든요.”

플러드 신부가 엄숙하게 어머니를 보았다. “도끼머리 영감이 제 삼촌이십니다.”

“그래요?” 어머니가 되물었다. 아일리시가 보아하니 어머니는 당황해서 웃음을 터뜨릴 것 같았다.

“물론 우리는 삼촌을 그렇게 부르지 않았죠. 삼촌의 본 명은 셰이머스였어요." 신부가 말했다.

"네, 아주 좋은 분이셨어요. 그분을 그렇게 부르다니 우리도 참 못됐었죠?"

로즈가 차를 새로 따르는 사이 아일리시는 조용히 자리에서 나왔다. 더 있다가는 터져 나오는 웃음을 참을 수 없을 것 같아서였다.

다시 자리로 돌아갔을 때, 신부는 아일리시가 미스 켈리의 가게에서 받는 형편없는 급여에 충격을 받은 듯했다. 신부는 아일리시가 어떤 조건과 능력을 갖추고 있는지 물었다.

"미국에는 아일리시 같은 사람이 괜찮은 보수를 받을 수 있는 일자리가 아주 많을 텐데요." 신부가 안타까워했다.

"아일리시는 잉글랜드에 가려고 했었죠." 어머니가 말했다. "하지만 얘 오빠들이 기다리라고 하더군요. 잉글랜드 사정이 별로 좋지 않아서 공장 일도 겨우 구할 수 있을지 모른다고요."

"제가 브루클린 교구에 있는데, 거기서라면 학력도 있고 정직하고 근면한 사람이 일할 만한 사무직이 있을 겁니다."

"하지만 너무 멀어요. 그게 문제군요." 어머니가 거절했다.

"브루클린의 일부 지역은 아일랜드와 아주 비슷해요. 아일랜드 사람들 천지죠." 플러드 신부가 대답했다.

신부는 다리를 꼰 채 도자기 잔에 담긴 차를 마시며 한 동안 아무 말이 없었다. 가라앉은 침묵은 가족들이 무슨 생각을 하는지 분명히 알려 주었다. 아일리시는 맞은편에 앉은 어머니를 보았다. 어머니는 일부러 아일리시의 눈길을 피하는지 바닥만 보고 있었다. 평소 같으면 손님이 왔을 때 대화를 이끌어 나가던 로즈도 아무 말이 없었다. 로즈는 반지를 빙글빙글 돌리더니 이어서 팔찌를 돌렸다.

"정말 좋은 기회가 될 겁니다, 특히 젊은 사람한테는." 마침내 플러드 신부가 입을 열었다.

"아주 위험할지도 몰라요." 어머니가 여전히 바닥에 시선을 고정한 채 말했다.

"제 교구는 그렇지 않습니다." 플러드 신부가 말했다. "좋은 사람들이 많아요. 교구 근처에 정말 많이들 살지요. 아일랜드 교구보다도 아일랜드 사람이 많죠. 그리고 일하려는 사람들을 위한 일자리도 있고요."

의사가 집에 찾아올 때면 어머니는 경외감에 위축되어 가만히 귀 기울이곤 했는데, 아일리시는 그때처럼 어린아이가 된 것만 같았다. 생소한 것은 로즈의 침묵이었다. 아일리시는 로즈가 아무 질문이나 한마디 말이라도 해 주기를 바라면서 바라보았지만, 로즈는 무슨 꿈이라도 꾸는 것 같았다. 가만히 지켜보던 아일리시는 문득 로즈가 어느 때보다도 아름다워 보였다. 그러다가 벌써부터 자기가 먼 곳에 있는 것처럼, 이 방을, 로즈를, 이 장면을 떠올리고 있다는 생각이 들었다. 자꾸만 길어지는 침묵 속에서, 자신의 미국행이 암묵적으로 예정되었음을 아일리시는 깨달았다. 로즈가 플러드 신부를 초대한 이유는 신부가 그 일을 진행시킬 수 있다고 판단했기 때문인 것 같았다.

어머니는 아일리시가 잉글랜드에 가는 걸 극구 반대했던 까닭에 이 새로운 깨달음은 아일리시에겐 충격으로 다가왔다. 만약 미스 켈리의 제안을 수락하지 않았다면, 그리고 매주 미스 켈리에게서 받은 굴욕을 떠들어 대지 않았다면, 식구들이 이렇게 일사천리로 미국행을 진행했을까 하는 의구심도 들었다. 그런 말을 한 것이 무척 후회스러웠다. 그런 말을 했던 건 로즈와 어머니를 웃기기 위해서, 함께하는 수많은 식사 시간을 더 밝게 만들기 위해서, 아버지가 돌아가시고 오빠들이 떠난 뒤 그 어느 때보다 화목하게 식사하기 위해서였다. 그러나 그녀가 미스 켈리의 가게에서 일하는 걸 가족들이 전혀 재미있어하지 않는다는 사실이 이제 분명해졌다. 브루클린의 교구를 자랑하던 플러드 신부가 화제를 바꾸어 그곳에서 아일리시에게 적당한 일자리를 찾아 줄 수 있을 거라고 말했을 때, 어머니와 로즈는 아무런 토를 달지 않았다.

그 후 며칠 동안은 플러드 신부의 방문이나 아일리시가 브루클린으로 갈 가능성을 아무도 입에 올리지 않았지만, 바로 그 침묵 때문에 아일리시는 로즈와 어머니가 그 일을 의논했고, 찬성하는 쪽으로 결론을 냈다고 믿었다. 아일리시는 미국에 간다는 생각을 단 한 번도 해 본 적이 없었다. 그녀가 아는 많은 사람들은 잉글랜드로 갔고, 크리스마스나 여름이면 고향을 찾아오곤 했다. 그것은 이 소도시 생활의 일부였다. 물론 주기적으로 미국에서 선물로 보낸 달러나 옷을 받는 친구들도 있었지만, 그걸 보내 주는 사람들은 모두 전쟁이 일어나기 오래전에 이민을 떠난 이모나 삼촌들이었다. 그녀가 기억하기론 그들 가운데 휴가차 이 소도시를 찾아오는 사람은 없었다. 대서양을 배로 건너는 것은 적어도 일주일은 걸리는 긴 여행이었고, 틀림없이 경비도 많이 필요할 터였다. 어째서 그런 생각이 드는지는 몰라도, 한편으로는 이 소도시에서 잉글랜드로 간 젊은 남녀들은 평범한 직장에서 일하면서 평범한 돈을 버는 반면에, 미국에 간 사람들은 부자가 될 수 있다는 막연한 느낌이 있었다. 또 한 가지 의아한 점은 여기서 잉글랜드로 떠난 사람은 에니스코시를 그리워하지만, 미국으로 떠난 사람은 아무도 고향을 그리워하지 않는다는 것이었다. 도리어 그들은 미국에서 만족했고 자랑스러워했다. 그것이 정말 사실인지 궁금했다.

플러드 신부는 다시 찾아오지 않았다. 대신에 그는 브루클린으로 돌아간 후 어머니에게 편지를 보내왔다. 도착하고 바로 자기 교구에 사는 한 이탈리아계 상인에게 아일리시 이야기를 했더니 자리 하나가 곧 빈다고 해서 레이시 부인에게 알린다는 내용이었다. 신부가 바라던 사무직은 아니지만, 그 신사가 소유하고 운영하는 커다란 가게의 매장 점원 일이라고 했다. 그러나 만약 아일리시가 주어진 일을 잘 해낸다면 진급의 기회는 많고 전망이 매우 밝다고 덧붙였다. 신부는 또, 요즘은 그리 쉬운 일은 아니지만, 대사관에서 만족할 만한 서류를 자기가 준비해 줄 수 있으며, 교회와 가깝고 직장에서 멀지 않은 곳에 아일리시가 지내기 적당한 숙소를 물색해 주겠다고 장담했다.

어머니는 그 편지를 다 읽고 나서 아일리시에게 내밀었다. 로즈는 벌써 출근하고 없었다. 부엌에 침묵이 흘렀다.

"참 진실하신 분인 것 같구나. 그 점은 인정해야겠다." 어머니가 말했다.

아일리시는 매장 일에 관한 문장을 다시 읽었다. 계산대 뒤에서 일하게 된다는 뜻 같았다. 급여로 얼마를 받을지, 뱃삯은 어떻게 마련하면 될지에 관한 이야기는 없었다. 대신 더블린의 미국 대사관에 가서 필요한 서류가 뭔지 정확히 알아 둬야 출발하기 전에 모두 준비할 수 있다고 쓰여 있었다. 그녀가 편지를 읽고 또 읽는 동안, 어머니는 아일리시에게 등을 돌리고서 말없이 부엌을 오락가락했다. 아일리시 역시 아무 말도 하지 않고 식탁에 앉아서, 어머니가 자신을 돌아보며 무슨 말이든 꺼낼 때까지 얼마나 걸릴지, 가만히 앉아 1초 1초를 세면서 기다리기로 했다. 사실 어머니가 할 일은 하나도 없었다. 어머니는 아일리시를 돌아보지 않으려고 괜히 일을 만들고 있었다.

마침내 어머니가 돌아서더니 한숨을 쉬었다.

"그 편지를 잘 보관해 두렴. 로즈가 돌아오면 보여 주기로 하자꾸나."

로즈는 몇 주 내로 모든 것을 준비했고, 심지어 더블린에 있는 미국 대사관의 한 직원과도 전화상으로 친해졌다. 그 직원은 필요한 서류 양식과 함께, 아일리시의 건강 상태를 진단해 줄 공인 의사들의 명단, 구체적인 구직 신청서, 아일리시가 그 일을 할 만한 능력을 갖추었고 미국에 도착하자마자 스스로 재정적인 책임을 질 거라는 보증서, 추천서 몇 장 등 대사관에서 요구하는 여러 가지 서류의 목록을 보내 주었다.

플러드 신부는 아일리시를 후원하며 숙박은 물론 생활 전반과 재무 상태를 책임지겠다는 공식적인 보증서와 함께, 브루클린 풀턴가 바르토치 상회라는 상호가 인쇄된 편지를 보내왔다. 그것은 아일리시의 부기 기술과 경력을 고려해 정규직으로 채용한다는 제안서였다. 서명란에는 '로라 포티니'라는 이름이 적혀 있었다. 필체가 아름다웠고, 하늘색 바탕 위쪽에 인쇄된 상호 위로 커다란 건물 그림이 양각으로 도드라진 편지지는 아일리시가 지금껏 본 어떤 편지지보다 무겁고 비싸 보였으며, 밝은 미래를 약속하는 것처럼 느껴졌다.

버밍엄의 오빠들이 뉴욕까지 갈 경비를 마련해 주기로 했다. 로즈는 아일리시가 직장에서 급여를 받을 때까지 생활비를 대기로 했다. 아일리시는 그 소식을 몇몇 친구들에게 이야기하면서 다른 사람에게는 소문내지 말라고 부탁했다. 그러나 로즈의 회사 동료들 몇몇이 로즈가 더블린으로 전화하는 내용을 들었음은 분명했다. 어머니 또한 그 소식을 혼자 담아 두지 못할 터였다. 아일리시는 미스 켈리가 다른 사람을 통해 그 소식을 듣기 전에 미리 찾아가서 말해야 할 것 같았다. 일이 바쁘지 않은 평일에 찾아가는 것이 최선이었다.

미스 켈리는 계산대에 서 있었다. 메리는 사다리 꼭대기에 올라가 알이 굵은 완두콩 봉지들을 선반 높은 곳에 쌓고 있었다.

"하필이면 안 좋은 시간에 잘도 찾아오는구나." 미스 켈리가 말했다. "이제야 겨우 좀 조용해졌다고 생각했는데. 어쨌든 저 메리란 애를 방해하지는 말거라." 그녀는 사다리 쪽으로 고갯짓을 했다. "너를 보자마자 넘어질지도 모르니까."

"저기, 한 달쯤 후에 미국으로 가게 됐다는 말씀을 드리러 왔어요. 거기 취직하러 가는데 미리 알려 드리는 게 좋을 것 같아서요."

미스 켈리는 계산대에서 물러서며 물었다. "정말이니?"

"하지만 떠날 때까지는 일요일마다 올게요."

"혹시 추천서를 기대하는 거냐?"

"아뇨. 그건 아니에요. 그냥 알려 드리려고 온 거예요."

"그래, 그렇다면 잘됐고. 그럼 휴가 때 집에 오면 보겠구나, 그때도 우리 같은 사람들을 상대한다면 말이다."

"이번 일요일에 올게요."

"아, 됐다. 네가 필요할 일은 절대 없을 거다. 가기로 했다면 가는 게 낫지."

"하지만 올 수 있어요."

"아니, 오지 말래도. 손님들마다 너에 대해 말이 많으면 정신도 몹시 사나울 테고 알다시피 그러지 않아도 일요일에는 굉장히 바쁘니까 말이야.”

“떠날 때까지는 일할 수 있었으면 좋겠어요.”

“여기서는 안 된다. 그러니 어서 나가거라. 우린 할 일이 많아. 오늘은 유난히 배달도 많고 쌓아 둘 물건도 많아. 이렇게 떠들 시간이 없어.”

“그럼, 그동안 정말 고마웠습니다.”

“너도 수고 많았다.”

미스 켈리가 가게 뒤에 있는 창고 쪽으로 가자, 아일리시는 작별 인사라도 할 생각으로 혹시 메리가 돌아볼까 지켜보았다. 메리는 끝까지 돌아보지 않았고 아일리시는 조용히 가게를 나와 집으로 향했다.

미스 켈리는 다시 집에 올 가능성을 언급한 유일한 사람이었다. 다른 누구도 그런 얘기를 꺼내지 않았다. 지금까지 아일리시는 항상, 자기는 평생 이 소도시에 살 거라고, 어머니가 그랬던 것처럼 모든 사람과 알고 지내고, 지금의 친구나 이웃들과 함께 같은 거리에서 같은 일상을 반복하며 살아갈 거라고 상상했다. 이 소도시에서 취직하고 그러다가 누군가와 결혼해서 일을 그만두고 아이를 낳을 줄로만 알았다. 그런데 지금은 전혀 준비되지 않은 무언가를 위해 선발된 기분이었다. 비록 두려움이 배어 있긴 했지만 그녀가 결혼식을 앞둔 시기에나 느낄 거라 예상했던 어떤 감정, 아니 그런 감정 다발들이 한꺼번에 밀려들었다. 모두가 온갖 약속을 쏟아 놓으며 반짝이는 눈으로 그녀를 쳐다보는 나날들, 현기증이 날 정도로 설레면서도 혹시라도 겁이 날까 몇 주 뒤를 너무 세세히 걱정하지 않는 나날들에서 느끼는 감정들 말이다.

하루도 사건 없이 지나가는 날이 없었다. 아일리시는 대사관에서 온 서류 양식들의 빈칸을 채워 도로 부쳤다. 기차를 타고 웩스퍼드*에 가서는 하는 둥 마는 둥 한 건강 검진을 받았다. 의사는 가족 중 결핵에 걸린 사람이 아무도 없다는 그녀의 말에 만족하는 것 같았다. 플러드 신부는 아일리시가 도착해서 묵게 될 집에 관해서 직장과 얼마나 가까운지 등등을 자세히 설명하는 편지를 보내왔다. 리버풀에서 출발해 뉴욕까지 갈 배표도 도착했다. 로즈는 옷을 사라며 아일리시에게 돈을 주었고 구두와 속옷 세트도 사 주겠다고 약속했다. 집안 분위기는 유별나게, 아일리시가 느끼기엔 부자연스러울 만큼 행복했고, 식사 시간은 지나치게 많은 수다와 웃음으로 넘쳐났다. 이 때문에 아일리시는 잭이 버밍엄으로 떠나기 전 몇 주 동안, 그를 잃는다는 느낌

✦ Wexford. 아일랜드 웩스퍼드주의 주도. 아일리시의 고향 에니스코시가 웩스퍼드주에 있다.

을 애써 외면하면서 어머니와 로즈가 뭐든 하려고 했던 시간이 떠올랐다.

어느 날, 한 이웃이 찾아와 부엌에 앉아 같이 차를 마시던 때, 아일리시는 깨달았다. 어머니와 로즈가 기분을 감추기 위해 최선을 다하고 있다는 것을. 이웃 여자는 이야기를 나누다가 무심결에 한마디를 던졌다. "딸자식이 떠나면 보고 싶어서 어떡해요?"

"사실, 애가 떠나면 죽을 맛일 거예요." 어머니가 대답했다. 아버지가 돌아가신 후로 오랫동안 보지 못했던 어둡고 긴장된 얼굴이었다. 그 말투에 이웃 여자가 몹시 당황한 순간, 어머니는 표정이 더욱 어두워지더니 결국 일어서서 조용히 부엌을 나갔다. 어머니는 울음이 터지려는 게 분명했다. 아일리시는 너무 놀라서, 어머니를 따라가지도 못한 채 이웃 여자와 잡담을 나누었다. 어머니가 곧 돌아와 방금 나누던 대화를 이어갈 수 있기를 바라면서.

밤에 자다 깨 다시 생각해 봐도, 떠나기 싫다는 결론은 스스로도 받아들일 수 없었다. 대신에 아일리시는 모든 일정을 검토했고, 옷이 가득 든 가방 두 개를 도와주는 사람 없이 어떻게 들고 가나 걱정했으며, 로즈가 준 핸드백을 잃어버리지 않겠다고 다짐했다. 거기에는 여권, 브루클린에서 살 집과 직장 주소, 약속 장소에서 만나지 못할 경우를 대비한 플러드 신부의 주소가 들어 있었다. 그리고 돈. 그리고 화장 가방도. 외투는 아마도 팔에 걸치고 가면 될 것이다. 물론 너무 덥지 않으면 입고 갈 수도 있겠지만 9월 말이면 아직 더울지도 모른다고 누군가 그녀에게 경고했었다.

가방 하나는 벌써 싸 뒀다. 아일리시는 머릿속으로 가방 속 내용물을 점검하면서 다시 이 가방을 열 일이 없기를 바랐다. 그러던 어느 날 밤, 잠을 못 이루던 아일리시는 문득 다음번에 이 가방을 열 때는 다른 나라 다른 방에 있을 거라는 사실을 깨달았다. 그러자 그 가방을 열 사람이 자기 아닌 다른 사람이었으면, 그 옷들과 구두를 보관하고 날마다 입을 사람이 자기가 아닌 다른 사람이었으면 좋겠다는 생각이 고개를 들었다. 이런 옷가지와 구두들은 없어도 좋으니, 이대로 여기에 남아서 이 방에서 자고 이 집에서 살았으면 싶었다. 그동안 정해진 일정들, 온갖 부산스러움과 약속들이 다른 누군가를 위한 것이라면 얼마나 좋을까 싶었다. 자신과 비슷한 어떤 사람, 나이와 체격도 같고, 어쩌면 생김새까지 똑같은 누군가를 위한 것이라면……. 지금 이 생각을 하고 있는 그녀 자신이 매일 아침 이 침대에서 잠을 깨고, 낮에는 익숙한 거리들을 돌아다니다가 집에 들어와 부엌으로, 어머니와 언니 곁으로 돌아올 수 있다면……. 아일리시는 이런 생각들이 되도록 빨리 스쳐 가도록 내버려두었지만, 머릿속이 현실적인 두려움 혹은 불안으로 치달을 때는 생각을 멈췄다. 더 나쁘게는 이 세계를 영원히 잃어버릴지도 모른다는, 이제 다시는 이 평범한 장소에서 평범한 하루를 보내지 못할 거라는, 남은 평생은 익숙하지 않은 것들과의 싸움이 될 거라는 두려움까지 들었다. 그러나 아래층에서 가족들과 함께 있을 때는 현실적인 문제들을 이야기했고 명랑한 기분을 유지했다.

어느 날 저녁, 로즈가 아일리시를 자기 방으로 불러 미국에 가져갈 장신구 몇 개를 고르라고 했을 때, 강렬하고도 선명한 깨달음이 아일리시의 뇌리를 스쳤다. 로즈는 이제 서른 살이었다. 그리고 어머니가 받는 연금이 얼마 안 될뿐더러 곁에 자식이 하나도 없다면 너무 외로워할 어머니를 혼자 살게 내버려 둘 수 없다는 건 분명했다. 로즈가 그렇게 빈틈없이 진행시킨 아일리시의 출국은 결국 로즈가 결혼하기는 불가능해진다는 것을 뜻했다. 로즈는 지금처럼, 데이비스 제분소 사무실에서 일하고 주말과 여름 저녁에는 골프를 치러 다니면서 어머니와 함께 살아야 할 것이다. 로즈는 동생이 마음 편히 떠날 수 있도록, 이 집을 떠나 자기만의 집을 꾸미고 자기만의 가정을 꾸린다는 현실적인 모든 전망을 포기하고 있었다. 화장대 거울 앞에 앉아 목걸이 몇 개를 걸어 보는 아일리시에게 로즈의 미래가 보였다. 어머니가 늙고 몸이 약해지면 로즈는 어머니가 하지 못할 청소며 요리를 하고, 음식이 든 쟁반을 들고 가파른 계단을 오르면서 어머니를 더 극진히 돌봐야 할 것이다.

아일리시는 귀고리를 걸어 보다가, 로즈 역시 이 모든 걸 알고 있으며 자기와 동생 둘 중 한 사람은 떠나야 한다는 걸 깨닫고 동생인 자기를 보내기로 결심했다는 생각이 들었다. 몸을 돌려 로즈를 쳐다보던 아일리시는 처지를 바꾸자고, 나는 이 집에 남아 있어도 아무렇지 않으니까, 삶에 대한 준비가 되어 있고 어디서든 새 친구들을 잘 사귀는 언니가 미국에 가서 더 행복해지는 게 어떻겠냐고 말하고 싶었다. 그러나 로즈에겐 시내에 직장이 있었고 아일리시에겐 없었다. 그래서 로즈는 자신의 선택을 희생이 아니라고 여길 수 있었고, 덕분에 자기를 희생하기가 쉬웠던 것이다. 이런 순간에 로즈가 브로치도 몇 개 가져가라고 하자, 아일리시는 어떤 대가를 치르더라도 단호하게 말하고 싶었다. 나는 가고 싶지 않다고, 대신 언니가 가라고, 자신은 여기서 행복하게 살면서 어머니를 모실 거라고, 어떻게든 살아가지 않겠느냐고, 어쩌면 다른 일을 찾을지도 모른다고.

어머니 역시 엉뚱한 딸이 떠난다고 생각하는 건 아닌

지, 그리고 로즈가 왜 그랬는지는 아는지 아일리시는 궁금했다. 어머니는 모든 걸 알 것이다. 어머니와 로즈, 두 사람 각자가 너무나 많은 걸 알고 있고 그래서 속마음을 말하지 못하는 거라고 아일리시는 생각했다. 아일리시는 자기 방으로 돌아가면서 결심했다. 이제 곧 시작될 이 거대한 모험을 앞두고 설렘으로 부푼 사람처럼 행동하면서 두 사람을 위해 할 수 있는 모든 걸 다 하겠다고. 할 수만 있다면, 그녀가 미국을 동경하고 처음 집을 떠나는 걸 고대하고 있다고 두 사람이 믿게 만들겠다고 아일리시는 스스로에게 약속했다. 단 한 순간이라도 속마음이 드러날 아주 사소한 단서도 내보이지 않기로, 그리고 집을 떠날 때까지 필요하다면 자기 자신에게도 그것을 숨기기로.

이 집에는 이미 슬픔이 충분히 고여 있었다. 어쩌면 그녀가 짐작한 것보다 슬픔이 더 많을지도 몰랐다. 아일리시는 슬픔을 더 보태지 않도록 최선을 다할 생각이었다. 물론 어머니와 로즈를 속일 수 없다는 건 분명했다. 그러나 출발하기 전에 눈물을 보여서는 안 될 더 큰 이유가 있었다. 눈물은 필요 없었다. 이제 떠나는 날 아침까지 남은 시간 동안 아일리시가 할 일은 웃음을 보이는 것이었다. 두 사람이 자신의 웃음을 기억할 수 있도록 말이다.

로즈는 직장에 하루 휴가를 내고 더블린까지 아일리시를 배웅했다. 그들은 그레셤 호텔에서 점심을 먹은 후 리버풀로 가는 배까지 데려다줄 택시를 탔다. 리버풀에서는 잭이 마중 나와, 뉴욕으로 가는 긴 여행에 오르기 전 하루를 같이 보내기로 되어 있었다. 더블린에 간 그날 아일리시는 미국에 일하러 가는 건 그냥 배 타고 잉글랜드에 가는 것과는 다르다는 걸 깨달았다. 미국은 더 멀고 그래서 체제나 관습이 완전히 낯설지 몰라도, 그걸 보상할 만한 매력을 지니고 있었다. 더군다나 사제가 모든 것을 주선하고, 브루클린 하숙집에서 멀지 않은 가게에 일하러 간다는 것에는, 짐을 역에 맡기고 호텔에서 점심을 주문하는 동안에도 아일리시와 로즈를 바짝 경계하게 만드는 모험적인 요소가 있었다. 이에 비하면 버밍엄이나 리버풀이나 코번트리, 심지어 런던에 있는 가게에 일하러 가는 것은 그야말로 시시해 보였다.

로즈는 이날을 위해 멋지게 차려입었고, 아일리시 역시 최대한 보기 좋게 꾸미려고 애썼다. 로즈는 미소 하나만으로도 사람을 움직이는 능력이 있는지, 짐꾼은 자기가 택시를 잡으러 오코넬가에 서 있을 테니 그들에게 역 로비에서 기다리라고 우겼다. 표가 없는 사람은 일정 구역 너머로 들어가지 못하게 되어 있었다. 그러나 로즈는 검표원의 도움으로 특별 대우를 받았고, 검표원은 그녀들이 여행 가방을 옮기도록 도와줄 동료까지 불러왔다. 검표원은 로즈에게 출항 30분 전까지는 배에 있어도 된다고 했고, 때가 되자 로즈를 찾아와 데려가더니, 아일리시가 리버풀까지 무사히 가도록 지켜봐 줄 사람까지 찾아 주었다. 일등실 표를 가진 사람들도 이런 대우를 받지는 못할 거라고 아일리시가 말하자, 로즈는 다 안다는 듯 웃으며 동의했다.

"친절한 사람은 늘 있기 마련이야. 그리고 말만 잘하면 더 친절해지기도 하고."

둘은 함께 웃었다.

"그걸 내 미국 생활의 좌우명으로 삼을래." 아일리시가 말했다.

이른 아침 배가 리버풀에 도착했을 때, 아일리시는 아일랜드인 짐꾼의 도움으로 짐을 옮겼다. 미국행 배는 그날 오후 늦게 출항한다는 아일리시의 말에, 짐꾼은 대서양 횡단 정기선이 정박하는 부두 근처에 자기 친구가 일하는 화물 창고가 있으니 그곳으로 가방을 옮겨 두라고 조언했다. 그곳 사무실 남자에게 자기 이름을 말하면 낮 동안 짐 없이 홀가분하게 다닐 수 있을 거라고 했다. 아일리시는 언니가 썼을 법한 말투로 고맙다고 인사하는 자신을 발견했다. 따뜻하고 친밀하지만 약간 거리를 두는 말투, 그러면서도 수

줍어하지 않는 말투, 자신감 넘치는 여자의 말투였다. 그런 말투를 쓰다니, 지금껏 살던 곳에 있다거나, 가족이나 친구 중 누구라도 본다면 엄두도 못 낼 일이었다.

아일리시는 배에서 내리자마자 잭을 만났다. 그와 포옹을 할지 말지 판단이 서지 않았다. 예전에는 한 번도 서로 안아 본 적이 없었다. 잭이 손을 내밀어 악수를 청했을 때, 아일리시는 걸음을 멈추고 다시 그를 쳐다보았다. 잭은 당황한 것 같더니 씩 웃음을 지었다. 아일리시는 잭을 껴안을 기세로 다가섰다.

"지금은 그 정도로 됐어." 잭이 그녀를 가볍게 밀어냈다. "사람들이 오해할라……."

"뭐?"

"만나서 반갑다." 잭의 얼굴이 빨개지고 있었다. "정말로 반가워."

잭은 승무원에게서 아일리시의 가방들을 건네받고는 고맙다고 인사하면서 그를 '친구'라고 불렀다. 잭이 돌아서자 아일리시는 다시 그를 껴안으려 했지만 그가 말렸다.

"지금은 그만하자. 로즈 누나가 나한테 지시 사항을 적어 보냈는데 그중 하나가 키스나 포옹 금지거든." 잭이 소리 내어 웃었다.

그들은 배에 화물을 싣고 내리는 분주한 부두를 걸어갔

다. 아일리시가 타고 갈 대서양 횡단 정기선이 정박한 것을 잭이 이미 보고 왔으므로, 그들은 일단 아까 약속한 화물 창고에 짐을 맡긴 뒤 배를 구경하러 갔다. 외롭게 선 거대한 배는 주변의 화물선들보다 훨씬 웅장하고 하얗고 깨끗했다.

"이 배가 널 미국으로 데려갈 거야." 잭이 말했다. "인내와 시간 같은 거지."

"인내와 시간?"

"'인내와 시간은 달팽이를 미국까지 가게 한다.' 그런 말 못 들어 봤어?"

"오빠, 웃기지 좀 마." 아일리시는 잭을 팔꿈치로 쿡 찌르며 웃었다.

"아빠가 늘 하시던 말씀이었잖아."

"내가 방 밖으로 나오면 그러셨지."

"인내와 시간은 달팽이를 미국까지 가게 한다." 잭이 반복했다.

날씨가 좋았다. 말없이 부두를 걸어 나와 도심으로 접어드는 사이 아일리시는 다시 자기 침실에 돌아가고 싶은 마음이, 하다못해 대서양을 건너는 배의 침실에라도 있었으면 하는 마음이 들었다. 그러나 아무리 일러도 5시는 되어야 승선할 수 있었으므로 남은 하루를 둘이서 어떻게 보낼지 막막했다. 카페 한 군데를 발견하자마자 잭이 배고프냐고 물었다.

"빵 하나면 돼. 홍차 한 잔 곁들이면 좋고." 아일리시가 대답했다.

"그럼 마지막 홍차를 즐겨야겠군."

"미국 사람들도 홍차를 마실까?"

"농담해? 미국 사람들은 자기네 자식도 잡아먹어. 게다가 입에 가득 넣은 채로 떠든다더라."

웨이터가 다가왔을 때, 아일리시는 잭이 마치 사과라도 하듯이 자리를 부탁하는 걸 보았다. 그들은 창가 자리에 앉았다.

"배에서 주는 음식이 입에 안 맞을 수도 있으니 저녁 든든히 먹이라고 로즈 누나가 그랬어." 잭이 말했다.

일단 주문을 마치자 아일리시는 카페를 둘러보았다.

"사람들은 어때?" 그녀가 물었다.

"누구?"

"잉글랜드 사람들."

"무던하고 점잖아." 잭이 말했다. "그 사람들은 내 할 일만 잘하면 인정해 줘. 그 사람들이 관심 있는 건 그것뿐이야. 대부분은 그래. 별거 아닌 걸 가지고 길거리에서 소리치는 사람도 있지만 토요일 밤만 그래. 신경 쓰지 않으면 돼."

"뭐라고 소리치는데?"

"미국에 갈 얌전한 아가씨가 들어서는 안 될 말."

"말해 봐!"

"안 할 거야."

"상스러운 말이야?"

"응. 그런 말에 신경 끄는 법을 배워야 해. 우리 동네에도 선술집이 있어서 퇴근할 때 별별 일이 다 일어나곤 하거든. 요는 절대 대꾸하지 말 것, 아무 일도 없는 것처럼 행동할 것."

"직장에선?"

"아, 직장은 달라. 내가 일하는 데는 부품 창고야. 낡은 자동차랑 부서진 기계들이 전국 각지에서 들어오는데, 우리는 그걸 분해해서 부품들을 팔아. 나사나 고철까지 모두."

"오빠가 하는 일이 정확히 뭐야? 나한테는 다 말해도 돼."

아일리시는 잭을 쳐다보고 미소 지었다.

"재고 목록을 관리하는 거야. 차를 해체하자마자 하나도 빠짐없이 모든 부품의 목록을 만들어. 오래된 기계의 부품 중에는 아주 귀한 것도 있거든. 부품이 어디 보관되어 있는지, 팔렸는지 아닌지 척 보면 알아. 모든 걸 쉽게 제자리에 놓을 수 있게 내가 체계를 잡아 놓았거든. 근데 문제가 딱 하나 있어."

“그게 뭔데?”

“우리 회사 직원들 대부분이 아무 부품이든 마음대로 집어 가도 된다고 생각하는 거야.”

“사람들이 그러면 어떡해?”

“사장을 설득해서 직원이라면 누구나 필요한 부품을 반값에 살 수 있게 했어. 덕분에 어느 정도 통제는 되지만, 그래도 사람들은 그냥 가져가. 내가 재고 관리를 맡게 된 건 사장 친구가 추천했기 때문이야. 난 여분의 부품을 훔치는 짓은 안 하거든. 내가 정직하거나 뭐 그래서 그런 건 아니야. 걸릴 수도 있으니까 괜한 모험은 하지 않으려는 것뿐이지.”

“팻 오빠랑 마틴 오빠는 자주 봐?”

“무슨 퀴즈 프로그램 사회자처럼 묻기만 하네.”

“오빠가 편지를 보내긴 하지만, 우리가 궁금해하는 내용은 전혀 안 쓰잖아.”

“별로 얘기할 게 없어. 마틴 형은 너무 자주 옮겨 다니긴 하는데 지금쯤 안정된 일자리를 찾았을 거야. 그래도 토요일 밤에는 셋이 다 같이 만나. 선술집에 갔다가 무도장에 가지. 토요일 밤은 그렇게 재밌게 보내고 있어. 네가 버밍엄에 올 일이 없어서 안타깝다. 남자들이 널 보려고 우르르 몰려들 텐데.”

"말만 들어도 무시무시하다."

"정말 분위기 끝내줘. 너도 좋아할 거야. 거긴 여자보다 남자가 더 많거든."

남매는 시내 중심가를 돌아다녔다. 떠드는 사이 조금씩 편안해졌고, 가끔은 웃기도 했다. 아일리시는 때때로 그들이 책임감 있는 어른처럼 이야기한다는 생각이 들었다. 잭은 일에 관한 이야기와 주말 일상을 들려주었다. 그러다가도 갑자기 어린 시절이나 사춘기 시절로 되돌아간 듯, 서로 놀려 대고 농담하곤 했다. 언니나 어머니가 아무 때고 불쑥 나타나 조용히 하라고 잔소리할 수 없다는 게 이상하게 느껴졌다. 그 순간 아일리시는 그들이 있는 곳은 큰 도시이고 아무에게도 자기 행동에 대해 설명할 필요가 없으며, 짐을 찾고 개찰구에 표를 내밀어야 할 5시까지는 아무 할 일도 없다는 사실이 실감 났다.

"집에 가서 사는 거 생각해 본 적 있어?" 식당에서 식사를 하기 전 하릴없이 계속 시내를 돌아다니다 아일리시가 물었다.

"거기선 내가 할 만한 일이 아무것도 없는데 뭐." 잭이 말했다. "처음 몇 달은 뭘 어떻게 해야 좋을지도 모르겠고 정말 집에 가고 싶어 죽겠더라. 집에 돌아갈 수만 있다면 무슨 짓이든 했을 거야. 그런데 지금은 익숙해졌어. 급여 봉투 받고 독립생활 하는 게 좋아. 회사 사장도 괜찮고. 전에 다니던 회사 사장은 나한테 아무것도 캐묻지 않았어. 그 두 사람 모두 내가 일하는 모습을 보고 나라는 사람을 판단하거든. 절대 귀찮게 하지도 않고 말이야. 그리고 내가 더 나은 방법 같은 걸 제안하면 잘 들어 줘.”

“잉글랜드 여자들은 어때?” 아일리시가 물었다.

“한 명은 아주 괜찮아.” 잭이 대답했다. “다른 여자들은 보장할 수 없지만.” 잭의 얼굴이 붉어지기 시작했다.

“그 여자 이름이 뭔데?”

“더는 말 안 할래.”

“엄마한텐 비밀로 할게.”

“전에도 그러더니만. 이 정도 말해 줬으니 됐어.”

“토요일 밤에 그 여자를 웬 지저분한 영화관에 데려가지나 말아 줘.”

“그 여자는 춤을 잘 춰. 영화관이 지저분하건 말건 신경 쓰지 않고. 그리고 그 영화관은 지저분하지 않아.”

“팻 오빠랑 마틴 오빠도 여자 친구 있어?”

“마틴 형은 만날 바람맞아.”

“팻 오빠 여자 친구도 잉글랜드 사람이야?”

“너 뭐라도 낚아 보려고 정말 애쓴다. 형들이 너 만나는 일을 나한테 시킨 것도 당연해.”

“그 여자도 잉글랜드 사람이냐니까?”

“멀린가 출신이래.”

“오빠 여자 친구 이름 얘기 안 해 주면 사람들한테 다 말해 버린다.”

“말하다니, 뭘?”

“오빠가 토요일 밤에 그 여자를 꼬여서 지저분한 영화관에 데려간다고.”

“너한텐 이제 아무 말 안 할래. 어떻게 로즈 누나보다 더하냐.”

“어쨌든 우아한 잉글랜드식 이름 중 하나겠지. 좋아, 두고 봐. 엄마가 어떻게든 알아내실걸, 엄마가 제일 아끼는 아들이니 말이지.”

“엄마한텐 아무 말도 하지 마.”

여행 가방들을 들고 정기선의 비좁은 계단을 내려가기는 힘들었다. 아일리시는 객실 표지판을 따라 복도를 지날 때는 게걸음 치듯 옆으로 걸어야 했다. 이번 정기선은 예약이 다 찼으므로 객실을 다른 사람과 같이 써야 했다.

객실은 자그마했다. 2층 침대가 하나 있을 뿐, 창문도 없고 심지어 환기구도 없었다. 코딱지만 한 화장실로 들어가는 문이 하나 있었는데, 들은 바로는 이웃 객실과 함께 사용하는 공용 화장실이라고 했다. 화장실을 사용하지 않을 때는 다른 쪽 문을 잠그지 말라는 안내문이 적혀 있었다. 그래야 이웃한 객실 승객들이 화장실에 들어올 수 있다는 것이었다.

아일리시는 가방 하나를 선반에 올리고, 또 다른 가방은 벽에 기대 놓았다. 옷을 갈아입어야 할지, 그리고 배가 출항하고 삼등실 손님들에게 제공된다는 저녁 식사 때까지 남은 시간에 뭘 해야 할지 난감했다. 로즈가 책 두 권을 싸 주었지만, 책을 읽기에는 조명이 너무 어두웠다. 그녀는 침대에 누워 머리 뒤로 손깍지를 꼈다. 여행의 첫 단계가 끝나서 기뻤지만 도착할 때까지 아무 할 일도 없는 일주일이 여전히 남아 있었다. 남은 여행도 이만큼만 편하다면 좋으련만!

잭이 했던 말 가운데 한 가지가 마음에 걸렸다. 어떤 일에든 그렇게 격한 반응을 보이는 건 그답지 않았기 때문이다. 집에 돌아갈 수만 있다면 무슨 짓이든 했을 거라는 그의 말은 이상하게 들렸다. 편지에선 그런 말이 전혀 없었다. 문득 잭이 자신의 감정을 아무한테도, 심지어 형들한테도 말하지 않았을 거란 생각이 들면서 아일리시는 잭이 얼마나 외로웠을까 생각해 보았다. 어쩌면 세 오빠 모두 같은 일을 겪었고, 누구 하나가 향수병에 걸리면 눈치껏 알아채고는 서로 도왔을지도 모른다. 반면 자기한테 그런 일이 생기면, 그녀는 철저히 혼자일 것이다. 그래서 아일리시는 자신이 브루클린에 도착해서 마주할 그 어떤 일과 감정에도 모두 맞설 준비가 되어 있기를 바랐다.

갑자기 문이 열리고 한 여자가 커다란 짐 가방을 끌고 들어왔다. 아일리시가 벌떡 일어나서 도움이 필요하냐고 물었지만 그 여자는 아일리시를 본체만체했다. 작은 침대 칸에 짐 가방을 끌고 온 여자는 문을 닫으려고 애썼지만 공간이 충분하지 않았다.

"지옥이 따로 없네." 잉글랜드 억양을 쓰는 그 여자는 짐 가방을 모로 세워 보려고 했다. 간신히 문을 닫고 나자, 그녀는 2층 침대와 아일리시 옆의 벽 사이에 서게 되었다. 둘 사이에는 공간이 별로 없었다. 모로 세운 짐 가방이 문을 막다시피 하고 있었다.

"네 침대는 2층이야. 1번이 아래층인데, 내 표가 1번이거든. 그러니 자리 좀 옮겨 줘. 난 조지나라고 해." 여자가 말했다.

아일리시는 자기 표를 확인하는 대신 자기소개를 했다.

"세상에서 제일 좁은 방이겠어." 조지나가 투덜거렸다. "한 사람은커녕 고양이 한 마리도 제대로 못 움직이겠다."

아일리시는 터져 나오는 웃음을 참으려 애썼다. 아마도 옆에 언니가 있었다면 틀림없이 이 대목에서 뉴욕까지 가는지 아니면 도중에 어디서 내리는지 조지나에게 물어보려 했을 것이다.

"담배가 당기는데, 이 아래에서는 못 피우게 한단 말이야." 조지나가 말했다.

아일리시는 침대 위 칸으로 가려고 작은 사다리를 오르기 시작했다.

"다시는 이러지 말아야지. 두 번 다시는." 조지나가 말했다.

아일리시는 궁금해서 참을 수 없었다. "다시는 저렇게 큰 짐 가방을 안 가져오겠다는 거예요, 아니면 미국에 안 가겠다는 거예요?"

"다시는 삼등실에 안 탄다고. 다시는 저 짐 가방도 안 끌고 다닐 거고. 다시는 리버풀 집에도 가지 않을 거야. 절대로. 질문에 답이 됐니?"

"그래도 아래층 침대는 마음에 드시죠?" 아일리시가 물었다.

"그래, 좋아. 보아하니 너 아일랜드에서 왔구나. 잘됐다. 나랑 같이 담배 피우러 가자."

"미안해요. 저는 담배 안 피워요."

"글렀군. 나쁜 습관은 이래서 안 된다니까?" 조지나는 짐 가방 옆을 돌아 간신히 방을 나갔다.

잠시 후 그들의 객실과 아주 가깝게 느껴지는 엔진이 가동을 시작하자 우렁차게 뚜우 하는 소리가 일정한 간격으로 울려 퍼졌다. 조지나가 외투를 가지러 객실로 돌아왔고, 화장실에서 머리를 빗은 뒤 아일리시에게 갑판에 올라 리버풀의 야경을 보자고 했다.

"괜찮은 사람을 만날 수도 있거든." 그녀가 말했다. "일등실 라운지로 우리를 초대해 줄 사람 말이야."

아일리시는 외투와 스카프를 꺼내, 조지나를 따라 힘겹게 짐 가방을 돌아 방을 나섰다. 조지나가 그 짐 가방을 어떻게 끌고 계단을 내려왔는지 알 수 없었다. 사위어 가는 저녁 어스름 속에서 갑판에 나란히 섰을 때에야 아일리시는 같은 객실을 쓰게 된 여자의 얼굴을 제대로 볼 수 있었다. 조지나의 나이는 서른에서 마흔 사이로 보였지만, 어쩌면 그보다 더 많을지도 몰랐다. 머리카락은 밝은 금발이었고 영화배우 같은 머리 모양을 하고 있었다. 그녀는 당당하게 행동했고, 담배에 불을 붙여 빨아들일 때 입술을 오므리고 실눈을 뜨는 것이며, 코로 연기를 내뿜는 모습이 굉장히 태연하고 멋져 보였다.

"저 사람들 봐." 조지나는 방책 건너편, 마찬가지로 작아지는 도시를 바라보며 서 있는 사람들을 가리켰다. "일등실 승객들이야. 저기서 보이는 전망이 가장 좋아. 내가 돌아서 들어가는 길을 아니까 같이 가자."

"전 여기도 좋아요. 어차피 조금 있으면 아무것도 안 보일 텐데요." 아일리시가 말했다.

조지나가 몸을 돌려 쳐다보더니 어깨를 으쓱했다. "맘대로 하렴. 하지만 하늘을 봐도 그렇고, 들은 얘기로도 그렇고, 오늘 밤은 요즘 들어 최악의 날씨가 될 거야. 내 짐 가방을 들어다 준 승무원 말이 오늘 밤이 제일 끔찍할 거래."

날은 금세 어두워졌고 갑판에 바람이 불었다. 아일리시는 삼등실 식당을 찾아내 혼자 자리를 잡았다. 웨이터 한 명이 그녀 주위 식탁들을 정돈하다가, 마침내 그녀를 보더니 메뉴판을 보여 주지도 않고 쇠꼬리 수프 한 그릇을 가져왔고, 이어서 육수에 끓인 양고기 비슷한 요리에 감자와 콩을 함께 내왔다. 아일리시는 먹으며 주변을 둘러보았지만 조지나는 그림자도 보이지 않았다. 그리고 놀랍게도 빈자리가 많았다. 객실 대부분이 일등실과 이등실인 건지, 삼등실 승객이 지금 이 식당이나 아까 갑판에서 본 사람만큼 적은 건지 의아했다. 그건 말이 안 된다는 데 생각이 미치자, 아일리시는 나머지 사람들은 어디 있는지, 식사는 어떻게 하려는 건지 궁금했다.

웨이터가 젤리와 커스터드를 내올 때쯤 식당에는 아무도 없었다. 삼등실 구역에 다른 식당은 없었기 때문에, 조지나는 일등실이나 이등실 식당에 몰래 들어간 것이 분명했지만, 그 일이 그리 쉬웠을 것 같지는 않았다. 삼등실 구역에는 라운지나 바가 없었으므로, 객실로 돌아가 잠자리를 준비하는 것밖에 할 일이 없었다. 몸이 피곤했고 이제 자고 싶었다.

객실로 돌아간 아일리시는 침대로 올라가기 전에 이를 닦고 세수하려다가, 이웃 객실 사람들이 화장실 문을 잠가놓은 걸 알았다. 아일리시는 그쪽 사람들이 화장실을 쓰는 중이라고 생각해서 문 앞에 선 채로, 그들이 볼일을 마치고 문을 열어 주기를 기다렸다. 귀를 기울여 보았지만 엔진 소리 외에는 아무 소리도 들리지 않았다. 엔진 소리가 화장실에서 나는 모든 소음을 집어삼키는 모양이었다. 잠시 후 아일리시는 복도로 나가 옆 객실 문밖에서 한동안 잠자코 있어 봤지만 아무 소리도 들리지 않았다. 그 객실 사람들이 잠들어 버린 건 아닐까 하는 생각에 그녀는 조지나가 오기를 바라며 복도에서 기다렸다. 조지나라면 어떻게 해야 할지 알고 있으리라. 로즈나 어머니, 또는 한순간 뇌리를 스친 미스 켈리도 마찬가지였다. 하지만 아일리시는 어떻게 해야 좋을지 알 수 없었다.

얼마 후, 아일리시는 옆 객실 문을 가볍게 두드렸다. 아무 대답이 없자 그들이 소리를 못 들었다고 생각하고 손마디를 세워 더욱 세게 문을 두드렸다. 여전히 아무런 대답이 없었다. 여객선은 만원이지만 식당엔 아무도 없었고, 지금쯤 식당은 분명 문을 닫았을 것이므로, 아일리시는 모든 승객이 자기 객실에 있고, 일부는 잠을 자고 있을 거라고 생각했다.

불안과 걱정에 사로잡혀 있던 아일리시는 갑자기, 양치와 세수만 할 게 아니라 방광과 내장을 비워야 한다는 걸, 그것도 빨리, 한시바삐 해야 한다는 걸 깨달았다. 다시 객실로 돌아가 화장실 문을 열어 보았지만 문은 여전히 잠겨 있었다.

아일리시는 복도로 나와 식당 쪽으로 향했다. 용무는 점점 더 다급해지는데 어디에도 화장실은 보이지 않았다. 계단 두 층을 올라가 갑판 쪽으로 가 봤지만 문은 잠겨 있었다. 다시 통로를 내려가면서, 복도마다 끝에 화장실이나 욕실이 있는지 살펴봐도 아무것도 없었다. 엔진 소리와 함께 출렁거리며 앞으로 나아가기 시작하는 정기선의 진동만이 느껴질 따름이었다. 배의 움직임 때문에 아일리시는 계단을 내려오다 균형을 잃지 않기 위해 난간을 조심스레 붙잡아야 했다.

이제는 너무도 절박해진 나머지 화장실을 찾아내지 않으면 얼마 버티지 못할 것 같았다. 그때, 객실 복도 끝에 양동이와 대걸레, 솔 등을 보관해 두는 작은 곁방이 있던 게 떠올랐다. 여태껏 아무도 마주친 사람이 없으므로, 운이 좋다면 누구의 눈에도 띄지 않고 오른편 곁방까지 갈 수 있을 것이다. 살펴보니 다행히도 양동이에는 어느 정도 물이 차 있었다. 아일리시는 민첩하게 행동해 최대한 빨리 일을 보려 애썼고, 만에 하나 복도에 사람이 나오더라도 바로 앞을 지나가지 않는 한 자기를 보지 못하게 곁방 안쪽으로 몸을 숨겼다. 용무를 마친 뒤 아일리시는 부드러운 걸레로 손을 닦고서는 발끝으로 살금살금 걸어 객실로 돌아갔다. 조지나가 돌아왔기를, 그리고 옆방 사람들을 깨워 잠긴 화장실 문을 열게 할 방법을 그녀가 알고 있기를 바라면서. 그렇지만 이번 일로 아일리시가 승무원들에게 불만을 제기하지는 못할 터였다. 그랬다간 내일 아침 사람들이 양동이 속에서 발견하게 될 그것을 그녀와 연관 지을지도 모르니까.

아일리시는 객실로 돌아가 잠옷으로 갈아입고 불을 끈 뒤 침대 위층으로 올라갔다. 그리고 곧 잠이 들었다. 얼마나 잤을까, 깨어 보니 온몸이 땀에 젖어 있었다. 뭐가 잘못됐는지는 곧 확실해졌다. 그녀는 욕지기를 느끼고 있었다.

어둠 속에서 굴러떨어지다시피 침대에서 내려온 아일리시는 애써 균형을 잡고서 주변을 더듬거리며 객실 전등을 찾았지만 저녁때 먹은 것의 일부가 목구멍으로 치밀어 오르는 걸 막을 수 없었다.

전등을 찾은 아일리시는 조지나의 짐 가방을 돌아 문으로 향했고, 복도로 나가자마자 왈칵왈칵 토하기 시작했다. 무릎을 꿇고 주저앉았다. 배가 심하게 요동치고 있었기 때문에 달리 몸을 지탱할 방법이 없었다. 아일리시는 다른 승객이나 승무원이 발견하기 전에 되도록 빨리, 모든 것을 토해 내야 한다는 사실을 깨달았다. 그러나 다 끝났다고 생각하고 몸을 일으킬 때마다, 또다시 속이 메스꺼워졌다. 침대 위층에 누워 담요를 덮어쓰고 싶은 마음이 간절해져서, 복도를 엉망으로 만든 장본인이 자신임을 아무도 모르기를 바라며 객실로 돌아가려는 순간, 토하고 싶은 충동이 아까보다도 훨씬 강렬하게 일었다. 그녀는 어쩔 수 없이 무릎을 꿇고 양손으로 바닥을 짚은 채 걸쭉한 액체를 토해 냈고, 고개를 들 때는 그 액체의 지독한 맛에 혐오감으로 몸서리를 쳤다.

배는 거친 리듬을 타며 요동쳤다. 앞으로 왈칵 나가는 움직임과 아까 처음 잠에서 깼을 때처럼 뒤로 출렁 밀려나는 듯한 움직임이 번갈아 느껴졌다. 배는 전진을 가로막는 단단하고 강력한 무언가에 쿵 하고 부딪치다시피 하면서, 엄청난 힘을 들여 겨우 조금씩 나아가는 것 같았다. 어떤 때는, 이 거대한 정기선이 끽끽거리는 듯한 낯선 소음이 엔진 소리보다 더 크게 들려왔다. 그런데 일단 객실로 돌아와 화장실 문에 기대앉자, 희미하게 다른 소리가 들렸다. 문에 귀를 대고 들어 보니 틀림없이 누군가 구역질하는 소리였다. 아일리시는 귀를 기울였다. 게워 내는 소리가 분명했다. 화장실 문이 왜 잠겨 있었는지 알게 된 그녀는 화가 나서 문을 쾅쾅 두드렸다. 저쪽 사람들은 그날 밤 바다가 매우 사나울 거란 사실을 미리 알고서 자기네만 화장실을 쓸 속셈이었던 게 분명했다. 그들의 구역질 소리가 시시때때로 들렸고, 아일리시의 객실 쪽 화장실 문은 전혀 열릴 기미가 보이지 않았다.

아까 객실 안에 토했던 자리를 살펴볼 수 있을 만큼 기운이 돌아오자, 아일리시는 신발을 신고 잠옷 위에 외투를 걸치고 복도로 나가, 왼편 곁방에서 대걸레와 빗자루, 양동이를 찾아냈다. 조심스레 발을 디디면서도 균형을 잃지 않으려고 애썼다. 그제야 아일리시는 삼등실의 많은 승객이 오늘 밤 날씨가 어떨지 미리 알았던 게 아닐까, 그래서 식당이나 갑판, 복도, 어디에도 나오지 않고 최악의 시간이 지나갈 때까지 객실에 틀어박혀 있기로 했던 게 아닐까 하는 생각이 들었다. 리버풀에서 뉴욕으로 가는 정기선에서 이런 일이 종종 있는지는 모르겠지만, 오늘 밤이 요즘 들어 최악의 날씨가 될 거라던 조지나의 말을 떠올린 아일리시는 오늘이 평소보다 심한가 보다고 추측했다. 지금쯤 배는 아일랜드 남쪽 어느 해안 근처에 있을 거라고 짐작해 봤지만 확신할 수는 없었다.

아일리시는 아까 토했던 바닥과 담요에 로즈가 준 향수를 뿌리면 냄새를 없앨 수 있을지도 모른다는 생각으로 대걸레와 빗자루를 들고 객실로 돌아왔다. 그러나 걸레질은 사태를 더욱 악화시킬 뿐이었고 빗자루는 쓸모가 없었다. 그녀는 청소 도구를 제자리에 가져다 놓기로 했다. 그것들을 구석 곁방에 집어넣으려는 순간 갑자기, 다시 구역질이 올라오더니 또다시 참지 못하고 복도에 토해 버렸다. 더는 게울 것도 남아 있지 않아, 입안에 시큼한 맛을 남기는 담즙만 올라왔다. 아일리시는 울부짖으며 옆 객실 문을 쾅쾅 두드리고 발로 세게 찼다. 그러나 아무도 문을 열어 주지 않았고, 그사이 정기선은 몸체를 떨며 불쑥 나아가는가 싶더니 다시 몸서리를 쳤다.

아일리시는 자기 객실이 그 정기선 깊숙한 곳에 있다는 것은 알았지만 수면 아래로 얼마나 깊이 있는지는 전혀 짐작할 수 없었다. 속에 든 것도 없는데 울렁거리기 시작하자, 이 멀미가 얼마나 지독했는지 누구에게도 말할 수 없을 거라는 생각이 들었다. 그녀와 로즈를 태운 차가 기차역으로 출발할 때 문간에 서서 손을 흔들던 어머니 얼굴이 떠올랐다. 어머니 얼굴엔 긴장과 걱정이 가득했다. 차가 프라이어리 힐을 내려갈 때는 애써 마지막 미소를 지어 보였다. 아일리시는 지금 자신에게 벌어지는 일만큼은 어머니가 꿈에서도 상상하지 못하기를 바랐다. 만약 헛구역질이 그리 심하지 않아 몸이 그저 앞뒤로 흔들리는 정도였다면, 이건 꿈이라고, 혹은 오래가지 않을 거라고 자신을 다독일 수도 있었을 것이다. 그러나 순간순간이 완벽히 실감 나고 구체적인 현실이자 깨어 있는 삶의 일부였고, 입안의 끔찍한 맛과 뭔가를 갈아 대는 듯한 엔진 소리, 밤이 깊을수록 더해만 가는 열기 또한 현실이었다. 그리고 그 모든 현실과 함께, 자신이 뭔가 잘못했다는 느낌, 조지나가 다른 데로 가 버린 것이나 이웃 객실 사람들이 화장실 문을 잠가 버린 것도 얼마간 자기 탓이라는 생각, 그리고 선실 여기저기에 토해 놓고 그 난장판을 제대로 치우지 못했다는 죄책감이 밀려들었다.

아일리시는 이제 코로 숨을 쉬며 정신을 집중하고, 속이 다시 뒤집히지 않게 안간힘을 쓰고, 놓아 버렸던 의지력을 끌어모아, 침대 사다리를 올라 어둠 속에 누웠다. 배가 아까보다 더 거센 파도에 부딪치는지 그 소름 끼치는 굉음은 더욱 심해졌다. 그럼에도 그녀는 배가 앞으로 나아가고 있다고 상상했다. 잠시 아일리시는 자신이 저 바다라고, 정기선의 무게와 힘에 저항해 거세게 밀어붙이는 바다라고 상상했다. 그녀는 가볍고 평안한 잠으로 빠져들었다.

이마에 닿는 부드러운 손길에 잠이 깼다. 아일리시는 눈을 뜨고서야 자신이 어디에 있는지 정확히 인지했다.

"어쩌나, 불쌍하기도 하지." 조지나가 말했다.

"저 사람들이 화장실 문을 열어 주지 않았어요." 아일리시는 최대한 힘없는 목소리로 말했다.

"나쁜 놈들!" 조지나가 화를 냈다. "항상 그런다니까. 화장실에 먼저 들어가서 문을 잠가 버리는 사람들이 늘 있어. 내가 어떻게 처리하는지 잘 보렴."

아일리시는 자리에서 일어나서 천천히 사다리를 내려갔다. 토사물 냄새가 끔찍했다. 조지나는 핸드백에서 손톱줄을 꺼내 부지런히 화장실 문 자물쇠를 따고 있었다. 그녀는 크게 힘들이지 않고 문을 열었다. 아일리시가 그녀를 따라 화장실에 들어가 보니, 그곳엔 저쪽 객실 승객들의 욕실 용품들이 놓여 있었다.

"이번엔 우리가 저쪽 문을 잠가 버리자. 오늘 밤엔 더 심할 테니까." 조지나가 말했다.

아일리시가 보니, 자물쇠는 손톱 줄 하나로 쉽게 들어 올릴 수 있는 단순한 금속 빗장이었다.

"해결책은 하나뿐이야. 내 짐 가방을 여기 화장실에 가져다 놓으면 돼. 물론 우리 쪽 화장실 문은 닫히지 않을 테니까 변기에는 옆으로 돌아앉아야 하겠지. 하지만 저쪽 사람들은 아예 들어오지도 못할 거야. 불쌍한 것."

조지나는 다시 동정 어린 눈으로 아일리시를 보았다. 그녀는 곱게 화장한 얼굴이었다. 맹위를 떨치던 지난밤도 그녀를 피해 간 것 같았다.

"어제 저녁때 뭐 먹었니?" 조지나가 짐 가방을 화장실 안으로 옮기면서 물었다.

"양고기였을 거예요."

"그리고 콩……. 콩이 많았겠지. 지금은 좀 어때?"

"아까만큼 심하지는 않아요. 제가 복도를 엉망으로 만들었죠?"

"그래, 하지만 배 전체가 엉망진창이야. 일등실도 엉망인걸. 직원들이 그곳을 치우기 시작할 테니까 몇 시간 뒤면 이 아래로 내려올 거야. 저녁은 왜 그렇게 많이 먹었어?"

"이럴 줄 몰랐어요."

"우리가 갑판에 나갔을 때 사람들 하는 얘기 못 들었니? 몇 년 만에 온 최악의 폭풍이래. 항상 심하기는 하지. 더욱

이 이 아래쪽은……. 그래도 이번은 정말 끔찍하네. 물만 마시도록 해. 다른 건 안 돼. 씹을 거리는 안 된다고. 몸매 가꾸는 데는 아주 효과적이지."

"냄새 때문에 죄송해요."

"직원들이 와서 다 치워 줄 텐데 뭐. 직원들이 오는 소리가 들리면 화장실에 둔 저 짐 가방을 치웠다가 직원들이 나가면 다시 갖다 놓기로 하자. 일등실에 갔다가 들키는 바람에 배가 정박할 때까지 여기를 떠나지 말라는 경고를 받았어. 그러지 않으면 도착하는 대로 날 체포한다나? 덕분에 너는 말벗이 생겼구나. 그리고 얘, 내가 토할 때쯤이면, 너도 다 알게 되겠지만, 내일이나 그쯤 되면 사람들 모두가 다 토할 거야. 그것도 아주 많이. 그런 다음에는 잔잔한 바다로 들어가게 되지."

"기분이 끔찍해요." 아일리시가 말했다.

"그걸 뱃멀미라고 하는 거예요, 바보 아가씨. 그래서 네 얼굴이 파랗게 질린 거고."

"제 꼴이 형편없죠?"

"그래, 맞아. 하지만 이 배에 탄 사람들 다 그래."

조지나가 그 말을 하는 순간 저쪽 객실에서 요란하게 노크하는 소리가 들렸다. 조지나는 화장실로 들어갔다.

"꺼져!" 그녀가 소리쳤다. "내 목소리 들려? 거 잘됐네!

들었으면 꺼지라고!"

아일리시는 맨발에 잠옷 차림으로 조지나 뒤에 서 있었다. 그녀는 소리 내 웃고 있었다.

"이젠 제가 화장실 좀 써야겠어요." 아일리시가 말했다. "괜찮겠죠?"

나중에 청소부들이 소독제를 탄 물이 가득 든 양동이를 들고 와서 복도와 객실 바닥을 닦았다. 그들은 더러워진 침대보와 담요를 새것으로 갈고 새 수건도 가져왔다. 조지나는 청소부들이 오는지 지켜보다가 짐 가방을 원래 있던 객실 문 안쪽에 도로 밀어 놓았다. 이웃 객실 승객들, 아일리시가 처음 보게 된 두 명의 나이 지긋한 미국 숙녀들은 청소부들에게 화장실 문이 잠겨 있었다고 하소연했지만 청소부들은 어깨만 으쓱하고는 할 일을 계속했다. 청소부들이 방을 나간 순간, 조지나와 아일리시는 이웃 객실 사람들이 이쪽 화장실 문을 잠글세라 냉큼 화장실로 짐 가방을 옮겼다. 화장실 문과 객실 문을 모두 쾅 소리 나도록 닫고서, 아일리시와 조지나는 큰 소리로 웃었다.

"저들이 한발 늦었어. 이제 자기들도 혼 좀 나 보라지!" 조지나가 말했다.

그녀는 식당에 가서 물병 두 개를 가지고 돌아왔다.

"웨이터가 한 명밖에 없지 뭐야, 그래서 마음대로 집어 올 수 있었지. 이게 오늘 밤 네 식량이야. 아무것도 먹지 말고 물을 많이 마셔. 그게 비결이야. 멀미가 멈추지야 않겠지만 그래도 어제처럼 심하지는 않을 거야."

"느낌으로는 선체가 계속 뒤로 밀려나는 것 같아요." 아일리시가 말했다.

"이 밑바닥에서는 항상 그렇게 느껴져." 조지나가 대답했다. "몸을 움직이지 말고 가만히 숨을 골라. 메스꺼워지면 실컷 토해 내고. 그러다 보면 내일은 새로운 여자로 거듭날 거야."

"이 배를 수천 번 타 본 분 같아요."

"그랬지." 조지나가 말했다. "1년에 한 번 엄마를 뵈러 집에 가거든. 일주일간 이만저만 고생이 아니야. 겨우 정신을 차릴 때쯤이면 돌아가야 하고. 그래도 난 사람들을 만나는 게 정말 좋아. 누구도 다시 젊어질 수는 없어. 누구도. 그러니까 같이 시간을 보내는 건 좋은 일이야."

구역질이 계속되는 하룻밤을 또 보낸 후, 아일리시는 녹초가 되었다. 정기선은 바다를 두들겨 패는 것 같았다. 그러다가 마침내 바다가 잠잠해졌다. 주기적으로 복도를 오락가락하던 조지나는 옆 객실의 두 승객을 만났고, 어차피 폭풍이 지나갔으니 상대방의 화장실 사용을 방해하지 말고 사이좋게 나눠 쓰기로 합의했다. 조지나는 화장실에서 짐 가방을 치웠고, 배가 고프다는 아일리시에게 경고했다. 아무리 배고파도 아무것도 먹지 말고 물을 많이 마실 것, 그리고 아무리 자고 싶은 유혹을 뿌리칠 수 없다 해도 낮에는 자지 않으려 애쓸 것. 밤새 푹 자면 기분이 훨씬 좋아질 것이라고 조지나는 덧붙였다.

아일리시는 이 비좁고 탁하고 어두운 공간에서 나흘 밤을 더 보내야 한다는 게 믿기지 않았다. 떠나지 않는 끔찍한 배고픔, 거기에 섞인 희미한 메스꺼움, 그리고 조지나가 객실을 비울 때마다 더 심해지는 듯한 폐소공포증⋯⋯. 아일리시가 그것들에서 벗어나 잠시 한시름 놓을 수 있는 건 화장실에 씻으러 들어갈 때뿐이었다.

고향 집에는 욕조만 있었기에, 아일리시는 한 번도 샤워를 한 적이 없었다. 샤워기 수도꼭지를 완전히 잠그지 않은 채 물 온도를 적당히 맞추는 법을 터득하기까지는 시간이 걸렸다. 몸에 비누칠을 하고 젖은 머리에 샴푸 거품을 내면서, 아일리시는 이 물이 바닷물을 데운 건지, 그게 아니면 이 배가 어떻게 이 많은 양의 담수를 운반하는지 궁금했다. 아마 물탱크에 싣고 온 물이거나 빗물일 것 같았다. 그게 어떤 물이든, 물을 맞으며 서 있으니 리버풀을 떠난 후 처음으로 마음이 편안해졌다.

배가 항구에 도착하기 전날 밤, 아일리시는 조지나와 함께 식당으로 갔다. 조지나는 그녀의 몰골이 형편없다면서 조심하지 않으면 엘리스섬[*]에서 격리되거나 적어도 정밀 검사를 받게 된다고 겁을 주었다. 선실에 돌아온 후 아일리시는 여권과 함께 미국에 입국하는 데 아무 문제가 없음을 증명하는 서류들을 조지나에게 보여 주고, 플러드 신부를 만나기로 되어 있다고 얘기했다. 조지나는 놀라면서, 아일리시가 받은 것은 임시 취업 비자가 아니라 정식 취업 비자라고 말했다. 아무리 사제가 힘을 쓴다 한들 요즘은 옛날과 달라서 그런 서류를 얻는 게 쉽지 않았을 거라고 했다. 조지나는 아일리시에게 가방을 열어 가져온 옷들을 보여 달라고 하더니 하선할 때 입을 적당한 옷을 골라 주며 너무 구겨진 옷은 절대 입지 말라고 했다.

"화려해도 안 돼. 매춘부처럼 보여선 안 된다고." 조지나가 말했다.

조지나는 로즈가 준 흰색 바탕에 빨간 꽃무늬가 들어간 드레스와 평범한 카디건, 단색의 스카프를 골랐다. 그녀는

---

[*] Ellis Island. 허드슨강 하구 맨해튼섬 남서쪽에 있으며, 1892~1954년 이민자들의 입국 심사를 하던 곳이다.

아일리시가 가져온 구두 세 켤레를 살펴보더니, 가장 무난한 것을 고르면서 구두는 반짝반짝 윤이 나야 한다고 강조했다.

"외투는 팔에 걸치고. 어디로 갈지 잘 아는 사람처럼 보여야 해. 그리고 내릴 때까지는 머리 감지 마. 바닷물로 감으니까 머리카락이 무슨 철 수세미 뭉치처럼 뻗쳤잖아. 그나마 머리 모양을 좀 잡으려면 솔빗으로 몇 시간은 빗어야겠네."

다음 날 오전, 조지나는 짐 가방을 갑판으로 옮겨 달라고 부탁하고 그사이에 화장을 시작하더니, 아일리시에게는 뒤로 틀어 올릴 수 있도록 손질한 머리카락을 빗으로 쫙 펴라고 했다.

"너무 순진하게 보여선 안 돼. 내가 아이라이너랑 립스틱, 마스카라로 화장을 해 주면 출입국 관리소 사람들이 감히 널 불러 세우지는 않을 거야. 네 가방은 완전히 글러 먹었지만, 그건 어쩔 도리가 없네."

"가방이 뭐 잘못됐어요?"

"아일랜드 냄새가 팍팍 나잖아. 그 사람들은 꼭 아일랜드인을 불러 세우거든."

"정말요?"

"그렇게 겁먹은 표정 하지 말고."

"배고파요."

"다들 배고파. 하지만 애야, 배고픈 표정 지으면 안 돼. 배부른 척해."

"집에선 화장을 거의 한 번도 안 해 봤어요."

"어쨌든, 넌 지금 자유와 용기의 땅에 들어가기 직전이라고. 네가 어떻게 여권에 도장을 받아 냈는지 아직도 모르겠네. 아마 사제가 아는 사람이 있었나 보지. 출입국 관리소 사람들이 널 불러 세울 핑계는 결핵에 걸린 게 의심스러울 때뿐이니까, 무슨 일이 있어도 기침하면 안 돼. 참, 무슨 이상한 눈병이 의심될 때도 세우던데, 그 눈병 이름이 생각나지 않네. 그러니까 눈을 또렷이 뜨고 있어야 해. 하지만 서류만 보고 불러 세우지 않을 때도 가끔 있어."

조지나는 아일리시를 침대 아래 칸에 앉히더니 얼굴을 불빛 쪽으로 향한 채 눈을 감으라고 했다. 그녀는 20분 동안 천천히, 아일리시의 얼굴에 엷게 분을 바르고 볼연지와 아이라이너, 마스카라로 화장을 해 주었다. 그러고는 아일리시의 머리를 뒤로 묶어 틀어 올렸다. 화장을 마친 후 그녀는 아일리시에게 립스틱을 주고 화장실에 보내면서 입술 위아래로 번지지 않게 조심해서 살짝만 바르라고 말했다. 거울에 비친 자기 모습을 본 아일리시는 놀랐다. 성숙해 보였고, 예뻐 보이기까지 했다. 아일리시는 로즈나 조지나가 하는 것처럼 적절히 화장하는 방법을 배우고 싶다는 생각이 들었다. 이렇게만 보일 수 있다면, 생판 모르는, 어쩌면 두 번 다시 안 볼지도 모를 사람들 틈에 나서는 게 훨씬 쉬워질 것이었다. 그러면 덜 긴장할 것 같았다. 아니, 어쩌면 더 긴장할지도 몰랐다. 브루클린에서 날마다 이렇게 입고 다닌다면 사람들이 그녀의 겉모습을 보고 잘못 판단할 수 있다는 걸 알았기 때문이다.

제2부

아일리시는 밤중에 깨어 담요를 바닥으로 밀어 버리고는 침대보 한 장만 덮고 다시 잠을 이루려 애썼다. 그래도 너무 더웠다. 온몸이 땀으로 흥건했다. 사람들 말대로 지난주 더위의 여파인 모양이었다. 곧 기온이 내려가면 담요가 필요하겠지만, 당장은 무덥고 습한 기운이 남아 있을 것이고, 거리에 다니는 사람들도 모두 느릿느릿 힘없이 움직일 터였다.

아일리시의 방은 집 뒤쪽에 있었고 욕실은 복도 건너편에 있었다. 마룻바닥은 삐걱거리고 문은 가벼운 재질인 데다가 수도관 소리까지 요란해, 밤중에 다른 하숙생들이 욕실에 들어가거나, 주말에 밤늦게 귀가하면 그 소리가 고스

란히 들렸다. 바깥이 아직 어두우니 이렇게 깨어 있는 건 상관없었다. 아직 잘 시간이 있었으므로 침대에 웅크리고 있어도 되었다. 그러다 보면 다가올 하루에 관한 온갖 생각을 머리에서 쫓아 버릴 수 있었다. 그러나 바깥이 훤할 때 깨어나면, 기껏해야 한두 시간 뒤 자명종이 울리고 하루가 시작되곤 했다.

집주인인 키호 부인은 웩스퍼드 출신이었고, 일요일에 큐러클로와 로슬레어 스트랜드에 나들이 갔던 얘기, 헐링* 대회 얘기, 웩스퍼드 중심가에 늘어선 가게들 얘기, 자기가 기억하는 사람들 얘기 등 고향 얘기를 무척 좋아했다. 아일리시는 처음에 키호 부인이 과부라고 생각하고, 남편의 출신지에 관해 물었지만 키호 부인은 슬프게 미소 지으며 남편이 킬모어 키 출신이라고 답하고는 입을 닫았다. 나중에 아일리시가 플러드 신부에게 그 일을 얘기하자, 신부는 키호 부인의 남편에 관해선 말하지 않는 편이 좋다고 일렀다. 그가 키호 부인에게 수입원 하나 없이 빚더미와 클린턴가에 있는 그 집만 남긴 채 전 재산을 다 털어 서부로 떠났다는 것이다. 키호 부인이 그 집에 아일리시 말고도 다섯 명의 아가씨를 하숙생으로 들인 이유였다.

* Hurling. 하키와 비슷한 아일랜드의 전통 구기 운동.

키호 부인은 1층에 있는 거실과 침실, 욕실을 혼자 썼다. 전화도 있었지만, 어떤 상황에서든 하숙생의 전화를 대신 받아 주지는 않는다고 아일리시에게 단호하게 말했다. 하숙생들은 지하실에 두 명, 그리고 2층에 네 명이 있었다. 그들은 1층에 있는 널찍한 부엌을 같이 썼고, 그곳에서 키호 부인이 저녁 식사를 차려 주었다. 하숙생들은 자기 컵과 컵 받침을 사용한다면 언제든지 차나 커피를 마실 수 있지만, 마신 후에는 직접 씻고 말려서 제자리에 놓아야 했다.

일요일에는 키호 부인이 나타나지 않는 게 원칙이었으므로, 요리를 하거나 부엌을 깨끗이 정돈하는 일은 하숙생들 몫이었다. 키호 부인은 일요일 새벽에는 미사에 가고, 저녁에는 친구들과 어울려 구식 포커를 쳤다. 아일리시는 고향에 부치는 편지에서 키호 부인이 그 포커 게임을 하나의 의무인 것처럼 말했다고 적었다.

매일 저녁 식사를 하기 전에 하숙생들이 엄숙히 일어서서 손을 잡으면 키호 부인이 감사 기도를 올렸다. 자리에 앉고 나서도, 부인은 하숙생끼리 떠들거나 자기가 모르는 문제를 이야기하는 걸 좋아하지 않았고 남자 친구 얘기를 부추기지도 않았다. 부인은 주로 옷과 구두에 관심이 많아서 어디서, 얼마에, 연중 어느 때에 살 수 있는지 궁금해했다. 패션의 변화와 새로운 유행은 부인에겐 일상적인 화젯거리였지만, 스스로 종종 시인하듯, 일부 새롭게 유행하는 색과 스타일을 따르기엔 나이가 많았다. 그러나 아일리시가 보기에 부인의 옷차림은 흠잡을 데 없었고, 하숙생들이 입거나 걸치는 모든 것을 꼼꼼히 살폈다. 부인은 또 피부 관리, 여러 피부 유형별 문제에 관한 애기도 무척 좋아했다. 키호 부인은 토요일마다 같은 미용사를 찾아가 몇 시간을 들여 머리를 손질했고, 일주일간 완벽한 머리 모양을 유지했다.

아일리시와 같은 층, 앞쪽 침실에는 벨파스트 출신의 미스 매캐덤이 살았다. 비서 일을 하는 그녀는, 가격이 올랐다는 주제가 아닌 다음에야 패션에 관해서는 식탁에서 가장 말수가 적은 사람이었다. 아일리시는 고향에 부치는 편지에서 그녀를 새침데기라고 소개했다. 그녀는 아일리시에게 다른 하숙생들처럼 욕실에 목욕용품을 늘어놓고 쓰지 말아 달라는 '특별 부탁'을 했다. 2층에 사는 나머지 하숙생들은 미스 매캐덤보다 어린데, 키호 부인과 미스 매캐덤에게 수시로 잘못을 지적당하는 신세였다. 그중 하나인 패티 맥과이어는, 아일리시에게 직접 들려주길, 뉴욕주 북부에서 태어났고, 지금은 아일리시처럼 브루클린에 있는 큰 백화점 한 곳에서 일하고 있었다. 아일리시는 패티가 남자에 미쳐 있다고 편지에 적었다. 패티와 가장 친한 친구는 지하실에 살았다. 이름은 다이애나 몬티니, 어머니가 아일랜드 사람이었고 빨강 머리였다. 패티처럼 다이애나도 미국식 억양을 썼다.

다이애나는 키호 부인이 만든 음식이 지나치게 아일랜드식이고 살이 잘 찐다며 끊임없이 투덜거렸다. 다이애나와 패티는 매주 금요일과 토요일 밤이면 몇 시간씩 공들여 치장한 뒤 놀이공원이나 영화관, 무도장에, 그리고 미스 매캐덤의 심술궂은 말에 따르면 남자들이 있는 곳이라면 어디든 가곤 했다. 패티와 같은 층을 쓰는 실라 헤퍼넌은 한밤중 소음을 둘러싸고 항상 실랑이를 벌였다. 패티나 다이애나보다 나이가 많은 실라는 스케리스 출신이었고 비서로 일하고 있었다. 키호 부인이 실라와 패티 사이에 벌어지는 싸움의 원인을 아일리시에게 설명해 주는 와중에, 부엌에 있던 미스 매캐덤이 끼어들더니, 그 두 사람은 물건을 어질러 놓는 것도 똑같고, 자기가 실수로 욕실에 두고 나온 비누, 샴푸 심지어 치약까지 함부로 쓰는 것도 똑같다고 덧붙였다.

미스 매캐덤은 항상 패티와 실라에게 군소리를 했고, 키호 부인에게는 그 두 사람이 계단과 위층 마룻바닥을 지날 때 구두 소리를 크게 낸다고 불평하곤 했다.

지하에는 다이애나 말고도 골웨이 출신의 미스 키건이 살았다. 그녀는 피어너 팔*과 데벌레라,** 혹은 미국 정치 체제가 화제에 오를 때가 아니면 별로 말이 없었는데, 미스 키건에 따르면, 키호 부인은 정치 토론이라면 질색을 하는 사람이어서, 그런 이야기가 화제가 되는 일은 좀처럼 없었다.

처음 맞는 두 번의 주말에 패티와 다이애나는 아일리시에게 같이 외출할 생각이 있는지 물었다. 하지만 아일리시는 아직 급여를 받지 못한 상태라, 토요일 밤에 잠들기 전까지 부엌에 남아 있는 편을 택했다. 그리고 두 번째 일요일 오후에는 혼자서 산책을 나갔다. 그 전주에 미스 매캐덤과 함께 나가는 실수를 했기 때문이다. 그녀는 누군가를 좋게 말하는 법이 없었고 이탈리아인이나 유대인으로 생각되는 사람이 지나갈 때마다 못마땅해하며 콧방귀를 뀌어 대곤 했다.

"내가 길거리에서 이탈리아어로 떠드는 소리를 듣거나, 우스꽝스러운 모자 쓴 사람들을 보려고 여기 미국까지 온 건 아니잖아."

집으로 보내는 또 다른 편지에서 아일리시는 키호 부인

---

* Fianna Fail. 아일랜드 공화당.
** Eamon de Valera. 아일랜드 독립운동가로 피어너 팔 당을 설립했다.

하숙집의 위생 체계를 설명했다. 키호 부인이 많은 규칙을 정하지는 않았지만, 하숙집에는 외부인 출입 금지, 지저분한 식기와 컵 방치 금지, 그리고 집 안에서의 어떠한 세탁도 금지라는 규칙이 있었다. 월요일마다 근처에 사는 이탈리아 여자와 그 딸이 빨래를 수거하러 왔다. 하숙생이 저마다 가방 하나에 빨랫감을 담아 내용물 목록을 적어 함께 내놓으면 수요일에 세탁물이 돌아왔다. 그러면 키호 부인이 가방 바닥에 적힌 세탁비를 먼저 지불하고, 하숙생들이 퇴근하고 돌아와 자기 몫만큼 내는 방식이었다. 하숙생들은 깨끗이 빨아서 옷장에 걸거나 서랍장 속에 고이 개어 놓은 옷들을 볼 수 있었고, 깨끗한 침대보나 수건이 침대 위에 놓여 있기도 했다. 그 이탈리아 여자들이 뭐든 말끔하게 다려 놓고 드레스와 블라우스에 풀도 먹여 주니 정말 좋다고 아일리시는 편지에 적었다.

깜빡 잠이 들었던 아일리시는 다시 정신을 차렸다. 시계를 보니 7시 40분이었다. 당장 일어난다면 패티나 실라보다 먼저 욕실을 쓸 수 있었다. 미스 매캐덤은 벌써 출근했을 것이다. 아일리시는 목욕용품 가방을 챙기고 재빨리 문을 나서 층계참을 지나갔다. 머리를 망치고 싶지 않았기 때문에 샤워 캡을 썼다. 아일리시의 머리카락은 이 하숙집의 물로 감으면 배에서 그랬던 것처럼 곱슬곱슬해져서 빗질하는 데 시간이 꽤 걸렸다. 그녀는 급여를 받으면 좀 더 관리하기 쉽게 미용실에 가서 머리를 짧게 잘라야겠다고 생각했다.

아래층에 내려가니 다행히 부엌에는 혼자뿐이었다. 아일리시는 대화를 하고 싶지 않았기 때문에, 다른 사람이 들어오면 곧장 나갈 생각으로 식탁에 앉지도 않았다. 차와 토스트를 준비했다. 그녀는 아직까지 어디서도 마음에 드는 빵을 찾지 못했고 차와 우유에서는 이상한 맛이 났다. 버터에서도 그녀가 싫어하는 맛이 났는데, 기름기만 느껴질 정도였다. 어느 날 퇴근하고 집에 오다가 가판대에서 잼을 파는 여자를 본 적 있었다. 그 여자는 영어를 전혀 못 했다. 이탈리아인 같지는 않았고 어디서 왔는지 짐작할 수 없었지만, 여자는 여러 종류의 잼 단지들을 살펴보는 아일리시에게 미소를 지었다. 아일리시는 구스베리로 보이는 잼 하나를 골라 돈을 냈지만, 키호 부인의 집에 와서 맛을 보니 전혀 새로운 맛이었다. 무슨 잼인지는 알 길이 없었지만, 설탕 세 스푼이 차와 우유의 맛을 가려 주는 것처럼, 그 잼이 빵과 버터의 맛을 덮어 주었기 때문에 아일리시는 무척 흡족했다.

로즈가 준 돈의 일부는 구두를 사는 데 썼다. 처음 샀던 구두는 편안해 보였지만 며칠 신고 나자 발이 조금씩 아파 오기 시작했다. 두 번째 구두는 납작하고 수수했지만 아주 잘 맞았다. 아일리시는 그 구두를 가방에 넣고 다니면서 직장에 도착하면 갈아 신었다.

아일리시는 패티나 다이애나가 자기에게 너무 많은 관심을 보이는 게 싫었다. 그녀가 새로 온 데다 가장 나이가 어려서인지, 그들은 아일리시에게 끊임없이 충고나 비판, 비평을 늘어놓았다. 아일리시는 이게 얼마나 오래갈지 궁금했고, 그들의 관심이 별로 달갑지 않다는 걸 알려 주기 위해 그들이 얘기할 때면 희미하게 미소를 짓거나, 특히 아침에는 몇 번, 그들이 하는 말을 전혀 이해하지 못하는 척 멍한 표정으로 그들을 쳐다보곤 했다.

아침 식사를 끝낸 아일리시는 방금 들어온 패티에게는 아무런 관심도 보이지 않은 채 컵과 받침, 접시를 씻고는 재빨리 집을 빠져나왔다. 직장에 도착하기까지 시간은 넉넉했다. 이곳에 온 지 벌써 3주째였고, 어머니와 로즈에게 여러 번, 버밍엄의 오빠들에게도 한 번 편지를 썼지만 아직 아무런 답장을 받지 못했다. 아일리시는 길을 건너다가 문득, 6시 반쯤 집에 도착할 때면 가족에게 들려줄 온갖 이야기가 산더미처럼 쌓여 있을 거라는 생각이 들었다. 매 순간이 어떤 새로운 장면이나 감각, 또는 정보를 담고 있었다.

지금까지는 직장에서 보내는 날들이 따분하지 않았고, 시간은 제법 쉽게 지나갔다.

시간이 지나고, 이제 막 보낸 그날이 일생 중 가장 길었던 하루처럼 느껴진 건 퇴근해서 저녁 식사를 마친 후 침대에 누웠을 때였다. 아일리시는 한 장면 한 장면을 되새기는 자신을 발견했다. 아주 사소한 것들까지도 머릿속에 생생했다. 일부러 다른 것을 생각하거나 머리를 비우려 하면, 어느새 낮에 벌어졌던 사건들이 되살아나곤 했다. 그녀는 날마다 생각했다. 그날 일어난 일을 곰곰이 되새기고 갈무리한 후 머릿속에서 몰아내려면 또 다른 하루가 꼬박 필요하다고. 그래야 낮에 있었던 일 때문에 밤중에 깨는 일도 없고, 온갖 낯선 색채나 인파, 광포하고 빠른 것들이 가득 뒤엉킨 낮 동안의 장면이 번뜩이는 꿈을 꾸는 일도 없을 것 같았다.

아일리시는 아침 공기가 좋았고 나뭇잎이 거의 다 떨어진 거리의 고요가 좋았고 모퉁이 건물에만 가게가 있는 주택가가 좋았다. 거리에는 저마다 서너 가구씩 들어 사는 공동 주택이 있었고, 아일리시는 그 거리를 걸어서 출근하며 아이를 학교에 데려다주는 여인들을 지나쳤다. 그러나 계속 걷다 보면 거리도 더 넓고 오가는 사람도 더 많은 진짜 세상에 가까워졌다. 일단 애틀랜틱 대로에 도착하면, 건물

사이의 간격이 너무 넓고 방치된 건물이 너무 많아서 브루클린이 낯선 장소처럼 느껴지기 시작했다. 그러다가 풀턴가에 도착하면 갑자기, 길을 건너기도 힘들 만큼 많은 인파가 쏟아졌다. 그 빽빽한 인간 무리들 틈에 끼어 첫 출근을 하던 날 아침, 그녀는 어디서 싸움이 났거나 누군가 다쳐 사람들이 구경하러 모여든 줄 알았다. 아침마다 아일리시는 군중이 흩어지기를 기다리며 1~2분 정도 뒤로 물러서 있곤 했다.

바르토치스 매장에 도착하면 출근 카드를 찍어야 했는데, 그건 쉬운 일이었다. 그다음엔 아래층 여자 휴게실에 있는 사물함으로 가서 매장 여직원이 입는 파란색 유니폼으로 갈아입었다. 아일리시는 대체로 다른 여직원보다 일찍 출근했다. 몇몇 여직원은 종종 마지막 순간에야 나타났다. 매장 책임자인 미스 포티니가 이를 못마땅해한다는 걸 아일리시는 알고 있었다. 첫 출근 날, 플러드 신부가 아일리시를 매장 사무실로 데려갔고, 아일리시는 그곳에서 엘리사베타 바르토치와 면접을 봤다. 매장 소유주의 딸인 그녀는 아일리시가 태어나서 본 여자 중 가장 완벽한 옷차림을 하고 있었다. 아일리시는 어머니와 로즈에게 쓴 편지에서, 미스 바르토치의 화려한 빨간색 옷과 흰색 민무늬 블라우스, 굽 높은 빨간 구두, 완벽히 손질한 윤기 나는 검은 머리에 대해 묘사했다. 미스 바르토치의 립스틱은 선명한 빨강이었고 눈동자는 아일리시가 본 것 중 가장 검었다.

"브루클린은 매일매일 변해요." 미스 바르토치의 말에 플러드 신부는 고개를 끄덕였다. "새로운 사람들이 들어오고 있는데 유대인, 아일랜드인, 폴란드인, 심지어 유색 인종도 있어요. 우리의 오랜 고객들은 롱아일랜드로 이주하고 있지만 우리가 그들을 따라 이사할 수는 없으니까 매주 새로운 고객을 맞아야 해요. 우리는 모든 고객을 똑같이 대하죠. 이 가게를 찾아오는 한 사람 한 사람 모두 환영이에요. 그들 모두가 쓸 돈을 가지고 오니까요. 우리 매장은 가격은 낮게, 친절도는 높게 유지한답니다. 그걸 좋아하는 고객은 다시 찾아오겠죠. 새로 사귄 친구처럼 고객을 대하세요. 할 수 있겠죠?"

아일리시는 고개를 끄덕였다.

"아일랜드인의 환한 미소를 보여 주시고요."

미스 바르토치가 매장 관리자를 부르러 나간 사이, 플러드 신부가 아일리시에게 사무실에서 일하는 사람들을 한번 보라고 했다.

"여기 사람들 대부분이 너처럼 매장에서부터 시작했다. 그런 다음 야간학교에 다니며 공부했고 지금은 사무실에서 일하지. 저들 중에는 정식 자격증을 딴 회계원들도 있단다."

"부기를 공부하고 싶어요. 벌써 기본 과정은 마쳤는걸요." 아일리시가 말했다.

"여기는 다를 거야, 체계가 달라서." 플러드 신부가 말했다. "혹시 이 근방에 개설된 강좌에 들어갈 자리가 있는지 알아보마. 자리가 없다고 해도 한 사람쯤 더 들어갈 수 있는지 알아보자꾸나. 하지만 이 일은 미스 바르토치에게 말하지 않기로 하고, 당장은 네 일에 집중하는 게 좋겠구나."

아일리시는 고개를 끄덕였다. 곧 미스 바르토치가 미스 포티니와 함께 돌아왔다. 미스 포티니는 미스 바르토치가 말할 때마다 입도 거의 벌리지 않고서 "네" 하고 대답했다. 그녀는 시시때때로 사무실 여기저기를 둘러보았고, 그러다가 마치 뭔가 잘못을 저지르고 있던 사람처럼 황급히 다시 미스 바르토치의 얼굴을 쳐다보곤 했다.

"미스 포티니가 현금 결제 장치 사용법을 가르쳐 줄 거예요. 일단 방법을 알고 나면 쉬워요. 그리고 문제가 생기면 먼저 미스 포티니에게 알리세요. 아무리 사소한 문제라도 알려야 해요. 고객을 행복하게 하는 유일한 길은 직원들이 행복해지는 거예요. 근무는 월요일부터 토요일, 9시부터 6시까지, 점심시간은 45분, 일주일에 하루는 반일 근무예요. 그리고 우리는 모든 직원이 야간학교에 다니도록 장려하고 있는데……."

"우리끼리 방금 그 얘기를 하고 있었습니다." 플러드 신부가 끼어들었다.

"그래서 야간학교에 다니려는 직원에겐 우리가 수업료 일부를 지원해 주곤 하지요. 물론 전부는 아니고요. 혹시 매장에서 사고 싶은 게 있으면 미스 포티니에게 말해요. 대부분 할인 가격에 살 수 있어요."

미스 포티니가 아일리시에게 시작할 준비가 되었는지 물었다. 플러드 신부가 떠나자 미스 바르토치는 자기 책상으로 가서 활기차게 우편물을 열어 보기 시작했다. 미스 포티니가 아일리시를 매장으로 데려가 현금 결제 장치를 보여 주었을 때, 아일리시는 그것이 고향 래프터가의 댄 볼저스 옷 가게에 있는 것과 똑같다고는 말하지 않기로 했다. 그것은 현금과 명세서를 금속 용기에 넣어 튜브를 통해 매장을 거쳐 수납실로 전달하면, 그곳에서 명세서에 지불 표시를 한 후 거스름돈과 함께 도로 용기에 넣어 돌려보내는 방식이었다. 아일리시는 마치 그런 건 난생처음 보는 척, 미스 포티니가 차근차근 설명하도록 놔두었다.

이어서 미스 포티니는 각각 5달러를 동봉한 가상 명세서를 여러 장 보내겠다며 수납실에 미리 알렸다. 그러고는 명세서 윗부분에 자기 이름과 날짜를, 그 아래 구매 품목항 왼쪽에는 수량, 오른쪽에는 가격을 적으면서 아일리시에게 명세서 작성법을 보여 주었다. 미스 포티니는 또, 오해의 소지가 없도록 보내는 돈의 액수를 명세서 뒷면에 적어야 한다고 말했다. 고객 대부분은 거스름돈이 나올 때까지 기다려야 했다. 가격에 꼭 맞게 돈을 내는 고객은 거의 없고, 어쨌거나 대부분 품목의 가격은 몇 달러 99센트, 아니면 다른 홀수의 센트로 끝났다. 고객이 하나 이상의 품목을 구입할 경우, 그 총액은 항상 수납실에서도 확인해 주지만 아일리시가 직접 계산을 해야 한다고 미스 포티니가 설명했다.

"실수만 하지 않는다면 직원들이 알아보고 좋아할 거예요." 그녀가 덧붙였다.

아일리시는 미스 포티니가 여러 장의 명세서를 예시로 작성하고 그것들을 보냈다가 돌아올 때까지 기다리는 모습을 지켜보았다. 그다음에는 아일리시가 직접 명세서를 작성했는데, 첫 번째는 품목이 하나인 경우, 두 번째는 같은 품목이 여러 개인 경우, 세 번째는 여러 품목이 복잡하게 섞인 경우였다. 아일리시가 덧셈을 하는 동안 미스 포티니는 그녀를 굽어보며 서 있었다.

"천천히 하는 편이 나아요. 그래야 실수하지 않을 테니까."

아일리시는 덧셈에서 실수한 적이 한 번도 없다는 말은 하지 않았다. 대신 시키는 대로 천천히 계산하면서 정확한 액수가 나왔는지 확인했다.

매장에서 파는 의류 가운데 몇 가지 품목은 놀라웠다. 일부 브래지어의 컵은 지금껏 보았던 것들보다 훨씬 더 뾰족해 보였고, 한가운데 플라스틱을 집어넣은 것 같은, '투웨이 스트레치'라 불리는 건 전혀 새로웠다. 아일리시가 처음 판 물건은 브라살레트*이라는 것이었다. 그녀는 키호 부인네 하숙생들과 충분히 친해지면, 미국 여성들이 입는 이 속옷들에 대해 죄다 알려 달라고 누구에게든 부탁하기로 마음먹었다.

일은 쉬웠다. 미스 포티니는 시간 엄수와 용모 단정, 그리고 사소한 불만이나 질문들이 곧바로 자기에게 전달되는지에만 관심이 있었다. 미스 포티니의 위치를 알아내기는 어렵지 않았다. 그녀는 항상 지켜보고 있었고, 직원이 손님을 대하면서 조금이라도 곤란한 눈치를 보이거나 미소를 띠지 않을 때는 어김없이 알아차리고는 그 직원에게 눈치를 주면서 다가갔고, 그 직원이 다시 부지런하고 상냥한 태도를 취하는 걸 확인하고서야 걸음을 멈추었다.

♦ Brasalete. 브래지어 밑단이 허리까지 내려와 거들 역할을 하는 긴 브래지어.

아일리시는 점심을 먹을 수 있는 가까운 식당을 금방 알아냈다. 빠르게 식사를 마치면 20분 정도는 풀턴가 주변의 다른 점포들을 구경할 시간이 생겼다. 다이애나와 패티, 키호 부인 모두 바르토치스 매장 근처에서 가장 좋은 옷 가게는 베드퍼드 대로에 있는 로먼스 매장이라고 했다. 점심시간에 가 본 로먼스 매장의 아래층은 언제나 바르토치스 매장보다 붐볐고, 옷값은 더 싼 것 같았다. 위층으로 올라갔을 때는 로즈가 생각났다. 그곳은 여태까지 본 그 어느 매장보다 아름다웠기 때문이다. 손님들은 많지 않고 점원들은 우아한 옷차림을 하고 있어, 사실 의류 매장이라기보다 궁전에 더 가까웠다. 가격표를 볼 때는 파운드로 환산해야만 어느 정도인지 감이 왔다. 가격은 매우 저렴해 보였다. 로즈에게 편지를 쓸 때 정확히 설명해 주려고 몇몇 드레스와 예복, 그리고 가격을 외워 두려 애썼지만, 그 매장에 갈 때마다 여유가 없었다. 바르토치스 매장에 늦게 돌아가고 싶지는 않았기 때문이다. 지금까지는 미스 포티니와 아무 어려움도 없었고 그녀 밑에서 일한 지 얼마 되지 않았기에 문제를 일으키고 싶은 마음은 없었다.

근무한 지 3주가 지나고 4주째로 접어든 어느 날 아침, 풀턴가 건너편에서 바르토치스 매장의 쇼윈도를 본 아일리시는 뭔가 이상한 일이 생겼음을 알아챘다. 쇼윈도마다 '유명 나일론 세일'이라고 적힌 현수막이 걸려 있었다. 세일은 1월에나 하지 않을까 짐작만 했을 뿐 세일 계획이 있는 줄은 전혀 몰랐다. 탈의실에서 미스 포티니를 만났을 때 아일리시는 놀란 내색을 했다.

"바르토치 사장님은 세일을 항상 비밀에 부쳐요. 모든 일을 직접 밤새 감독하시고요. 매장 전체에 온갖 나일론 제품을 깔고 대부분 반값에 팔죠. 직원은 네 가지 품목을 살 수 있어요. 그리고 이건 돈을 보관하는 특별 가방인데, 오늘은 정확한 액수의 잔돈만 받아야 하기 때문이에요. 세일 가격은 전부 짝수로 끝나요. 그러니 명세서는 없어요. 그리고 경비가 엄격할 거예요. 나일론 스타킹까지 반값이라, 난생처음 보는 치열한 쟁탈전이 벌어질 테니까. 점심시간은 없어요. 대신 여기에 공짜 샌드위치와 소다수가 준비돼 있고요. 하지만 두 번 이상 내려오면 안 돼요. 내가 지켜볼 거예요. 오늘은 모두 일해야 해요."

문을 연 지 30분 만에 바깥까지 줄이 늘어섰다. 여자들 대부분이 스타킹을 찾았다. 그들은 먼저 스타킹 서너 켤레를 움켜쥔 다음에야, 색색별로 거의 모든 사이즈의 나일론 스웨터가 구비돼 있고 모든 것이 평소보다 적어도 절반은 싼값에 진열된 매장 뒤쪽으로 발을 옮겼다. 판매원들이 할 일은 한 손에는 바르토치스 쇼핑백을, 다른 한 손에는 현금 가방을 들고 손님들을 따라다니는 것이었다. 오늘은 잔돈을 거슬러 주지 않는다는 사실을 모르는 손님은 없는 것 같았다.

미스 바르토치와 사무실 직원 두 명이 출입문을 지키고 있었고, 밀려드는 인파 때문에 10시까지 문을 닫고 있어야 했다. 평소엔 수납실에서 일하는 사람들도 특별 유니폼을 입고 매장에서 일했다. 몇몇은 매장 밖에서 사람들이 제대로 줄을 서도록 관리했다. 평생 그렇게 번잡하고 분주한 곳은 처음이었다. 바르토치 사장은 인파 사이를 오가면서 현금 가방에 든 돈을, 자기가 든 커다란 캔버스 가방에 쏟아 부었다.

오전은 광란의 도가니였다. 아일리시는 한시도 주위를 둘러볼 여유가 없었다. 모두가 큰 소리를 치는 가운데, 문득문득 어머니와 에니스코시의 산책로를 걷던 10월의 초저녁 풍경, 잔잔하고 넉넉한 슬레이니 강물, 근처 어디선가 낙엽 태우는 냄새, 서서히 부드럽게 사위어 가던 햇빛이 섬광처럼 스쳐 지나갔다. 받은 지폐와 동전을 현금 가방에 넣을 때나 별별 여자들이 다가와 어떤 품목은 어디에 있는지 물을 때, 아까 샀던 물건을 다른 물건과 교환할 수 있는지 물을 때, 또는 그저 자기가 손에 든 물건을 사고 싶다고 말할 때에도 그 장면은 계속해서 떠올랐다.

미스 포티니는 특별히 큰 키가 아닌데도 모든 걸 조망할 수 있는 모양이었다. 쏟아지는 질문에 답하고, 바닥에 떨어진 것들을 줍고, 물건들을 정리해 단정하게 쌓아 올렸다. 오전은 순식간에 지나갔다. 그러나 오후가 되자 아일리시는 시계를 쳐다보는 자신을 발견했고, 얼마 후에는 수백 명은 될 것 같은 손님들을 상대하면서도 5분마다 시간을 확인하고 있음을 깨달았다. 그사이 나일론 제품 물량이 서서히 줄기 시작했다. 미스 포티니는 아일리시에게 필요한 게 있으면 지금 가서 네 가지만 챙겨 아래층에 가져다 놓으라고, 돈은 나중에 지불해도 된다고 했다.

아일리시는 자기가 신을 나일론 스타킹 한 켤레와 키호 부인에게 어울릴 만한 것으로 한 켤레, 그리고 어머니와 로즈에게 보낼 것으로 한 켤레씩 골랐다. 그것을 가지고 아래층에 내려가 사물함에 넣은 뒤, 다른 점원 한 명과 함께 자리에 앉아 소다수를 마셨다. 또 한 병을 더 따서 홀짝거리다 자리를 오래 비워 미스 포티니가 눈치채겠다는 걱정이 들자 다시 위로 올라갔다. 위층에 돌아왔을 때는 겨우 3시였다. 바르토치 사장의 감독을 받으며 남자 직원들이 물량이 떨어져 가는 일부 나일론 품목들을 보충하고 있었다. 그야말로 진열장에 물건을 쏟아붓는 중이었다. 나중에 하숙집에서 저녁을 먹을 때, 아일리시는 패티와 실라가 세일 소식을 듣고 점심시간에 가게로 달려와 물건을 사 갔다는 이야기를 들었다. 그들은 가게가 워낙 혼잡해서 아일리시를 찾아 인사할 겨를도 없었다고 했다.

키호 부인은 스타킹 선물에 기뻐하는 것 같았다. 스타킹 값을 주겠다고 했지만 아일리시는 선물이라며 사양했다. 그날 저녁 식사 때는 다들 바르토치스 매장의 유명 나일론 세일 얘기만 했다. 항상 깜짝 세일이긴 했지만, 거기서 일하는 아일리시가 자기도 세일을 시작하는지 전혀 몰랐다고 얘기하자 모두 놀랐다.

"그럼, 혹시 소문이라도 듣게 되면 우리한테 꼭 알려 줘." 다이애나가 말했다. "거기 나일론 스타킹이 최고거든. 다른 것들처럼 쉽게 올이 나가지 않아. 어떤 가게에서는 정말 쓰레기 같은 걸 팔아."

"그 얘기는 그만하면 됐다." 키호 부인이 말했다. "그래도 모든 가게가 저마다 최선을 다하고 있을 게다."

나일론 세일을 둘러싼 흥분과 토론 때문에, 아일리시는 식사가 끝나고 나서야 편지가 세 통 왔다는 걸 알았다. 매일 퇴근하자마자, 키호 부인이 우편물을 놔두는 부엌의 간이 탁자를 확인하던 그녀였다. 오늘 저녁엔 깜박하고 확인하지 않았다는 사실이 믿기지 않았다. 아일리시는 다른 하숙생들과 차를 마시면서도 초조하게 그 편지들을 손에 쥐고 있었고 편지 생각에 빨라지는 심장 박동을 느꼈다. 어서 방에 올라가 봉투를 뜯고 고향 소식을 읽을 수 있기를 바랐다.

필체만 봐도 알 수 있는 그 편지들은 어머니와 로즈와 잭이 보낸 것이었다. 어머니 편지를 먼저 읽고 로즈의 편지는 맨 나중에 읽기로 했다. 어머니의 편지는 짧았고 새로운 소식도 없었다. 아일리시의 안부를 묻는 사람들을 적은 목록에 그들을 만난 시간과 장소에 관한 얘기를 보탠 정도였다. 잭의 편지도 거의 비슷했다. 다만 거기에는 어머니와 로즈에게는 말하지 않은 항해 중 고생한 이야기가 적혀 있었다. 로즈의 필체는 언제나처럼 아름답고 또렷했다. 로즈는 골프와 직장 얘기와 함께 도시가 매우 조용하고 심심하며 아일리시가 밝은 빛 속에서 지내게 되어 정말 다행이라고 썼다. 로즈는 추신에서 가끔 사적인 문제나 어머니가 걱정하실 만한 일은 자기에게 따로 편지를 쓰라고 제안했다. 그러면서 직장 주소를 알려 주었다.

편지에는 별 내용이 없었다. 개인적인 애기는 찾아보기 힘들었고 누구의 목소리라고 할 만한 생생함도 없었다. 그럼에도 편지를 읽고 또 읽는 동안 아일리시는 잠시나마 자신이 어디 있는지 잊고서, 바즐던 본드* 편지지와 편지봉투를 부엌에 가져다 놓고, 틀려서 지워 낸 글자 하나 없이 또박또박 편지를 써 내려가는 어머니를 그려 볼 수 있었다. 아마 로즈는 식당에 자리를 잡고, 직장에서 가져온 종이에다 편지를 쓴 뒤 어머니의 것보다 더 우아한 흰 봉투에 넣었을 것이다. 로즈는 다 쓴 편지를 현관 탁자 위에 놔두었을 것이고, 어머니는 다음 날 아침 편지 두 통을 우체국에 가져가서 미국행 특별 우표를 붙였을 것이다. 잭이 어디서 편지를 썼을지는 짐작이 가지 않았다. 나머지 두 편지보다 짧은 잭의 편지는 너무 많은 얘기를 쓰기 싫다는 듯 약간 수줍어하는 투였다.

아일리시는 편지들을 머리맡에 두고 침대에 누웠다. 지난 몇 주 동안 집 생각을 제대로 해 본 적이 없는 것 같았다. 고향 도시의 모습은 세일 기간의 오후 시간 때와 같이, 순간적인 그림처럼 스쳐 지나가곤 했다. 물론 어머니와 언니 생각은 했지만, 에니스코시에서 살아온 그녀의 삶, 그녀가 잃어버렸고 두 번 다시 되찾을 수 없을 그 삶은 이미 마음속을 떠나 있었다. 날마다 그녀는 소음이 가득한 이 집, 이 작은 방에 돌아와 그날 있었던 새로운 사건을 낱낱이 되새기곤 했다. 그런데 이젠 그 모든 사건도, 그녀가 간직

♦ Basildon Bond. 영국의 유명한 문구 상표.

한 고향의 풍경과 비교하면 아무것도 아닌 것 같았다. 프라이어리가에 있는 그녀의 집과 방, 그녀가 거기서 먹었던 음식, 그녀가 입었던 옷…… . 모든 것이 얼마나 고요했던가.

이 모든 생각이 끔찍한 무게로 그녀를 짓누르자 한순간 울음이 터져 나올 것 같았다. 마치 가슴에 무슨 통증이 와서, 아무리 억누르려 애써도 눈물이 뺨을 타고 흘러내리도록 밀어내고 있는 것 같았다. 그것이 무엇이 됐든, 아일리시는 굴복하지 않았다. 무력감과 같은 이 새로운 감정의 정체가 무엇인지 생각하고 또 생각했다. 그것은 아버지의 관을 닫는 사람들을 지켜볼 때 느꼈던 감정과 비슷했다. 아버지가 다시는 이 세상을 못 보겠구나, 그리고 자신이 다시는 아버지한테 말을 걸 수 없겠구나 하는 절망 말이다.

이곳에서 그녀는 아무도 아니었다. 그저 친구가 없고 가족이 없다는 뜻이 아니었다. 이 방에서, 직장으로 가는 거리거리에서, 매장에서 그녀는 유령일 뿐이었다. 그 무엇도 아무런 의미를 갖지 못했다. 프라이어리가에 있는 집의 방들은 그녀의 것이었다. 그 방들을 돌아다닐 때면 그녀는 진짜 거기 존재했다. 고향에서 가게나 직업학교에 걸어갈 때면, 공기, 빛, 땅 모든 것이 견고했고 모두 그녀의 일부였다. 아는 사람 한 명 만나지 않아도 그랬다. 여기에선 그 무엇도 그녀의 일부가 되지 못했다. 다 가짜였고 공허했다. 아일리시는 눈을 감고, 지금껏 살면서 수없이 해 온 것처럼, 자기가 기대하는 뭔가를 떠올리려고 애써 보았지만, 아무것도 떠오르지 않았다. 아주 사소한 것조차도. 심지어 일요일도 떠오르지 않았다. 잠 말고는 없는 것 같았다. 그러나 바라는 게 정말 잠인지도 확신할 수 없었다. 심지어 아직은 잘 수도 없었다. 9시도 안 됐으니까. 할 수 있는 게 아무것도 없었다. 마치 어딘가에 갇혀 있는 것 같았다.

다음 날 아침, 아일리시는 밤에 잠을 많이 잔 건지 알 수 없었다. 그녀는 밤새 여러 가지 생생한 꿈을 꿨고, 눈을 떠 방을 보지 않으려고 꿈들이 계속 이어지도록 내버려두었던 것이다. 어느 꿈에는 에니스코시의 프라이어리 힐 꼭대기에 있는 법원이 나왔다. 이제야 기억나는 사실이지만 이웃들은 법원이 개정하는 날을 몹시 두려워하곤 했다. 신문에 보도되는 좀도둑질이나 취객 사건, 폭행 사건 때문이 아니었다. 아이들이 학교를 빼먹거나 말썽을 일으키거나 아니면 부모와 문제가 있다는 이유로, 가끔씩 판사가 아이들을 고아원이나 실업학교, 위탁가정에 보내라는 보호명령을 내렸기 때문이다. 때로는 아이들을 빼앗긴 엄마들이 위로할 수 없는 슬픔에 겨워 법원 밖에서 절규하고 울부짖는 모습을 볼 수 있었다. 그러나 그녀의 꿈엔 절규하는 여자들은 나오지 않고, 판사의 명령으로 곧 어디론가 가야만 한다는 사실을 아는 아이들만 말없이 한 줄로 서 있었는데, 아일리시도 그 가운데 있었다.

잠이 깨서 누워 있는 지금 그녀는 기분이 이상했다. 꿈속에서 그녀는 마치 어디론가 떠나기를 기대하는 것처럼, 전혀 두려움을 느끼지 않았다. 오히려 법원 앞에서 어머니를 볼까 봐 두려웠다. 꿈속의 그녀는 어머니를 피할 방법을 찾아냈다. 줄에 서 있던 누군가를 따라 옆문으로 빠져나갔고, 그다음에는 잠에서 깨지 않으면 영원히 계속될 듯한 자동차 여행을 떠났다.

아일리시는 일어나서 아주 조용히 욕실을 사용했다. 그러면서 풀턴가의 한 간이식당에서 아침을 먹으리라 생각했다. 출근길에 사람들이 그러는 것을 종종 본 적이 있었다. 옷을 입고 채비가 끝나자 발끝으로 걸어 집을 나왔다. 누구와도 마주치고 싶지 않았다. 시간은 겨우 7시 반이었다. 한 시간 동안 어딘가에 앉아서 커피와 샌드위치를 먹고, 그런 다음 일찍 출근할 계획이었다.

걷다 보니 다가올 하루가 두려워지기 시작했다. 간이식당 계산대에서 메뉴판을 보는데, 아침에 깼을 때는 절반밖에 기억나지 않던 또 다른 꿈의 단편들이 떠올랐다. 그녀는 기구를 탄 것처럼, 고요한 날에 고요한 바다 위를 날고 있었다. 아래로는 커시갭 절벽과 밸리코니거 해변의 부드러운 모래사장이 보였다. 바람은 그녀를 블랙워터로, 이어서 발라와 모나기어로 날려 보냈고, 다시 비니거 힐과 에니스 코시로 보냈다. 이 꿈의 기억 속에 얼마나 깊이 빠져 있었 던지, 계산대에 있던 웨이터가 괜찮으냐고 물었다.

"괜찮아요." 아일리시가 말했다.

"슬퍼 보여요." 그가 대답했다.

아일리시는 고개를 젓고는 애써 미소를 지었고 커피와 샌드위치를 주문했다.

"힘내세요." 그가 아까보다 큰 소리로 말했다. "자, 힘내 자고요. 그런 일은 절대 일어나지 않아요. 미소를 지으세 요."

계산대에 있던 다른 손님 몇몇이 아일리시를 쳐다보았 다. 눈물을 참을 수 없을 것 같았다. 아일리시는 음식이 나 올 때까지 기다리지 않고 다시 누가 말을 걸어올세라 얼른 그 식당을 뛰쳐나왔다.

그날따라 아일리시는 평소보다 자주 자기를 쳐다보는 미스 포티니의 눈길을 느꼈고, 그 때문에 손님을 직접 상대 하지 않을 때 자기가 어떻게 보일지 몹시 의식되었다. 아일 리시는 출입문과 앞쪽 쇼윈도와 거리 쪽을 쳐다보면서 바 쁜 것처럼 보이려 애썼지만, 의식적으로 자제하지 않으면, 곧장 꿈결처럼 멍한 상태에 빠지곤 했다. 잃어버린 모든 것을 반복해서 생각하고, 어떻게 하숙집에 돌아가서 저녁 시간에 다른 사람들을 마주할지, 자기와는 아무 상관 없는 방에서 어떻게 혼자 긴 밤을 보낼지 걱정하면서. 그러다가 매장 저쪽에서 자신을 응시하는 미스 포티니가 의식되면, 오늘도 여느 근무일과 똑같다는 듯 명랑한 얼굴로 손님들을 맞으려고 또다시 애를 썼다.

저녁 식사는 생각만큼 힘들지 않았다. 패티와 다이애나가 각자 새 구두를 사 왔는데, 키호 부인은 완전히 잘 샀다고 인정하기에 앞서, 그것들이 어떤 정장 혹은 드레스, 나머지 액세서리와 어울리는지 확인해야 직성이 풀렸기 때문이다. 저녁 식사 전후의 부엌은 패션쇼장 같았다. 미스 매캐덤과 미스 키건 두 사람이 매번 칭찬을 아끼는 가운데 패티와 다이애나는 새 구두를 신은 채 여러 번 옷을 갈아입거나 핸드백을 바꿔 들고서 부엌에 나타났다.

키호 부인은 다이애나가 그 구두에 맞춰 입으려고 했던 옷을 본 후에도, 구두가 괜찮은지 판단을 내리지 못했다.

"정말 어중간하네." 키호 부인이 말했다. "출근할 때 신을 수도 없고, 밤에 어디 놀러 가서 근사해 보이지도 않겠어. 세일 중이었다면 몰라도 네가 왜 그 구두를 샀는지 모르겠구나."

세일은 아니었다고 말하는 다이애나는 풀 죽은 모습이

었다.

"오, 그렇다면 영수증을 버리지 않았기를 바란다는 말밖에 할 수 없구나." 키호 부인이 말했다.

"전 꽤 맘에 드는데요." 미스 매캐덤이 말했다.

"저도요." 실라 헤퍼넌이 거들었다.

"그렇지만 언제 저걸 신으려고?" 키호 부인이 물었다.

"그래도 그냥 좋아요." 미스 매캐덤이 말하고는 어깨를 으쓱했다.

아일리시는 식사 시간에 자기가 한마디도 하지 않은 사실을 아무도 눈치채지 못해 다행이라 생각하면서 슬그머니 자리를 떴다. 지금 이 시간에 밖에 나가도 되는지, 무덤 같은 침실을 마주하고, 잠들기 전 떠오를 그 모든 생각과 자는 동안 찾아올 그 모든 꿈을 마주하는 것 말고 다른 할 일은 없는지 생각해 보았다. 그렇게 우두커니 복도에 서 있다가 위층으로 걸음을 옮겼다. 바깥은 너무 두려웠고, 그렇지 않다고 해도 이 저녁 시간에 갈 만한 곳이 전혀 없었기 때문이었다. 이 집, 이 집의 냄새, 이 집의 소음, 이 집의 색깔이 싫었다. 계단을 오르면서부터 아일리시는 이미 울고 있었다. 다른 사람들이 아래층 부엌에서 의상에 관한 토론을 벌이는 동안에는 들키지 않고 실컷 소리 내어 울 수 있었다.

그날 밤은 최악이었다. 겨우 동틀 녘이 되어서야, 배를 타기 전 리버풀에서 잭이 했던 말이 떠올랐다. 그게 몇 년 전 일처럼 벌써 아득했다. 그는 집을 떠나 살기가 처음에는 힘들었다고 말했다. 그러나 자세히 얘기하지 않았고 그녀도 그게 진짜 어떤 건지 물어볼 생각을 하지 않았다. 잭의 행동거지는 꼭 아버지를 닮아서 매우 온화하고 명랑했기 때문에 어떤 경우에도 불평하는 일이 없었다. 아일리시는 지금 잭에게 편지를 써서, 그도 이랬는지, 어딘가에 격리돼 아무것도 없는 곳에 갇힌 기분이었는지 묻고 싶었다. 이건 지옥 같아, 아일리시는 생각했다. 그녀의 상황과 그에 따른 감정은 도무지 끝이 안 보이면서도, 그 고통은 낯설었고, 머릿속을 가득 채우고 있었기 때문이다. 그것은 두 번 다시 햇빛 아래 그 어떤 것도 보지 못하리란 걸 아는 상태에서 밤을 맞는 것과 같았다. 아일리시는 무얼 어떻게 해야 좋을지 몰랐다. 하지만 그녀를 돕기에는 잭이 너무 멀리 떨어져 있다는 건 확실했다.

누구도 그녀를 도울 수 없었다. 그녀는 그들 모두를 잃어버렸다. 그들은 이 사실을 알지 못하리라. 이 일을 편지에 쓰지는 않을 테니까. 그렇기에 그들은 지금의 그녀를 영영 모를 것이다. 어쩌면 식구들 누구도 그녀를 진정 알지 못했던 것이라는 생각이 들었다. 그녀를 알았다면, 이것이 그녀에게 어떤 영향을 미칠지 미리 짐작해야 했으니까.

누워 있는 사이 창밖이 밝아 왔다. 이렇게 또 하룻밤을 견디지는 못할 것 같았다. 잠시 동안 아일리시는 아무것도 변하지 않을 거란 전망을 조용히 받아들였지만, 그 결과가 무엇일지, 어떻게 빚어질지는 알 수 없었다. 이번에도 아일리시는 일찍 일어나 소리 없이 집을 나왔고 한 시간쯤 거리를 걷다가 커피 한 잔을 마시기로 했다. 처음으로 공기에서 한기가 느껴졌다. 그새 날씨가 변한 모양이었다. 그러나 지금은 날씨야 어떻든 별로 상관이 없었다. 한 간이식당에 들어간 아일리시는 모두에게 등을 돌릴 수 있고 아무도 그녀의 표정을 보고 뭐라 하지 않을 자리를 찾아냈다.

커피와 함께 빵 하나를 다 먹은 뒤, 계산하려고 웨이트리스의 주의를 끌 때쯤엔 직장에 도착하기까지 시간이 너무 촉박했다. 서두르지 않으면 처음으로 지각할 판이었다. 거리에는 인파가 많아서 사람들 사이를 쉽게 지나갈 수 없었다. 어느 순간 사람들이 일부러 길을 막는 건 아닌지 의심스러울 정도였다. 신호들이 바뀌는 데 한참이 걸렸다. 일단 풀턴가에 접어들자 걷기가 더 힘들어졌다. 마치 축구 경기가 끝나 군중이 쏟아지는 것 같았다. 평소와 같은 속도로 걷는 것마저 힘들었다. 겨우 지각 1분 전에 바르토치스에 도착했다. 어떻게 매장에 서서 즐겁고 상냥해 보이려 애쓰면서 하루를 보낼지 자신이 없었다. 유니폼을 입고 위층에 올라간 순간 미스 포티니와 시선이 마주쳤다. 미스 포티니가 못마땅한 듯 다가오기 시작했지만 때마침 한 손님이 아일리시를 찾았다. 그 손님을 상대한 후 아일리시는 다시 미스 포티니와 눈을 마주치지 않으려고 조심했다. 그녀는 가능한 한 오래 미스 포티니에게 등을 돌리고 있었다.

"몸이 안 좋아 보여요." 미스 포티니가 다가왔다.

아일리시는 눈에 눈물이 고이는 게 느껴졌다.

"아래층에 내려가서 물 한 잔 마시고 있을래요? 내가 곧 내려갈게요." 미스 포티니가 말했다. 목소리는 친절했으나 미소는 짓지 않았다.

아일리시는 고개를 끄덕였다. 아직까지 급여를 못 받았다는 사실이 뇌리를 스쳤다. 여태 로즈가 준 돈으로 지내고 있었다. 만약 해고를 당하면 회사가 그동안의 급여를 챙겨줄지 알 수 없었다. 급여를 받지 못하면 아일리시는 머지않아 무일푼이 될 것이다. 다른 직장을 구하기는 힘들겠지만, 설사 다른 직장을 구한다 해도 근무 첫 주가 끝날 때 돈을 받아야 했다. 그러지 않으면 키호 부인에게 하숙비를 낼 수 없었다.

아래층에서 아일리시는 화장실에 들어가 세수를 하고, 거울 속에 비친 자신을 물끄러미 보다가 머리를 단정히 손질했다. 그런 다음 직원 휴게실에서 미스 포티니를 기다렸다.

"이제 뭐가 문제인지 말해 봐요." 미스 포티니가 휴게실에 들어와 문을 닫으며 말했다. "내가 보기에는 무슨 일이 있는 것 같은데, 손님들이 눈치채게 되면 우리 모두가 곤란해져요."

아일리시는 고개를 저었다. "뭐가 문제인지 모르겠어요."

"혹시 그날이에요?" 미스 포티니가 물었다.

아일리시는 다시 고개를 저었다.

"아일리시." 그녀는 두 번째 음절에 지나친 강세를 주며 이상하게 이름을 불렀다. "왜 기분이 안 좋은 거죠?" 미스 포티니는 아일리시 앞에 서서 기다렸다. "미스 바르토치를 불러 줄까요?"

"아뇨."

"그럼 뭐죠?"

"저도 이게 뭔지 모르겠어요."

"슬퍼요?"

"네."

"항상?"

"네."

"고향에서 가족들과 있고 싶다는 생각이 들고?"

"네."

“여기에 가족이 있어요?”

“아뇨.”

“아무도?”

“아무도요.”

“언제부터 슬픈 기분이 들었죠? 지난주에는 기분이 좋았잖아요.”

“편지를 받았어요.”

“나쁜 소식이었나요?”

“아뇨, 전혀 아니에요.”

“그냥 편지 때문에? 전에 아일랜드를 떠난 적 있나요?”

“없어요.”

“어머니, 아버지랑 떨어진 적은?”

“아버진 돌아가셨어요.”

“어머니하고는?”

“전에는 어머니랑 떨어진 적이 한 번도 없었어요.”

미스 포티니는 웃음기 없는 얼굴로 아일리시를 바라보았다.

“미스 바르토치하고, 전에 함께 왔던 신부님한테 말씀드려야겠네요.”

“그러지 마세요.”

“그분들이 문제를 만들진 않을 거예요. 하지만 우울한

기분으론 여기서 일할 수 없어요. 물론 난생처음 어머니와 떨어졌으니 슬프겠지요. 하지만 그 슬픔은 오래가지 않을 거예요. 우리가 도울 수 있는 일을 찾아보죠."

미스 포티니는 아일리시에게 앉으라고 하고 다시 물컵을 채워 주더니 방을 나갔다. 기다리는 동안 아일리시는 해고당하지는 않으리란 사실을 분명히 알았다. 그런 확신이 들자, 상대방에게 그 모든 질문을 하게 만들고, 자신은 가능한 한 적게, 그러면서도 퉁명스럽거나 건방져 보이지는 않을 만큼 제대로 대답하면서 미스 포티니를 상대했다는 사실이 스스로 대견하기까지 했다. 방금 있었던 일을 곱씹다 보니 기운이 나는 듯했다. 그녀는 지금 이 방에 누가 들어오든, 심지어 바르토치 사장이 오더라도 동정을 끌어내리라고 다짐했다. 그렇다고 아무 문제가 없는 것은 아니었다. 그녀를 짓누르던 그 어떤 어둠도 아직 걷히지 않았다. 그러나 그들에게 그 매장과 손님이 두렵다거나 키호 부인의 집이 싫다는 말은 할 수 없었고, 그들이 도울 수 있는 것도 없었다. 그래도 직장은 지켜야 할 것이다. 아일리시는 스스로 일을 잘했다고 믿었고, 그런 믿음이 주는 만족감이 슬픔에 녹아들었는지 아니면 슬픔의 표면에 떠올랐는지 모르겠지만, 적어도 당장은 최악의 슬픔을 마주하지 않을 수 있었다.

얼마 후 미스 포티니가 매장 근처의 간이식당에서 사 온 샌드위치를 들고 나타났다. 그녀는 미스 바르토치에게 사정을 얘기했으며, 이번 일은 전에도 없었고 앞으로도 다시는 없을 단순한 문제라고 아일리시를 안심시켰다. 그러나 미스 바르토치가 벌써 그 일을 자기 아버지에게 이야기했고, 그는 플러드 신부에게 전화를 걸어 소식을 전했다.

"사장님이 플러드 신부님 연락이 올 때까지 아일리시더러 여기 있으라고 하시네요. 그리고 나한테 이 샌드위치를 갖다주라고 하셨죠. 운이 좋네요. 이번처럼 처음일 때는 가끔 사장님이 친절하게 나오시니까. 하지만 나라면 사장님을 두 번 배신하지 않겠어요. 바르토치 사장님을 두 번 속이는 사람은 아무도 없으니까."

"전 사장님을 배신하지 않았어요." 아일리시가 조용히 말했다.

"아니, 배신한 거죠. 그런 상태로 일하러 나왔고 그런 표정을 짓고 있었잖아요. 그게 바로 바르토치 사장님을 배신한 거예요. 사장님은 절대 잊지 않으실걸요."

시간이 지나자, 몇몇 점원 아가씨들이 일부러 매장에서 내려와 호기심 어린 눈으로 아일리시를 살피면서 더러는 괜찮으냐고 물었고, 나머지는 자기 사물함에서 뭔가를 찾는 척했다. 거기 앉아 아일리시는 깨달았다. 직장을 잃고 싶지 않다면, 지금 그녀를 짓누르는 이 감정이 무엇이든, 거기서 어떻게든 벗어나야 한다는 걸.

미스 포티니는 다시 내려오지 않았지만, 4시쯤 플러드 신부가 문을 열었다.

"문제가 생겼다고 하더구나." 그가 말했다.

아일리시는 애써 미소를 지었다.

"다 내 잘못이다. 사람들 말이 네가 여기서 잘하고 있다고 하고 키호 부인도 네가 지금까지 본 하숙생 가운데 가장 착하다고 하기에, 내가 들러서 확인하면 싫어할 줄 알았다."

"집에서 온 편지를 받을 때까지는 괜찮았어요."

"너한테 생긴 문제가 뭔지 아니?" 플러드 신부가 물었다.

"무슨 말씀이세요?"

"그걸 부르는 이름이 있단다."

"그거라뇨?" 아일리시는 신부가 뭔가 여성들의 은밀한 병을 언급할 거라고 생각했다.

"향수병이란다. 그뿐이야. 누구나 겪는 일이지. 하지만 지나간단다. 어떤 사람의 경우엔 다른 사람들보다 훨씬 빨리 지나가지. 그 병보다 힘든 건 없어. 해법은 마음을 털어놓을 사람을 만드는 것, 그리고 바삐 지내는 거란다."

"전 바쁜데요."

"아일리시, 널 야간학교에 등록시키려 하는데 기분 나쁘게 생각하지 않았으면 좋겠다. 우리가 부기랑 회계 사무 얘기했던 거 기억하니? 일주일에 두세 번 야간 강좌가 있는데, 수업을 듣다 보면 계속 바쁠 거고 아주 괜찮은 자격증도 딸 수 있을 거야."

"올해 등록하기엔 너무 늦지 않았나요? 사람들 말로는 봄에 신청해야 한다던데요."

"재미있는 곳이란다, 브루클린은." 플러드 신부가 말했다. "담당자가 노르웨이인이 아닌 이상, 그러니까 영 안 먹힐 것 같은 대학이 아닌 이상, 대부분의 학교에 연줄을 댈 수 있거든. 유대인이면 가장 좋지. 그들은 항상 다른 사람을 위해 뭔가 돕는 걸 좋아하거든. 담당자가 사제의 권위를 믿는 유대인이기를 기도하렴. 우선은 가장 좋은 학교를 알아보자꾸나. 브루클린 칼리지 말이다. 나는 뭐든 규칙을 깨는 걸 정말 좋아한단다. 그래서 지금 거기 가 볼 생각이다. 프랑코가 너더러 퇴근하라라더구나. 단 내일 아침엔 활짝 웃으면서 정시에 출근하고. 키호 엄마 집에는 나중에 들르마."

아일리시는 신부가 친근하게 '키호 엄마'라고 했을 때 소리 내어 웃을 뻔했다. 그가 처음으로 순수한 에니스코시 식으로 말했던 것이다. 그녀는 프랑코가 바르토치 사장임을 알았고, 플러드 신부가 그를 묘사하는 친근한 방식이 흥미로웠다. 신부가 나가자마자 아일리시는 외투를 꺼내 조용히 매장을 빠져나왔다. 틀림없이 미스 포티니가 그녀를 보았겠지만, 아일리시는 뒤돌아보지 않고 종종걸음으로 풀턴가를 걸어 하숙집으로 향했다.

열쇠로 문을 열고 현관에 들어서자 키호 부인이 기다리고 있었다.

"거실에 들어가 있어라." 키호 부인이 말했다. "우리 둘이 마실 차를 준비해 가마."

집 앞쪽에 자리 잡은 거실은 놀랄 만큼 아름다웠다. 오래된 러그, 묵직하고 편안해 보이는 가구들, 금색 액자에 끼운 어두운 색조의 그림들이 있었다. 침실 쪽으로 짝문이 나 있고, 열린 한쪽 문으로 거실과 똑같이 중후하고 호화로운 침실이 보였다. 거실에는 낡고 둥근 식탁이 있었는데, 일요일 밤의 포커 게임은 거기서 벌어지는 것 같았다. 어머니라면 이 거실을 마음에 들어 했을 것이다. 다른 쪽 구석에는 오래된 축음기 한 대와 라디오가 있었고, 술 장식을 세트로 맞춘 듯한 식탁보와 커튼도 보였다. 아일리시는 세세한 부분들에 주의를 기울이기 시작하면서, 며칠 만에 처음으로, 어머니와 로즈에게 보내는 편지에 그것들을 어떻게 설명할지 생각했다. 저녁을 먹고 곧바로 방에 올라가

서 편지를 쓰겠노라 마음먹었지만 지난 이틀간의 이야기
는 쓰지 않기로 했다. 그 이틀을 어떻게 보냈는지에 관해서
는 한 줄도 적지 않을 참이었다. 어떤 꿈을 꾸었든, 기분이
얼마나 나빴든, 그 모든 걸 빠르게 잊어버리는 것밖에 도리
가 없었다. 낮에는 일을 하며 지내고 밤에는 다시 자야 한
다. 그건 식탁에 식탁보를 덮는 일, 또는 창문에 커튼을 치
는 일과 같을 것이다. 어쩌면 잭이 암시했던 것처럼, 플러
드 신부가 말한 것처럼, 시간이 지나면 그럴 필요도 줄어들
것이다. 어쨌거나 그녀가 해야 할 일은 그것뿐이었다. 키호
부인이 쟁반에 다기 세트를 들고 나타나자, 아일리시는 시
작할 각오가 됐음을 느끼며 주먹을 꽉 쥐었다.

저녁 식사가 끝난 뒤 플러드 신부가 찾아왔고 아일리시
는 또 한 번 키호 부인의 개인 공간으로 불려 갔다. 플러드
신부는 미소 짓고 있었고, 아일리시가 들어가자마자 마치
손을 덥히려는 것처럼, 불을 지피지도 않은 벽난로 쪽으로
걸어갔다.

"그럼 전 나갈 테니 두 분이서 조용한 시간을 가지세요."
키호 부인이 말했다. "부엌에 있을 테니 필요하면 부르시
고요."

"신성 로마와 사도 교회의 힘은 절대 과소평가하면 안
되겠더구나." 플러드 신부가 말했다. "처음에 내가 만난 사

람은 독실하고 괜찮은 이탈리아인 비서였다. 그 여자가 어느 강좌의 정원이 찼고 어느 강좌가 진짜로 꽉 찼는지, 그리고 무엇보다 중요하게, 어떤 강좌는 부탁해선 안 되는지 말하더구나. 내가 모든 이야기를 들려줬더니, 그 비서는 눈물까지 흘리더구나.”

“신부님이 그 일을 재미있게 여기시니 다행이에요.” 아일리시가 말했다.

“자, 기운 내거라. 부기와 초급 회계 야간 강좌에 등록했으니까. 네가 얼마나 총명한지 다 이야기했어. 아일랜드 여학생은 네가 처음이라더구나. 유대인과 러시아인, 그리고 내가 말했듯이 노르웨이인이 많아서 그쪽에선 이탈리아인이 좀 더 많았으면 하더라만, 이탈리아인들은 돈 버느라 너무 바빠서 말이다. 야간학교를 운영하는 유대인 친구는 난생처음 사제를 본 표정이더구나. 나를 보더니 군대에서 하는 것처럼 부동자세를 취했거든. 브루클린 칼리지, 최고의 학교지. 첫 학기 등록금은 냈다. 수업은 월요일부터 수요일까지는 7시부터 10시까지, 목요일엔 7시부터 9시까지야. 2년 동안 강의를 들으면서 모든 시험을 통과한다면, 뉴욕의 모든 사무실에서 널 원할 거다.”

“시간이 있을까요?”

“물론 있지. 다음 주 월요일부터 시작이다. 책은 내가 사

주마. 목록을 적어 왔어. 너는 틈틈이 그 책들을 공부하면
돼.”

신부의 명랑함이 아일리시에겐 이상해 보였다. 짐짓 꾸
민 것 같았다. 그녀는 애써 미소를 지었다.

“정말 신부님이 이러셔도 돼요?”

“다 끝난 일이야.”

“로즈 언니가 이 일을 부탁했나요? 그래서 이러시는 거
예요?”

“나는 오직 주님을 위해 일한단다.” 그가 말했다.

“신부님이 정말 왜 이렇게까지 하시는지 말씀해 주세요.”

플러드 신부가 가만히 아일리시를 보더니 잠시 침묵했
다. 아일리시는 침착하게 그의 눈길을 마주하며 대답을 원
한다는 의사를 보였다.

“너 같은 사람이 아일랜드에서 괜찮은 직장을 얻지 못
한다는 사실에 놀랐다. 네 언니가 아일랜드에는 일거리가
없다고 했을 때, 그럼 네가 뉴욕에 오도록 돕겠다고 나선
거야. 그게 전부다. 그리고 브루클린에는 아일랜드 아가씨
들이 필요하고.”

“아일랜드 아가씨라면 누구나요?” 아일리시가 물었다.

“까칠하게 굴지 말거라. 내가 왜 이러는지 물은 건 너잖
니.”

"정말 감사합니다." 아일리시가 말했다. 그녀는 어머니가 쓰곤 했던, 매우 건조하고 딱딱한 말투를 썼다. 진짜로 감사하다는 말인지 아닌지 플러드 신부는 모를 것 같았다.

"넌 훌륭한 회계원이 될 거야. 하지만 부기가 먼저다. 이젠 울지 않겠지? 약속하는 거다?"

"이젠 울지 않을 거예요." 아일리시는 조용히 말했다.

다음 날 퇴근하고 보니, 신부가 갖다 놓은 한 무더기의 책과 원장들, 글씨 연습용 책들, 그리고 펜 한 세트가 있었다. 신부는 또 매주 첫 사흘은 아일리시가 도시락을 싸 가도 추가 요금을 받지 않기로 키호 부인과 합의해 놓았다.

"사실, 도시락이라고 해 봐야 햄이나 우설 한 점, 샐러드 조금, 호밀빵일 게다. 차는 가는 길에 네가 사 마셔야 해." 키호 부인이 말했다. "플러드 신부님께 나한테 진 신세는 이승에서 보상받고 싶다고 말씀드렸다. 세월이 너무 지나기 전에 말이다. 어차피 천국에서는 충분히 보상을 받을 예정이니까 말이지. 알다시피 신부님한테 하소연하면 들어주는 건 시간문제잖니."

"신부님은 정말 좋은 분이세요." 아일리시가 말했다.

"신부님이 잘해 주는 사람한테야 좋은 분이지." 키호 부인이 대꾸했다. "하지만 난 양손을 비비며 웃는 사제는 싫

다. 이탈리아 사제들이 많이들 그러는데, 난 그게 마음에
안 들어. 신부님이 좀 더 위엄이 있으셨으면 해. 신부님에
관해 할 말은 그것뿐이야."

몇몇 책은 쉬웠다. 한두 권은 너무 기초적인 내용이어서
정말 대학에서 그런 책이 쓰이는지 의아할 정도였지만, 상
법 책 첫 장은 전혀 새로웠고 그게 어떻게 부기에 적용되
는지 이해되지 않았다. 법원 판결문 인용이 많아 어려웠다.
아일리시는 이것이 강좌에서 중요한 비중을 차지하지 않
기만을 바랄 뿐이었다.

서서히 아일리시는 브루클린 칼리지의 시간표, 세 시간
수업에 10분 휴식, 모든 것을 근본 원리부터 설명하는 이
상한 방식에 익숙해져 갔다. 그 가운데는 은행에 들어오고
나가는 모든 금액과 날짜, 예금주와 인출인, 수표 작성자의
이름 등을 평범한 원장에 적어 넣는 단순한 작업도 있었다.
그건 쉬웠다. 개설 가능한 계좌의 유형과 다양한 종류의 이
자율도 외우기 쉬웠다. 그러나 연간 회계 작성법은 아일랜
드에서 배웠던 체계와 전혀 달랐다. 더 많은 요소가 추가되
었고, 도시, 주, 연방의 세금을 포함해 복잡한 수치들이 많
았다.

아일리시는 유대인과 이탈리아인을 구분하는 법을 알

고 싶었다. 일부 유대인들은 테두리 없는 작은 모자를 썼고, 이탈리아인들보다 안경을 쓰는 사람이 더 많은 듯했다. 그러나 학생들 대부분은 피부색이 짙고 눈은 갈색이었으며, 대체로 진지하고 부지런해 보이는 청년들이었다. 아일리시네 학급에는 여자가 극히 적었는데, 아일랜드인은 아예 없었고 심지어 잉글랜드인도 없었다. 모두 서로 아는 사이인 듯 무리 지어 다녔지만, 아일리시를 배려해서 자리를 내주었고, 집에 놀러 가자고 조르는 일 없이 편안하게 대해 주었다. 누구도 그녀에 관해 뭐라도 물어 오거나 한 번 이상 그녀 옆에 앉지 않았다. 학급 규모는 고향에서 다녔던 학교보다 훨씬 컸는데, 교수들이 그렇게 천천히 진도를 나가는 것은 그 때문인지도 몰랐다.

수요일 휴식 시간 다음 수업을 맡은 법학 교수는 유대인이 틀림없었다. 로젠블룸은 분명 유대식 이름이었고, 유대인에 관한 농담을 했으며, 이탈리아어는 아닌 듯한 외국어 억양을 썼다. 그는 항상 학생들에게 여러분이 헨리 포드가 소유한 회사보다 큰 회사의 회장인데 다른 회사나 연방 정부로부터 피소되었다고 상상해 보라고 주문했다. 그런 다음에는 자기가 설명한 문제가 거론된 실제 사례를 들며 주의를 끌어냈다. 그는 당시 변론을 맡은 변호사들의 이름과 실적, 그 사건을 재판한 판사들의 기질과 항소 법원의 판사들까지 훤히 꿰고 있었다.

아일리시는 로젠블룸 교수의 말을 알아듣는 데 전혀 문제가 없었다. 심지어 그가 문법이나 구문에서 실수를 하거나 틀린 단어를 사용해도 맥락을 이해할 수 있었다. 다른 학생들처럼 아일리시도 그 교수가 말할 때 필기를 했지만, 교재에서 그가 언급한 판례 대부분을 찾지 못했다. 아일리시는 집으로 보내는 편지에 브루클린 칼리지 얘기를 쓸 때, 폴란드인 한 명과 이탈리아인 한 명이 어김없이 등장하는 로젠블룸 교수의 몇 가지 농담을 어머니와 로즈에게 전하려고 애썼다. 그가 어떤 분위기를 자아내는지, 학생들이 수요일 휴식 시간에 다음 강의를 얼마나 기대하는지, 그가 법인 소송을 얼마나 쉽고 흥미로운 사건으로 만드는지 묘사하기는 쉬웠다. 그러나 로젠블룸 교수가 낼 시험 문제는 걱정거리였다. 어느 날 수업이 끝난 후 아일리시는 안경잡이에 곱슬머리이며 친근하면서도 학구파로 보이는 같은 반의 젊은 남학생에게 물었다.

"어떤 책을 보시는지 우리가 직접 여쭤보는 편이 낫겠네요." 남학생이 대답하고는 잠시 근심스러운 표정을 지었다.

"따로 무슨 책을 보시는 것 같지는 않아요." 아일리시가 말했다.

"영국인이세요?"

"아뇨, 아일랜드요."

"아, 아일랜드." 그가 고개를 끄덕이더니 미소를 지었다. "그럼 다음 주에 봐요. 그때 여쭤보죠."

날씨는 점점 추워졌고 가끔 바람이 부는 날 아침은 얼음장 같았다. 아일리시는 그새 법학 책을 두 번 독파했고 필기도 마쳤다. 그리고 로젠블룸 교수가 추천한 두 번째 책을 샀다. 그 책은 침대 옆 탁자에 놓여 있었다. 책 바로 옆에는 매일 아침 7시 55분에 울리는 자명종이 있었다. 그 시각에는 실라 헤퍼넌이 복도 건너편 욕실에서 샤워를 시작하곤 했다. 요즘 들어 아침마다 드는 생각이었지만, 미국에서 가장 마음에 드는 건 밤새도록 난방을 한다는 점이었다. 어머니와 언니, 오빠들에게도 그 얘기를 전했다. 겨울 아침인데도 공기가 토스트처럼 따뜻해서, 침대에서 내려오다 발이 바닥에 얼어붙을 걱정은 없다고. 그리고 바깥에서 바람이 아우성치는 한밤중에 깨어나도 따뜻한 이불 속에서 기분 좋게 돌아누우면 그만이라고. 어머니가 답장에서 키호 부인이 밤새 난방을 할 돈을 어떻게 대는지 궁금해하자, 아일리시는 결코 사치하지 않는 키호 부인뿐만 아니라 미국의 모든 사람이 밤새도록 난방을 틀어 놓는다고 답장했다.

어머니와 언니, 그리고 잭, 팻, 마틴 오빠들에게 보낼 크리스마스 선물을 사러 다니기 시작하면서, 우편물이 제때 도착하려면 얼마나 일찍 보내야 하는지 알아보던 아일리시는 하숙집 식탁의 크리스마스 풍경이 어떨지 상상해 보았다. 하숙생들이 서로서로 선물을 교환하는지 궁금했다. 11월 말에 플러드 신부가 공식적인 편지 한 통을 보내왔다. 그는 편지에서 크리스마스 당일에 갈 곳 없는 사람들에게 교구 강당에서 저녁 식사를 제공할 예정이라고 밝히며, 특별한 부탁을 들어주는 셈 치고 도와줄 수 있는지 물었다. 그것이 아일리시에게 큰 희생이라는 점을 잘 안다고 그는 덧붙였다.

아일리시는 즉시 답장을 써서, 출근하지 않는 한 크리스마스 당일을 포함해 크리스마스 휴가 동안 필요한 때면 언제든 가겠다고 했다. 그리고 키호 부인에게 크리스마스를 집에서 보내지 않고 플러드 신부님 일을 도우러 가겠다고 알렸다.

"그래, 갈 때 다른 하숙생들도 데려가면 좋겠구나. 누구라고 이름을 말하진 않겠다만……. 그날은 1년 중 내가 약간의 평화를 바라는 하루야. 사실, 결국엔 나도 너와 함께 플러드 신부님을 도우러 갈지도 모르겠다. 약간의 평화를 얻기 위해서 말이다." 키호 부인이 말했다.

"부인께서 오시면 대환영일 거예요." 그렇게 말하고 보니 아일리시는 그 말이 매우 불쾌하게 들릴 수도 있다는 걸 깨닫고, 자신을 노려보는 키호 부인에게 황급히 말했다. "물론 여기서도 부인이 필요하겠죠. 크리스마스는 집에서 보내는 게 좋잖아요."

"솔직히 말하면 난 걱정이다." 키호 부인이 말했다. "만약 내 종교적 신념만 아니라면, 유대인들처럼 무시해 버렸을 텐데 말이지. 브루클린 일부 지역에선 크리스마스가 평범한 주중과 다름없어. 크리스마스 당일이 그토록 매섭게 추운 건 사람들이 그날을 잊지 못하도록 일깨우려는 건 아닌가 싶어. 어쨌든 저녁 식탁에 네가 없으면 섭섭할 것 같구나. 고향 웩스퍼드 사람과 같이 보내기를 기대하고 있었는데."

어느 날 출근하면서 스테이트가를 건너던 아일리시는 손목시계 파는 남자를 보았다. 시간이 아직 일렀으므로 그 노점을 들러 볼 수 있었다. 손목시계 종류에 관해서는 아는 바가 없었지만 저렴해 보였다. 핸드백에 든 돈은 오빠들에게 손목시계 하나씩 사 주기에 충분했다. 아버지의 시계를 물려받은 마틴처럼, 오빠들에게 이미 시계가 있다고 해도 옛날 시계가 망가지거나 수리해야 할 때 쓸모가 있을 것이다. 더구나 이건 미국에서 보내는 것이니 버밍엄에서는 큰 의미가 있을 터였다, 간단히 포장해서 싸게 보낼 수 있었다. 어느 점심시간에는 로먼스 매장에서 아름다운 앙고라 모 카디건을 발견했다. 애초 염두에 두었던 가격보다 비쌌지만 다음 날 가서 어머니와 로즈 것을 하나씩 사서는 세일 중에 사 두었던 나일론 스타킹과 함께 포장해서 아일랜드로 보냈다.

브루클린의 가게들과 거리거리에 서서히 크리스마스 장식이 등장했다. 하루는 금요일 저녁 식사가 끝나고 키호 부인이 부엌에서 나가고 없을 때, 미스 매캐덤은 키호 부인이 올해도 크리스마스 장식을 할지 궁금해했다.

"작년에는 마지막 순간에야 하더라고. 그러고는 최대한으로 우려먹었지."

패티와 다이애나는 센트럴파크 근처에 사는 패티의 언니네 집에 머물면서, 언니와 조카들과 선물을 교환하고 산타클로스를 만나는 진짜 크리스마스를 지내겠다고 했다. 미스 키건은 아일랜드에 있는 집에서 보내지 않는 크리스마스는 진짜 크리스마스가 아니라고 말했고, 자기는 하루종일 재미없게 지낼 것이며, 안 그런 척해 봐야 소용없는 짓이라고 했다.

"그거 알아?" 실라 헤퍼넌이 끼어들었다. "미국 칠면조는 아무 맛도 없다는 거. 추수감사절에 먹은 칠면조도 톱밥 맛만 나고 아무 맛이 없었어. 키호 부인 잘못이 아니라 미국 어디서나 다 그래."

"미국 어디서나?" 다이애나가 물었다. "전국 어디서나 요?" 그녀와 패티가 웃기 시작했다.

"어쨌든 이번 크리스마스는 조용하겠네." 실라가 두 사람 쪽을 흘깃 보며 날카롭게 말했다. "쓸데없는 수다 떨 일은 별로 없겠어."

"어머, 나라면 그렇게 장담하지는 않겠어요." 패티가 말했다. "실라 언니가 꿈에도 생각 못 하고 있을 때 우리가 굴뚝으로 들어와서 양말에 선물을 채워 줄지도 모르죠."

패티와 다이애나는 다시 웃었다.

아일리시는 크리스마스에 뭘 할 건지 그들 누구에게도 말하지 않았다. 그러나 다음 주 어느 날 아침에 보니 키호 부인이 모두에게 말한 모양이었다.

"어떡하니? 거리의 별별 떨거지들이 다들 그 행사에 간다고. 그치들이 뭘 갖고 올지 어떻게 알아." 실라가 말했다.

"내가 듣기론 괜찮다던데? 빈털터리 노숙자들에게 우스꽝스러운 모자를 씌우고 흑맥주를 준대." 미스 키건이 대꾸했다.

"성녀야, 아일리시. 살아 있는 성녀." 패티가 말했다.

매장에서 미스 포티니가 크리스마스 전주에 야근을 할 수 있느냐고 묻자 아일리시는 그러겠다고 답했다. 학교가

2주간 방학에 들어가 문을 닫았기 때문이었다. 아일리시는 크리스마스이브에도 마지막까지 일하기로 했다. 매장 아가씨들 일부가 기차와 버스를 타고 가족들에게 가기 위해서 일찍 퇴근하고 싶어 했던 것이다.

크리스마스이브에 아일리시는 바르토치스 매장에서 일을 끝낸 후, 다음 날 행사 관련 안내를 듣기 위해 곧장 교구 강당으로 향했다. 사람들이 바깥에 주차된 트럭에서 기다란 탁자와 벤치를 옮기고 있었다. 지난번 미사 시작 전에 플러드 신부가 몇몇 여자들에게 크리스마스가 지나면 돌려줄 테니 식탁보를 빌려 달라고 부탁하는 소리를 들었다. 설교가 끝난 후엔 비품으로 쓸 칼, 포크, 유리잔, 컵, 컵 받침, 접시들을 기부해 달라고 부탁했다. 그리고 교구 강당은 크리스마스 당일 오전 11시부터 밤 9시까지 열려 있을 것이며, 지나가는 누구든 신앙이나 출신 국가에 상관없이 신의 이름으로 환영한다고 알렸다. 음식이나 다과를 먹지 않을 사람들도 언제든 들러서 그날의 즐거움을 만끽해도 좋지만, 만찬을 베푸는 12시 반부터 3시 사이에는 방문을 피해 달라고 덧붙였다. 아울러 신부는 교구 기금 마련을 위해 1월 중순부터 금요일 밤마다 교구 강당에서 무도회를 연다고 밝혔다. 라이브 밴드는 나오지만 술은 제공하지 않을 예정이라며, 모두에게 이 소식을 퍼뜨려 달라고 부탁했다.

탁자와 벤치들을 가지런히 줄 맞춰 놓는 남자들과 천장에 크리스마스 장식을 달고 있는 여자들을 비집고 들어가자마자 아일리시는 플러드 신부를 만났다.

"은식기들이 충분한지 확인해 주겠니? 부족하면 동네방네 다니며 모아 와야 하니까 말이다."

"몇 명이나 올까요?"

"작년에는 200명이 왔었지. 다리를 여러 개씩 건너서들 온단다. 퀸스에서 오는 사람도 있고, 롱아일랜드에서 오는 사람도 있어."

"전부 아일랜드인이에요?"

"그래, 모두 이곳에 남은 아일랜드 사내들이지. 그 사람들이 터널도 파고, 다리랑 고속도로도 놓는 거야. 1년에 겨우 딱 한 번 얼굴을 보는 사람들도 있어. 그들이 어떻게 먹고사는지는 신만이 아시겠지."

"그 사람들은 왜 고향에 안 돌아가요?"

"어떤 사람은 여기 온 지 50년이 되어서 고향 사람들과 연락이 완전히 끊겼어." 플러드 신부가 설명했다. "어느 해인가, 도움이 가장 절실하다고 생각되는 사람들을 위해 내가 그들의 아일랜드 집 주소를 알아내서 편지를 대신 써 보낸 적이 있다. 대부분은 답장이 없었어. 그런데 한 불쌍한 노인한테 '제수씨'라는 사람이 보낸 고약한 편지가 왔지. 농장인가 대지인가 뭐라나, 하여튼 그게 그 노인 게 아니니 발을 들여놓을 생각도 하지 말라는 거였지. 대문 앞에서 쫓아 버리겠다나? 그 말이 아직도 기억에 생생하단다.”

아일리시는 키호 부인, 미스 키건과 함께 자정 미사를 보고 오는 길에, 플러드 신부의 부탁을 받아 칠면조와 감자를 굽고 햄을 삶을 교구 주민 가운데 키호 부인이 포함되어 있다는 사실을 알게 되었다. 모든 음식은 12시까지 가져다주기로 되어 있었다.

“전쟁이 따로 없다.” 키호 부인이 말했다. “군대를 먹이는 것과 같으니까. 시계처럼 일이 돌아가야 하거든. 난 가능한 한 가장 큰 칠면조를 사서 여섯 시간 동안 오븐에서 굽고 우리가 먹을 만큼만 남겨 두고 보낼 생각이다. 그리고 칠면조가 우리 손을 떠나는 대로 나와 미스 매캐덤, 미스 헤퍼넌, 미스 키건 이렇게 넷이서만 먹겠지. 혹시 거기선 남는 게 없을지 모르니 네 몫은 남겨 두마, 아일리시.”

9시쯤 아일리시는 교구 강당 뒤편에 있는 커다란 주방에서 채소 껍질을 벗기고 있었다. 처음 보는 여자들이 옆에서 일하고 있었는데, 다들 아일리시보다 나이가 많았고, 더러 희미하게 미국식 억양을 쓰는 사람도 있었지만 모두 아일랜드 출신이었다. 대부분은 오전 이 시간에만 여기 있다가 집에 가서 가족들의 끼니를 챙겨야 했다. 곧 그중 두 여자가 책임자라는 걸 알게 되었다. 플러드 신부가 들어와서 아일리시를 그들에게 소개했다.

"여기는 아클로*에서 온 머피 자매다." 신부가 말했다. "하지만 우린 그것 때문에 이들을 나쁘게 생각하진 않을 거야."

머피 자매가 웃었다. 키가 크고 쾌활한 그들은 50대로 보였다.

"하루 종일 여기 있을 사람은 우리 셋밖에 없어. 나머지 도우미들은 왔다 갔다 할 거야." 둘 중 한 명이 말했다.

"우리야말로 돌아갈 가정이 없는 사람들이지." 또 다른 미스 머피가 말하고 미소 지었다.

"이따가 음식은 20인분씩 나가야 해." 다른 미스 머피가 말했다.

"우리 각자가 65인분을 준비하는 거야. 어쩌면 그보다 많을지도 모르지만. 식사는 세 번에 나누어 내갈 거야. 나는 플러드 신부님네 주방에 있을 테니까 너희 둘은 강당 주방을 맡아. 칠면조가 도착하거나 우리가 위층에서 준비

◆ Arklow. 아일랜드 남동부의 유서 깊은 해안 도시. 1798년 영국에 저항하는 아일랜드 봉기가 웩스퍼드 지방에서 광범위하게 일어났으나 뉴로스, 아클로 등지에서 크게 패하면서 확산되지 못하고 좌절되었다.

하는 칠면조가 다 구워지는 대로, 플러드 신부님이 칠면조
와 햄을 맡아 썰어 주실 거야. 여기 이 오븐은 음식이 식지
않게 하기 위한 거고. 한 시간 동안은 교구 사람들이 칠면
조와 햄, 구운 감자를 가져올 테니까 우리가 할 일은 채소
를 익혀서 따듯하게 내놓을 준비를 하는 거야.”

“빨리빨리 대충 하는 게 더 나을 수도 있어.” 다른 미스
머피가 끼어들었다.

“그래도 사람들이 기다릴 동안 내갈 수프와 흑맥주는
넉넉해. 다들 아주 착한 사람들이야, 모두 다.”

“기다리는 것도 마다하지 않아. 싫어도 아무 말 안 하고.”

“전부 다 남자들이에요?” 아일리시가 물었다.

“가끔 부부가 오기도 해. 아내가 나이 들어서 요리를 못
하거나, 아니면 둘이 너무 외롭거나 뭐 그런저런 이유로. 하
지만 나머지는 남자들이야. 어울리는 걸 좋아하는 사람들
이거든. 그리고 알다시피 아일랜드 음식이 나오잖니. 제대
로 속을 채운 스터핑♦에 구운 감자에 푹 삶은 방울양배추
까지.”

미스 머피는 아일리시에게 미소를 짓더니 고개를 젓고
한숨을 쉬었다.

♦ Stuffing. 각종 재료를 다져 소를 만들어 칠면조나 닭의 뱃속에 넣어 익힌 음식.

10시 미사가 끝나자마자 사람들이 방문하기 시작했다. 플러드 신부는 탁자 하나에 레모네이드 병과 유리잔, 아이들이 먹을 사탕을 잔뜩 가져다 두었다. 그는 모든 사람을 들어오게 해서 방금 머리 손질을 하고 온 여자들에게까지 종이 모자를 쓰게 했다. 덕분에 크리스마스 하루를 꼬박 보내려고 모여든 남자들은 군중 속에 파묻혀 여간해선 눈에 띄지 않았다. 정오가 지나 방문객들이 흩어지고 나서야 그들의 모습이 눈에 띄었다. 흑맥주 병을 앞에 놓고 혼자 앉아 있는 사람들도 있었고 무리로 모여 있는 사람들도 있었는데, 종이 모자 대신 여전히 고집스레 천 모자를 쓰고 있는 사람이 많았다.

머피 자매는 먼저 도착한 남자들이 기다란 식탁 한두 개에 모여 앉기를 초조하게 기다렸다. 어느 정도 사람이 모여야 수프를 대접하고, 그 접시들을 씻어 다음번 사람들에게 내갈 수 있었다. 아일리시가 지시받은 대로 밖에 나가서, 부엌과 가장 가까운 상석에 앉으라고 사람들을 안내할 때였다. 강당에 들어오는 키 크고 약간 구부정한 남자가 눈에 띄었다. 이마 위로 모자를 깊이 눌러쓴 그 남자는 낡은 갈색 외투 위에 목도리를 두르고 있었다. 아일리시는 잠시 멈춰 서서 그를 물끄러미 바라보았다.

그는 강당에 들어서자마자 멈춰 섰다. 수줍음과 은근한

기쁨이 섞인 눈빛으로 내부를 둘러보는 그 모습이, 아일리시에게는 순간 아버지가 자기를 찾아온 것만 같은 확신을 주었다. 머뭇거리며 외투 앞섶을 열고 목도리를 푸는 모습을 보니 꼭 그에게 다가가야 할 것만 같았다. 가만히 서서 실내 구석구석을 찬찬히 훑고, 가장 편하게 있을 만한 자리를 수줍은 듯 찾아보고, 아는 사람이 있는지 조심스레 둘러보는 태도 때문이었다. 저건 아버지일 리가 없다고, 내가 꿈을 꾸고 있다고 생각하는 사이에 그 남자가 모자를 벗었는데, 얼굴은 아버지와 닮은 데가 전혀 없었다. 아일리시는 당황스러운 마음에 자기를 눈여겨본 사람이 없기를 바라면서 주위를 살폈다. 한순간이지만 아버지를, 그것도 4년 전에 죽은 아버지를 봤다고 상상하다니, 이런 얘기는 누구에게도 말할 수 없었다.

아일리시는 첫 번째 식탁의 자리가 다 차지 않았는데도 부엌으로 돌아가서는, 이미 개수가 맞다는 걸 알면서도 처음 내갈 접시들을 다시 확인하기 시작했다. 그러고는 물이 아직 충분히 뜨겁지 않은데도 방울양배추가 익었는지 보는 척 커다란 냄비의 뚜껑을 열었다. 머피 자매 중 한 사람이 가장 가까운 식탁에 사람이 찼는지, 그리고 흑맥주가 모든 사람에게 돌아갔는지 물었다. 아일리시는 몸을 돌리고, 사람들이 그 식탁으로 자리를 옮기도록 자기는 최선을 다

했지만 미스 머피라면 더 잘할 수 있을 거라고 말했다. 미스 머피가 뭔가 이상하다고 눈치채지 않기를 바라면서 그녀는 애써 미소를 지었다.

다음 두 시간 동안은 접시에 음식을 담고, 한 번에 접시 두 개를 나르느라 정신이 없었다. 플러드 신부는 칠면조와 햄이 도착하는 대로 썰고, 그릇에 스터핑과 구운 감자를 올렸다. 한동안 미스 머피 중 한 명이 그릇들을 씻고 닦고 말리고 부엌 정리하는 일을 전담했고, 아일리시와 다른 미스 머피는 내가는 접시에 빠진 음식이 없는지 칠면조, 햄, 스터핑, 구운 감자, 방울 양배추를 확인하고, 서두르느라 누구는 너무 많이 주고 누구는 너무 조금 주지 않았는지 확인하면서 음식 접시를 날랐다.

"음식은 많으니까 걱정하지 마세요." 플러드 신부가 소리쳤다. "하지만 한 사람당 감자는 세 개까지만 드시고 스터핑도 적당히 드세요."

고기를 충분히 썰고 나자 신부는 강당으로 가더니 부지런히 흑맥주 병을 땄다.

처음에 남자들은 다들 누추하게만 보였고 암내를 풍기는 사람도 많은 것 같았다. 자리에 앉아 수프나 음식을 기다리며 흑맥주를 마시는 그들을 보면서, 아일리시는 이렇게 많은 사람이 왔다는 게 믿기지 않았다. 어떤 이들은 무

척 가난해 보였고, 어떤 이들은 나이가 아주 많아 보였으
며, 심지어 젊은데도 이가 좋지 않고 찌들어 보이는 이들도
있었다. 수프가 나왔는데도 계속 담배를 피워 대는 남자들
도 많았다. 아일리시는 그들에게 공손하게 대하려고 최선
을 다했다.

그러다가 곧 분위기가 달라졌다. 그들은 서로 이야기를
시작하거나 식탁 너머로 큰 소리로 인사말을 주고받거나,
낮은 목소리로 대화에 집중하기 시작했다. 처음에 그들을
봤을 때 떠오른 것은 에니스코시의 다리 위에 앉아 있던
남자들, 아널즈 교차로나 슬레이니 강가 라우즈 제방 의자
에 모여 있던 남자들, 구빈원 남자들, 취해서 곤드레가 된
고향 사람들의 모습이었다. 그러나 음식을 내가면 그들은
고개를 돌려 고맙다고 인사했고, 말하거나 미소 짓는 모습,
우락부락해 보이다가도 금세 수줍음으로 부드러워지는 표
정, 완고하거나 어려워 보이다가도 이상하게 다정해지는
태도들이 오히려 아버지나 오빠들을 더 닮은 것 같았다. 아
일리시는 아버지로 착각했던 남자에게 음식을 내면서 그
얼굴을 조심스레 쳐다보다가, 실제로 아버지와 닮은 데가
거의 없어서 놀랐다. 마치 빛의 장난이었거나 온전히 상상
의 산물 같았다. 또 놀랍게도 그 남자는 옆에 앉은 남자에
게 아일랜드어로 말하고 있었다.

"이건 그야말로 칠면조와 햄의 기적이네요." 두 번째로 나간 큰 접시들이 강당 안의 모든 탁자에 놓이게 되었을 때 미스 머피가 플러드 신부에게 말했다.

"브루클린 스타일이지." 다른 미스 머피가 말했다.

"이제 트라이플* 차례라 다행이네." 첫 번째 미스 머피가 덧붙였다. "자두 푸딩이 아니라 다행이지. 트라이플은 데울 필요가 없으니까."

"식사할 때만이라도 모자를 벗으면 안 되는 걸까요?" 다른 미스 머피가 물었다. "여기가 미국이라는 걸 모르는 걸까요?"

"이 강당에선 어떤 규칙도 없어요." 플러드 신부가 대답했다. "담배도 피우고 술도 실컷 마셔도 괜찮아요. 저 사람들을 모두 안전하게 집으로 보내는 거, 그게 중요합니다. 집에 가지 못할 만큼 몸이 안 좋은 사람들이 몇 명씩은 꼭 생기니 말이죠."

"너무 취해서죠." 한 미스 머피가 대꾸했다.

"아, 크리스마스에는 그걸 몸이 안 좋다고 말하죠. 그리고 제 집에는 그런 사람들을 위한 간이침대가 준비되어 있습니다." 플러드 신부가 말했다.

♦ Trifle. 케이크, 크림, 과일, 잼 등을 층층이 얹은 디저트.

"이제 우리가 할 일은 우리끼리 저녁을 드는 거예요." 미스 머피가 말했다. "제가 상을 차릴게요. 우리 몫의 음식을 식지 않게 모두 준비해 두었거든요."

"어머, 전 우리가 먹을 음식이나 있는지 걱정하고 있었어요." 아일리시가 말했다.

"불쌍한 아일리시. 배고파 죽겠나 보구나. 저 애 얼굴 좀 보세요."

"그 전에 트라이플을 내가야 하지 않을까요?" 아일리시가 물었다.

"아니, 기다리자. 식사가 길어질 테니까." 플러드 신부가 말했다.

트라이플 접시를 치울 때쯤, 강당은 담배 연기와 활기찬 이야기로 꽉 차 있었다. 남자들은 곳곳에 무리 지어 앉아 있었고 무리 뒤쪽마다 한두 사람이 서 있었다. 이 무리에서 저 무리로 돌아다니는 사람도 있었는데, 어떤 사람은 잔을 돌리려고 갈색 봉지에 넣은 위스키 병을 들고 다녔다. 부엌 정리를 끝내고 쓰레기통까지 다 비웠을 때, 플러드 신부가 강당에 들어가서 남자들과 함께 마시자고 제안했다. 몇몇 여자들을 포함한 방문객들도 도착해 있었다. 아일리시는 셰리주가 든 잔을 들고 자리에 앉으면서 생각했다. 무슨 음악회나 결혼식 날 밤, 젊은 사람들이 모두 다른 곳에서 춤을 추거나 바에 가 버린 아일랜드 여느 교구 강당과 비슷하다고.

얼마 후 아일리시는 두 남자가 바이올린을, 다른 한 남자가 작은 아코디언을 꺼내는 걸 보았다. 그들은 구석에 자리를 잡고는 악기를 연주했고 몇몇 사람들이 그 주변에서 귀를 기울였다. 플러드 신부는 공책을 들고 강당을 누비면서 사람들의 이름과 주소를 적었고, 노인들이 말을 걸면 고개를 끄덕였다. 잠시 후 신부가 손뼉을 치며 사람들을 조용히 시켰지만, 모두의 주의를 끄는 데는 몇 분이 걸렸다.

"방해해서 죄송합니다만……." 그가 말을 시작했다. "에니스코시에서 온 한 아가씨와 아클로에서 온 훌륭한 두 여성분께 오늘 하루 정말 수고했다고 감사를 드리고 싶습니다."

한차례 박수갈채가 지나갔다.

"그리고 이분들께 감사의 마음을 전하고자 위대한 가수한 분이 이 강당에 오셨는데, 올해도 뵙게 되게 무척 기쁘게 생각합니다."

신부는 아일리시가 아버지로 착각했던 남자를 가리켰다. 그 남자의 자리는 아일리시와 플러드 신부가 있는 곳과는 멀었지만, 이름이 불리자 일어나서 조용히 그들 쪽으로 다가왔다. 그는 모두에게 보이도록 벽을 등지고 섰다.

"저 이가 음반을 몇 장 낸 사람이야." 미스 머피가 아일리시에게 속삭였다.

아일리시가 쳐다보니 그 남자가 신호를 보내고 있었다. 아일리시더러 나와서 자기 옆에 서라는 것 같았다. 순간 아일리시는 자기한테 노래를 시키려는 줄 알고 고개를 저었지만, 그는 계속 손짓했고 사람들이 고개를 돌려 아일리시를 쳐다보기 시작하자 그녀는 어쩔 수 없이 자리에서 일어나 그에게 다가갔다. 아일리시는 왜 자기를 부르는지 이해할 수 없었다. 가까이서 보니 그는 치아 상태가 몹시 안 좋았다.

그 남자는 아일리시에게 인사하거나 나와 줘서 고맙다는 말은 하지 않았지만 눈을 감고 손을 내밀어 그녀의 손을 잡았다. 손바닥 촉감은 부드러웠다. 그는 아일리시의 손을 꽉 쥐고 어렴풋이 원을 그리는 동작을 하면서 노래를 부르기 시작했다. 목소리는 크고 힘찼으며 콧소리가 섞여 있었다. 그는 아일랜드어로 노래했는데, 코네마라♦ 지역의 방언 같았다. 머시 수녀원에도 그런 억양을 쓰는 골웨이 출신의 교사가 하나 있었다. 그는 가사 하나하나를 신중하게

♦　Connemara. 아일랜드 서쪽 대서양에 면한 지방, 골웨이에 있다.

천천히 발음하면서도, 거칠고 사납게 선율을 오르내렸다. 아일리시는 후렴구에 이르러서야 가사 "그대가 내 사람, 내 마음의 보물이라면 *Má bhíonn tú liom, a stóirín mo chroí*"을 알아들었다. 그 소절을 부를 때 그는 마치 아일리시가 제 것이라는 듯 뿌듯하게 그녀를 곁눈질했다. 강당 안 모두가 조용히 그를 지켜보았다. 대여섯 절은 되는 노래였다. 그가 얼마나 티 없이 순수하고 매력적으로 노래하는지, 때때로 눈을 감은 채 그 큰 체구를 벽에 기대고 있으면 전혀 나이 든 사람 같지 않았다. 목소리의 힘과 자태에 밴 자신감은 압도적이었다. 노래가 후렴구에 이를 때마다 그는 그녀를 쳐다보면서 박자를 늦춰 멜로디를 더욱 감미롭게 만들었고, 고개를 숙여서는 자기가 그냥 이 노래를 아는 게 아니라 이 노래에 진심을 담았다는 것까지 암시했다. 아일리시는 알았다. 마지막 후렴구까지 다 부르고 이 노래가 끝나고 나면, 그가 사람들에게 인사하고 다른 가수에게 순서를 넘긴 뒤 자리로 돌아가고 아일리시 역시 자리에 앉아야 할 때가 오면, 그가 얼마나 아쉬워할지를, 그리고 그녀가 얼마나 아쉬워할지를.

밤이 깊어지자 몇몇 남자들은 잠이 들었고, 몇몇은 부축을 받으며 화장실로 가야 했다. 두 명의 미스 머피는 주전자 여러 개에 차를 준비했고 크리스마스 케이크를 내왔다. 노래가 끝난 후 남자들 가운데 일부는 외투를 찾아 입고 플러드 신부와 미스 머피 자매와 아일리시를 찾아와 고맙다고 인사하고, 즐거운 크리스마스가 되기를 빌고는 어둠 속으로 나갔다.

사람들 대부분이 떠나고 남은 몇몇 사람도 몹시 취한 것처럼 보이자, 플러드 신부는 아일리시에게 원한다면 가도 좋다고 일렀다. 그러면서 머피 자매에게 하숙집까지 배웅을 부탁하겠다고 했다. 아일리시는 혼자 집에 가는 데 익숙하다며 거절했다. 그러면서 어차피 오늘 밤은 조용할 것이라고 덧붙였다. 머피 자매와 플러드 신부와 악수를 나눈 뒤, 아일리시는 깜깜하고 텅 빈 브루클린 거리를 걷기 시작했다. 부엌에는 가지 말고 곧장 방으로 올라가야겠다고 그녀는 생각했다. 빨리 침대에 누워서, 잠들기 전에 오늘 있었던 모든 일을 되새겨 보고 싶었다.

제3부

1월의 아침 출근길은 추위가 매서웠다. 아무리 빨리 걷고 두꺼운 양말을 사 신어도 바르토치스 매장에 도착할 때쯤이면 발이 꽁꽁 얼어 버렸다. 거리에 다니는 사람들은 모두 모습을 보이기 두렵다는 듯, 두툼한 외투와 목도리, 모자, 장갑, 부츠로 꽁꽁 싸매고 있었다. 사람들이 지나갈 때 보니 두꺼운 스카프나 머플러로 입과 코까지 가리고 있었다. 그들은 눈밖에 안 보였고, 추위에 겁먹은 표정은 모든 걸 얼게 만드는 기온과 바람 때문에 절박해 보였다. 저녁때 강의가 끝나면 학생들은 건물 복도로 쏟아져 나오면서 차가운 밤공기에 대비해 겹겹이 옷을 껴입었다. 무슨 이상한 연극을 준비하듯, 느리고 신중한 동작과 멍한 결의의 표정으로 무대 의상을 입는 것 같았다. 이렇게 추워지기 전, 길을 걸으면서 하숙집의 따뜻한 복도, 따뜻한 부엌, 따뜻한 침실이 아닌 다른 무언가를 생각하던 시기가 있었는지 기억마저 아득했다.

어느 날 저녁, 아일리시가 방에 가려고 막 계단을 오를 때, 키호 부인이 아래층 거실 문간에서 누가 볼까 두려운 듯 어둠 속을 서성이는 게 보였다. 키호 부인은 말없이 손짓으로 아일리시를 방으로 불러들인 후 조용히 문을 닫았다. 방을 가로질러 벽난로 앞의 안락의자에 앉으면서, 아일리시에게 맞은편 안락의자에 앉으라고 눈짓할 때에도 아무 말이 없었다. 큰 소리로 말하면 안 된다는 듯 오른손을 아래쪽으로 까딱이는 부인의 표정이 심상치 않았다.

"그래." 키호 부인은 벽난로 안에서 환하게 타고 있는 불을 살피고는 통나무 장작을 하나 올리고, 하나를 더 얹은 후 말을 이었다. "네가 이 방에 왔다는 건 입도 뻥긋해서는 안 된다. 알았지?" 아일리시는 고개를 끄덕였다.

"사실 미스 키건이 떠날 예정이다. 빨리 나갈수록 좋겠지. 미스 키건이 아무한테도 말하지 않겠다고 약속했다. 그앤 진짜 아일랜드 서부 사람이거든. 아무 말 않는 거야 그쪽 사람들이 우리보다 잘하지. 굳이 작별 인사를 하지 않는 게 그 아이다워. 월요일에 나간다는데, 내 생각엔 아일리시네가 그 지하방으로 옮기면 좋겠구나. 이제 그 방은 습하지 않으니, 그런 표정으로 날 보지 말고.”

“부인을 보는 게 아니에요.” 아일리시가 말했다.

“그래, 아니구나.”

키호 부인은 한동안 불을 쳐다보다가 바닥으로 눈을 돌렸다.

“그 방은 이 집에서 가장 좋아. 제일 크고 따뜻하고 조용하고 가구들도 가장 잘 갖춰져 있지. 이 문제로 더 얘기하지 않았으면 좋겠다. 네가 그 방을 쓰면 그걸로 되는 거야. 그러니 일요일에 짐을 싸 두거라. 월요일에 네가 출근한 사이에 내가 짐을 옮기마. 그러면 끝나는 거야. 지하방에는 열쇠가 필요할 거다. 거기는 입구가 따로 있으니까. 미스 몬티니도 그 입구로 드나들어. 물론 열쇠를 잃어버려도 1층을 통해 내려가는 계단이 있으니 그렇게 걱정스러운 얼굴은 하지 않아도 된다.”

“제가 그 방을 쓰면 다른 하숙생들이 가만히 있을까요?” 아일리시가 물었다.

“가만히 있잖고.” 키호 부인은 그렇게 말하고 웃음을 지어 보였다. 그녀는 흐뭇한 듯 고개를 끄덕이며 불을 바라보았다. 이어서 고개를 들어 아일리시를 빤히 쳐다보았다. 아일리시는 그것이 그만 나가라는 신호임을 곧 깨달았다. 아일리시가 조용히 일어서자 부인은 다시 한번 오른손을 뻗어 아무 소리도 내지 말라는 손짓을 했다.

계단을 올라 방으로 가던 아일리시는 문득, 지하의 그 방이 사실은 습하고 작을지도 모른다는 의심이 들었다. 그 방이 이 집에서 가장 좋다는 얘기는 들은 적이 없었다. 이토록 비밀스럽게 구는 이유가 방을 보여 주거나 뭐라 항의할 기회도 주지 않고 아일리시에게 그 방을 떠넘기려는 술책에 지나지 않는지도 몰랐다. 그렇더라도 월요일 밤 수업이 끝나서 돌아올 때까지는 기다리는 수밖에 없었다.

며칠이 지나면서 아일리시는 방을 옮기는 문제가 걱정되기 시작했다. 날마다 그 방에서 올라오던 미스 키건의 상태를 보건대 이 집에서 가장 좋은 것 같지도 않은 그 방에, 굳이 자기가 밖에 나가 있을 때 가방을 옮겨 놓겠다는 키호 부인이 원망스러웠다. 플러드 신부에게 그 방이 침침하다거나 어둡다거나 습하다고 하소연할 수도 없는 노릇이었다. 신부님의 동정은 이미 받을 만큼 받았고, 키호 부인도 이를 잘 알고 있었다.

일요일에 가방을 싸서 침대 옆에 두고 보니, 그동안 짐이 늘어나서 가방에 다 들어가지 않았다. 아일리시는 아래층에 내려가 키호 부인에게 쇼핑백 몇 개만 달라고 조용히 부탁했다. 아일리시는 부인이 자신을 이용했다는 느낌이 들었고, 전에 겪었던 끔찍한 향수병이 다시금 시작되는 것 같았다. 그날 밤에는 잠을 이루지 못했다.

아침에는 살을 에는 바람이 불었다. 이런 매서운 바람은 처음이었다. 바람이 사방에서 거세게 몰아치는 것 같았다. 얼음을 몰고 오는 바람에 거리의 사람들은 머리를 숙이고 다녔고, 길을 건너려고 기다리다 추위를 못 이겨 동동 뛰는 이들도 있었다. 아일랜드에선 누구도, 미국이 세계에서 가장 추운 곳이며 이렇게 추운 아침이면 미국 사람들이 가장 비참하다는 사실을 모른다고 생각하니 웃음이 나올 뻔했다. 그런 얘기를 편지에 써도 믿지 않을 것이다. 바르토치스 매장에선 하루 종일, 누군가 단 1초라도 필요 이상으로 문을 열어 둘라치면 사람들이 고함을 질러 댔고 두꺼운 모직 속옷들이 평소보다 많이 팔렸다.

그날 저녁 강의 때는 필기하랴 졸음을 쫓으랴 기를 쓰다 보니, 하숙집에 돌아가서 마주할 사태를 생각할 겨를이 없었다. 시내 전차에서 내려 집으로 걸어가면서는 새 방이 어떻든 간에, 따뜻하고 잠잘 침대만 놓여 있다면 상관하지 않기로 마음먹었다. 바람이 잦아들자 밤공기가 고요했다. 하지만 얼음장 같은 공기가 어찌나 건조하고 날카로운지 인정사정없이 손가락과 발가락을 모질게 파고들고 얼굴 피부를 쓰리도록 후볐다. 아직 집까지 반밖에 오지 않은 걸 알면서도 이 길이 빨리 끝나기를 기도했다.

아일리시가 현관문을 열자마자 키호 부인이 복도에 나와 손가락을 입술에 갖다 댔다. 키호 부인은 기다리라고 손짓하더니, 잠시 후 돌아와 부엌에서 복도로 나오는 사람이 아무도 없는지 확인하고 아일리시에게 열쇠를 건넸다. 그러고는 그녀에게 밖으로 나가라고 손짓하고서 조용히 현관문을 닫았다. 아일리시는 지하실 계단을 내려갔다. 지하실 문을 열었을 때는 키호 부인이 벌써 내려와서 그녀를 기다리고 있었다.

"소리 내지 마라." 키호 부인이 속삭였다.

키호 부인은 지하실의 앞쪽 방, 미스 키건이 얼마 전 비운 방의 문을 열었다. 구석에 있는 평범한 램프와 침대 옆 간이 탁자의 램프에는 이미 불이 켜져 있었다. 낮은 천장과 짙은 벨벳 커튼, 여러 가지 무늬가 들어간 침대 커버와 바닥 러그에 램프 불빛이 더해져 방은 그림이나 옛날 사진 속에 나오는 방처럼 호화스럽게 보였다. 구석에 놓인 흔들의자가 눈에 띄었고, 벽난로 안에는 통나무가 있었고, 그 아래에는 불을 붙이기 위한 종이가 놓여 있었다. 전에 썼던 방보다 두 배는 넓었다. 게다가 공부할 수 있는 책상도 있었고 벽난로 한쪽에는 안락의자가 흔들의자를 마주 보고 있었다. 아일리시가 여태 쓰던 방이 풍기던 기능적이다 못해 거의 엄격하고 단호한 분위기는 찾아볼 수 없었다. 이 집 하숙생들 모두가 이 방을 원할 게 틀림없었다.

"혹시 다른 애들이 물으면, 그냥 네 방을 새로 꾸미게 되는 바람에 그렇게 됐다고 둘러대라." 키호 부인은 그렇게 말하면서, 검붉게 착색된 목재의 커다란 붙박이 옷장을 열어 가방과 쇼핑백들을 놓아둔 자리를 보여 주었다. 키호 부인이 그녀를 지켜보는 태도, 뿌듯해하면서도 부드럽고 슬픈 눈길 때문에, 아일리시는 이 방이 키호 부인의 남편이 집을 떠나기 전에 만들어졌을지도 모른다는 생각이 들었다. 더블베드를 보니 이 방은 그들 부부의 침실이었을 것 같았다. 어쩌면 당시 그들은 위층 방을 모두 세놓았는지도 몰랐다.

"욕실은 복도 끝에 있다." 키호 부인이 말했다. 침착한 모습을 보이려 애쓰는 듯 그녀는 어둑어둑한 방 안에 어색하게 서 있었다.

"아무한테도 아무 말도 하지 말거라. 내 말대로만 한다면 잘못될 일은 없을 거야." 그녀가 덧붙였다.

"방이 정말 예뻐요."

"벽난로를 피워도 된다. 하지만 미스 키건은 나무가 너무 많이 든다고 일요일에만 불을 피웠지. 왜 그런지는 모르지만."

"다른 사람들이 화내지 않을까요?"

"여긴 내 집인데 얼마든지 화내라지. 화낼수록 재미있어 지겠지."

"하지만……."

"너만이 유일하게 예의를 아는 사람이니까."

키호 부인이 애써 웃음을 지으면서 말하는 투가 슬픔을 방 안으로 끌어들이는 것 같았다. 키호 부인은 이유를 충분히 밝히지 않은 채 그녀에게 너무 많은 것을 내주고 있었지만, 방금은 너무 많은 것을 말해 버렸다. 아일리시는 키호 부인과 가까워지거나 어떤 식으로든 자기한테 의지하는 건 내키지 않았다. 그녀는 배은망덕하게 보일 수 있다는 걸 알면서도 몇 분 동안 침묵을 지켰다. 그러다가 키호 부인에게 정중하게 고개를 끄덕였다.

"제가 아주 이 방으로 옮긴 사실을 다른 사람들이 언제 쯤 알게 될까요?" 결국 아일리시가 입을 열었다.

"때가 되면 알겠지. 어차피 그 애들이 상관할 바도 아니 야."

키호 부인이 저지른 일의 의미, 그리고 그것이 자기와 다른 하숙생들에게 어떤 문제를 일으킬지가 예상되자, 아일리시는 차라리 전에 쓰던 방에 혼자 있는 게 나을 것 같았다.

"사람들이 뭐라 하지 않았으면 좋겠어요."

"아무도 너한테 신경 쓰지 않는다. 너와 나 누구도 그 애들 때문에 밤잠 설칠 이유도 없고."

아일리시는 키가 더 커 보이도록 곧게 서고는 쌀쌀맞게 키호 부인을 쳐다보았다. 이제 분명해졌다. 집주인 여자의 마지막 말은 자기와 아일리시는 나머지 하숙생들과 다른 편에 서 있으며, 두 사람이 이 일을 공모했음을 넌지시 알릴 준비가 되었다는 확고한 뜻을 담고 있었다. 아일리시는 키호 부인의 이런 행동이 정말 뻔뻔스럽게 느껴졌다. 더구나 가장 늦게 들어온 하숙생에게 이 집에서 가장 좋은 방을 내준다는 결정은 다이애나, 미스 매캐덤, 실라 헤퍼넌과 아일리시 사이에 껄끄러움과 어색함을 가져올 게 분명했다. 아일리시는 머지않아 키호 부인이 자신이 베푼 호의에 대한 대가를 당당하게 요구하리라는 걸 직감했다.

아일리시가 보기에 부인은 급할 때 이를 이용하거나, 그게 아니라면 이 일을 빌미로 둘 사이에 친밀감이나 우정, 혹은 긴밀한 관계를 만들어 낼 사람이었다. 그렇게 같이 방 안에 서 있자니, 아일리시는 키호 부인에게 화가 치밀었다. 이런 기분에 피로가 뒤섞이자 용기가 솟는 것 같았다.

"언제나 솔직한 게 최선이에요." 아일리시는 어떤 식으로든 품위나 예의에 어긋나는 일을 당했을 때 로즈가 쓰던 말투를 흉내 내며 말하고는 이렇게 덧붙였다. "그건 누구에게든 마찬가지예요."

"나만큼 세상을 살면, 솔직함이 능사는 아니라는 걸 알게 될 거다." 키호 부인이 대답했다.

아일리시는 키호 부인의 쏘아보는 눈길에 자신의 공격이 꺾인 걸 알았지만, 기죽지 않고 계속 집주인을 쳐다보았다. 키호 부인이 무슨 말을 하든 더는 말하지 않을 작정이었다. 아일리시는 이 나이 많은 여자가 마치 예상도 못 한 배신을 당했다는 듯 자기에게 짜증을 퍼붓고 있다고 생각했다. 그러다가 문득 깨달았다. 이 방을 자기에게 내준 그 관대한 행위가 그 여자 안의 무언가를, 세상에 대한 깊은 원망 같은 것을 풀어놓았고, 지금 부인은 그것을 조심스레 제자리로 주워 담고 있음을.

"아까 말한 욕실은 복도 저쪽이다." 마침내 부인이 입을 열었다. "열쇠는 여기 두마."

키호 부인은 간이 탁자에 열쇠를 놓고 방을 나가더니, 집 전체에 울릴 만큼 쾅 소리가 나도록 문을 닫았다.

아일리시는 자기가 먼저 그 방을 요구한 게 아니라고 말하면 다른 하숙생들이 믿어 줄지 의문이었다. 그녀는 아침 식사 시간에 부엌에 올라가는 걸 피했고, 두 번째 날 욕실 문간에서 다이애나를 마주쳤을 때는 한마디도 하지 않고 후다닥 지나가 버렸다. 그러나 주말에 다른 하숙생들과 말을 섞는 일까지 피할 수는 없었다. 그래서 금요일 저녁에 키호 부인이 부엌에서 나간 후, 미스 매캐덤이 단둘이 얘기 좀 하자고 말했을 때, 아일리시는 놀라지 않았다. 언제 도주를 시도할지 모를 가석방 죄수를 지켜보듯 용의주도한 미스 매캐덤의 시선을 받으며, 아일리시는 다른 하숙생들이 나갈 때까지 부엌에서 서성거렸다.

"무슨 일이 있었는지는 너도 들었겠지." 미스 매캐덤이 말했다.

아일리시는 멍한 표정을 지었다.

"일단 앉는 게 좋겠어."

미스 매캐덤은 물이 끓기 시작한 주전자 쪽으로 가더니, 그 물을 찻주전자에 따르고는 다시 말을 이었다.

"미스 키건이 왜 떠났는지 아니?"

"제가 왜 알아야 하는데요?"

"그럼 모른단 말이야? 아는 줄 알았어. 그건 저 키호 여편네도 알고 다른 사람들도 다 아는 일이야."

"미스 키건은 어디로 갔어요? 곤란한 일이 있었나요?"

"롱아일랜드로 갔어. 그리고 상당한 이유가 있었지."

"무슨 일인데요?"

“누가 미스 키건을 집까지 따라왔거든.” 그 말을 하는 미스 매캐덤의 눈은 흥분으로 반짝이는 것 같았다. 그녀는 천천히 차를 잔에 따랐다.

“따라오다뇨?”

“하루도 아니고 이틀 밤이나. 잘은 몰라도 그보다 여러 번이었을 거야.”

“그러니까 이 집까지 따라왔다는 거예요?”

“응, 이 집까지.”

미스 매캐덤은 차를 홀짝이면서 내내 매섭게 아일리시를 노려보았다.

“누가 따라왔는데요?”

“남자.”

차에 우유와 설탕을 넣던 아일리시는 어머니가 늘 하던 말이 기억났다.

“하지만 남자가 미스 키건을 데리고 달아나려고 했더라도, 첫 번째 가로등에 도착해 미스 키건의 얼굴을 또렷하게 보는 순간 바로 마음을 바꿀 텐데요.”

“하지만 평범한 남자가 아니었지.”

“무슨 소리예요?”

“마지막으로 따라왔을 때는 미스 키건 앞에서 거기를 드러냈거든. 왜, 그런 남자 있잖아.”

“그 얘기는 누구한테 들었어요?”

“미스 키건이 떠나기 전에 나랑 미스 헤퍼넌한테 살짝 얘기해 줬어. 이 집 문 앞까지 따라왔더래. 그리고 미스 키건이 계단을 내려갈 때, 그 남자가 거기를 내보인 거지.”

“그래서 경찰을 불렀대요?”

“당연하지. 그러고 나서 가방을 싼 거지. 미스 키건은 그 남자가 어디 사는지 알 것 같대. 그리고 전에도 따라왔었고.”

“경찰한테는 전부 다 얘기했대요?”

“응, 하지만 미스 키건이 그 남자가 누군지 밝힐 생각이 없는 이상, 경찰이 할 수 있는 건 없지. 미스 키건은 마음의 준비가 안 돼 있었거든. 그래서 가방을 싼 거야. 롱아일랜드에 결혼한 오빠가 있는데 그 집으로 갔어. 그런데 더 기가 막힌 건, 키호 여편네가 나더러 미스 키건의 방으로 옮기라는 거야. 그 방이 이 집에서 가장 좋다는 둥 하면서 말이지. 난 그 여자 콧대를 꺾어 놨지. 그리고 미스 헤퍼넌은 지금 상태가 말이 아니고. 다이애나도 지하실 자기 방을 그대로 쓴다며 거절했어. 그래서 그 여자가 널 거기 밀어 넣은 거야. 다른 하숙생은 아무도 옮기려 하지 않으니까.”

미스 매캐덤은 스스로 굉장히 만족해하는 표정이었다. 자기보다 나이 많은 그 여자가 차를 홀짝거리는 모습을 지켜보던 아일리시는 문득, 미스 매캐덤이 이 얘기를 하는 건 그 방 문제로 아일리시와 키호 부인에게 복수하는 것일지도 모른다는 생각이 들었다. 그렇지만 한편으로, 그 얘기가 사실일 수도 있었다. 키호 부인이 아일리시를 이용한 것일 수 있었다. 아일리시는 미스 키건이 떠난 이유를 모르는 유일한 하숙생일 테니까. 그렇지만 다시, 아일리시가 지하로 이사하기 전 며칠 사이에 그녀가 내막을 알아내지 못할 거라고 키호 부인이 확신할 수는 없었을 거라는 데 생각이 미쳤다. 그러나 미스 매캐덤을 지켜볼수록 그녀가 성기를 노출한 남자 이야기를 지어내거나 부풀린 건 아닌지 의심스러웠다. 아일리시는 미스 매캐덤이 나머지 하숙생들의 부추김을 받아서 이러는 건지, 아니면 혼자 꾸민 건지 궁금했다.

"방은 정말 좋던데요." 아일리시가 말했다.

"좋을 거야." 미스 매캐덤이 대답했다. "사실 미스 키건이 그 방을 차지했을 때만 해도 다들 그 방을 쓰고 싶어 했어. 현관문에 들어설 때마다 저 여편네가 기웃거릴 일이 없으니 더 좋았지. 하지만 사람들이 다 보라고 불을 켜 두는 지하실에선 이제 살고 싶지 않아. 아마 더 이상은 얘기하면 안 될 것 같지만."

"얼마든지 말씀하세요."

"사실, 밤중에 혼자 집에 걸어오는 사람치고 넌 참 태연해 보여."

"만약 내 앞에서 노출하는 남자가 있으면, 맨 먼저 알려 드릴게요."

"내가 그때까지 여기 산다면." 미스 매캐덤이 말했다. "우리 모두 롱아일랜드에 가는 거 아닌지 몰라."

다음 며칠 동안 아일리시는 미스 매캐덤이 한 말을 어떻게 받아들여야 할지 알 수 없었다. 나머지 하숙생들과 함께 부엌에서 식사할 때는, 미스 키건의 방을 차지한 데 대한 복수로 다들 자신을 접주기로 모의한 게 틀림없다는 생각이 들다가도 다음 순간엔, 키호 부인이 그 방을 내준 건 자기가 마음에 들어서가 아니라 가장 만만해 보였기 때문이라는 생각이 들면서 머릿속이 계속 오락가락했다. 모든 사람의 동기가 선하다는 가능성을 열어 두고 싶었지만, 키호 부인이 정말 순수한 너그러움에서 자신에게 그 방을 내주었다는 건 있을 법하지 않았다. 그렇다고 미스 매캐덤과 나머지 하숙생들이 정말로 이번 일을 아무렇지 않게 여기고, 미스 키건을 따라왔던 그 남자에 관해 그저 조심하라고 경고하려 했다는 것 역시 있을 법하지 않기는 매한가지였다. 하숙생들 가운데 속마음을 털어놓을 진정한 친구가 한 명도 없는 게 아쉬웠다. 어쩌면 사람들은 아무런 의도가 없는

데 그들의 동기를 나쁘게 해석하는 자신이 문제인 건 아닐까 하는 생각도 들었다. 밤에 잠을 깼을 때나 직장에서 천천히 일할 여유가 생길 때면, 아일리시는 모든 것을 되짚어 보곤 했다. 어떤 때는 키호 부인을 원망하다가도, 다음 순간에는 미스 매캐덤과 다른 하숙생들을 탓하고, 그러다 자기 자신을 탓하기도 했다. 결국 아일리시는 그냥 이 모든 생각을 그만두는 게 최선이라는 결론밖에 내리지 못했다.

그 주 일요일, 플러드 신부는 드디어 교구 강당에서 교구 내 자선기금 마련을 위한 무도회를 열 준비가 되었다고 밝혔다. 아울러 팻 설리번의 하프와 샘록 오케스트라가 출연하는 첫 번째 무도회는 1월 마지막 주 금요일에 열릴 예정이었다. 그는 그 후로 매주 금요일 밤에 무도회가 열리니 이 소식을 널리 알려 달라고 교구 주민들에게 부탁했다.

그날 저녁 키호 부인이 포커 모임을 끝낸 후 잠깐 부엌에 와서 식탁에 앉았을 때, 하숙생들은 무도회 얘기를 하고 있었다.

"플러드 신부님이 자신이 벌이는 일이 뭔지나 아셨으면 좋으련만." 키호 부인이 말했다. "전쟁이 끝났을 때도 바로 그 교구 강당에서 무도장을 운영했는데 도덕적 문제로 문을 닫아야 했지. 아일랜드 아가씨들을 찾아오는 이탈리아 남자들이 더러 있었거든.”

“글쎄, 그게 뭐가 잘못된 건지 모르겠네요.” 다이애나가 말했다. “우리 아빠도 이탈리아인인데 제가 알기론 무도회에서 엄마를 만나셨거든요.”

“아버님은 아주 좋으신 분이겠지. 하지만 전쟁 후에는 아주 뻔뻔스러운 이탈리아 남자들도 왔었다.” 키호 부인이 말했다.

“이탈리아 남자들은 정말 잘생겼어요.” 패티가 말했다.

“물론 개중에는 멋지고 잘생긴 남자들이 있겠지. 하지만 내가 듣기론 정말 조심해야 하는 남자들도 많다고 하더라. 이탈리아인 얘기라면 그만하자꾸나. 화제를 바꾸는 게 우리 모두를 위해서 좋겠어.” 키호 부인이 말했다.

“아일랜드식 무도회는 아니었으면 좋겠어요.” 패티가 말했다.

“팻 설리번 밴드는 정말 잘해요.” 실라 헤퍼넌이 끼어들었다. “그 밴드는 아일랜드 곡부터 왈츠와 폭스트롯, 미국 음악까지 못 하는 연주가 없어요.”

“그거 잘됐네요.” 패티가 말했다. “케일리♦인가 뭔가 하는 음악이 나올 동안 앉아 있어도 된다면요. 아니, 그런 춤

♦　Ceili. 아일랜드의 전통적인 집단 사교춤.

은 없애 버려야 해. 요즘 같은 시대에!"

"운이 나쁘면 밤새도록 앉아 있어야 할지도 몰라. 물론 여자들이 상대를 고르는 춤이 아니라면 말이야." 미스 매캐덤이 말했다.

"무도회 얘기는 그걸로 됐다." 키호 부인이 말했다. "애초에 내가 부엌에 들어오지 말았어야 하는 건데. 몸조심해라. 내가 할 말은 그뿐이다. 너희들 앞에는 한평생이 놓여 있어."

이어지는 며칠 동안, 무도회 날이 다가옴에 따라 하숙집은 두 파로 나뉘었다. 패티와 다이애나로 이루어진 한쪽은 무도회에 같이 갈 사람들이 모이는 식당에 아일리시를 데려가고 싶어 했다. 그러나 미스 매캐덤과 실라 헤퍼넌은 문제의 그 식당은 사실상 술집이며 그곳에 모이는 사람들은 예의가 없거나 진중하지 못한 경우가 많다고 주장했다. 그들은 아일리시가 하숙집에서 곧장 교구 강당으로 가서 좋은 일에 동참하는 성의만 보이고 예의에 어긋나지 않을 정도만 있다가 나오길 바랐다.

"아일랜드를 떠올릴 때 그립지 않은 것 하나가 금요일과 토요일 밤의 그 가축 시장이야. 끔찍한 머릿기름을 바르고 반쯤 취한 채, 사방에서 몸을 떠미는 남자들을 견디느니 차라리 혼자 있는 게 행복해."

"우리 고향에서는 아예 남자들과 어울리지를 않았지. 누구도 그 때문에 손해 본 건 없었어." 미스 매캐덤이 말했다.

"그럼 어떻게 남자들을 만났어요?" 다이애나가 물었다.

"저 언니 얼굴 좀 봐 줄래?" 패티가 끼어들었다. "평생 한 번도 남자를 사귄 적 없는 얼굴이잖아."

"뭐, 내가 남자를 만난다 해도, 술집에서는 아닐 거야." 미스 매캐덤이 말했다.

결국 아일리시는 미스 매캐덤과 실라 헤퍼넌과 함께 집에서 기다리다가 10시가 넘어서야 교구 강당으로 출발했다. 아일리시는 그 두 사람이 무도장에 도착한 후 갈아 신을 굽 높은 구두를 가방에 넣어 가져간다는 걸 알았다. 두 사람 다 머리를 뒤로 넘겨 빗고 화장하고 립스틱을 바른 상태였다. 처음 그들을 보았을 때 그들 옆에서 자신이 너무 초라해 보일까 봐 걱정되었다. 그날 밤 교구 강당에 아무리 짧은 시간 머문다 해도 그들과 함께 있기가 불편했다. 그들은 굉장히 공들여 치장한 눈치였던 반면, 자기는 그저 단정히 머리를 빗고 하나뿐인 좋은 드레스를 입고서 새로 나온 나일론 스타킹을 신었을 뿐이었다. 얼어붙을 듯 추운 밤을 헤치고 교구 강당으로 걸어가면서, 다른 여자들이 무도장에서 어떤 옷을 입는지 눈여겨보고, 다음번에는 너무 평범한 차림은 하지 말아야겠다고 결심했다.

교구 강당이 가까워지자 두려운 생각밖에 안 들었다. 집에 남아 있을 핑곗거리라도 생겼으면 하는 마음이 간절했다. 패티와 다이애나는 출발하기 전부터 하하 호호 웃어 대며 계단을 오르락내리락했고, 층마다 돌아다니며 하숙생들에게 자기들 모습에 감탄하기를 부추겼으며, 집을 나서기 직전에는 키호 부인의 방문까지 노크해서 자기들 모습을 선보였다. 집에서는 그들과 함께 가지 않는 게 다행스럽더니, 강당으로 들어서며 미스 매캐덤과 실라 헤퍼넌 사이에 이상하게 긴장된 침묵이 흐르자 아일리시는 이들의 불안이 느껴져 딱하다는 생각이 들었다. 그러는 동시에 오늘 밤 이 두 사람과 함께 있어야 하고, 이들이 원할 때에 나가야 한다는 게 유감스러웠다.

강당은 거의 텅 비어 있었다. 입장료를 내고 여성 외투 보관소에 들어간 후, 미스 매캐덤과 실라 헤퍼넌은 거울로 자기 모습을 점검했고 화장품과 립스틱을 덧바르면서, 아일리시에게도 립스틱과 마스카라를 발라 주었다. 셋이서 나란히 거울을 보니, 아일리시의 머리는 정말 끔찍해 보였다. 다시는 무도장에 오지 않는다 해도, 머리는 어떻게 해야 할 것 같았다. 드레스는 로즈와 같이 가서 샀던 건데도 역시 끔찍해 보였다. 모아 둔 돈이 조금 있으니 새 옷을 몇 벌 사야겠다는 생각이 들었지만, 혼자서 옷을 사기는 쉽지 않을 테고 이 두 사람도 패티와 다이애나만큼이나 그녀에 겐 별 도움이 안 될 것 같았다. 미스 매캐덤과 실라는 차림새가 너무 격식에 얽매여 딱딱했고 패티와 다이애나는 너무 유행을 좇아 요란했다. 아일리시는 일단 5월에 시험이 끝나면 짬을 내어 여기저기 가게들과 가격을 훑어보며, 어떤 스타일의 미국 옷이 자기에게 가장 어울리는지 알아보기로 했다.

그들은 강당으로 들어갔다. 맞은편에 있는 벤치에 앉을 생각으로 칠이 안 돼 있는 맨바닥을 가로지르며 음악에 맞춰 왈츠를 추는 몇몇 중년 남녀들을 지나치다가, 플러드 신부를 보았다. 신부가 다가와서 그들과 악수를 나누었다.

"우리는 북적거리기를 기대했는데, 사람들은 절대 원하는 시간에 오는 법이 없구나."

"아, 사람들이 어디 있는지 우린 알아요." 미스 매캐덤이 말했다. "술 마시고 있어요."

"참, 그렇지. 금요일 밤이니 그렇겠구나."

"그러다가 취하지나 말았으면 좋겠어요." 미스 매캐덤이 대답했다.

"우리가 출입문에 건장한 남자들을 세워 두었다. 오늘 밤이 즐거운 시간이 되기를 바라거든."

"여기에다 바를 열면 떼돈을 벌 거예요." 실라 헤퍼넌이 말했다.

"나도 그런 생각을 안 해 본 게 아니다." 플러드 신부가 대답하고는 웃으면서 두 손을 비비며, 댄스 플로어를 지나 정문을 향해 멀어져 갔다.

아일리시는 악사들을 살펴보았다. 아코디언을 든 한 남자가 아주 슬프고 애틋한 표정으로 느린 왈츠를 연주하고 있었고, 그보다 젊은 남자가 드럼을 치고, 뒤쪽의 나이 많은 남자는 콘트라베이스를 연주하고 있었다. 무대 위에 금관 악기 몇 대와 가수를 위한 마이크가 준비된 걸로 보아, 강당이 가득 차면 악사들이 더 많이 나올 것 같았다.

실라 헤퍼넌이 셋이 마실 레모네이드를 한 잔씩 가져왔다. 강당이 차는 동안 그들은 조용히 벤치에 앉아 음료수를 홀짝거렸다. 그러나 아직 패티와 다이애나 일행은 어디에도 보이지 않았다.

"어디 다른 데서 더 나은 무도장을 찾았나 보지." 실라가 말했다.

"그 애들이 교구를 도와주길 바라는 것부터가 무리야." 미스 매캐덤이 거들었다.

"다리 건너 맨해튼 쪽에 있는 어떤 무도장들은 아주 위험할 수도 있다고 하던데." 실라 헤퍼넌이 말했다.

"여기가 빨리 끝나서 어서 따뜻한 내 방 침대에 들어가면 좋겠어." 미스 매캐덤이 말했다.

처음에 아일리시는 패티와 다이애나를 보지 못했고, 대신에 떠들썩하게 강당에 들어오는 젊은 사람들만 눈에 띄었다. 남자 몇몇은 밝은색 정장을 갖춰 입고, 머리에 기름을 발라 매끈하게 뒤로 넘기고 있었다. 한두 명은 영화배우처럼 눈에 띄게 잘생긴 용모였다. 아일리시는 그들이 자기와 옆의 두 동행을 어떻게 생각할지 짐작이 갔다. 강당에 막 도착한 그들은 눈빛을 반짝거렸고 기대에 가득 차 있었다. 그러다가 그들 틈에서 다이애나와 패티가 보였다. 둘 다 광채를 내뿜는 것 같았고, 따뜻한 미소를 포함해 모든 것이 완벽했다.

아일리시는 그들처럼 옷을 입고 그들과 함께 어울리게 된다면, 자기도 매력적으로 차려입고 화려하게 보일 수 있다면 무엇이든 내줄 수 있을 것 같았다. 주변 사람들의 농담과 미소에 기분이 좋아져서 지금처럼 숨 막히도록 열심히 누군가를 지켜보지 않아도 된다면 말이다. 아일리시는 고개를 돌려 미스 매캐덤과 실라 헤퍼넌의 표정을 확인하기가 두려웠다. 그들도 그녀와 같은 심정이리라. 그러나 그들이 새로 도착한 사람들에게 몹시 못마땅한 표정을 지으려 무던히도 애쓰리라는 걸 그녀는 알고 있었다. 아일리시는 차마 그 두 하숙생을 쳐다볼 수 없었다. 지금 자기가 느끼는 멍한 불안감, 즐거운 표정을 지을 수 없다는 좌절감을 그들의 얼굴에서 보게 될까 봐 두려웠다.

일단 음악이 바뀌자 아일랜드 곡은 더는 나오지 않았다. 아코디언 연주자는 색소폰에 맞춰 무도장에 온 대부분이 아는 듯한 느린 곡조를 연주하기 시작했다. 이제 강당이 가득 찼다. 음악에 맞춰 천천히 움직이는 모습이 고향 사람들보다 더 우아해 보였다. 리듬이 점점 느려졌는데, 아일리시는 몇몇 사람들이 그처럼 가까이 달라붙어서 춤추는 게 놀라웠다. 어떤 여자들은 거의 완전히 파트너에게 감싸인 거나 마찬가지였다. 다이애나와 패티는 자신감 있고 능숙하게 움직였다. 다이애나는 춤을 추다가 동료 하숙생들과 가까운 위치에 오게 되자 눈을 질끈 감았다. 마치 음악에, 그리고 같이 춤추는 키 큰 남자에게, 그리고 오늘 밤 자기가 맛보는 기쁨에 더 집중하기로 작정한 것 같았다. 다이애나가 지나간 뒤, 미스 매캐덤이 이제 갈 시간이 된 것 같다고 말했다.

외투를 놓아둔 곳까지 홀을 가로질러 가면서, 아일리시는 이렇게 일찍 나가는 모습을 보이지 않도록 이 곡 세트가 끝날 때까지 기다릴걸 하는 아쉬움이 들었다. 셋이서 말없이 집으로 걸어오는 동안, 아일리시는 자기 마음을 종잡을 수 없었다. 밴드가 연주했던 곡들은 아주 감미롭고 아름다웠다. 춤추는 사람들의 옷차림은 아주 근사하고 완벽했다. 그것은 아일리시로선 도저히 불가능한 일이었다.

"다이애나는 부끄러운 줄 알아야 해. 그 애가 언제 들어올지는 신만이 아실 거야." 미스 매캐덤이 말했다.

"아까 그 사람이 다이애나 남자 친구예요?" 아일리시가 물었다.

"누가 알겠어? 주중에는 날마다 다르고 일요일에는 둘씩 갈아 치우는데." 실라 헤퍼넌이 대꾸했다.

"그 남자 귀엽던데요. 춤도 아주 잘 추고." 아일리시가 말했다.

두 하숙생 누구도 대꾸하지 않았다. 미스 매캐덤이 속도를 내는 바람에 나머지 두 사람은 그녀를 따라가야 했다. 아일리시가 한 말에 두 사람이 짜증 난 게 분명했지만 그래도 그녀는 그 말을 잘했다는 생각이 들었다. 뭔가 더 강력한 말을 생각해 내면 그들이 다음 주에도 무도장에 같이 가자는 얘기를 꺼내지 않을지도 몰랐다. 대신 아일리시는 뭔가를 사기로 했다. 아까 본 춤추는 여자들과 좀 더 비슷한 기분이 들게 해 줄 새 구두라도. 옷이나 화장에 관해서는 패티와 다이애나에게 봐 달라고 조언을 구할까 생각도 잠시 했지만 그건 무리라는 결론을 내렸다. 집에 도착했을 때 미스 매캐덤과 실라 헤퍼넌은 아일리시에게 잘 자라는 인사도 하는 둥 마는 둥 했다. 아일리시는 무슨 일이 있어도, 그 두 사람과는 다시 무도장에 가지 않겠다고 다짐했다.

월요일에 출근해 보니 미스 포티니가 기다리고 있었다. 처음에 아일리시는 자기가 뭔가 잘못한 줄 알았다. 미스 포티니가 또 다른 판매원인 미스 델러노와 아일리시에게 미스 바르토치의 사무실로 따라오라고 말했기 때문이다. 사무실에 들어가자 미스 바르토치가 심각한 표정을 하고서 손짓으로 맞은편에 앉으라고 했다.

"우리 매장에 큰 변화가 생길 거예요." 미스 바르토치가 말을 꺼냈다. "매장 밖에서 변화가 일어나고 있기 때문이에요. 유색인들이 브루클린으로 이주하고 있어요. 점점 더 많이."

아일리시는 그들 모두를 쳐다보았지만, 그들이 이것을 사업에 호재로 해석하는지 아니면 악재로 해석하는지 알 길이 없었다.

"우린 우리 가게에 고객으로 오는 유색인들을 환영할 거예요. 우선은 나일론 스타킹을 가지고 시작해야죠. 우리가 이 거리 최초로 레드폭스 스타킹을 저렴한 가격에 파는 매장이 될 거고, 곧 세피아와 커피도 추가할 거예요."

"색깔을 말하는 거예요." 미스 포티니가 설명했다.

"유색인 여성들은 레드폭스 스타킹을 찾으니까 우리가 그걸 파는 거예요. 두 분은 우리 매장에 오는 모든 고객을 정중히 대해야 해요. 유색인이든 백인이든 간에."

"두 사람 모두 늘 매우 공손합니다." 미스 포티니가 말했다. "하지만 첫 번째 광고문이 진열창에 붙은 후에도 그럴지는 두고 봐야죠."

"어쩌면 고객이 줄어들지도 몰라요." 미스 바르토치가 말을 이어 갔다. "하지만 우린 물건을 사는 이가 누구든 가장 좋은 가격에 판매할 겁니다."

"그리고 레드폭스 스타킹은 일반 스타킹과는 구분해서 판매대를 따로 마련할 거예요. 적어도 처음에는요. 두 사람이 그 판매대를 맡아 줘요. 미스 레이시와 미스 델러노, 두 사람이 할 일은 그게 별일이 아닌 척하는 거예요." 미스 포티니가 설명했다.

"광고문은 오늘 오전에 진열창에 붙일 겁니다. 두 분은 판매대 앞에 서서 미소를 지어야 해요. 아셨죠?" 미스 바르토치가 덧붙였다.

아일리시와 동료는 서로 얼굴을 쳐다보고는 고개를 끄덕였다.

"오늘은 아마 찾아오는 고객이 많지는 않을 거예요. 하지만 우리가 요소요소에서 전단지를 나눠 줄 예정이니까

운이 좋다면 주말쯤에 두 사람은 눈코 뜰 새 없이 바빠질지도 몰라요." 미스 바르토치가 말했다.

미스 포티니는 두 사람을 데리고 매장으로 돌아왔다. 남자 직원들이 매장 왼쪽에 있는 기다란 탁자 위에 거의 붉은색의 새 나일론 스타킹 꾸러미들을 쌓아 놓고 있었다.

"왜 하필 우리를 골랐을까요?" 미스 델러노가 물었다.

"우리가 친절하다고 생각하나 보죠." 아일리시가 대답했다.

"그쪽은 아일랜드인이잖아요. 그래서 그랬을 거예요."

"그쪽은요?"

"난 브루클린 출신이니까요."

"설마요. 친절해서겠죠."

"내가 만만해서 그러는 거라고요. 두고 보라지, 우리 아빠가 이 소식을 듣기만 하면."

아일리시가 보니 미스 델러노의 눈썹은 깨끗이 정리되어 있었다. 족집게를 들고서 몇 시간 동안 거울 앞에 서 있을 그녀의 모습이 떠올랐다.

두 사람은 온종일 판매대에서 서서 조용히 잡담을 나누었지만 붉은색 나일론 스타킹을 보려고 그쪽으로 다가오는 손님은 한 명도 없었다. 다음 날이 되어서야 아일리시는 가게로 들어오는 중년의 유색인 여자 두 명을 보았다. 미스 포티니가 그들에게 다가가 아일리시와 미스 델러노 쪽을 가리켰다. 아일리시는 저도 모르게 그 두 여자를 빤히 쳐다 보았고, 정신을 차리고 주변을 둘러보니 다른 사람들도 모두 그들을 쳐다보고 있었다. 다시 그 여자들을 쳐다보았을 때에야 겨우 그들의 아름다운 옷차림이 눈에 들어왔다. 둘 다 크림색 모직 외투를 입고 있었고, 자기네가 이 매장에 들어온 건 전혀 이상한 일이 아니라는 듯 태연하게 수다를 떨고 있었다.

아일리시는 그들이 다가오자 미스 델러노가 뒤로 물러 서는 걸 눈치챘다. 그러나 아일리시는 두 여자가 나일론 스타킹을 보면서 다른 사이즈를 찾을 때에도 그 자리에 서 있었다. 아일리시는 그들의 색칠한 손톱과 얼굴을 살폈다. 그들이 쳐다볼 경우에 대비해 미소 지을 준비를 하고서. 그러나 그들은 한 번도 스타킹에서 눈을 떼지 않았고, 여러 켤레를 골라 아일리시에게 건네면서도 눈을 맞추지 않았다. 그들이 고른 물건 값을 계산하고 가격을 알려 주던 아일리시는 미스 포티니가 매장 저편에서 자기를 지켜본다는 걸 알았다. 돈을 받을 때는 검은 피부색의 손등과 대비되는 하얀 손바닥을 눈여겨보았다. 아일리시는 가능한 한 재빨리 그 돈을 용기에 집어넣고 수납실로 보냈다.

영수증과 거스름돈이 오기를 기다리는 동안 두 손님은

다른 사람들이 존재하지 않는다는 듯 이야기를 계속했다. 중년의 나이에도 불구하고, 그들은 매력적이었으며 외모에 대단히 정성을 들였는지 머리 모양은 완벽했고, 옷차림은 아름다웠다. 둘 중 한 명이라도 화장을 했는지는 알 수 없었다. 향수 냄새가 났지만 아일리시가 모르는 향이었다. 아일리시는 거스름돈과 함께, 갈색 종이로 곱게 포장한 나일론 스타킹을 건네면서 감사하다고 인사했다. 그러나 그들은 대답 없이 그저 거스름돈과 영수증, 포장한 꾸러미를 받고는 우아하게 문으로 향했다.

그 주가 지나는 동안 유색인들은 더 찾아왔는데, 그들이 들어올 때마다 아일리시는 매장 분위기가 달라지는 걸 느꼈다. 이 여자들이 걸어갈 때 혹시나 길을 가로막게 될까 봐 누구도 자리에서 움직이지 않는 것 같았다. 다른 판매원들은 아래만 보며 바쁜 척했고 그러다가 레드폭스 스타킹이 쌓여 있는 판매대 방향을 흘긋 쳐다보고는 다시 눈을 내리깔곤 했다. 그러나 미스 포티니는 판매대 현장에서 눈길을 거두는 법이 없었다. 새로운 손님이 다가올 때마다, 미스 델러노는 한 발짝 물러서서 아일리시가 손님을 응대하도록 했지만, 두 번째 손님이 오면 마치 그게 약속된 일이라는 듯 앞으로 나섰다. 유색인 여자 혼자 매장에 들어온 적은 한 번도 없었다. 찾아온 손님들도 대개 아일리시를 쳐다보거나 직접 말을 걸지는 않았다.

아일리시에게 말을 건 몇몇 사람들은 매우 깍듯한 말투를 썼기 때문에 도리어 그녀가 어색하고 쑥스러웠다. 새로 커피색과 세피아색이 들어왔을 때 손님들에게 그 색깔들이 좀 더 밝다고 알려 주는 것이 그녀의 일이었지만 손님 대부분은 들은 척 만 척했다. 이런 하루가 끝날 때쯤이면 기진맥진해져서 오히려 저녁에 듣는 강의가 편안할 정도였고, 매장 안의 팽팽한 긴장, 그녀가 일하는 판매대 주변에 가장 무겁게 드리운 긴장을 잊게 해 주는 다른 일이 있다는 게 다행스럽게 여겨졌다. 아일리시는 그 판매대 직원으로 지목되지 않았으면 좋았을 거라고 생각했고, 조만간 매장의 다른 곳으로 옮길 수 있을지 궁금했다.

아일리시는 자신의 방이 좋았다. 밤에 돌아와 창문 맞은편 탁자에 책을 놓는 것이 좋았고, 잠옷과 어느 세일 기간에 샀던 가운으로 갈아입고 따뜻한 슬리퍼를 신는 게 좋았고, 잠자리에 들기 전 한 시간 남짓 강의 노트를 살펴보고 전에 샀던 부기와 회계 입문서를 다시 읽는 게 좋았다. 유일한 문제는 여전히 법학 강의였다. 로젠블룸 교수의 몸짓과 말하는 방식, 때로 학생들을 위해 연기하며 소송 당사자가 눈앞에 있는 것처럼 생생하게 묘사하는 걸 지켜보는 일은 즐거웠다. 그러나 아일리시도, 또는 그녀가 말을 걸었던 다른 어느 학생들도 교수가 바라는 게 무엇인지, 이것이 어떻게 시험 문제로 나올지 알지 못했다. 어쩌면 로젠블룸 교수는 너무 많은 걸 알고 있어서, 그 사건들과 사건의 의미, 전례와 판결, 판사들 개개인의 편견과 특성에 관해서 모든 학생이 똑같이 자기만큼 세세한 지식을 갖추기를 기대하는지도 몰랐다.

아일리시는 그것이 무척 마음에 걸렸기 때문에 교수에게 자신의 의문점을 정확히 밝히기로 결심했다. 그러나 그는 빠른 말로 강의하면서 한 판례에서 다른 판례로 금방 넘어가고, 어떤 법이 지닌 이론상의 의미를 설명하다가도 그 법이 어떻게 적용되었는지에 대한 설명으로 휙휙 넘어가 버리는 것과 마찬가지로, 강의가 끝나면 다른 다급한 약속이라도 있다는 듯 곧 사라져 버렸다. 아일리시는 앞줄에 앉아 있다가 교수의 말이 끝나는 순간 다가가기로 마음먹었지만 그 시간이 다가올수록 불안해졌다. 교수가 그녀의 말을 비판으로 받아들이지 않기를 바랐다. 그녀가 이해 못할 방식으로 교수가 말을 시작하면 어쩌나 걱정도 되었다. 지금까지 그와 비슷한 사람은 한 번도 만나 본 적 없었다. 그를 보면 풀턴가 근처 몇몇 카페의 참을성이라곤 전혀 없는 웨이터들이 떠오르곤 했다. 웨이터들은 아일리시가 그

자리에서 모든 것을 결정해야만 직성이 풀리는 듯했고, 그러고 나서도 아일리시가 무엇을 요구하든 그때마다 작은 걸로 드릴까요, 큰 걸로 드릴까요, 데워 드릴까요, 겨자를 넣어 드릴까요, 하면서 질문하곤 했다. 바르토치스에서 일하면서 과감하고 결단력 있게 손님을 상대하는 법을 배웠지만, 정작 그녀 자신이 손님이 되면 너무 머뭇거리고 느린 것 같았다.

이제 로젠블룸 교수에게 다가가야 했다. 그는 매우 영리해 보이고 너무 많은 걸 아는 사람이라, 간단한 요구에 어떻게 반응할지, 아일리시는 강단을 향해 걸어가면서도 걱정스러웠다. 그러나 일단 그의 주의를 끌고 나자, 그다지 힘들이거나 머뭇거리지도 않고 태연해지기까지 하는 자신을 느꼈다.

"강의의 이 대목을 공부하는 데 도움이 될 만한 책이 있을까요?" 그녀가 물었다.

로젠블룸 교수는 어리둥절한 표정을 지을 뿐 대답이 없었다.

"교수님 강의는 정말 재미있어요. 하지만 시험이 걱정돼서요."

"강의가 마음에 들어요?" 지금 보니 그는 전체 학생들에게 법학을 강의할 때보다 젊어 보였다.

"네." 아일리시는 대답하고서 미소를 지었다. 더듬거리지 않다니, 스스로도 놀라웠다. 얼굴이 붉어지지도 않은 것 같았다.

"영국인이세요?" 그가 물었다.

"아뇨, 아일랜드요."

"아일랜드에서 그 먼 길을." 그는 혼잣말하듯 말했다.

"시험에 대비해서 볼만한 참고서나 다른 교재를 추천해 주셨으면 해요."

"걱정되나 보군요."

"제가 필기한 내용이나 갖고 있는 책들만으로 충분한지 모르겠어요."

"더 많은 책을 읽고 싶어요?"

"공부할 수 있는 책이 있었으면 좋겠어요."

그는 강의실을 둘러보았다. 강의실은 빠른 속도로 비어 가고 있었다. 그는 그 질문에 당황했는지, 깊은 생각에 잠긴 모습이었다.

"법인법 기초에 관한 좋은 책이 몇 권 있긴 한데."

그는 그 책들 제목을 말해 줄 것 같더니 잠시 말을 멈추었다.

"혹시 내 강의 속도가 너무 빠른가요?"

"아뇨. 전 그냥 제 필기만으로 충분히 시험 준비가 될지 자신이 없어서요."

그는 서류 가방을 열더니 메모장을 꺼냈다.

"여기 아일랜드 출신은 학생 혼자예요?"

"그런 것 같아요."

아일리시는 그가 백지 위에 몇 권의 책 제목을 써 내려가는 걸 지켜보았다.

"웨스트 23번가에 전문 법학 서점이 있어요. 맨해튼에요. 이 책들을 사려면 거기까지 가야 할 겁니다." 그가 말했다.

"시험 준비에 적절한 책들이겠죠?"

"그럼요. 법인법과 불법 행위에 관한 기초들을 알면 시험을 통과할 겁니다."

"그 서점은 매일 여나요?"

"그럴 거예요. 가서 확인해 봐야 하겠지만, 아마 그럴 거예요."

아일리시가 고개를 끄덕이고 애써 미소를 짓자 그는 더 신경이 쓰이는 듯했다.

"내 강의는 들을 만해요?"

"물론이죠." 그녀가 대답했다. "네, 물론이고말고요."

그는 메모장을 서류 가방에 집어넣고는 무뚝뚝하게 돌아섰다.

"고맙습니다." 아일리시가 인사했지만 그는 대답하지

않았다. 대신 그는 급하게 강의실을 빠져나갔다. 아일리시가 강의실 문을 밀어젖히자 수위가 문을 잠그려고 기다리고 있었다. 그녀가 마지막으로 나온 사람이었다.

아일리시는 다이애나와 패티에게 서점 주소를 보여 주면서 웨스트 23번가가 어디인지 물었다. 그들은 '웨스트'란 5번 대로의 서쪽을 가리키며 아일리시가 받은 그 숫자는 그 서점이 6번과 7번 대로 사이에 있다는 뜻이라고 설명했다. 그들은 지도 한 장을 부엌 식탁 위에 펼쳐 보여 주더니, 아일리시가 맨해튼에 가 본 적이 없다는 사실에 깜짝 놀랐다.

"거기가 얼마나 근사한데." 다이애나가 말했다.

"5번 대로야말로 천국과 같은 곳이지." 패티가 말했다. "거기서 살 수만 있다면 내 모든 걸 다 줄 거야. 5번 대로에 아파트를 가진 돈 많은 남자랑 결혼하면 얼마나 좋을까?"

"아니, 가난뱅이라도 괜찮아." 다이애나가 말을 받았다.

"아파트만 가지고 있다면."

그들은 웨스트 23번가까지 지하철로 가는 방법을 알려 주었다. 아일리시는 바르토치스에서 다음번 반일 휴가를 받으면 가기로 했다.

금요일 밤에 대한 계획이 화제로 떠올랐을 때 아일리시

는 미스 매캐덤이나 실라 헤퍼넌에게 교구 강당 무도회에
갈 건지 물어볼 엄두가 나지 않았다. 그렇다고 패티와 다이
애나와 가는 건 줏대 없고, 돈이 너무 많이 들지도 모르는
일이었다. 지난번에 그들은 식당에 먼저 들렀다 갔을 뿐 아
니라, 그때 그들이 입은 옷에 맞추려면 아일리시는 새 옷을
사야 했다.

금요일 밤 퇴근하고 저녁 식사를 하러 갈 때 아일리시는
손수건을 들고 와서는 다른 하숙생들에게 감기가 옮을지
모르니 가까이 오지 말라고 경고했다. 식사 도중에는 요란
하게 코를 풀고 되도록 자주 코를 훌쩍거렸다. 그들이 믿
든 말든 상관없었지만, 감기에 걸렸다는 건 무도장에 가지
않기 위한 최고의 구실이었다. 그뿐만 아니라 덕분에 집주
인이 기회를 놓칠세라, 자기가 좋아하는 화제 중 하나인 겨
울철 질병을 논하리라는 것까지 아일리시는 계산하고 있
었다.

"맞아, 동상 말이야." 키호 부인이 말을 꺼냈다. "다들 동
상을 아주 조심해야 할 거야. 내가 너희들만 했을 때는 동
상이 곧 죽음이었어."

"내가 볼 때 그 매장에서는 온갖 병균들이 옮을 수 있을
거야." 미스 매캐덤이 아일리시에게 말했다.

"사무실에서도 병균은 옮을 수 있지." 키호 부인이 흘깃

눈짓으로 아일리시를 편들면서, 가게에서 일한다는 이유로 아일리시를 흠잡으려는 미스 매캐덤의 속셈을 안다는 눈치를 주었다.

"하지만 알 게 뭐예요, 매장에는 온갖 사람이……."

"그 정도면 됐어, 미스 매캐덤." 키호 부인이 말했다. "이렇게 추운 날씨에는 다들 일찍 잠자리에 드는 게 상책이야."

"바르토치스 매장에 유색인 여자들이 간다는 소문이 있다고 말하려던 참이었다고요." 미스 매캐덤이 항변했다.

잠시 침묵이 흘렀다.

"나도 그 소문 들었어." 얼마 후 실라 헤퍼넌이 낮은 목소리로 말했다.

아일리시는 접시를 내려다보았다.

"그래, 우리가 그 사람들을 안 좋아할지 모르지. 그래도 흑인 남자들은 바다 건너 전쟁에 나가서 싸웠어, 아니니?" 키호 부인이 물었다. "그리고 우리 쪽 남자들과 똑같이 죽었고 말이야. 내가 항상 하는 말이 그거야. 막상 필요할 때는 우리 중 누구도 그들을 꺼리지 않는다고."

"그래도 나라면……." 미스 매캐덤이 말을 시작했다.

"네가 그러지 않을 거라는 건 우리가 안다." 키호 부인이 말을 막았다.

"나라면 가게에서 그들을 상대하고 싶지는 않을 거예요." 미스 매캐덤이 할 말을 끝까지 했다.

"어쩜, 나도 싫겠다." 패티가 거들었다.

"그 사람들의 돈은 싫지 않고?" 키호 부인이 물었다.

"그 사람들은 아주 괜찮아요." 아일리시가 말했다. "아주 멋진 옷을 입은 사람들도 있고요."

"그럼 그게 정말이야?" 실라 헤퍼넌이 물었다. "난 그게 농담인 줄 알았어. 어머머, 그게 사실이었구나. 좋아, 바르토치스 앞을 지나가 봐야지. 하지만 길 건너편에서 볼 거야."

아일리시는 갑자기 용기가 솟았다.

"바르토치 사장님께 그 얘기를 전해 드리죠. 사장님이 몹시 언짢아하실걸요, 실라 언니. 언니와 언니 친구는 스타일로 유명하잖아요, 특히 올 나간 스타킹이랑 보푸라기 인 낡은 카디건으로."

"너희들 모두 그만하면 됐다." 키호 부인이 말했다. "나머지 저녁 식사는 평화롭게 하고 싶구나."

침묵이 내려앉고 패티가 웃음을 참느라 비명처럼 끅끅거리던 소리를 멈추었을 때쯤, 실라 헤퍼넌은 부엌을 나가고 없었지만 미스 매캐덤은 하얗게 질린 얼굴로 아일리시를 똑바로 노려보고 있었다.

그다음 주 목요일 오후 맨해튼에 갔을 때, 아일리시는 맨해튼이 브루클린과 뭐가 다른지 알 수 없었다. 다만 지하철에서 나올 때 바람이 더 세고 춥고 건조한 느낌은 있었다. 아일리시는 자기가 무얼 기대하고 있었는지 꼬집어 말할 수는 없지만, 확실히 부티 나는 것, 더 아름다운 가게들과 근사한 옷차림의 사람들, 그리고 가끔 브루클린에서 느끼는 것보다는 덜 쇠락하고 덜 음산한 분위기라는 건 분명했다.

그동안은 첫 번째 맨해튼 나들이 얘기를 어머니와 로즈에게 들려줄 생각에 가슴이 설렜는데, 편지에는 바르토치스 매장을 찾기 시작한 유색인 손님들과 그 문제로 나머지 하숙생들과 언쟁을 벌인 얘기나 써야 할 것 같았다. 그러나 그런 얘기는 집에 보내는 편지에 쓸 내용이 아닐지도 몰랐다. 제 앞가림도 못 한다는 느낌을 주는 소식으로 어머니와 로즈를 걱정시키고 싶지는 않았다. 그렇다고 그들을 우울하게 만들 편지도 쓰고 싶지 않았다. 아일리시는 칙칙한 가게들이 끝없이 늘어서 있고 가난해 보이는 사람들로 붐비는 거리를 따라 걸으며 이번 나들이는 아무 쓸모가 없다는 걸 알았다. 이번 나들이를 우스개 삼아서, 숱한 소문과는 달리 맨해튼이라고 브루클린보다 나은 게 없으며, 거기 살지 않거나 다시 거기에 갈 계획이 없다고 해서 아쉬울 필요가 없다고 쓴다면 또 모를까.

서점은 찾기 쉬웠다. 그러나 안에 들어갔을 때는 법학 책이 정말 많을뿐더러 엄청나게 크고 무거워 보이는 책들도 있어서 깜짝 놀라고 말았다. 아일랜드에도 이렇게 많은 법학 책이 있는지, 에니스코시의 사무 변호사들이 학교 다닐 때 이렇게 많은 책 속에 파묻혀 본 적이 있는지 궁금했다. 이 정도면 로즈에게 애기할 만한 화제일 것 같았다. 로즈가 어울리는 골프 클럽 사람 중에는 사무 변호사의 아내도 있었기 때문이다.

우선 서점 안을 둘러보며 서가를 살펴보니 중고로 보이는 낡은 책들도 있었다. 로젠블룸 교수가 커다란 책 한두 권을 펼쳐 놓고 훑어보는 모습이나, 사다리에 올라 높은 서가에서 책을 꺼내는 모습이 쉽게 그려졌다. 집으로 보내는 편지에서 그 교수 애기를 몇 번 했더니, 그 남자에게 결혼했는지 물어보라는 로즈의 답장이 왔다. 아일리시는 답장을 쓰면서, 그 교수는 지식으로 너무 꽉 차 있고 자기 과목의 세세한 내용과 복잡한 것들에 푹 빠져 있는 데다 너무 진지해 보이기 때문에 아내나 아이가 있다는 것을 상상하기가 불가능하다고 설명하는 게 쉽지 않았다. 로즈는 편지에서 은밀히 의논하고 싶은 문제, 어머니에게 알리고 싶지 않은 문제는 없는지 다시 한번 물었다. 그렇다면 사무실로 편지를 보내라고, 누구도 그 편지를 못 보게 할 거라고 다짐하고 있었다.

공유할 만한 이야기가 첫 번째 무도회뿐이라고 생각하니 아일리시는 웃음이 나왔다. 어머니에게 지나가는 농담 삼아 그 일을 언급하면서 아무렇지도 않게 편지를 쓴 자신이 우스웠다. 로즈에게 알려 줄 만한 은밀한 일은 전혀 없었다.

서점을 훑어보던 아일리시는, 이 많은 책 가운데 목록에 있는 책 세 권을 찾아낼 가망은 없다고 판단했다. 그래서 계산대 쪽에서 한 노인이 다가오자 그에게 목록을 내밀고는 이 책들을 찾는다고 말했다. 두꺼운 안경을 쓴 노인은 글씨를 읽기 위해 안경을 이마 위로 올리고 눈을 가늘게 떴다.

"이게 아가씨 글씨요?"

"아뇨, 교수님이 써 주신 거예요. 교수님이 이 책을 추천하셨어요."

"법학과 학생이오?"

"그건 아니지만, 제가 듣는 과정에 법학 수업이 있어서요."

"교수 이름이 뭔가요?"

"로젠블룸 씨요."

"조슈아 로젠블룸?"

"성만 알고 이름은 몰라요."

"아가씨는 뭘 공부하는데요?"

"브루클린 칼리지에서 야간 과정을 듣고 있어요."

"그럼 조슈아 로젠블룸이군. 그 사람 필체를 알지."

노인은 다시 종이에 적힌 책 제목들을 들여다보았다.

"그 사람 똑똑하지."

"네, 아주 좋은 분이세요."

"상상이나 할 수 있겠소……." 노인은 시작한 말을 끝내기도 전에 계산대 쪽으로 향했다. 그는 살짝 흥분해 있었다. 아일리시는 천천히 그를 따라갔다.

"그러니까, 이 책들을 살 거요?" 노인이 거의 공격적으로 물었다.

"네, 살 거예요."

"조슈아 로젠블룸? 상상이나 할 수 있소, 그 남자를 죽이고 싶어 하는 나라를?" 노인이 소리쳤다.

아일리시는 뒷걸음질 쳤지만 대꾸하지는 않았다.

"응? 어디 상상이나 할 수 있냐고?"

"무슨 말씀이신지?" 아일리시가 물었다.

"독일인들이 그 사람 식구들을 죄다 죽였소. 한 명도 남김없이 살해했지. 하지만 우리가 그를 빼내 왔어. 적어도 우린 그렇게 했어, 조슈아 로젠블룸을 빼내 왔다고."

"전쟁 때를 말씀하시는 거예요?"

노인은 대답하지 않았다. 그는 서점을 가로질러 작은 발받침을 찾아서는 거기 올라가 책 한 권을 꺼냈다. 내려오면서 그는 화난 듯 홱 돌아섰다.

"그런 짓을 하는 나라를 상상이나 하겠소? 그런 나라는 지상에서 싹 쓸어 없애야 돼."

노인이 매섭게 그녀를 노려보았다.

"전쟁 때 말씀이세요?" 아일리시가 다시 물었다.

"홀로코스트, 후르반♦ 때 말이오."

"그게 전쟁 때였어요?"

"그래요, 전쟁 때였다오." 대답하는 남자의 표정이 갑자기 누그러졌다.

나머지 두 권을 바삐 찾는 동안, 노인은 체념한 듯 완고한 표정이었다. 계산대로 돌아와 영수증을 쓸 때쯤 노인은 접근하기 힘들 만큼 냉담해져 있었다. 아일리시는 아무것도 묻지 않고 돈을 건넸다. 노인은 책을 포장하고 거스름돈을 내주었다. 노인은 그녀가 서점에서 어서 나가 주기를 바

♦ Churban. 홀로코스트를 뜻하는 이디시어. 이디시어는 유럽 내륙 지방과 그곳에서 미국으로 이주한 유대인들이 쓰는 말이다.

라는 눈치였고, 그녀에겐 그의 이야기를 더 끌어낼 방법이 없었다.

아일리시는 뿌듯한 마음으로 법학 책들의 포장을 풀어 탁자 위 공책과 회계학 책, 부기 책 옆에 나란히 놓았다. 그러나 첫 번째 책을 펼쳐서 들여다본 순간, 곧바로 어렵게 느껴졌고 어려운 단어들을 찾아보려면 사전도 함께 사야 했다는 생각이 들었다. 저녁 식사 전까지 앉아서 서문을 읽어 보았지만, 첫머리에 나오는 '법리학'이 무엇을 뜻하는지도 알아내지 못했다.

그날 저녁 식사 시간에도 여전히, 미스 매캐덤과 실라 헤퍼넌은 아일리시에게 말을 걸어오지 않았다. 아일리시는 패티와 다이애나에게 다음 날 밤에 같이 무도장에 가도 될지, 아니면 그 전에 다른 데서 그들을 만나도 될지 물어볼까 고민했다. 사실 무도장에 가고 싶은 마음은 전혀 없었다. 다만 이번 주에도 안 가면 두 번 연속 빠지는 셈이니 플러드 신부가 섭섭해할 것 같았고, 그녀의 안부를 물을 것이 마음에 걸렸다.

그날 식사 자리에는 새로운 아가씨가 있었다. 아일리시가 쓰던 방을 쓰게 된 덜로리스 그레이스였다. 빨강 머리에 주근깨가 있는 그녀는 카반 출신이라고 했는데, 대체로 말이 없었고 그들과 같이 식탁에 앉게 되어 당황한 눈치였다. 덜로리스가 함께 저녁을 먹은 것은 이번이 벌써 세 번째였지만, 아일리시는 지금까지 저녁에 강의를 들었으므로 그녀를 보지 못한 것이었다.

식사 후, 나머지 법학 책 두 권은 첫 번째 책보다 조금이라도 쉽게 이해되는지 보려고 방에 앉아 있었는데, 누군가 문을 노크했다. 다이애나와 미스 매캐덤이었다. 그 두 사람이 같이 있는 걸 보니 수상했다. 아일리시는 문간에 서 있었지만 그들에게 들어오라고 하지는 않았다.

"얘기 좀 해." 다이애나가 속삭였다.

"이번엔 뭔데?" 아일리시가 거의 짜증을 내며 물었다.

"저 덜로리스라는 애 말이야." 미스 매캐덤이 끼어들었다. "걔, 걸레야."

다이애나는 웃음을 터뜨리며 얼른 손으로 입을 막았다.

"내 말은 그 애가 청소부라고." 미스 매캐덤이 말했다. "여기 방세를 조금 깎아 주는 대가로 키호 여편네를 위해 청소를 하고 있거든. 우린 그런 애랑 같이 밥 먹기 싫어."

다이애나는 웃음을 참느라 거의 끅끅대는 소리를 내고 있었다. "걔 정말 끔찍해. 참을 수가 없어."

"나한테 뭘 바라는 거예요?" 아일리시가 물었다.

"그 애랑 같이 밥 먹지 않겠다고 말해. 키호 여편네는 네 말이라면 들어 줄 거야." 미스 매캐덤이 말했다.

"그럼 그 애는 어디서 먹어요?"

"길에 나가서 먹든 알 게 뭐야." 미스 매캐덤이 말했다.

"우린 그 애랑 같이 사는 거 싫거든. 다들 싫어해." 다이애나가 말했다. "만에 하나 혹시라도……."

"이 집 하숙생들이 그런 애를 좋아한다고 소문이라도 나면……." 미스 매캐덤이 말을 받았다.

아일리시는 그들의 얼굴 앞에서 문을 닫아 버리고 다시 책을 보고 싶은 충동을 느꼈다.

"우린 그냥 너한테 알려 주는 거야." 다이애나가 말했다.

"그 애는 카반에서 온 걸레라고." 미스 매캐덤의 말에 다이애나가 다시 웃기 시작했다.

"난 네가 왜 웃는지 모르겠다." 미스 매캐덤이 다이애나를 돌아보며 말했다.

"어머, 미안해요. 그냥 끔찍해서요. 어쨌든 점잖은 사람들은 우릴 아는 체도 하지 않을 테니까."

아일리시는 마치 그들이 바르토치스의 성가신 손님이고 자기는 미스 포티니인 것처럼 그들을 쳐다보았다. 사무실에서 일하는 이 두 사람이 혹시 자기가 여기 처음 왔을 때에도, 가게에서 일할 거라는 이유로 자신에 관해서 이런 식으로 얘기하지는 않았을까 하는 생각이 들었다. 아일리시는 그들의 얼굴 앞에서 문을 세게 닫아 버렸다.

다음 날 아침, 아일리시가 지하실에서 올라와 거리로 나가려 할 때 키호 부인이 창문을 두드렸다. 그녀는 기다리라고 손짓하더니 곧이어 현관에 나타났다.

"특별한 부탁이 있는데 들어줄 수 있겠니?"

"물론 들어드리죠, 키호 부인." 아일리시가 대답했다. 어머니는 만약 누군가에게서 부탁을 받으면 그렇게 대답하라고 가르쳤다.

"오늘 밤 덜로리스를 교구 강당 무도장에 데려가 주지 않으련? 가고 싶어 죽겠다니 말이다."

아일리시는 머뭇거렸다. 진작 이런 부탁을 예상했다면 대답을 준비해 놓았을 텐데.

"그러죠." 그녀는 어느새 고개를 끄덕이고 있었다.

"그래, 정말 잘됐구나. 그 애한테 준비하라고 이르마."

아일리시는 재빨리 뭔가 핑곗거리를, 자기가 왜 못 가는지 이유를 댈 수 있기를 바랐지만 감기라는 핑계는 이미 지난주에 써먹었고, 조만간 잠깐이라도 무도회에 모습을 드러내야 한다는 걸 알고 있었다.

"거기 얼마나 오래 있을지는 모르겠어요."

"그건 상관없다. 전혀 문제가 되지 않아. 덜로리스도 거기 오래 있고 싶어 하지 않을 게다."

나중에 퇴근 후 위층으로 올라간 아일리시는 혼자 부엌에서 일하고 있는 덜로리스 그레이스에게 10시에 데리러 오겠다고 약속했다.

저녁 식사 시간에는 아무도 교구 강당 무도회 얘기를 꺼내지 않았다. 아일리시는 식탁 주변 분위기와 미스 매캐덤이 뿌루퉁하니 입술을 내민 채 키호 부인이 말할 때마다 노골적으로 짜증 내는 듯한 태도에서, 그리고 덜로리스가 식사 내내 입을 다물고 있다는 사실에서, 뭔가 얘기가 오갔음을 짐작했다. 또 미스 매캐덤과 다이애나 두 사람 모두 아일리시의 시선을 피하는 것으로 보아, 그녀가 덜로리스를 무도장에 데려간다는 사실을 아는 게 분명했다. 아일리시는 자기가 먼저 제안한 것이라고 그들이 오해하지 않기를 바랐지만, 키호 부인 때문에 억지로 떠맡은 일이라고 말할 자신은 없었다.

10시에 위층으로 올라가 덜로리스를 찾았을 때, 아일리시는 그녀를 보고 충격을 받았다. 덜로리스는 남자 옷 같은 싸구려 가죽 재킷에, 주름 장식이 달린 흰색 블라우스와 흰색 치마를 입고 있었고, 검은색에 가까운 스타킹을 신고 있었다. 주근깨투성이 얼굴과 밝은색 머리 때문에 빨간 립스틱은 야해 보였다. 어느 장날 에니스코시에 말을 팔러 온 상인의 아내 같았다. 아일리시는 덜로리스를 본 순간 아래층으로 달아날 뻔했다. 그래서 덜로리스가 위층에 가서 겨울 외투와 모자를 가져와야 한다고 말할 때는 억지로 미소를 지었다. 아일리시는 어떻게 그녀와 나란히 앉아 있어야 할지 눈앞이 캄캄했다. 한쪽에서는 미스 매캐덤과 실라 헤퍼넌이 자신을 피하고, 패티와 다이애나는 친구들과 화려하게 등장할 텐데.

"거기 괜찮은 남자들도 와요?" 거리로 나왔을 때 덜로리스가 물었다.

"모르겠네요." 아일리시는 차갑게 대꾸했다. "플러드 신부님이 주최하시는 행사라서 가는 것뿐이에요."

"세상에, 신부님이 밤새 죽치고 있단 말이에요? 고향에 있을 때랑 같겠네."

아일리시는 대꾸하지 않은 채, 로즈와 함께 에니스코시 성당에 11시 미사를 보러 갈 때처럼 품위 있게 걸으려 애썼다. 덜로리스가 질문할 때마다 조용히 대답하고 별로 말을 걸지 않았다. 교구까지 말없이 갈 수 있다면 더 좋겠지만, 덜로리스를 완전히 무시할 수도 없는 노릇이었다. 그러나 신호등이 바뀌기를 기다리며 서 있는 동안, 덜로리스가 말을 할 때마다 순전히 짜증 때문에 두 주먹을 불끈 쥐는 자신을 발견했다.

아일리시의 예상대로라면, 무도장에서 미스 매캐덤과

실라 헤퍼넌은 일단 외투 보관소에 외투를 맡기고 그들과 멀찍이 떨어져 앉아 춤추는 사람들을 관찰하기 좋은 자리를 찾아내야 옳았다. 그러나 그 두 하숙생은 그들과 더 가까운 자리로 옮겨 앉았고, 그들이 말을 걸든 뭘 하든 전혀 어울릴 의사가 없음을 과시했다. 아일리시는 덜로리스가 미간을 찌푸린 채 강당 곳곳에 시선을 던지는 모습을 주시했다.

"이런, 여긴 한 명도 없네." 그녀가 말했다.

아일리시는 못 들은 척 똑바로 앞만 응시했다.

"남자가 와야 좋은데, 안 그래요?" 덜로리스가 묻고는 슬쩍 아일리시를 찔렀다. "미국 남자는 어떤지 궁금해요."

아일리시는 멍하니 덜로리스를 쳐다보았다.

"미국 남잔 다를 거란 말이에요." 덜로리스가 덧붙였다.

아일리시는 몸을 살짝 피하는 것으로 답을 대신했다.

"못된 년들. 저 애들도 그렇고." 덜로리스는 계속 떠들었다. "주인아줌마가 그러더라고요. 못된 년들이라고. 그 집에서 유일하게 못되지 않은 사람이 그쪽이에요."

아일리시는 밴드를 쳐다보다가 미스 매캐덤과 실라 헤퍼넌 쪽을 슬쩍 바라보았다. 미스 매캐덤이 그녀와 눈을 맞추더니 능글맞게, 경멸스럽다는 듯 웃음을 지었다.

패티와 다이애나는 저번보다 더 많은 무리와 함께 도착

했다. 강당에 있는 모든 사람이 그들을 쳐다보는 것 같았다. 패티는 머리를 뒤로 둥글게 말아 올리고 짙은 검정 아이라인을 하고 있었다. 그래서 매우 엄격하고 연극적으로 보였다. 아일리시는 다이애나가 자기를 못 본 척한다는 걸 알았다. 이들 무리의 도착이 악사들에게는 하나의 신호가 된 모양이었다. 아까는 피아노와 관악기 연주자 몇 명만으로 옛날 왈츠를 연주하던 밴드가 '스윙'이라는, 아일리시가 직장 동료들을 통해 알게 된 최신 유행곡을 연주하기 시작했다.

음악이 바뀌자, 패티와 다이애나 무리 가운데 몇몇이 박수 치고 환호하기 시작했다. 패티는 아일리시와 눈이 마주치자, 자기네 쪽으로 오라고 신호를 보냈다. 작은 몸짓이었지만 틀림없이 알아볼 수 있는 신호였다. 그런 다음 패티는 거의 안달하듯 계속 아일리시를 바라보았다. 아일리시는 갑자기 결심이 섰다. 자리에서 일어나 그 무리를 향해, 마치 오랜 친구인 것처럼 자신 있는 미소를 지으며 걸어가기로 한 것이다. 그녀는 걸어가는 동안 내내 허리를 꼿꼿이 펴고 자신만만하게 보이려 애썼다.

"만나서 정말 반가워." 아일리시는 조용히 패티에게 말했다.

"그 말 무슨 뜻인지 알 것 같아." 패티가 대답했다.

패티가 화장실에 가자고 제안하자 아일리시는 고개를 끄덕이고 따라갔다.

"아까 거기 앉아 있던 네 모습을 뭐라 해야 할지 모르겠지만, 확실히 즐거운 표정은 아니었어."

패티는 아일리시에게 검은색 아이라이너와 마스카라를 사용하는 법을 가르쳐 주겠다고 제안했고, 그들은 화장실에 드나드는 사람들을 모두 무시하면서 거울 앞에서 함께 시간을 보냈다. 패티는 가방에 넣어 다니는 여분의 핀으로 아일리시의 머리를 틀어 올려 주었다.

"와, 이러니까 발레리나 같다." 패티가 말했다.

"아냐, 무슨."

"적어도 지금은 소젖 짜다 온 사람처럼 보이지는 않잖아."

"내가 그렇게 보였어?"

"아주 조금은. 착하고 깨끗한 젖소들이겠지만." 패티가 말했다.

마침내 그들이 강당의 무리에게 돌아갔을 때, 강당 안은 북적거렸고 빠르고 요란한 음악에 맞춰 많은 남녀가 춤을 추고 있었다. 아일리시는 어디를 바라보거나 움직일 때마다 조심했다. 델로리스가 아까 그 자리에 그대로 있는지 알 수 없었다. 그 자리로 돌아갈 생각이 전혀 없었고, 그 강당에서 덜로리스와 눈을 마주칠 생각도 전혀 없었다. 아일리시는 패티와 그 친구들 무리에 섞여 함께 섰다. 그중에는 머릿기름을 잔뜩 바른 젊은 청년 하나와, 시끄러운 음악보다 더 소리 높여 아일리시에게 댄스 스텝을 설명하려고 애쓰는 미국 억양의 청년도 하나 있었다. 그 남자는 무리와 남아 있는 게 더 좋은지 춤을 청하지는 않았다. 그는 아일리시에게 스텝을 가르쳤고, 점점 빨라지는 스윙 박자에 맞춰 몸을 움직이는 법을 보여 주면서 틈틈이 친구들에게 눈길을 던졌다. 빨라진 박자를 따라 플로어에 선 사람들의 동작도 빨라졌다.

아일리시는 아까부터 자기를 쳐다보는 젊은 남자를 서서히 의식하게 되었다. 댄스 스텝을 배우려는 그녀의 노력이 재미있는지, 그는 따뜻하게 미소 짓고 있었다. 키는 그녀보다 많이 크지는 않았지만 다부져 보였고, 금발 머리에 맑고 파란 눈을 하고 있었다. 음악에 맞춰 몸을 흔드는 그는 눈앞에 벌어지는 일을 재미있어하는 것 같았다. 그는 혼자 서 있었다. 잠시 시선을 돌렸다가 그와 다시 눈길이 마주친 아일리시는 그의 표정에 깜짝 놀랐다. 계속 그녀를 지켜보고 있었다는 사실을 들킨 게 당황스럽지 않다는 표정이었다. 확실히 패티와 다이애나의 일행은 아닌 것 같았다. 옷은 너무 평범했고, 아무리 봐도 차려입은 모양새는 아니었다. 밴드가 다시 한번 빠르게 연주하자 모두가 환호하기 시작했다. 아일리시에게 스텝을 가르쳐 주던 남자는 뭔가 말하고 있었지만 그녀는 알아들을 수가 없었다. 그를 향해 돌아섰을 때에야 나중에 느린 음악이 나오면 둘이 같이 춤추자고 말했다는 걸 알았다. 아일리시를 고개를 끄덕이고 미소를 보인 후, 아직도 친구들에게 둘러싸여 있는 패티에게 다가갔다.

음악이 멈추자 춤추던 일부 남녀들이 헤어졌고, 나머지는 소다수를 마시러 바로 향하거나 댄스 플로어에 남아 있었다. 아까 아일리시에게 스텝을 가르쳐 주던 남자는 패티와 함께 춤추러 가고 있었다. 순간, 패티가 그 남자더러 아일리시에게 신경 좀 써 주라고 부탁한 것이 틀림없고 그 남자는 단지 친절을 베풀기 위해 응했을 거란 생각이 스쳤다. 다이애나가 쌩하니 그녀 앞을 스쳐 가면서 아일리시와 말을 섞지 않겠다는 뜻을 보였다. 그때 아까부터 아일리시를 쳐다보던 젊은 남자가 다가왔다.

"아까 스텝을 가르쳐 주던 그 남자랑 같이 왔어?" 그가 물었다. 그의 미국 억양과 하얀 이가 눈에 띄었다.

"아니."

"그럼, 내가 춤을 청해도 될까?"

"내가 스텝을 제대로 배운 건지 자신이 없어."

"자신 있는 사람은 아무도 없어. 중요한 건 그렇게 보이는 거야."

음악이 시작되고 그들은 춤추는 사람들 사이로 들어갔다. 파트너는 얼굴에 비해 눈이 너무 큰 것 같았지만, 그녀에게 미소 짓는 모습이 너무도 행복해 보여서 그런 건 아무래도 상관없었다. 그의 춤 실력은 괜찮았지만 어느 모로 보나 현란하지는 않았고, 자기가 아일리시보다 잘 춘다는 인상을 주지 않으려 애쓰는 게 마음에 들었다. 아일리시는 최대한 꼼꼼하게 그를 뜯어보았다. 괜히 눈길을 딴 데로 돌렸다가는 아까 그 자리에 여전히 앉아서 그녀가 돌아오기를 기다리는 덜로리스를 보게 될 테니까.

첫 세트가 끝나고 음악이 멈추자 그는 자신을 '토니'라고 소개하더니 소다수 한 잔을 사겠다고 했다. 그 말은 다음 춤도 그 남자와 함께 춰야 한다는 뜻이었다. 그때쯤 되면 덜로리스는 집에 가거나, 그녀도 누군가 같이 춤출 사람을 만날지도 모른다는 기대를 하며 아일리시는 수락했다. 다이애나와 패티 옆을 지날 때 두 사람이 토니를 위아래로 살펴보았다. 패티는 자기가 보기에는 토니가 영 아니라고 말하는 듯한 신호를 보냈다. 다이애나는 그냥 눈길을 돌려버렸다.

다음은 느린 곡이었다. 아일리시는 토니와 너무 바짝 붙어서 추게 될까 봐 걱정이었다. 그러나 플로어에 사람이 많았기 때문에 그러지 않기는 힘들었다. 처음으로 아일리시는 그를 의식하게 되었는데, 그 역시 너무 바짝 붙지 않으려 애쓴다는 게 느껴졌다. 그것이 그의 배려인지 아니면 아일리시가 별로라는 의미인지 알 수 없었다. 이번 세트가 끝나면, 고마웠다고 인사하고 보관소에서 외투를 찾아 집에 가야겠다고 생각했다. 만약 덜로리스가 키호 부인에게 불평한다면, 몸이 좋지 않아서 일찍 나왔다고 둘러대면 그만이었다.

토니는 자신과 상대방을 웃음거리로 만들지 않으면서도 음악에 맞춰 매끄럽게 춤출 줄 알았다. 색소폰의 애절한 소리에 맞춰 플로어를 누비면서, 아일리시는 누구도 그들에게 관심을 기울이지 않는다는 사실을 알았다. 그에게서 체온이 느껴졌고, 뭔가를 말하려는 그의 숨결에서는 달콤한 냄새가 났다. 잠깐 동안 그의 얼굴을 다시 쳐다보았다. 공들여 면도한 얼굴에 바짝 깎은 머리. 부드러운 피부. 자기를 쳐다보는 아일리시와 눈이 마주치자 재미있다는 듯 그는 입술을 비틀었고, 그 바람에 그의 눈은 아까보다 더 커 보였다. 가장 낭만적으로 느껴지는 마지막 곡에서 그는 더욱 바짝 몸을 붙였다. 그는 능숙하게 조금씩 다가왔다. 몸을 눌러 오는 압박과 힘이 느껴졌고, 아일리시 역시 더 가까이 다가섰기 때문에 결국 그 춤의 마지막 몇 분 동안은 서로 몸을 감싸안게 되었다.

밴드를 향해 돌아서서 박수를 치는 동안 그는 아일리시와 눈을 마주치지는 않았지만, 마치 다음 춤을 위해 계속 같이 있어야 한다는 듯, 이미 그것이 결정되었다는 듯 옆에 서 있었다. 주변이 너무 시끄러워서 그가 무슨 말을 할 때 알아들을 수는 없었지만 그냥 뭔가에 관한 우호적인 얘기인 것 같아서 아일리시는 대답 대신 고개를 끄덕이고 미소를 지었다. 그는 행복해 보였고 아일리시는 그게 좋았다. 새로 시작된 음악은 더 느렸고 선율이 아름다웠다. 아일리시는 눈을 감고 그의 뺨이 자신의 뺨에 닿도록 내버려두었다. 그들은 춤을 춘다기보다는 그냥 음악에 맞춰 몸을 흔들고 있었다. 플로어에 있는 남녀 대부분도 마찬가지였다.

아일리시는 자기와 춤을 추는 이 젊은 남자가 누구이며 어디 출신인지 궁금했다. 아일랜드 사람처럼 보이지는 않았다. 너무나 깔끔하고 다정했으며, 눈빛이 솔직했기 때문이다. 그러나 장담할 수는 없었다. 패티와 다이애나의 친구들에게서 보이는 틀에 박힌 듯한 태도는 전혀 없었다. 직업이 뭔지도 짐작되지 않았다. 댄스 플로어에서 입을 맞추고 껴안고 있었지만, 그에게 물어볼 기회나 있을지 알 수 없었다.

그 세트가 끝날 때 색소폰을 불던 남자가 마이크를 들더니, 아일랜드 억양으로 말했다. 오늘 밤 최고 순서가 곧 이어질 거라고. 지난주처럼 케일리를 몇 곡 연주할 테니 사실상 최고의 순서는 이제 시작된다는 말이었다. 그가 댄스 스텝을 아는 사람들 먼저 플로어로 나와 달라고 부탁하자, 사람들의 환호성과 휘파람 소리가 터져 나왔다. 그는 무대에 나오는 사람들이 모두 클레어 지역 출신은 아니기를 바란다는 농담을 덧붙였다. 이어서 신호를 보내면 나머지 사람들 모두 합류해 지난주처럼 다 함께 한바탕 어울릴 것이라고 했다.

"클레어 출신이야?" 그녀의 파트너가 물었다.

"아니."

"첫째 주에 널 봤는데 끝까지 안 있고 도중에 가더라. 그래서 넌 그때 난장판을 못 봤을 거야. 지난주에도 안 왔고."

"어떻게 알아?"

"널 찾아봤는데 안 보였거든."

갑자기 음악이 시작되었다. 무대 쪽을 힐긋 보니 밴드가 바뀌어 있었다. 색소폰 연주자 두 명은 이제 각각 밴조와 아코디언을 연주하고 있었고 바이올리니스트 두 명과 피아노를 치는 여자도 있었다. 드럼 연주자는 그대로였다. 여러 사람들이 강당 가운데로 나와 자신감 넘치는 태도와 속도로 복잡한 동작들을 선보이기 시작하면서 시선을 끌었다. 곧이어 다른 사람들이 끼어들었고, 군중의 함성과 환호성에 맞추어 똑같이 능숙하게 춤을 추었다. 음악은 점점 빨라졌다. 아코디언 연주자의 주도 아래 모든 악기가 한데 어우러졌다. 춤꾼들은 마룻바닥에 구두를 부딪치며 요란한 소리를 냈다.

아코디언 연주자가 〈에니스 포위전〉♦에 들어간다고 선언하자 더 많은 춤꾼이 플로어로 나왔고, 질서 정연하던 춤은 아까 언급된 난장판 같은 즐거움으로 변모했다. 토니가 플로어에 나가자고 제안하자, 아일리시는 그 스텝을 어떻게 밟는지 모르면서도 곧바로 좋다고 대답했다. 그들은 서로 마주 보고 두 줄로 선 사람들 무리에 들어갔다. 거기서 한 남자가 마이크를 들고서 사람들에게 다음 동작을 어떻게 할지 지시하고 있었다. 각 줄 끝에 있는 남자 한 명과 여자 한 명이 가운데로 나와서 한 바퀴 돌고 제자리로 돌아갔다. 이어서 다음 사람이 나왔고, 그렇게 각자가 모두 한 번씩 차례로 가운데에 나갔다 올 때까지 춤은 계속되었다. 그러고 나면 춤꾼들은 두 줄을 유지한 채 앞으로 나와 서로 다가섰고, 일단 그렇게 대면하고 한 줄을 이룬 사람들이

♦ The Siege of Ennis. 아일랜드의 유명한 민속 춤곡.

잡은 손을 높이 들어 올리면 그 사이로 다른 줄 사람들이 빠져나가, 새 파트너를 마주 보게 되는 식이었다. 놀이가 계속될수록, 소리치고 웃고 고함치는 사회자의 목소리가 점점 커지고 격앙되어 갔다. 가운데서 도는 사람들의 회전에, 구두로 바닥을 차는 발길에 엄청난 에너지가 쏟아져 나왔다. 마지막 곡이 연주될 때쯤에는 모든 사람이 기본 스텝과 동작을 익힌 것 같았다. 아일리시는 토니가 이 춤을 마음에 들어 하고 제대로 이해하려고 애쓰면서도, 한편으로는 그녀보다 잘 추지는 않으려고 신경 쓴다는 걸 알 수 있었다. 그녀를 위해 애써 자제하는 것 같았다.

음악이 끝나자마자 그가 어디 사느냐고 물었다. 아일리시가 대답하자 그는 자기 집과 같은 방향이라고 말했다. 지금 보니 그에게는 아주 순수하고 간절하면서도 빛나는 어떤 것이 있었다. 바래다줘도 괜찮겠느냐는 그의 질문에 좋다고 대답하다가 소리 내어 웃을 뻔하게 만드는 그런 것이. 아일리시는 외투를 가지러 갔다 올 테니 밖에서 보자고 했다. 외투 보관실에 간 그녀는 혹시 덜로리스가 줄에 서 있을까 해서 둘러보았다.

밖은 얼어붙을 듯 추웠다. 그들은 서로에게 기대 몸을 웅크리고, 별말 없이 천천히 거리를 걸었다. 클린턴가에 가까워지자 그가 걸음을 멈추고 아일리시에게 돌아섰다.

"너한테 말해 둘 게 있어." 그가 말했다. "난 아일랜드인
이 아니야."

"말투가 아일랜드인 같지는 않아."

"조금도 아일랜드인이 아니라고."

"조금도?" 그녀가 웃었다.

"내 몸의 어느 한구석도."

"그럼 어디 출신이야?"

"브루클린. 우리 엄마 아빠는 이탈리아인이고."

"그럼 거기는 뭐 하러……."

"알아." 그가 끼어들었다. "아일랜드 무도장이 있다기에
구경이나 할까 하고 갔던 건데 맘에 들더라."

"이탈리아인들은 무도장이 없어?"

"그렇게 물을 줄 알았어."

"이탈리아 무도장은 멋있을 것 같은데."

"언제 데려갈 수야 있지만 마음 단단히 먹어야 할걸. 거
기 사람들은 밤새도록 이탈리아인들처럼 굴거든."

"그게 좋은 거야, 아니면 나쁜 거야?"

"글쎄, 하지만 이탈리아 무도장에 갔다면 지금 내가 널
바래다주고 있지는 않을 테니까 나쁘다고 봐야겠지."

그들은 하숙집 앞에 도착할 때까지 말없이 걸었다.

"다음 주에 데리러 와도 될까? 가기 전에 먼저 뭐 좀 먹

고 가는 건 어때?"

아일리시는 이 제안이 다른 하숙생들의 기분을 전혀 고려할 필요 없이 무도장에 갈 수 있다는 뜻임을 깨달았다. 심지어 덜로리스를 데려가지 않아도 될 핑곗거리가 될 것이었다.

얼마가 지난 평일에 바르토치스 매장에서 브루클린 칼리지로 가던 아일리시는 자신이 그동안 간절히 바라던 것을 까맣게 잊고 있다는 걸 알았다. 때때로 그녀는 자기가 간절하게 고향 생각을 한다고 믿으면서, 머릿속에 고향 풍경들이 자유로이 떠다니게 놓아두곤 했었다. 그러나 지금 화들짝 놀라면서 깨달은 것은, 아뿔싸, 머릿속이 온통 금요일 밤에 관한 생각뿐이란 사실이었다. 지난번에 만났던 남자가 자신을 데리러 집에 올 거라는 생각, 무도회가 끝나면 그가 하숙집까지 바래다줄 거라는 생각뿐이라니……. 그녀는 고향 생각을 한쪽 구석에 치워 두고서 편지를 쓰거나 받을 때에만, 또는 어머니나 아버지나 로즈, 프라이어리가 고향 집의 방이나 마을의 거리들이 나오는 꿈을 꾸다가 깨어났을 때에만 잠깐씩 떠올리고 있었다. 이상한 일이었다. 고향에 대한 기대로 차 있어야 할 머릿속을, 뭔가에 대한 기대를 음미하는 단순한 감정이 한동안 대신 차지할 수 있다는 건.

아일리시가 덜로리스를 팽개친 사건, 즉 패티가 빠짐없이 목격하고 토요일 아침 식사 전까지 모든 하숙생에게 알린 그 사건은 하숙집 식탁에서, 덜로리스는 물론 모두가 아일리시에게 다시 말을 붙이게 만들었다. 덜로리스는 자기가 혼자가 된 건 아일리시가 남자를 만나 빚어진 일이므로, 매우 당연하게 받아들였다. 이렇게 봐주는 대가로 덜로리스는 그 남자 친구에 관해서, 이를테면 그의 이름과 직업, 그리고 아일리시가 언제 그를 다시 만날 생각인지 등을 물을 뿐이었다. 다른 하숙생들 역시 그에 관해 꼼꼼히 따졌다. 그들은 그가 잘생긴 편이라고 말했지만, 미스 매캐덤은 키가 좀 더 컸으면 했고, 패티는 구두가 맘에 안 든다고 했다. 다들 그를 아일랜드인 또는 아일랜드계로 생각하고 있었고, 그들 모두 아일리시에게 그 남자 애기를 해 달라고 조르면서, 그가 무슨 말을 했기에 두 번째 세트에서도 같이 춤을 췄는지, 그리고 다음 금요일 밤에도 무도장에 갈 건지, 거기서 그를 만나기로 했는지 질문을 퍼부었다.

다음 주 목요일 밤 아일리시는 차를 끓이러 위층에 올라갔다가 부엌에서 키호 부인을 만났다.

"요즘 집안 분위기가 아주 들떴더구나." 키호 부인이 말했다. "다이애나 그 애는 목소리가 왜 그렇게 끔찍한지, 신이시여, 그 아이를 도우소서. 그 애가 한 번만 더 꺅꺅거리면 의사든 수의사든 불러서 무슨 수를 써서라도 좀 조용히 시키라고 해야겠다."

"무도장 때문에들 그래요." 아일리시가 건성으로 답했다.

"이참에 플러드 신부님한테 경박함의 폐해에 관해서 설교해 달라고 부탁드려야지. 어쩌면 몇 가지를 더 보태 말씀해 주실 거야."

키호 부인이 부엌을 나갔다.

금요일 저녁 8시 반에 토니가 현관 벨을 울렸다. 아일리시가 지하실 문을 나와 그에게 코앞에 닥친 위험을 미처 경고하기도 전에, 키호 부인이 현관문을 열었다. 나중에 토니가 들려준 바에 따르면, 아일리시가 현관문에 도착할 때쯤 키호 부인은 벌써 그의 이름과 주소, 직업을 비롯해 몇 가지 질문을 끝낸 후였다.

"직업을 묻는 말투가 그렇더라." 그가 말했다. "전문직만 직업이라는 것처럼."

토니는 평생 겪은 일 중 그렇게 재미있는 일은 처음이라는 듯 활짝 웃었다.

"아까 그분이 네 어머니야?" 그가 물었다.

"엄마는 아일랜드에 계시다고 했잖아."

“아, 그랬지, 하지만 그분은 네가 자기 소유물인 것처럼 말하던데.”

“집주인이야. 키호 부인.”

“만사를 확인해야 직성이 풀리는 부인이더라. 질문 보따리 부인.”

“말이 나온 김에 묻는데 이름이 뭐야?”

“아까 너희 어머니한테 뭐라고 했는지 궁금해?”

“엄마 아니라니까.”

“내 진짜 이름을 알고 싶어?”

“응, 진짜 이름을 알고 싶어.”

“진짜 이름은 안토니오 주세페 피오렐로.”

“그럼 키호 부인이 물었을 땐 뭐라고 대답했는데?”

“내 이름은 토니 맥그래스라고 했지. 직장에 빌로 맥그래스라는 친구가 있거든.”

“어쩜, 기막혀. 그럼 직업은 뭐라고 했는데?”

“내 진짜 직업?”

“제대로 대답하지 않으면…….”

“배관공이라고 대답했어. 난 배관공이니까.”

“토니.”

“왜?”

“앞으로 말이야, 내가 데리러 와도 좋다고 할 땐 조용히 지하실 문으로 와 줘."

"그리고 누구한테도 아무 말 말고?"

"그렇지."

"딱 내 방식이네."

그는 아일리시를 간이식당에 데려가 같이 저녁을 먹은 뒤에 무도장으로 향했다. 아일리시는 동료 하숙생들 얘기와 바르토치스 매장에서 자기가 하는 일을 들려주었다. 그러자 토니는 자기는 네 형제 중 장남이고 아직 벤슨허스트에 있는 부모 집에서 함께 산다고 말했다.

"엄마가 너무 많이 웃거나 농담하지 말라고 당부하셨어. 아일랜드 아가씨들은 이탈리아 아가씨들 같지 않다나. 진지하다더라고."

"어머니한테 나를 만난다고 말했어?"

"아니. 그런데 동생이 내가 여자를 만난다고 짐작하고는 일러바친 거야. 다들 눈치는 챘을 거야. 내가 봐도 내가 너무 히죽거리고 다녔거든. 그래서 혹시나 부모님이 아시는 집안 여자를 만난다고 오해하실까 봐 아일랜드 여자라고 얘기할 수밖에 없었어."

아일리시는 그를 이해할 수 없었다. 그날 밤 무도회가 끝나고 같이 집에 올 때에도 아일리시는 그와 가까이서 춤추는 게 좋다는 것, 그가 재미있다는 것밖에는 아는 바가 없었다. 그가 한 말 대부분이 농담조로 둘러댄 사실이었지만 완전히 거짓말이라고 해도 놀라지 않을 것 같았다. 아일리시는 다가올 며칠 동안 그가 했던 말들을 하나하나 모두 따져 보기로 했다.

하숙집에서는 아일리시의 배관공 남자 친구에 관해 활발한 토론이 벌어졌다. 키호 부인이 부엌에서 나간 후, 패티와 다이애나가 어째서 자기 친구 중 아무도 그를 본 적이 없는지 의아하게 여기기 시작하자, 아일리시는 토니가 아일랜드인이 아니라 이탈리아인이라고 털어놓았다. 무도장에서는 하숙생들 누구에게도 토니를 소개하지 않기로 작정했었지만, 대화가 시작되자 그에 관해 조금이라도 말해 두지 않은 것이 후회되었다.

"무도장이 이탈리아 남자들로 넘치는 일은 없어야 할 텐데." 미스 매캐덤이 말했다.

"무슨 말이에요?" 아일리시가 물었다.

"무도장에 오면 뭘 얻을 수 있는지 이제 알았을 테니까."

나머지 하숙생들은 한동안 침묵했다. 금요일 저녁 식사 후였다. 아일리시는 차라리 아까 나갔던 키호 부인이 다시 들어왔으면 했다.

"그래서 뭘 얻는다는 건데요?" 아일리시가 물었다.

"저들이 할 일은 그런 것뿐일 거야, 아마도." 미스 매캐덤이 손가락을 딱 튀겼다. "굳이 나머지 말까지 해야겠어?"

"모르는 남자가 무도장에 온다면 정말 조심해야 할 거야." 실라 헤퍼넌이 말했다.

"글쎄요. 그 전에 무도장에서 몇몇 월플라워들을 치워 버리면 그럴지도 모르겠네요, 실라 언니." 아일리시가 말했다. "떨떠름한 표정을 짓고 있는 외톨이들요."

그 말을 듣고 실라 헤퍼넌이 쌩하니 나가자 다이애나는 자지러지듯 웃음을 터뜨렸다.

갑자기 키호 부인이 부엌에 들어왔다.

"다이애나, 다시 한번 그 끽끽거리는 소리를 내면, 너한 테 물을 끼얹어 주라고 소방서에 전화할 거야. 혹시 미스 헤퍼넌한테 누가 심한 말 했니?"

"우린 여기서 아일리시한테 충고하고 있었어요. 그게 다예요. 낯선 사람들을 조심하라고 말이에요." 미스 매캐덤이 말했다.

"글쎄, 그때 온 남자는 아주 괜찮아 보이더구나." 키호 부인이 말했다. "옛날 아일랜드식의 훌륭한 예의범절도 알고 말이야. 앞으로 이 집에서 그 남자에 관해 더는 왈가왈부하지 않기로 하자. 들었니, 미스 매캐덤?"

"전 그냥……."

"유일하게 미스 매캐덤만 남의 일에 간섭하지 말자는 걸

거부하고 있구나. 북아일랜드 사람은 안 그런 줄 아는데."

다이애나는 다시 새된 소리를 지르면서 민망한 척 손으로 입을 가렸다.

"이 식탁에서 더 이상 남자 얘기는 안 돼." 키호 부인이 말했다. "다만 다이애나, 너랑 만나는 남자가 너랑 잘 지내기를 바란다는 말은 해야겠구나. 네 인생에 다가올 고난이 결국 너의 그 히죽거리는 얼굴에서 웃음을 거둬 갈 테니까."

그들은 한 사람씩 슬그머니, 키호 부인과 덜로리스만 남기고 부엌을 빠져나갔다.

토니는 아일리시에게 평일 저녁에 같이 영화관에 갈 수 있는지 물었다. 아일리시는 그에게 모든 걸 다 얘기했지만 브루클린 칼리지에서 강의를 듣는다는 사실만은 예외였다. 그는 아일리시에게 매일 저녁 무얼 하는지 물은 적이 없었고, 그녀도 그와 어느 정도 거리를 두고 싶어 거의 고의적으로 그 사실을 비밀로 해 왔다. 지금까지 아일리시는 금요일 밤 그가 하숙집으로 데리러 오는 걸 즐겼고, 특히 무도장에 가기 전 간이식당에서 그와 함께 보내는 시간을 즐겼다. 야구며 동생들, 그의 일과 브루클린 생활을 이야기할 때 토니는 쾌활하고 재미있었다. 그는 아일리시의 동료 하숙생들 이름과 직장 상사들 이름을 금세 외웠고 주기적으로 그 이름들을 언급하며 아일리시를 웃겼다.

"그동안 학교 얘기는 왜 안 했어?" 무도장에 가기 전 식당에 앉아 있을 때 토니가 물었다.

"묻지 않았으니까."

"난 너한테 다 말해서 이제는 더 말할 것도 없는데." 그가 짐짓 우울한 척 어깨를 으쓱했다.

"아무런 비밀도 없어?"

"몇 가지 지어낼 순 있지만, 진짜처럼 들리지도 않을 거야."

"키호 부인은 네가 아일랜드인이라고 믿고 있어. 내가 봐도 넌 티퍼레리* 토박이인데 아닌 척 연기하는 것 같기도 하고. 그리고 나머지도 다 꾸며 낸 것일지도 모르고. 내가 어쩌다 아일랜드 무도장에서 널 만나게 됐지?"

"좋아. 실은 비밀이 있어."

"그럴 줄 알았어. 너 브레이** 출신이구나."

"뭐? 거기가 어딘데?"

"그럼, 대체 네 비밀이 뭐야?"

"내가 왜 아일랜드 무도장에 갔는지 궁금하지?"

"좋아, 내가 물을게. 아일랜드 무도장에는 왜 왔던 거야?"

"아일랜드 여자애들이 좋으니까."

"아무라도 좋아?"

"아니, 난 네가 좋아."

"그래, 하지만 거기 내가 없었다면? 다른 여자를 골랐겠네?"

"아냐, 네가 거기 없었다면 완전히 슬퍼져서 땅바닥만 보면서 집에 갔을 거야."

그제야 아일리시는 향수병을 앓았고, 플러드 신부가 그녀를 바쁘게 만들 요량으로 강좌에 등록해 주었다고 말했다. 그리고 저녁에 공부하는 게 자기를 얼마나 행복하게 하는지, 덕분에 고향을 떠난 이후 자신이 얼마나 행복한지에 대해서도.

"난 널 행복하게 안 해 줘?" 그가 진지하게 쳐다보았다.

"아니, 너도 그래." 아일리시가 대답했다.

그가 더 확실한 의사를 묻기 전에 아일리시는 서둘러 화제를 돌렸다. 아직 그를 충분히 알지 못한다고 생각했다. 그녀는 수업과 다른 학생들, 부기와 회계, 그리고 법학 교수 로젠블룸에 관한 얘기를 했다. 강의 내용이 얼마나 어렵고 복잡한지 설명하자 토니는 걱정되는 듯 눈썹을 찌푸렸다. 그러더니 법학 책을 사러 맨해튼에 갔던 날 서점 주인이 들려준 얘기를 시시콜콜 늘어놓을 때는 완전히 입을 다물어 버렸다. 커피가 나왔을 때에도 그는 여전히 아무 말 없이, 계속 설탕을 휘저으면서 침울하게 고개를 끄덕일 뿐이었다. 이런 모습은 처음이었다. 아일리시는 밝은 곳에서 그의 얼굴을 유심히 바라보았다. 언제쯤 그가 다시 평소 모습으로 돌아와 미소 짓고 웃을지 궁금해하면서. 그러나 웨이터에게 계산을 부탁할 때에도 그는 무거운 표정이었고 식당을 나올 때에도 말을 하지 않았다.

시간이 흘러 무도장의 음악이 느려지고 서로 가까이서 춤을 추게 되었을 때, 아일리시는 고개를 들어 그와 눈길을 마주쳤다. 토니는 아까와 똑같이 진지한 표정이었고, 그 때문에 전보다 덜 익살스럽고 덜 천진해 보였다. 그녀에게 웃음을 지을 때도, 장난스럽게 보이거나 재미있으라고 짓는 웃음이 아니었다. 그것은 따뜻하고 진실한 미소였다. 그 미소는 그가 착실한 사람이며 성숙하기까지 하다는 느낌을 주었고, 지금 벌어지는 일이 뭐든지 간에 그건 그의 진심이라는 느낌을 어렴풋이 심어 주었다. 아일리시도 웃음을 지어 보였지만 이내 고개를 숙여 눈을 감아 버렸다. 그녀는 두려웠다.

그날 밤에 토니는 다음 주 목요일 방과 후에 집까지 바래다주마고 약속했다. 더도 말고 딱 그것만, 그는 약속했다. 공부에 방해되고 싶지 않다는 거였다. 다음 주에, 그가 토요일에 같이 영화 보러 가자고 했을 때 아일리시는 승낙했다. 덜로리스를 제외한 하숙생들 전부와 직장의 일부 동료들이 요즘 상영하는 〈사랑은 비를 타고 Singin' in the Rain〉를 보러 간다고들 했기 때문이었다. 키호 부인까지도 친구 두 명과 그 영화를 볼 예정이라고 했고, 그래서 그 영화는 부엌 식탁에서 큰 화젯거리가 되었다.

그렇게 해서 곧 하나의 패턴이 생겨났다. 매주 목요일에 토니는 학교 밖에서 서서 기다렸고, 비가 오는 날이면 몰래 강의실에 들어와 있다가 아일리시와 함께 시내 전차를 타고 집까지 바래다주었다. 그는 한결같이 쾌활했고, 둘이 만난 이후로 그가 상대한 손님들 이야기를 들려주면서, 그들이 배관에 문제가 있다고 설명하는 모습을 출신 국가나 나이에 따라 서로 다른 말투로 흉내 냈다. 어떤 사람들은 그에게 매우 고마워하면서 팁을 넉넉하게 주는데, 때로는 너무 많이 준다고 했다. 또 다른 사람들은 자기가 쓰레기로 하수구를 막히게 해 놓고도 수리비 계산서를 따지고 들려고 했다. 그는 브루클린의 모든 건물주는 치사하다고 했다. 이탈리아인 관리인들은 토니가 이탈리아인이라는 사실을 알게 되면 더 치사하게 나왔다. 또 말하기 미안하다면서도, 아일랜드인들도 치사하고 하여간 쩨쩨하다는 말을 덧붙였다.

"아일랜드인들은 정말 치사해. 쩨쩨하기가 말도 못 해." 이렇게 말하더니 그녀에게 씩 웃어 보였다.

매주 토요일에 토니는 아일리시를 영화관에 데려갔다. 어떤 때는 방금 개봉한 영화를 보러 맨해튼까지 지하철을 타고 가기도 했다. 맨해튼에 영화를 보러 간 첫 데이트 날 〈사랑은 비를 타고〉를 보기 위해 줄을 섰을 때, 아일리시는 문득 상영관이 깜깜해지고 영화가 시작되는 순간을 두려워하고 있다는 걸 깨달았다. 토니와 춤을 추고, 느린 음악이 나오면 서서히 가까이 다가가고, 그와 함께 집으로 걸어오고, 하숙집에서 너무 가깝지도 멀지도 않은 거리에 이를 때까지 기다렸다가 그가 키스해 주는 것이 그녀는 좋았다. 그리고 토니는 절대, 단 한 번도, 그녀가 그의 손을 뿌리치거나 그에게서 몸을 떼어야겠다는 느낌이 들게 한 적이 없었다. 그런데 처음으로 같이 영화를 보게 된 지금, 아일리시는 둘 사이에서 뭔가가 달라질 거라는 예감이 들었다. 줄에 서 있던 그녀는 어둠 속에서 벌어질 불쾌한 일을 피하기 위해 미리 다짐을 받아 두고 싶은 충동을 느꼈다. 두 시간 동안 영화관에서 껴안고 키스하기보다는 영화에 집중하자고 최대한 태연하게 말하고 싶었다.

영화관 안에 들어가 표를 사고 팝콘을 산 토니는 놀랍게도, 아일리시를 뒷자리로 끌고 가지 않았다. 그는 어디에 앉고 싶으냐고 물었고, 화면이 가장 잘 보이는 가운데에 앉게 되어 좋아하는 것 같았다. 영화 도중에 아일리시의 어깨에 팔을 두르고 그녀에게 몇 번 소곤거리기는 했지만, 그 이상은 하지 않았다. 나중에 지하철을 기다릴 때는 그가 어찌나 흡족해하며 그 영화에 감탄하던지. 아일리시는 커다란 애정이 샘솟는 걸 느꼈고 그에게는 마음에 안 드는 구석이 하나도 없을 것 같았다. 곧, 더욱 주기적으로 영화관에 가게 되면서 아일리시는 슬픈 영화나 심란한 장면이 나오는 영화를 보면 토니가 말수가 적어지고 생각에 잠기고 자기만의 우울한 꿈속에 갇혀, 빠져나오기까지 시간이 걸린다는 사실을 알게 되었다. 마찬가지로 아일리시가 뭔가 슬픈 애기라도 들려주면, 표정이 바뀌면서 농담을 거두고 그녀가 한 말을 곱씹곤 했다. 토니는 지금껏 아일리시가 만난 어떤 사람과도 달랐다.

아일리시는 토니 애기를 편지에 적어 로즈의 사무실로 부쳤지만, 어머니나 오빠들에게 보내는 편지에선 그를 언급하지 않았다. 로즈에게는 그의 마음 씀씀이가 얼마나 세심한지 설명하려 애썼다. 아울러 자기는 공부 때문에 시간이 없어서 토니의 친구들을 만나 본 적이 없고, 심지어 토니가 가족들과 함께 식사하자고 집으로 초대했음에도 승낙하지는 않았다고 덧붙였다.

로즈는 답장을 보내면서 토니가 무슨 일을 하는지 물었다. 그건 아일리시가 편지에 일부러 빼놓은 내용이었다. 로즈는 동생이 사무실에서 일하는 사람, 은행이나 보험 사무소에서 일하는 사람과 사귀기를 바라고 있었기 때문이다. 아일리시는 답장에서, 토니가 배관공이라는 정보를 문장 속에 묻어 버렸지만, 로즈가 그걸 포착하고 알아채길 바랐다.

얼마 후 어느 금요일 밤, 매섭던 추위가 잠시 풀려 두 사람 모두 기분 좋게 무도장에 들어갈 때였다. 마침 토니는 여름이 오면 코니아일랜드에 가자는 얘기를 하고 있었는데, 역시 기분이 좋아 보이는 플러드 신부와 마주쳤다. 그런데 뭔가 이상한 점이 있었다. 신부가 두 사람에게 길게 이야기하는 것도 그렇고 같이 소다수를 마시자고 고집하는 것도 심상치가 않았다. 로즈가 플러드 신부에게 편지를 써서 토니가 어떤 사람인지 알아봐 달라고 부탁한 게 틀림없었다.

아일리시는 토니의 몸에 밴 훌륭한 예절, 사제에게 편안하게 대답하는 방식이 대견하기까지 했다. 존경심을 나타내며 사제의 말을 끝까지 듣고, 적절하지 않은 말은 한마디도 하지 않는 토니의 태도까지. 배관공이라면 대충 어떤 사람이고 말투는 어떻다는 편견이 로즈의 머릿속에 박혀 있었던 게 틀림없었다. 로즈는 토니가 약간 거칠고 서투르고 틀린 어법을 구사한다고 상상했을 것이다. 아일리시는 토니가 그런 사람이 아니며, 브루클린에서는 에니스코시에서처럼 직업으로 사람의 성품을 짐작하기가 항상 쉽지만은 않다는 사실을 편지에 써야겠다고 결심했다.

어느새 토니와 플러드 신부는 야구 얘기를 하고 있었다. 토니는 사제를 상대로 말하고 있다는 사실을 잊어버린 듯 대화에 열중했다. 열을 올려 가며 자기 말을 강조하기 시작했고, 둘 다 보았던 경기라든가 자기가 절대 용서 못 할 선수 얘기를 할 때는 플러드 신부가 말하는 도중에도, 명랑한 붙임성에 강력한 반대 의견을 섞어 가며 끼어들었다. 한동안 그들은 아일리시가 옆에 있다는 사실도 의식하지 못하는 것 같더니 마침내 그녀의 존재를 깨닫고서는, 아일리시가 다저스◆ 팬이 되겠다고 약속하기만 한다면 시즌이 시작하는 대로 야구 경기에 데려가기로 의기투합했다.

로즈는 토니가 어떤 사람인지 플러드 신부님에게 들었

◆ Dodgers. 뉴욕 브루클린에서 시작한 다저스 팀은 1958년 캘리포니아 로스앤젤레스로 연고지를 옮겼다.

고, 예의 바르고 정중한 사람으로 보인다는 내용의 편지를 보내왔다. 그러면서도 여전히, 브루클린에서 보내는 첫해인데 아일리시가 토니를 만나느라 다른 사람을 전혀 사귀지 않는다고 걱정했다. 아일리시는 일주일에 세 번 토니를 만나고 있으며, 강의 때문에 다른 일은 할 엄두도 못 낸다는 것을 아직 로즈에게 말하지 않았다. 사실 같은 집 하숙생들과는 한 번도 외출한 적이 없었는데, 아일리시로선 이것이 무척 다행스러웠다. 그렇지만 새로 나온 영화는 빠짐없이 보았기 때문에 식탁에서만큼은 항상 할 말이 있었다. 하숙생들은 아일리시가 토니와 사귄다는 사실에 익숙해진 후에는 토니를 두고 충고나 경고를 자제했다. 로즈의 편지를 두어 번 받고 나자, 아일리시는 로즈도 그렇게 해 주기를 바랐다. 지금은 애초에 로즈에게 토니 얘기를 했던 게 유감스러울 정도였다. 어머니에게 보내는 편지에는 아직 토니 얘기를 하지 않고 있었다.

직장에서 몇몇 점원들이 소리 소문 없이 회사를 그만두고 다른 사람이 들어오는 일이 반복되면서 아일리시를 비롯한 일부 점원들은 그 매장에서 가장 경력 많고 신임받는 직원이 되었다. 아일리시는 어느덧 일주일에 두세 번은 미스 포티니와 점심을 먹을 정도로 친해졌는데, 알고 보니 미스 포티니는 지적이고 흥미로운 사람 같았다. 아일리시가 토니 얘기를 꺼내자 미스 포티니는 한숨을 쉬었다. 자기도 이탈리아인 남자 친구가 있었지만 골칫덩어리일 뿐이었으며 야구 시즌이 시작되는 시기에는 더 나빠지곤 했다고 말했다. 야구 시즌이 시작되면 어떤 여자도 곁에 두지 않고 그저 친구들과 술 마시고 경기 얘기만 하려고 했다는 거였다. 토니가 야구장에 같이 가자고 했다고 하자, 미스 포티니는 한숨을 쉬고는 소리 내어 웃었다.

"그래, 나도 조반니랑 야구장에 갔지. 하지만 경기 도중 나한테 말을 걸 때는 자기와 친구들이 먹을 핫도그 좀 사다 달라고 부탁할 때뿐이었어. 내가 핫도그에 겨자를 뿌리느냐고 물었을 때는 내 코를 물어뜯을 기세였다니까. 경기에 몰입하는 데 내가 방해가 된다는 거였지."

아일리시가 미스 포티니에게 토니의 성격을 설명하자, 그녀가 매우 관심을 보였다.

"잠깐만. 자기 친구들과 술 마시는 데 널 데려가서, 여자들끼리만 남겨 두지는 않아?"

"아뇨."

"항상 하는 말이 자기 얘기이거나, 그러지 않으면 자기 어머니가 얼마나 대단한지 하는 얘기는 아니고?"

"아뇨."

"그럼 그 사람 꼭 잡아. 그런 남자는 둘도 없으니까. 아일랜드에는 있을지 몰라도 여기엔 없어.”

두 사람은 함께 웃음을 터뜨렸다.

“그런데 그 사람한테서 제일 맘에 안 드는 게 뭐야?” 미스 포티니가 물었다.

아일리시는 잠시 생각해 보았다.

“키가 5센티만 더 컸으면 좋겠어요.”

“다른 건 없고?”

아일리시는 다시 생각해 보았다.

“없어요.”

일단 시험 날짜 공고가 붙자 아일리시는 직장에 그 주 내내 휴가를 신청해 두었고 슬슬 공부 걱정을 하기 시작했다. 그래서 시험이 시작되기 6주 전부터 토요일에 토니와 영화 보러 가는 일을 중단했다. 대신 집에서 공책을 훑어보고 끙끙대며 법학 책들을 읽고 상법에서 가장 중요한 판례들의 이름과 그런 판결들이 지닌 의미를 외우려고 애썼다. 대신에 토니에게는 시험이 끝나면 벤슨허스트 72번가에 있는 토니 가족의 아파트로 가서 부모님과 동생들에게 인사하고 같이 식사하기로 약속했다. 토니 또한 다저스 경기 표를 구하고 싶다면서 동생들과 함께 그녀를 야구장에 데려가겠다고 했다.

“내가 정말 원하는 게 뭔지 알아?” 그가 물었다. “우리

아이들을 다저스 팬으로 키우는 거야.”

그는 그 생각에 기쁘고 흥분이 되는지, 아일리시의 얼굴이 굳어지는 걸 보지 못한 것 같았다. 아일리시는 빨리 그와 헤어지고 혼자가 되고 싶었다. 방금 그가 한 말을 생각해 보기 위해서였다. 나중에 침대에 누워 그 말을 생각하던 아일리시는, 그 말이 그가 요즘 구상 중인 여름휴가를 비롯해 많은 시간을 아일리시와 함께 보내겠다는 그의 계획과 딱 들어맞는다는 걸 알았다. 더구나 최근에 토니는 그녀에게 키스하고 난 후 사랑한다고 말하기 시작했다. 그가 대답을 바란다는 걸 알고는 있었지만, 아직까지 아일리시는 대답한 적이 없었다.

이제 깨달았다. 그는 그녀와 결혼할 생각이었고, 아이들을 낳아 다저스 팬으로 만들겠다는 것이었다. 그건 너무 우스꽝스러워서 아무에게도 말하지 못할 일이었다. 로즈는 물론이고 어쩌면 미스 포티니에게도 말하지 못하리라. 그러나 토니가 이 일을 갑자기 상상한 건 아닐 터였다. 그들이 만난 지 거의 다섯 달이 되었고, 지금까지 단 한 번의 말다툼이나 오해도 없었다. 다만 한 가지, 아일리시와 결혼한다는 그의 계획이 엄청난 오해라는 것만 뺀다면.

토니는 사려 깊고 재미있고 잘생긴 남자였다. 아일리시는 그가 자기를 좋아한다는 걸 알았다. 그가 그렇게 말했기 때문이 아니라, 그녀를 대하는 모습이나 그녀가 말할 때 귀 담아듣는 모습으로 알 수 있었다. 모든 것이 괜찮았다. 그리고 시험이 끝나면 맞이할 긴 여름휴가도 기대됐다. 몇 번인가 아일리시는 무도장에서, 심지어는 길거리에서 어떤 식으로든 마음을 끄는 남자를 본 적이 있었지만, 그건 몇 초 이상 지속되지 않는, 덧없는 생각에 불과했다. 다시금 하숙집 동료들과 무도장 벽 앞에 앉아 있어야 한다는 건 생각만 해도 끔찍한 일이었다. 한편으로 아일리시는 토니가 자기보다 생각이 앞서간다는 걸 알았고, 그의 속도를 늦춰야 할 필요성도 알고 있었다. 그렇지만 토니의 기분이 상하지 않게, 어떻게 그 말을 해야 하는지는 알 수 없었다.

그다음 주 금요일 밤, 토니와 함께 몸을 웅크리고 무도장에서 집으로 가는 도중에, 그가 사랑한다고 말했다. 아일리시가 대답하지 않자, 그는 그녀에게 키스를 하더니 다시 그 말을 속삭였다. 예고도 없이, 아일리시는 그에게서 몸을 떼어 냈다. 그가 무슨 문제가 있냐고 물어도 대답하지 않았다. 사랑한다는 그의 말과, 대답을 바라는 그의 기대가 두려웠다. 그 말을 받아들인다면 평생 고향을 떠나 살아야 한다는 뜻이었다. 말없이 걷다가 하숙집에 도착했을 때 아일리시는 오늘 밤 고마웠다고 형식적으로 말하고는 그의 눈길을 피한 채 작별 인사를 하고 안으로 들어갔다.

아일리시는 자기가 한 짓이 옳지 않다는 것, 지금부터 다시 만날 다음 주 목요일까지 토니가 괴로워할 거라는 사실을 알았다. 토요일에 그가 자신을 보러 잠깐 올지 궁금했지만, 그는 오지 않았다. 토니에게 만나는 횟수를 줄이자고 말하고 싶었지만 그럴싸한 이유를 생각해 낼 수 없었다. 어쩌면 지금은 서로 사귄 지 얼마 안 되었으니 아이 얘기는 하고 싶지 않다고 말해야 할지도 모른다. 그렇지만 만약에 토니가 자기와 사귀는 걸 진지하게 생각하지 않느냐고 물어 온다면, 그리고 그 대답을 강요한다면, 그때는 무슨 말이든 해야 할 터였다. 그리고 그 대답이 그에게 충분히 고무적이지 않다면 그녀는 그를 잃을 것이다. 토니는 자기를 얼마나 좋아하는지 확신할 수 없는 여자 친구와 즐겁게 만날 사람이 아니었다. 그쯤은 예상할 수 있을 만큼 아일리시는 그를 잘 알고 있었다.

목요일, 아일리시는 강의실을 나와 계단을 내려가다가 토니를 발견했다. 많은 학생이 북적이는 탓에 그는 아일리시를 보지 못했다. 아일리시는 잠시 걸음을 멈추었다. 아직도 그에게 무슨 말을 해야 할지 모르고 있다는 걸 깨달았으므로. 아일리시는 조심스레 계단을 도로 올라갔다. 첫 번째 층계참을 따라 올라가면, 위에서 그를 내려다볼 수 있을 것 같았다. 왠지 거기서 그녀를 웃기거나 관심을 끌려 애쓰지 않을 때의 모습을 제대로 본다면, 뭔가 깨달음을 얻거나 결단을 내릴 수 있는 용기가 생기지 않을까 그녀는 생각했다.

아일리시는 그가 고개를 쳐들어 머리 위 왼쪽을 올려다보지 않는 이상 자기를 볼 수 없는 위치를 발견했다. 그는 로비 안을 오가는 학생들에게 정신이 팔려 그녀가 있는 쪽을 쳐다볼 가능성은 거의 없었다. 아래쪽으로 눈길을 돌리고 보니 그의 얼굴엔 미소가 없었다. 그러면서도 지극히 편안하고 호기심 어린 표정이었다. 거기 서 있는 그에게는 뭔가 속수무책의 느낌 같은 게 있었다. 즐거워지고 싶은 의욕, 또는 열정이 이상하게 그를 무방비 상태로 만들고 있었다. 그를 내려다보면서 떠오른 단어는 '기쁨'이었다. 그는 아일리시를 보고 기뻐하듯 매사에 기뻐했고, 그 사실을 드러내는 것 외에 달리 아무것도 하지 않았다. 그런데도 왠지 그 기쁨에는 그림자가 드리운 것 같았다. 그를 지켜보면서 아일리시는, 그 그림자는 어쩌면 그에 대한 감정이 불확실하고 그와 거리를 두려는 그녀 자신이지 다른 건 아니라는 생각이 들었다. 토니는 아일리시의 눈에 비친 그대로였다. 그에게 다른 면은 전혀 없었다. 갑자기 아일리시는 두려워서 소름이 돋았고, 얼른 몸을 돌려서는 최대한 빠른 걸음으로 계단을 내려가 로비에 있는 토니에게 다가갔다.

토니는 일하다가 생긴 일을 얘기해 주었다. 온수관을 고쳐 줘서 고맙다며 어느 유대인 자매가 푸짐한 식사를 준비해 두고서는 그를 대접하고 싶어 했다는 얘기였다. 그것도 오후 3시밖에 안 된 시간에. 토니는 그 여자들의 억양을 흉내 냈다. 그는 지난 금요일 밤 둘 사이에 아무 일도 없었다는 듯이 말하고 있었다. 그러나 시내 전차에서 내려 걸어오는 길에 꼬리를 물고 이어지는 사소한 수다는 목요일 밤에는 드문 일이며, 지난번 만남에 아무 문제가 없었고 지금도 전혀 문제가 없는 척하기 위한 방편이기도 하다는 걸 아일리시는 알고 있었다.

집이 가까워 오자 아일리시가 그에게 돌아섰다.

"너한테 할 말이 있어."

"알아."

"지난번에 네가 나 사랑한다고 했던 거 기억하지?"

그가 고개를 끄덕였다. 그의 표정이 슬펐다.

"저기, 난 그때 뭐라고 대답해야 할지 정말 몰랐어. 그래서 솔직히 말할게. 너에 관해 생각해 봤는데, 난 네가 좋아. 너를 만나는 것도 좋고, 너한테 마음이 가고, 아마 너를 사랑하는 것도 같아. 다음에 네가 나한테 사랑한다고 말하면, 나도……."

아일리시가 말을 멈추었다.

“‘나도’……?”

“나도 사랑한다고 말할 거야.”

“정말이야?”

“그래.”

“제기랄! 아, 험한 말 해서 미안해. 하지만 난 네가 다시는 날 안 만난다고 할 줄 알았어.”

아일리시는 그의 옆에 서서 그를 바라보았다. 몸이 떨렸다.

“그런데 진심이라는 표정이 아닌데?” 그가 말했다.

“진심이야.”

“그럼 왜 안 웃어?”

그녀는 머뭇거리다 희미하게 미소 지었다.

“이제 집에 갈까?”

“아니. 난 그냥 펄쩍펄쩍 뛰고 싶어. 그래도 되지?”

“조용히 해.” 그녀가 말하고는 웃었다.

그는 양손을 휘저으면서 공중으로 뛰어올랐다.

“이건 분명히 해 두자.” 그가 다시 다가와서 말했다. “나 사랑해?”

“응. 하지만 다른 건 아무것도 요구하지 말고, 아이들이 다저스 팬이 되길 바란다는 말도 하지 마.”

“뭐? 그럼 아이들이 양키스를 응원하면 좋겠어? 아니면 자이언츠를?” 그는 웃고 있었다.

“토니?”

“왜?”

“재촉하지 마.”

그는 아일리시에게 키스하고 속삭였다. 그리고 하숙집에 다다랐을 때에도 그녀가 사람들이 보겠다며 그만하라고 말릴 때까지 키스했다. 다음 날 밤 아일리시는 공부하느라 무도회에 빠져야 했지만 그를 만나 잠깐 동네 산책을 하기로 약속했다.

시험은 예상보다 쉬웠다. 법학 시험조차 문제가 쉬워서 가장 기본적인 지식만 묻고 있었다. 시험이 끝나자 마음이 놓이긴 했지만 이제 토니가 계획을 세우려 작정했을 때 둘러댈 핑계가 없었다. 그 시작은 토니의 집 저녁 식사에 초대받은 것이었다. 아일리시는 걱정이 되었다. 그가 이미 식구들에게 자기에 관해 너무 많은 얘기를 했다고 믿었기 때문이다. 이제 그녀는 그들에게 여자 친구 이상의 존재로 받아들여질 게 분명했다.

문제의 그날 저녁 아일리시를 데리러 왔을 때 토니는 느긋해 보였다. 아직 날은 환하고 공기는 따뜻해서 아이들은 거리에서 놀고 있었고 나이 많은 사람들은 집 앞 계단에 앉아 있었다. 겨울에는 상상할 수 없는 풍경이었다. 덕분에 아일리시도 걷다 보니 기분이 가벼워지고 좋아졌다.

"미리 말해 둘 게 있어." 토니가 말했다. "프랭크라는 어린 동생이 있어. 여덟 살인데 거의 열여덟 살 같아. 착하긴 하지만 형 여자 친구를 만나면 말하겠다고 별의별 얘기를 떠벌리고 있어. 녀석은 못 말리는 수다쟁이야. 내가 친구들과 나가서 공놀이나 하라고 용돈도 주고 아빠가 윽박지르기도 했는데, 절대 자기를 막지 못할 거라나? 그래도 일단 녀석이 속을 터놓으면 너도 녀석을 좋아하게 될 거야."

"동생이 무슨 말을 할까?"

"우리가 모르는 얘기. 녀석은 어떤 말이든 다 할 거야."

"아주 흥미롭겠는데?" 그녀가 말했다.

"뭐, 그렇겠지. 그리고 하나 더 있어."

"말 안 해도 알아. 구석에 늙은 할머니가 앉아 계실 텐데 할머니도 얘기하고 싶어 하신다, 그거겠지."

"아냐, 할머니는 이탈리아에 계셔. 문제는 다들 이탈리아인이고 생김새가 이탈리아인 같다는 거야. 나만 빼고 다 머리가 까매."

"그런데 어떻게 넌 그래?"

"외할아버지가 나처럼 생기셨나 봐. 듣기론 그런데 난 한 번도 외할아버지를 뵌 적이 없어. 아빠도 뵌 적이 없다하시고 엄마도 외할아버지를 기억 못 하셔. 제1차 세계대전 때 돌아가셨다니까."

"그럼 너희 아빠 생각으로는……." 아일리시는 웃기 시작했다.

"그것 때문에 엄마는 펄쩍 뛰시지만 아빠가 진짜 그렇게 생각하시는 건 아냐. 그냥 가끔 내가 실없는 짓을 하면 어디서 얻어 온 아이가 틀림없다고 하시지. 농담으로 말이야."

토니네 가족은 3층짜리 건물의 2층에 살고 있었다. 아일리시는 토니의 부모님이 매우 젊어 보여서 놀랐다. 세 동생이 나타났을 때 보니, 그의 말대로 모두 머리가 검었고 눈은 짙은 갈색이었다. 위의 두 동생은 토니보다 훨씬 키가 컸다. 프랭크는 스스로 막내라고 소개했다. 그의 머리는 깜짝 놀랄 만큼 새까맸고 눈도 까맸다. 나머지 두 동생은 로런스와 모리스였다.

아일리시는 토니와 나머지 식구들의 차이에 관해서는 말을 꺼내지 말아야 한다는 걸 깨달았다. 이 아파트에 들어와서 처음 이들을 한꺼번에 보는 사람마다 그 주제로 떠들었겠다는 생각이 들었기 때문이다. 아일리시는 그런 차이는 아예 눈치도 못 챘다는 듯 행동했다. 처음에는 부엌이 그냥 첫 번째 방이고 그 뒤로 응접실과 식당이 있을 거라 예상했지만, 나중에 보니 문 하나는 사내아이들이 자는 침실로, 다른 문은 욕실로 연결되었을 뿐이었다. 다른 방은 없었다. 부엌의 작은 식탁은 일곱 명이 식사할 수 있게 준비되어 있었다. 아일리시는 사내아이들 방 뒤로 또 다른 방이 있어서 거기서 부모님이 자나 보다고 생각했다. 하지만 입을 연 프랭크가 매일 밤 부모님은 부엌 구석 침대에서 잔다면서, 한쪽 옆면을 벽에 붙이고 조심스럽게 가려 놓은 침대를 보여 주었다.

"프랭크, 입 다물지 않으면 밥 안 줄 거야." 토니가 말했다.

음식과 양념 냄새가 났다. 가운데 두 형제는 아일리시를 조심스레, 말없이, 어색하게 살피고 있었다. 그들 모두 영화배우 같은 생김새였다.

"우린 아일랜드 사람들을 좋아하지 않아요." 프랭크가 갑자기 말했다.

"프랭크!" 그의 어머니가 오븐 앞에서 돌아섰다.

"엄마, 맞잖아요. 그 점은 분명히 해 둬야 한다고요. 아일랜드 거물 깡패 하나가 마우리치오 형을 때려서 형이 일곱 바늘이나 꿰맸어요. 그런데 경찰들도 다 아일랜드인이어서 아무 처벌도 없이 그냥 넘어갔어요."

"프란체스코, 입 좀 닥쳐." 그의 어머니가 말했다.

"물어보세요." 프랭크는 아일리시에게 모리스를 가리

켰다.

"전부 다 아일랜드 사람은 아니었어." 모리스가 대답했다.

"그 사람들 머리가 빨갰고 다리가 길었어요." 프랭크가 말했다.

"저 애 말은 신경 쓰지 마세요. 경찰 중에 몇 명만 그랬어요." 모리스가 말했다.

그의 아버지가 프랭크에게 복도로 따라오라고 말했다. 몇 분 후 돌아왔을 때 프랭크가 제법 얌전해진 것을 보고 형들은 고소해했다.

식탁으로 음식과 포도주가 오르는 동안 프랭크가 맞은편에 조용히 앉아 있어서, 아일리시는 미안한 생각이 들었다. 바로 지금 프랭크의 모습은 토니를 정말 많이 닮은 것 같았다. 풀 죽은 기분이 온몸으로 드러났다. 지난 주말에 아일리시는 다이애나로부터 포크 하나만 사용해 스파게티를 제대로 먹는 법을 배워 두었다. 그러나 지금 나온 음식은 다이애나가 만들어 준 스파게티처럼 가늘고 매끄러운 것이 아니었다. 소스는 똑같이 빨갰지만, 한 번도 경험하지 못한 맛들로 가득했다. 소스는 달콤하기까지 했다. 아일리시는 스파게티를 한 입 먹을 때마다, 입안에 가만히 머금고서 어떤 재료가 들어갔는지 추측해 보았다. 이 음식에 익숙한 가족들은 자기들처럼 포크만으로 음식을 먹으려고 시도하는 그녀를 너무 살펴보지 않으려고, 또는 아무 말도 하지 않으려고 애써 조심하는 것 같았다.

토니의 어머니는 때때로 강한 이탈리아 억양을 드러냈는데, 시험에 관해서 물었고 내년에도 그 대학에서 공부할 계획인지 물었다. 아일리시는 지금 듣는 것이 2년짜리 과정이며 그 과정을 마치면 부기원이 되어 매장이 아닌 사무실에서 일할 수 있을 거라고 설명했다. 아일리시와 토니의 어머니가 이런 말을 나누고 있을 때, 소년들 누구도 말을 하거나 음식에서 고개를 들지 않았다. 아일리시는 프랭크에게 웃는 모습을 보이기 위해 그와 눈을 맞추려고 애썼지만 그는 반응이 없었다. 곁눈질로 토니를 보았더니 그 역시 고개를 숙이고 있었다. 아일리시는 이 방을 뛰쳐나가 계단을 내려가 거리를 지나고 지하철을 탄 후 자신의 방으로 돌아가 세상으로 난 문을 닫고 싶었다.

주요리는 얇은 반죽을 입혀 튀긴 평범한 고기 요리였다. 먹어 보니 속에 치즈가 들어 있고 반죽에는 햄이 들어 있었다. 고기는 무슨 종류인지 알 수 없었다. 반죽 자체는 아주 바삭바삭했고 한 입 베어 물 때마다 역시나 재료가 뭔지 짐작할 수 없는 맛으로 가득했다. 곁들여 나온 야채나 감자는 전혀 없었지만, 이탈리아 요리가 보통 그렇다는 다이애나의 설명을 들었기에 놀라지는 않았다. 음식이 맛있기도 하지만 이상하기도 하다는 내색을 하지 않으려 애쓰면서, 아일리시가 토니의 어머니에게 정말 맛있다고 말할 때, 문을 두드리는 소리가 들렸다. 토니의 아버지가 나가 보더니 고개를 저으며 웃으면서 들어왔다.

"안토니오, 네가 가 봐야겠다. 18호에 하수구가 막혔대."

"아빠, 지금 저녁 식사 중이에요." 토니가 항변했다.

"브루노 부인이야. 우리가 좋아하는 분이잖니." 아버지가 말했다.

"난 좋아하지 않는데." 프랭크가 말했다.

"프란체스코, 넌 닥치고 있어." 그의 아버지가 말했다.

토니는 일어서서 의자를 뒤로 밀었다.

"작업복 입고 연장 가져가거라." 어머니가 말했다. 그녀는 힘들다는 듯 그 말을 내뱉었다.

"오래 걸리지 않을 거야." 토니가 아일리시에게 말했다. "혹시 녀석이 또 무슨 말 하면 나한테 일러."

그가 프랭크를 가리켰고, 프랭크는 웃기 시작했다.

"토니 형은 이 거리 담당 배관공이에요." 모리스가 설명하기 시작했다. 자기는 기계공이기 때문에, 사람들이 자동차나 트럭, 오토바이를 수리할 때 자기를 부르고, 로런스는 곧 목수 자격증을 딸 것이므로 의자나 식탁이 망가지면 사람들이 그를 부를 거라고 했다.

"하지만 여기 프랭키는 우리 가족의 두뇌예요. 얘는 대학에 갈 거예요."

"입 닥치고 있는 것만 배운다면요." 로런스가 말했다.

"마우리치오 형을 때린 그 아일랜드 깡패들 말이에요." 프랭크가 마치 그들의 대화를 전혀 안 듣고 있었다는 것처럼 말했다. "그 남자들 롱아일랜드로 이사 갔어요."

"그거 정말 다행이구나." 아일리시가 대답했다.

"거긴 집이 엄청 커서 각자 방을 따로 쓴대요. 형들이랑 같이 자지 않아도 되는 거죠."

"너도 그랬으면 좋겠니?" 아일리시가 물었다.

"아니요." 그가 말했다. "아니, 어쩌다 부러울지도 모르지만요."

프랭크가 말할 때 모두가 그를 쳐다본다는 것을 아일리시는 눈치챘다. 그리고 그들도 그녀와 똑같은 생각을 한다는 인상을 받았다. 프랭크는 그녀가 평생 봐 온 소년 중에서 가장 아름다웠다. 아일리시는 토니가 돌아오기를 기다리면서 프랭크를 너무 많이 쳐다보지 않도록 신경 써야 했다.

그들은 토니 없이 디저트까지 마저 먹기로 했다. 디저트는 크림이 채워진 케이크를 어떤 술 종류에 적신 것 같았다. 토니의 아버지가 어떤 기계의 마개를 돌려 빼서 물과 커피 몇 스푼을 집어넣는 것을 지켜보면서, 아일리시는 집에 가서 하숙생들에게 할 말이 많겠다고 생각했다. 커피잔은 조그마했고, 그렇게 나온 커피는 진했으며, 설탕을 한 스푼 가득 넣었는데도 맛이 썼다. 아일리시는 그 커피가 썩 좋지는 않았지만 마셔 보려고 애썼다. 다른 사람들은 그런 커피를 대수롭지 않게 마시는 듯했다.

대화는 서서히 편안해졌지만 그래도 사람들은 아직 아일리시를 관찰하고 있었고 그녀가 하는 말을 주의 깊게 경청하고 있었다. 그들이 고향에 관해 물었을 때 아일리시는 되도록 조금 얘기하려고 하다가, 그 때문에 뭔가 숨긴다고 오해할 수도 있을 것 같아 신경이 쓰였다. 프랭크는 아일리시가 말할 때마다 마치 모든 것을 외울 기세로 뚫어져라 그녀를 쳐다보았다. 식사가 끝나도 토니가 돌아오지 않자, 로런스와 모리스가 자기들이 가서 브루노 부인과 그 딸의 수중에 잡힌 토니를 빼내 오겠다고 했다. 토니의 부모는 식탁 치우는 걸 돕겠다는 아일리시를 말렸고 토니가 없는 상황에 난감해하는 것 같았다.

"금방 끝날 줄 알았는데." 토니의 어머니가 말했다. "문제가 심각한 모양이네요. 거절하는 게 쉬운 일은 아니죠."

토니의 부모가 식탁에서 멀어지자, 프랭크가 아일리시에게 가까이 오라고 손짓했다.

"형이 누나를 코니아일랜드에 데려간 적 있어요?" 그가 속삭였다.

"아니." 그녀가 소곤거렸다.

"형은 저번 여자 친구를 거기 데려갔는데 대관람차를 같이 탔다가 그 여자가 자기 몸에 온통 핫도그를 토했대요. 그런데 그게 형 탓이라고 하면서 다시는 형이랑 만나지 않겠다고 했어요. 형은 한 달 동안 말도 안 했고요."

"그게 정말이야?"

"프란체스코, 그만 일어나서 나가라." 그의 아버지가 말했다. "가서 숙제나 해. 저 애가 뭐라던가요?"

"코니아일랜드는 여름에 좋다고 하던데요." 아일리시가 말했다.

"맞는 말이죠. 그래요. 토니가 아직 안 데려갔나요?" 그의 아버지가 물었다.

"네."

"데려갈 거예요. 분명 마음에 들 거고요."

아일리시는 토니 아버지에게 미소를 지어 보였다.

프랭크는 놀란 얼굴로 지켜보고 있었다. 아마도 자기가 한 말을 아버지에게 일러바치지 않았기 때문인 것 같았다. 아버지가 멀어졌을 때 아일리시는 프랭크에게 익살스러운 표정을 지어 보였다. 그는 놀라서 가만히 그녀를 보다가 자기도 우스꽝스러운 표정으로 화답하고는 방에서 나갔다.

마침 토니가 작업복을 입은 채 두 동생과 함께 돌아왔다. 토니는 연장을 내려놓고 두 손을 들어 올렸다. 양손이 모두 더러웠다.

"난 성인군자라니까?" 그가 말하고는 씩 웃었다.

아일리시는 미스 포티니에게 날씨가 따뜻해졌으니 조만간 일요일에 토니가 자기를 코니아일랜드 해변에 데려갈 거라고 말했다. 미스 포티니는 놀란 표정을 지었다.

"너는 네 몸매가 어떤지 제대로 본 적이 없나 보구나."

"네, 알아요. 수영복 한 벌도 없고요."

"이탈리아 남자들이란! 그들은 겨울엔 상관하지 않지만 여름 해변에서는 최고로 돋보여야 직성이 풀리지. 내 옛날 남자 친구는 미리 피부를 태우지 않으면 해변에 갈 생각도 하지 않았어."

미스 포티니는 자기 친구 하나가 질 좋은 수영복을 파는 매장에서 일하는데, 거기 물건이 바르토치스 매장에서 파는 것보다 훨씬 좋다며, 입어 볼 수 있게 몇 벌 가져다줄 테니 몸매 관리를 시작하라고 조언했다. 아일리시는 토니는 피부를 태우는 것이나 해변에서 여자 친구가 어떻게 보이는지는 신경 쓰지 않을 거라고 말하려 했다. 하지만 미스 포티니가 말을 자르고는 모든 이탈리아 남자는 자기 여자 친구가 다른 면에서 아무리 완벽하다 한들 해변에서 어떻게 보일지를 신경 쓴다고 단언했다.

"아일랜드에서는 아무도 안 쳐다봐요. 그건 예의에 어긋나거든요." 아일리시가 설명했다.

"이탈리아에서는 쳐다보지 않는 게 예의에 어긋나는 거야."

며칠 후, 미스 포티니가 오전에 아일리시에게 다가오더니 수영복이 오후에 배달될 예정이니, 일이 끝나고 매장 문을 닫으면 탈의실에서 입어 보라고 했다. 평일 영업이 끝날 즈음에는 늘 바쁘기 때문에, 아일리시는 수영복 꾸러미를 들고 주변을 맴도는 미스 포티니를 발견할 때까지 그 일을 거의 잊고 있었다. 그들은 모두가 나갈 때까지 기다렸다. 미스 포티니는 경비실 사람들에게 매장에 좀 더 있다가 직접 불을 끄고 옆문으로 나가겠다고 알렸다.

첫 번째 수영복은 검은색이었고 아일리시에게 잘 맞았다. 아일리시는 커튼을 열고 탈의실 밖으로 나와 미스 포티니에게 보여 주었다. 미스 포티니는 잘 모르겠다는 듯 세심하게 살펴보고 있었는데, 마치 집중하는 데 도움이 된다는 듯, 그리고 이 일을 성사시키는 것이 얼마나 중대한 문제인지 강조하려는 듯 한 손을 입에 대고 있었다. 그녀는 뒤쪽도 잘 맞는지 보려고 아일리시 주위를 돌더니, 가까이 다가서서는 아일리시의 허벅지 윗부분에서 수영복을 붙들고 있는 단단한 고무줄 밑으로 손을 넣었다. 미스 포티니는 고무줄을 조금 끌어 내리고 아일리시의 엉덩이를 두 번 톡톡 치더니 손을 꼼지락거렸다.

"저런, 몸매 관리 좀 해야겠다." 미스 포티니가 꾸러미로 가서 두 번째 수영복을 꺼내 왔다. 초록색이었다.

"검은색은 너무 수수할 것 같아." 그녀가 말했다. "피부가 그렇게 하얗지 않으면 검은색이 어울릴 텐데. 이번엔 이걸 입어 봐."

아일리시는 커튼을 치고 초록색 수영복으로 갈아입었다.

머리 위쪽 무자비한 조명들이 윙윙거리는 소리가 들렸다. 그것 말고는 텅 빈 매장의 적막함, 그리고 다시 미스 포티니 앞에 섰을 때의 그 강렬하고 예리한 시선만 의식되었다. 미스 포티니는 아일리시 앞에서 말없이 무릎을 꿇더니 또 한 번 고무줄 밑으로 손가락을 집어넣었다.

"여기 면도 좀 해야 할 거야." 그녀가 말했다. "그러지 않으면 해변에서 고무줄 끌어 내리다 시간이 다 갈 테니까. 괜찮은 면도기 있어?"

"다리 밀 때 쓰는 것만 있어요." 아일리시가 대답했다.

"이 아래도 깨끗이 밀 수 있는 걸로 하나 구해 줄게."

미스 포티니가 무릎을 꿇은 채로 아일리시 곁을 돌았고,

그 때문에 아일리시는 거울 속에 비친 자기 모습을 보게 되었다. 거울 속의 미스 포티니는 아일리시 뒤에서 고무줄 밑을 손가락으로 더듬으면서 눈앞에 있는 것에 시선을 고정하고 있었다. 미스 포티니는 자기 모습이 거울에 비친다는 사실을 온전히 의식하는 것 같았다. 미스 포티니가 일어나 마주 섰을 때 아일리시는 얼굴이 달아오르는 것을 느꼈다.

"이 어깨끈이 잘못된 것 같아." 그녀는 아일리시에게 양팔을 빼서 어깨끈을 내리라는 시늉을 했다. 시키는 대로 하자, 수영복 앞면 전체가 밑으로 흘러내렸고, 아일리시가 두 손으로 수영복을 붙잡으려는 찰나에 가슴이 드러났다.

"이건 괜찮지 않아요?" 아일리시가 물었다.

"별로야, 다른 것들도 입어 보자." 미스 포티니가 말했다. "이쪽으로 와서 이걸 입어 봐."

그녀는 아일리시에게 탈의실 커튼 뒤로 가지 말고, 자기가 지켜보는 의자 옆에서 다른 수영복으로 갈아입으라고 권하는 듯했다. 아일리시는 머뭇거렸다.

"어서." 미스 포티니가 말했다.

아일리시는 어깨끈을 내려 한 팔을 가슴에 대고 수영복을 벗으면서 미스 포티니를 향한 채로 몸을 굽혔기 때문에, 그다지 다 드러낸 느낌은 들지 않았다. 그녀는 손을 뻗어 다른 수영복을 집으려 했지만, 미스 포티니가 어느새 그것을 집어 들고서 그녀가 아직 입어 보지 않은 다른 수영복과 나란히 놓고 꼼꼼히 살펴보고 있었다.

"커튼 뒤로 가야겠어요. 경비 아저씨가 들어오면 어떡해요?" 아일리시가 말했다.

그녀는 두 가지 수영복을 다 들고서 탈의실로 들어가 커튼을 쳤다. 자신이 움직이는 내내 미스 포티니가 유심히 지켜보고 있음을 느꼈다. 아일리시는 이 일이 빨리 끝나 수영복이 결정되기를 바랐고, 미스 포티니가 면도에 관해 더는 말하지 않기를 바랐다.

다음으로 밝은 분홍색 수영복을 입은 아일리시는, 커튼을 열고 나왔다. 미스 포티니는 매우 진지해 보였다. 가만히 서서 뚫어져라 보는 그 눈빛에는 아일리시가 차마 누구에게도 말 못 할 뚜렷한 무언가가 있었다.

아일리시가 가만히 두 팔을 옆으로 늘어뜨리고 서 있는 동안 미스 포티니는 색이 너무 밝은 것 같다느니, 디자인이 너무 유행이 지난 구식인 것 같다느니 품평을 했다. 또 한 번 그녀는 주변을 돌면서 아일리시의 허벅지 윗부분 고무줄을 건드렸고 엉덩이의 볼록한 부분을 따라 손을 움직이면서 톡톡 치고 손가락을 놀렸다.

"이제 다른 걸 입어 봐." 미스 포티니는 커튼이 있는 곳에 서서 아일리시가 커튼을 치지 못하게 막고 있었다. 아일리시는 입고 있던 걸 최대한 빨리 벗고 마지막 수영복을 입다가, 엉뚱한 곳에 다리를 집어넣으면서 허둥거렸다. 수영복을 올리려면 몸을 굽혀야 했고 제대로 입기 위해서는 양손을 다 써야 했다. 지금까지 누구도 이렇게 그녀의 벗은 몸을 본 적이 없었다. 그녀는 자신의 가슴이 어떤지, 젖꼭지의 크기나 그 주변의 짙은 색이 남다른지 아닌지도 알지 못했다. 당황해서 화끈거리던 기분은 한기가 느껴질 만큼 차갑게 가라앉았다. 수영복을 다 입고 일어서서 다시 한번 미스 포티니에게 보일 때 아일리시는 비로소 안도감이 들었다.

수영복들에 특별한 차이가 있는 것 같지는 않았다. 검은색과 분홍색 수영복이 마음에 들지 않았을 뿐 나머지 두 수영복은 잘 맞았고 어느 모로 보나 색이 너무 튀지도 않았기 때문에 아일리시는 둘 중 아무거라도 좋았다. 마지막으로 결정하기 전에 그 두 개를 다시 입어 보라는 미스 포티니의 제안을 아일리시가 거절한 이유였다. 미스 포티니는 내일 오전에 근처 매장에서 일하는 친구에게 수영복들과 메모를 함께 보낼 테니, 점심시간에 가서 고른 제품을 찾아오라고 했다. 친구가 많이 깎아 줄 거라는 말도 덧붙였다. 아일리시가 옷을 입고 퇴근할 준비를 마치자 미스 포티니가 매장 안의 모든 불을 껐고, 그들은 옆쪽 출입문으로 나왔다.

아일리시는 식사를 적게 하려고 애썼지만, 배가 고프면 잠이 오지 않아서 그리 쉽지는 않았다. 욕실에서 자기 모습을 거울에 비춰 봤을 때, 너무 살이 쪘다는 생각은 들지 않았다. 하지만 수영복을 입어 보면 자신의 창백한 피부색이 전보다 더 걱정되었다.

어느 날 퇴근하고 집에 온 아일리시는 부엌 간이 탁자 위에서 자기 이름이 적힌 봉투를 발견했다. 브루클린 칼리지에서 보낸 공문이었는데, 그녀가 첫해 시험에서 모든 과목을 통과했으며 정확한 성적을 알고 싶으면 연락하라는 내용이었다. 또 그녀가 9월에 시작하는 다음 학년을 수강하길 바란다며 등록 마감일을 안내했다.

아름다운 저녁이었다. 아일리시는 저녁 식사를 건너뛰고 교구 사제관까지 걸어가서 플러드 신부에게 그 공문을 보여드려야겠다고 생각했다. 키호 부인에게 메모를 남기고 거리로 나선 아일리시는 저녁 풍경이 얼마나 아름다운지 눈여겨보기 시작했다. 나무는 잎이 무성했고 거리엔 사람들이 나와 있었으며 아이들이 뛰어놀고 있었고 건물에는 불이 커져 있었다. 브루클린에서 이런 기분은 처음이었다. 그 편지가 기운을 북돋고 새로운 자유를 선사한 것 같았다. 예상하지 못했던 감정이었다. 아일리시는 플러드 신부가 사제관에 있다면 이 편지를 보여 줄 생각에, 다음 날 약속대로 토니를 만나면 토니에게도 보여 줄 생각에, 그리고 편지로 이 소식을 집에 알릴 생각에 마음이 부풀었다. 1년 후면 정식 부기원이 되어 더 나은 일거리를 찾을 수 있었다. 그 1년 동안 날씨는 점점 참을 수 없을 만큼 더워졌다가 다시 수그러들 것이고, 나무들이 잎을 떨어뜨리면 브루클린에 다시 겨울이 올 것이다. 그러다 겨울이 녹으면 봄이 찾아오고, 퇴근 후에도 저녁 늦게까지 햇빛이 남아 있는 초여름이 되면 그녀는 다시 브루클린 칼리지로부터 편지 한 통을 받을 것이다.

다가올 한 해가 어떻게 지나갈지 꿈꾸면서 길을 따라 걷는 동안, 아일리시는 미소 짓는 토니의 존재, 그의 관심, 그의 재미있는 이야기들, 어느 길모퉁이에서 그녀를 끌어안은 그의 손길, 키스해 오는 숨결에서 느껴지는 달콤한 냄새, 그가 그녀에게 집중할 때 느껴지는 소중한 기분, 그녀를 감싼 그의 팔, 그녀 입안에서 느껴지는 그의 혀를 상상했다. 아일리시는 그 모든 것을 갖고 있었다. 이 편지까지 받게 된 지금, 그녀가 가진 것들은 처음 브루클린에 도착할 때 상상했던 것보다도 훨씬 더 많았다. 사람들이 미쳤다고 생각할까 봐 아일리시는 걸으면서 자꾸 터져 나오는 웃음을 참아야 했다.

플러드 신부가 서류 뭉치를 손에 든 채 문간으로 나왔다. 그는 사제관 앞쪽에 있는 응접실로 아일리시를 안내했다. 편지를 읽는 신부의 표정은 걱정스러워 보였고 아일리시에게 편지를 돌려줄 때에도 여전히 심각해 보였다.

"대단하구나! 그 말밖에는 할 수가 없네." 그가 진지하게 말했다.

아일리시가 미소 지었다.

"예고 없이 이 사제관을 찾아오는 사람들은 대부분 뭔가 다급히 필요하거나 무슨 문제가 있어서 오는 사람들이지. 순전히 좋은 소식을 듣게 되는 경우는 거의 없어."

"그동안 모아 둔 돈이 좀 있어요. 그 정도면 다음 학년 등록금을 낼 수 있을 거고 새 일자리를 구하면 작년에 신부님이 내 주신 등록금도 갚을 수 있을 거예요."

"그건 우리 교구 주민분이 내 주신 거다." 플러드 신부가 말했다. "그분은 인류를 위한 일을 해야 하는 사람이라, 네 작년 등록금을 내 달라고 내가 주선했지. 조만간 그분께 올해 등록금도 내야 한다고 일러 드려야겠구나. 그건 뜻깊은 일인 만큼 스스로 숭고함을 느낄 거라고 말씀드렸거든."

"그분께 저를 위한 거라고 말씀하셨어요?" 아일리시가

물었다.

“아니다. 자세한 얘기는 전혀 하지 않았어.”

“저 대신 그분께 감사하다고 전해 주세요.”

“그래야지. 토니는 어떻게 지내니?” 아일리시는 그 질문에 놀랐다. 지나가듯 너무 태연스럽게 물어서 토니가 무슨 문젯거리나 남이라기보다는 삶의 당연한 일부로 자리 잡았음을 느끼게 했다.

“잘 지내요.”

“아직 야구장에 데려가지는 않았고?” 사제가 물었다.

“네. 하지만 곧 데려간다며 입버릇처럼 말해요. 전 웩스퍼드 팀이라도 나오느냐고 물었는데 그 농담을 이해하지 못하는가 봐요.”

“아일리시, 너를 위해 한마디 충고할 게 있구나.” 플러드 신부가 문을 열어 아일리시를 복도로 안내하면서 말했다.

“절대 야구 경기 가지고 농담하지 말렴.”

“토니도 그렇게 말했어요.”

“그는 정말 괜찮은 사람이다.”

이튿날 저녁 토니를 만나 그 편지를 보여 주자마자 토니는 이 일을 축하하기 위해 다음 일요일에 코니아일랜드로 가야겠다고 했다.

"샴페인은?" 아일리시가 물었다.

"바닷물이면 되지. 그런 다음 네이선스 식당에서 최고의 만찬을 드는 거야." 그가 대답했다.

아일리시는 바르토치스 매장에서 해변용 수건 한 장을 샀고, 다이애나에게서 그녀가 싫증 났다고 한 햇빛 가리개 모자를 샀다. 저녁 식사 시간에 다이애나와 패티가 새로 나온 선글라스를 자랑했다. 애틀랜틱시티에 갔다가 산책로 가게에서 샀다는 거였다.

"어디선가 읽었는데, 그런 것들이 눈을 망칠 수 있다고 하더구나." 키호 부인이 말했다.

"뭐, 전 신경 안 써요. 멋있기만 한데요." 다이애나가 말했다.

"제가 읽은 글에선, 올해 해변에서 이 선글라스를 안 쓰면 사람들이 수군거릴 거라고 하던데요." 패티가 거들었다.

미스 매캐덤과 실라 헤퍼넌이 차례로 선글라스를 써 보더니, 덜로리스를 노골적으로 무시한 채 아일리시에게 선글라스를 건넸다.

"그래, 솔직히 멋지긴 하구나." 키호 부인이 말했다.

"저거 너한테 팔게. 일요일에 선글라스를 또 하나 살 생각이거든." 다이애나가 아일리시에게 말했다.

"정말 그래도 돼?" 아일리시가 물었다.

그들은 아일리시가 새 수영복을 샀다는 사실을 알고는 그걸 봐야겠다고 우겼다. 수영복을 가지고 부엌으로 올라온 아일리시는 일부러 자기 앞에 있는 덜로리스에게 먼저 보라고 건넸다.

"넌 운이 좋구나, 아일리시. 저걸 입을 몸매가 되니까 말이다." 키호 부인이 말했다.

"전 아예 햇볕 아래 나갈 수가 없어요." 덜로리스가 말했다. "온몸이 빨갛게 익거든요."

패티와 다이애나가 웃기 시작했다.

일요일 아침 아일리시를 데리러 온 토니는 선글라스를 보고 놀란 모양이었다.

"네 몸에 밧줄이라도 묶어 놓아야겠다. 해변의 모든 남자가 널 데리고 달아나려고 할 테니까."

지하철역은 해변으로 가는 사람들로 만원이었다. 처음 들어온 두 열차가 서지도 않고 역을 통과해 버리자 사람들은 경악해서 소리를 질렀다. 숨 막히는 공기 속에서 사람들은 짜부라지고 있었다. 마침내 열차 한 대가 섰다. 한 사람도 더 들어갈 공간이 없어 보였지만 다들 차량 안으로 몰려들면서 웃고 고함쳤고, 사람들에게 안쪽으로 움직여 공간을 만들어 달라고 요구했다. 토니는 비치파라솔과 가방까지 들고 왔는데, 아일리시와 토니가 열차 문에 다다랐을 때쯤에는 차량 안에 빈틈이라곤 전혀 없었다. 놀랍게도 토니는 그녀의 손을 잡고 차량 안의 군중들을 밀어 대면서 문이 닫히기 전 두 사람이 들어갈 공간을 만들어 냈다.

"거기까지 얼마나 걸려?" 아일리시가 물었다.

"한 시간. 어쩌면 더 오래 걸릴 수도 있고, 열차가 얼마나 많은 역에 멈추느냐에 따라 달라. 그래도 기운 내. 커다란 파도를 생각하라고."

마침내 도착한 해변은 열차가 그랬던 것처럼 거의 사람들로 꽉 차 있었다. 아일리시는 토니가 여기까지 오는 내내 한 번도 웃음을 잃지 않았다는 사실에 주목했다. 심지어 아내의 등쌀에 못 이긴 한 남자가 일부러 문에 대고 그를 짓눌렀을 때에도 그랬다. 새로 도착한 사람들이 들어갈 공간이 전혀 없는 해변에서 군중을 살피며, 그는 그 많은 인파가 자기를 즐겁게 해 주기 위해 여기에 왔다고 생각하는 모양이었다. 그들은 판자가 깔린 산책로를 따라 걸음을 옮겼지만 아일리시가 보기에 해결책은 하나였다. 좁은 공간이라도 비집고 들어가 짐을 풀고 햇볕 아래 누울 자리를 마련할 수 있는지 알아보는 것뿐이었다.

다이애나와 패티는 이탈리아에선 해변에서 옷을 갈아입는 사람이 없다고 귀띔해 주었다. 이탈리아인들은 해변으로 출발하기 전 옷 안에 수영복을 미리 입고 가는 습관을 미국에서도 고수했다. 따라서 해변에서 옷을 갈아입는 아일랜드식 습관은 삼가야 하고, 아무리 점잖게 말해도 추잡스럽고 창피한 일이라고 다이애나는 말했다. 아일리시는 그 말이 농담인지 알 수 없어서 미스 포티니에게 확인해 봤는데, 그녀도 그게 정말이라고 확인시켜 주었다. 미스 포티니는 또 아일리시가 살을 더 빼야 한다고 고집했고, 돌려주지 않아도 된다면서 작은 분홍색 면도기를 주었다. 이렇게 만반의 준비를 다 했지만 아일리시는 토니 앞에서 옷을 벗고 수영복 차림을 보이기 불안했다. 아무렇지 않은 척하려고 노력할수록 오히려 더 쑥스러웠다. 혹시라도 토니가 그녀가 면도한 사실을 눈치챌지 걱정되었고, 자신의 피부가 너무 하얀 데다가 허벅지와 엉덩이는 너무 뚱뚱하다는 생각이 들었다.

토니는 곧바로 바지를 내려 트렁크 수영복을 드러냈다. 그리고 다행스럽게도, 아일리시가 꾸물거리며 옷을 벗는 동안 태연하게 주변의 군중을 둘러보았다. 그녀가 준비를 마치자마자 그는 바다로 들어가고 싶어 했다. 그는 옆자리의 한 가족에게 짐을 좀 봐 달라고 부탁해 확답을 받고는, 사람들을 헤치면서 물가로 들어갔다. 그가 추워서 움찔하는 모습을 보고 아일리시는 웃음을 터뜨렸다. 아일랜드에

비하면 이곳 바닷물은 꽤 따뜻했다. 아일리시는 물을 헤치며 걸어갔지만 토니는 발버둥 치며 따라왔다.

아일리시가 헤엄쳐 나가는 동안 토니는 허리까지 닿는 깊이에서 가만히 서 있었다. 아일리시가 따라오라고 손짓하면서 아기처럼 굴지 말라고 소리치자, 토니는 자기는 수영을 못한다고 큰 소리로 답했다. 아일리시는 얌전한 평영으로 토니를 향해 나아가다가 주변의 남녀들을 보고 토니의 계획이 무엇인지 서서히 깨달았다. 아마도 그는 물이 목까지 차오르는 깊이에 서 있다가 파도가 부서질 때마다 서로 꽉 붙잡고 있으려 했던 것 같았다. 아일리시가 그를 껴안자, 토니는 그녀가 쉽게 헤엄쳐 달아나지 못하게 붙잡았다. 아일리시는 그의 성기가 단단하게 곤두선 것을 느꼈다. 그 때문인지 그는 평소보다도 더 환하게 웃고 있었다. 그가 아일리시를 안고서 엉덩이에 손을 대려고 하자, 그녀는 헤엄쳐 달아났다. 마지막으로 자신의 엉덩이를 만진 사람이 누구인지 그에게 말할까 하는 생각이 스쳤다. 그 말에 그가 어떻게 반응할지 생각하니 아일리시는 웃음이 터져 나왔고 혼자서 힘차게 배영을 하면서, 그가 물속에서 손을 너무 함부로 놀렸나 하고 반성하도록 내버려두었다.

하루 종일 그들은 해변에 잡아 둔 자리와 바다를 오락가락했다. 아일리시는 햇빛 가리개 모자를 썼고 토니는 볕에

타지 않도록 파라솔을 펼쳤다. 토니는 어머니가 준비해 준
도시락까지 꺼냈는데 얼음처럼 차가운 레모네이드가 든
보랭병도 있었다. 물속에서 몇 번 그에게서 헤엄쳐 달아나
던 아일리시는 여기 파도가 고향보다 거세다고 느꼈다. 부
서지는 기세보다 바다로 끌어당기는 힘이 제법 강했다. 익
숙하지 않은 이 바다에서 자신의 키를 넘는 깊이까지 너무
멀리 나가지 않도록 조심해야 할 것 같았다. 토니는 물을
무서워해서, 아일리시가 헤엄쳐 달아나는 것을 싫어했다.
아일리시가 토니에게 돌아갈 때마다, 그는 그녀에게 팔로
자기 목을 껴안게 하고는 아일리시를 들어 올려 그녀의 두
다리로 자기 몸을 감싸게 했다. 토니가 아일리시에게 키스
를 하고 난 뒤 고개를 뒤로 젖혀 그녀의 얼굴을 바라볼 때,
그는 자신의 발기에 당황하기는커녕 그걸 자랑스러워하는
것 같았다. 아일리시에게 씩 웃어 주는 그의 모습은 그야말
로 천진난만했다. 아일리시는 그런 토니에게 커다란 애정
을 느끼고는 자기를 안은 그에게 깊이 키스했다. 어느덧 날
이 저물었고, 그들은 거의 마지막까지 바다에 남아 있었다.

아일리시가 직장에서 더운 날씨를 불평하자 사람들은
이건 시작에 불과하다고 말했다. 그러던 어느 날 미스 포티
니가 아일리시에게 바르토치 사장이 곧 에어컨을 틀 예정

이며 머잖아 매장은 더위를 피해 기분 전환을 하러 온 손님들로 붐빌 것이라고 말해 주었다. 그러면서 아일리시가 할 일은 그 모든 손님이 뭔가를 사게끔 만드는 것이라고 덧붙였다.

얼마 되지 않아 아일리시는 출근을 고대하게 되었다. 땀 흘리며 밤잠을 설칠 때는 바르토치스 매장의 에어컨이 그리웠다. 키호 부인은 저녁이면 의자들을 집 앞에 내다 놓았고, 하숙생들은 거기에 앉아 그늘 속에서도, 어떤 밤에는 해가 진 뒤에도 부채질을 하곤 했다. 아일리시가 반일 휴가를 쓰던 날, 토니도 반일 휴가를 내어 두 사람은 코니아일랜드에 갔다가 늦게 돌아왔다. 아일리시가 대관람차나 다른 놀이기구를 타자고 의견을 물을 때마다 토니는 매번, 어째서 탈 수 없는지 핑계를 만들어서 거절했다. 지난번 여자친구와 대관람차에 탔다가 결국 헤어졌다는 기색은 전혀 비치지 않았다. 아일리시는 이런 행동, 대관람차를 타지 못하게 말리는 편안하고 태연한 그의 태도, 예전에 있었던 일을 내비치지 않는 귀여운 이중성에 마음을 뺏겼다. 그에게도 비밀이 있고, 그것을 지키는 방법이 있다는 사실이 반갑기까지 했다.

여름이 지나갈수록 토니는 야구 얘기가 아닌 다른 주제는 입에 담지 않았다. 그가 말하는 재키 로빈슨*이나 피 위리스, 프리처 로 등은 아일리시도 직장에서 듣거나 신문에서 본 이름들이었다. 심지어 키호 부인조차 그 선수들을 알고 있는지 그들 이야기를 했다. 키호 부인은 작년에 친구인 미스 스캔런의 집에 갔다가 텔레비전으로 야구 경기를 본 뒤로는 만나는 사람 모두에게 자기는 다저스 팬이라고 말하고 있었고, 역시 다저스 팬인 미스 스캔런이 부르기만 한다면 다시 그 집에서 경기를 보려고 했다.

한동안은 자이언츠 팀이 패배해야 할 이유 외에 다른 얘기를 하는 사람은 없는 것 같았다. 토니는 자기와 아일리시는 물론이고 세 동생 몫까지 에베츠 구장 표를 구했다며 아주 흥분해서 이야기했다. 그리고 그날은 우리 생애 최고의 날이 될 거라고 했다. 작년 시즌에 보비 톰슨이 우리에게 했던 짓을 되갚아 줄 것이기 때문이라는 거였다. 토니와 함께 길을 가다 보면 자기가 좋아하는 선수들을 흉내 내면서 그들에게 거는 기대를 소리 높여 말하는 사람이 토니만이 아니었다.

아일리시는 토니에게 웩스퍼드 헐링 팀 얘기를 들려주려고 했다. 그들이 티퍼레리 팀에게 어떻게 깨졌고, 여름날 일요일이면 오빠들과 아버지가 웩스퍼드 경기가 없는 날

♦ Jackie Robinson(1919~1972). 흑인 최초의 메이저 리그 야구 선수. 1947~1956년에 브루클린 다저스에서 활약했고 1962년 명예의 전당에 올랐다.

에도 문간방에 있는 오래된 라디오 겸용 축음기 앞에 접착제로 붙인 듯 앉아 있곤 했다는 얘기를 들려주고 싶었다. 토니가 야구 중계자 흉내를 내면서 혼자 생각해 낸 가상의 게임을 해설하기 시작했을 때, 아일리시는 잭도 그렇게 했다고 말했다.

"잠깐, 아일랜드에서도 야구 하지?"

"아니, 그건 헐링이야."

그는 어리둥절한 표정이었다.

"그럼, 그게 야구가 아니었단 말이야?"

그의 얼굴은 실망으로 일그러지더니, 이내 허탈함이 비쳤다.

어느 날 밤 교구 강당에서, 스윙을 연주하던 밴드가 어떤 곡조를 연주하기 시작하자, 토니는 그 곡을 아는 듯 주변의 많은 사람들처럼 미쳐 날뛰었다.

"이건 재키 로빈슨 노래야." 그가 소리쳤다. 그는 있지도 않은 야구 방망이를 휘두르는 시늉을 했다. "지금 나오는 곡이 〈재키 로빈슨이 그 공 친 거 봤어?〉야."

브루클린 칼리지 수업이 개강하자마자 야구 열기는 더욱 거세졌다. 아일리시는 작년에도 분명 이런 일이 똑같이 주변에서 벌어졌을 텐데 그때는 전혀 몰랐다는 사실에 놀랐다. 이제 아일리시는 목요일 밤 수업이 끝난 후엔 토니와 데이트, 금요일 밤에는 교구 강당 무도회, 토요일이면 영화관으로 이어지는 일상을 보냈다. 토니는 아일리시가 함께 갈 수 있다면, 로런스와 모리스와 프랭키도 같이 갈 수 있다면, 그리고 다저스 팀이 월드 시리즈에서 우승한다면 올해는 완벽한 해가 될 거라는 말 외에 다른 말은 꺼내지 않았다. 정말 다행스러운 일은 그가 다저스 팬이 될 아이들을 갖자는 계획에 관해선 더 이상 말하지 않는다는 것이었다.

아일리시는 네 형제와 함께 군중을 헤치고 에베츠 구장으로 향했다. 시간이 충분했기 때문에 그들은 길을 가다가 선수들 소식을 알거나 오늘 경기를 예측하는 사람이 있으면 함께 이야기를 나누느라 멈추고, 핫도그와 소다수를 사느라 멈추고, 경기장 바깥에서 혼잡한 군중의 일부가 되어 뭉그적거렸다. 서서히 아일리시는 형제들 사이의 차이점이 분명히 구분되기 시작했다. 모리스는 늘 웃음 짓는 얼굴에 태평스러워 보여도, 낯선 사람에게는 말을 걸지 않았고 다른 형제들이 그럴 때는 가만히 있었다. 토니와 프랭크는 내내 서로 바짝 붙어 있었는데, 프랭크는 토니의 의견이 무엇인지 알고 싶어 안달했다. 로런스는 야구 경기를 가장 잘 아는 듯했고 토니가 하는 일부 주장을 거침없이 반박했다. 프랭크는 에베츠 구장의 장점에 관해 설전을 벌이는 토니와 로런스를 번갈아 쳐다보았고, 아일리시는 그런 프랭크를 보고 웃었다. 로런스는 구장이 너무 작고 구식이라 다른 곳으로 옮겨야 한다고 주장했고, 토니는 구장이 옮겨 가는 일은 절대 없을 거라고 우겼다. 한 형에게서 다른 형으로 눈길이 오락가락하는 프랭크는 정말 혼란스러운 모양이었다. 모리스는 이 설전에 끼어들지 않았지만 걸음이 너무 느리다면서 구장 쪽으로 걸음을 재촉했다.

그들은 자리를 찾은 뒤 아일리시를 가운데에 앉혔다. 아일리시의 양쪽으로 토니와 모리스가 앉았고, 로런스는 토니의 왼쪽에, 프랭크는 모리스의 오른쪽에 앉았다.

"엄마가 누나를 끝에 앉히지 말라고 하셨어요." 프랭크가 아일리시에게 말했다.

토니는 물론 하숙집 동료들이 전부터 아일리시에게 경기 규칙을 설명해 주었고, 고향에서 오빠들이나 오빠 친구들과 했던 라운더스*와 비슷하다고 들었지만, 아일리시는 여전히 뭘 기대해야 할지 알 수 없었다. 라운더스는 그 나름대로 괜찮긴 해도 헐링이나 축구처럼 사람들을 흥분하게 만든 적이 없었기 때문이다. 전날 밤 하숙집에서 미스 매캐덤이 야구는 세계 최고의 게임이라고 주장했지만, 나

  ✦ Rounders. 오늘날의 야구와 비슷하며 야구의 원조로 추정되는 구기 종목. 19세기 영국과 아일랜드에서 성행했다.

머지 하숙생들은 모두 야구가 너무 느리고 자주 끊긴다고 불평했다. 다이애나와 패티는 야구에서 가장 좋은 점은 핫도그와 소다수, 맥주를 사러 가느라 자리를 비운 사이 그 많은 함성과 응원에도 불구하고 중요한 일이 전혀 벌어지지 않았다는 걸 알게 되는 거라고 입을 모았다.

"지난번 경기는 도둑맞은 거나 같아. 그렇게밖에 말할 수 없어." 키호 부인이 말했다. "그땐 정말 씁쓸했지."

이제, 경기 시작까지 30분이 남았는데도 주변의 모든 사람은 마치 금방이라도 경기가 시작될 것처럼 행동하고 있었다. 토니는 그녀에게 일체 관심을 끊어 버린 것 같았다. 평소 토니는 세심하고 잘 웃어 주고, 뭔가를 물어 오고 귀 기울여 듣고, 이야기를 들려주곤 했다. 지금 이런 흥분의 도가니에서 토니는 더 이상 자상하고 사려 깊은 남자 친구가 아니었다. 그는 뒤에 앉은 사람들에게 뭔가를 길게 이야기했고, 그들이 한 말을 프랭크에게 전해 주면서는 자기 목소리가 잘 들리도록 그녀 위로 몸을 기울여 완전히 그녀를 무시했다. 심지어 가만히 있지 못하고 일어섰다 앉았다 했고, 뒤쪽에서 벌어지는 일을 보려고 목을 길게 빼기도 했다. 그러는 내내 모리스는 아까 샀던 경기 안내 책자를 꼼꼼히 읽었고, 여기저기서 조금씩 모은 정보 조각들을 아일리시와 세 형제에게 계속해서 알려 주었다. 모리스는 걱정스러운 표정이었다.

"만약 우리가 오늘 경기에 지면 토니 형은 미쳐 버릴 거예요." 모리스가 아일리시에게 말했다. "우리가 이기면 훨씬 더 미쳐 버릴 거고요. 프랭키도 마찬가지예요."

"그럼 어느 게 더 나은 거야? 지는 거, 이기는 거?"

"이기는 거죠."

토니와 프랭크는 다시 핫도그와 맥주, 소다수를 사러 갔다.

"자리 좀 맡아 줘." 토니가 말하고 싱긋 웃었다.

"그래요, 우리 자리 맡아 줘요." 프랭키가 따라 했다.

마침내 선수들이 등장했을 때 네 형제는 모두 펄쩍펄쩍 뛰었고 서로 질세라 선수 이름을 불렀다. 그러나 무슨 일이 벌어졌는지 금세 조용해졌다. 토니는 그 일로 기분이 상한 듯 풀이 죽어서 도로 자리에 앉았다. 잠시 토니가 아일리시의 손을 잡았다.

"선수들이 우리를 등지고 있어." 그가 말했다.

그러나 경기가 시작되자 토니는 줄줄 해설을 시작했고 어떤 행동이 나올 때마다 해설은 최고조에 달했다. 때때로 토니가 입을 다물면, 프랭크가 그들의 관심을 끌어들이곤 했지만, 그때마다 모리스에게 그만하라는 핀잔만 들을 뿐이었다. 모리스는 느리고 신중한 집중력으로 매 순간을 지켜보기만 할 뿐 거의 말하는 법이 없었다. 그럼에도 아일리시가 느끼기에는, 내내 소리치고 응원하고 어르고 고함을 지르며 법석을 떠는 토니보다 모리스가 더 경기에 몰입하고 흥분하는 것 같았다.

아일리시는 정말 경기를 이해할 수 없었고, 점수는 어떻게 매기는지, 잘 치는 건 뭐고 못 치는 건 뭔지 도무지 짐작하기 어려웠다. 어느 선수가 어느 편인지도 알 수 없었다. 게다가 경기 흐름은 패티와 다이애나가 말했던 대로 느리기만 했다. 그렇지만 화장실에 가서는 안 된다는 건 알고 있었다. 화장실에 가겠다고 말하는 그 순간이 어쩌면 다들 그녀가 놓치면 안 된다고 생각하는 바로 그 순간일 수도 있기 때문이었다.

조용히 앉아 경기를 지켜보면서 야구 경기의 복잡한 절차를 이해하려 애쓰던 아일리시는 문득, 토니가 끊임없이 움직이고 프랭크에게 잘 보라고 소리치며 환호성을 지르고, 완전히 절망해서 탄식을 내뱉고 하면서도, 단 한 번도 그녀를 짜증 나게 하지 않았음을 깨달았다. 이상한 일이었다. 곁눈질로, 때로는 대놓고 그를 관찰하기 시작했다. 아일리시는 그가 얼마나 재미있고, 얼마나 생기 넘치고, 얼마나 우아하고, 얼마나 정신을 쏟고 있는지 눈여겨보았다. 그가 그렇게 스스로 흠뻑 즐기고 있다는 사실이 고맙게 여겨지기 시작했다. 토니는 심지어 동생들보다 더 솔직하게 행동했고, 넉넉한 유머와 전염성 있는 편안함을 갖고 있었다. 경기가 어떻게 돌아가는지 설명하는 일은 모리스에게 맡긴 채 토니는 그녀에게 전혀 관심을 주지 않았지만, 아일리시는 아무렇지도 않았고, 사실 즐기기까지 하고 있었다.

토니는 경기에 푹 빠져 있었으므로, 아일리시는 도리어 토니가 모든 면에서 자기와 얼마나 다른지 의식하면서, 그를 향한 자신의 생각을 유유히 흘려보낼 기회를 얻었다. 지금 자신이 그를 보면서 느끼는 것처럼 그가 자신을 바라볼 일은 절대 없을 거라는 생각은 아일리시에겐 무한한 안도감으로, 상황에 대한 만족스러운 해법으로 다가왔다. 토니의 흥분과 군중의 흥분이 전해지자 어느덧 아일리시도 지금 벌어지는 일을 이해하는 척하기 시작했다. 그녀는 주변의 누구 못지않게 다저스 팀을 열심히 응원했다. 그러고는 토니의 시선을 좇으며 그가 바라보고 있는 것을 보았고, 팀이 지는 것처럼 보일 때는 조용히 그와 함께 도로 자리에 앉았다.

마침내 거의 두 시간이 지나자 모든 사람이 일어났다. 아일리시는 화장실에 갔다가 그들 자리에서 가장 가까운 핫도그 판매대 줄에서 만나기로 토니와 프랭크와 약속했다. 줄 앞쪽에 선 그들을 찾아냈을 때는 목이 마른 데다 최대한 모든 일에 같이 끼고 싶었기 때문에, 아일리시도 그들을 따라서 난생처음 맥주를 주문했고, 핫도그에 토니와 프랭크가 뿌리는 만큼 겨자와 케첩을 듬뿍 뿌렸다. 자리로 돌아갔을 때쯤 경기가 다시 시작됐다. 아일리시는 이제야 정말 반이 지난 거냐고 묻자 모리스는 야구에는 하프 타임이 없다고 설명했다. 휴식 시간은 7회가 끝난 후 경기가 거의 끝날 무렵에 있는데, 사람들은 그걸 스트레치*라고 부른다고 했다. 네 형제 중에서, 그녀가 야구에 얼마나 무지한지 조금이라도 아는 사람은 모리스밖에 없다는 생각이 들었다. 다시 자리에 앉은 아일리시는 지금 경기에서 벌어지는 일이 완전히 당황스럽게만 느껴지는 이런 순간에도, 이 이상한 상황이 별문제로 다가오지 않는다는 생각에 혼자 웃음이 나왔다. 그녀가 아는 거라고는 행운과 성공이 어떤 이유에서인지 몰라도 또 한 번 서서히 브루클린 다저스를 비껴가고 있다는 것뿐이었다.

토니의 어머니는 아일리시가 추수감사절을 자신들과 함께 지냈기 때문에, 크리스마스에도 올 거라 생각했던 모양이었다. 아일리시가 초대를 거절하자, 혹시 음식이 입에

♦ Stretch. 미국 야구에서 홈 팀의 7회 말 공격이 시작되기 전 모든 관객이 일어나 스트레칭으로 몸의 피로를 푸는 것.

맞지 않느냐고 물으며 내심 서운한 눈치였다. 아일리시는 플러드 신부님을 실망시켜 드릴 수 없어 이곳에서 맞는 두 번째 크리스마스에도 교구 강당에 일하러 갈 계획이라고 설명했다. 토니와 그 어머니는 누군가 아일리시 대신 나와서 일할 거라고 몇 번이나 설득했지만 아일리시는 꿈쩍도 하지 않았다. 아일리시는 약간 죄책감을 느꼈다. 크리스마스 전날 밤에 토니네 가족과 함께 비좁은 아파트에서 저녁을 먹고 또 이튿날 긴 하루를 보내는 것보다 교구 강당에서 일하는 편이 오히려 마음이 편했기 때문이었다. 아일리시는 그 식구들을, 그들 한 사람 한 사람을 사랑하고 네 형제의 서로 다른 개성이 흥미롭기는 했지만, 때로는 그들과 점심이나 저녁을 먹는 즐거움보다 식사를 마친 후 혼자 있을 때의 해방감이 더 크게 몰려왔다.

크리스마스 이후 며칠 동안 아일리시는 매일 저녁 토니를 만났다. 그러던 어느 날 저녁, 토니는 자기 형제들과 세운 계획을 대강 말해 주었다. 토니, 모리스, 로런스는 직접 개발할 생각으로 롱아일랜드의 땅을 헐값에 사 두었다. 시간이 좀 걸릴 거라고, 서비스 시설에서 꽤 멀리 떨어져 있고, 공터 외에는 아무것도 보이지 않으니 아마 1~2년은 걸릴 거라고 그는 말했다. 지금은 빈 땅이지만 몇 년만 지나면 도로가 포장되고 물과 전기가 들어올 거라고 그는 내다

봤다. 정원이 딸린 집 다섯 채는 지을 만큼 넉넉한 공간이었다. 모리스는 야간 학교에서 원가 공학을 공부할 예정이고, 토니와 로런스는 각각 배관과 목공을 맡을 것이었다.

그는 계속 말을 이었다. 첫 번째로는 가족이 살 집을 지을 거라고. 그의 어머니가 몹시 원하는 정원이 딸린 제대로 된 집을. 그다음에는 집 세 채를 지어서 팔 계획이라고 했다. 토니는 다섯 번째 집을 갖고 싶냐는 모리스와 로런스의 질문에 그렇다고 대답했다는 것도 이야기했다. 그러고는 아일리시에게 롱아일랜드에서 살고 싶은지 물었다. 그곳은 바다와 가깝고 기차가 서는 곳에서 멀지 않다고 그는 설명했다. 다만 지금 당장 아일리시를 그곳에 데려가고 싶지는 않다고 했다. 아직 겨울이고 황량한 땅과 잡목들 외에는 아무것도 없어 휑하고 을씨년스럽기 때문이었다. 토니 그곳에서 가족과 함께 살 것이며, 직접 설계할 거라고 덧붙였다.

아일리시는 토니를 유심히 지켜보았다. 이것은 자기와 결혼하자는 요청일 뿐 아니라, 그들이 이미 결혼에 대해 암묵적으로 동의한 상태라는 것을 암시하는 제안임을 그녀는 모르지 않았다. 토니가 지금 설명하는 것은 그들의 미래, 그가 아일리시에게 제공할 수 있는 삶의 세부적인 계획이었다. 언젠가는 두 동생과 함께 회사를 하나 차리고 집을 지을 거라고, 지금은 돈을 모으고 계획을 세우는 단계지만 기술이 있고 땅을 사 두었으니 오래 걸리지 않을 것이라고 도 했다. 그것은 다시 말해 그들 모두가 곧 훨씬 더 잘 살 수 있음을 뜻하는 것이었다. 아일리시는 아무 대답도 하지 않았다. 그가 제시하는 미래와 너무나 현실적으로 설명하 는 태도, 그리고 그 진지하고 진실한 마음에 눈물이 날 뻔 했다. 아일리시는 생각해 보겠다는 말은 하고 싶지 않았다. 그 말이 어떻게 들릴지 알고 있었기 때문이다. 대신에 고개 를 끄덕이며 웃음을 지었고, 손을 뻗어 그의 두 손을 잡고 는 자기 쪽으로 끌어당겼다.

아일리시는 한 번 더 로즈의 사무실 주소로 편지를 보내 일이 얼마나 진척되었는지 알렸다. 토니를 묘사하려고 했 지만, 지나치게 순진하거나 어리석고 경솔한 사람으로 보 이지 않게 설명하기는 힘들었다. 아일리시는 토니가 욕설 이나 불경스러운 말은 절대 하지 않는다는 점을 언급했다. 토니가 고향에서 보는 여느 사람과도 같지 않다는 점, 이곳 은 다른 세계이고, 토니가 방이 두 개뿐인 집에 온 식구와 함께 살면서 육체노동을 한다는 사실에도 불구하고 이 세 계에서 토니는 눈부시게 빛나는 존재라는 것을 로즈가 알 아주길 바랐다. 아일리시는 편지를 썼다가 몇 번이나 찢어 버렸다. 그냥 토니가 특별하다고 밝히고 단지 처음 만난 남자여서 계속 사귀는 게 아니라고 설명하기보다는, 마치 그를 잘 봐달라고 사정하는 글처럼 읽혔기 때문이다.

그렇지만 어머니한테 보내는 편지에는 단 한 번도 토니를 언급한 적이 없었다. 코니아일랜드와 야구장에 갔던 얘기를 쓸 때도 그냥 친구들하고 갔다고만 썼다. 이제 아일리시는 여섯 달 전에 지나가면서라도 한두 번쯤 토니 얘기를 했다면 지금 와서 이 일이 그처럼 놀랍게 다가오지는 않았을 텐데 하고 후회했다. 그래서 어머니한테 보내는 편지에 토니 얘기를 쓰려다 보니, 어디서 만났고 어떤 사람인지 길게 한 단락을 적지 않는 이상 그에 관해 설명하기란 불가능함을 깨달았다. 그렇게 아일리시는 이 일을 시도했다가 번번이 미루고 있었다.

로즈가 보낸 답장은 간결했다. 또 한 번 플러드 신부에게서 얘기를 들은 게 틀림없었다. 로즈는 토니가 매우 괜찮은 사람 같아 보인다고 말하면서도 두 사람 모두 젊기 때문에 아직은 어떤 결정도 할 필요가 없을 것이라고 썼다. 무엇보다 가장 기쁜 소식은 여름이면 아일리시가 부기원 자격을 갖추고 일자리를 알아볼 수 있다는 점이라고 덧붙였다. 로즈는 또 아일리시가 그 매장 일을 그만두고 사무직을 얻게 되기를 진심으로 고대하고 있을 것이며, 사무직으로 취직하면 돈도 더 받을 뿐 아니라 다리도 편하다고도 말했다.

바르토치스 매장에서는 모든 직원이 유색인 손님들을 전보다 편하게 대하고 있었고, 아일리시는 여러 번 담당 구역을 옮겼다. 미스 포티니가 이미 바르토치 사장과 그 딸에게 아일리시가 시험에 합격했고 마지막 학년을 수강하고 있다고 말해 준 덕택에, 미스 바르토치는 아일리시가 완전히 자격을 갖추기 전이라도 혹시 하급 부기 계원 자리에 결원이 생기면 그녀를 고려해 보겠다고 말했다.

2학년 과정은 더 간단했다. 출제될 시험 문제에 대해 전만큼 두렵지 않았기 때문이다. 더욱이 법학 책들을 독파했고 필기까지 해 두었기 때문에, 로젠블룸 교수가 말하는 내용의 대부분을 이해할 수 있었다. 그래도 아일리시는 강의에 한 번도 빠지지 않으려 유의했고, 토니가 집까지 바래다주는 목요일과, 같이 교구 강당 무도회에 가는 금요일, 그리고 그가 그녀를 간이식당과 영화관에 데려가는 토요일을 제외하고는 토니를 만나지 않으려 했다. 브루클린에 겨울이 닥쳤을 때에도 아일리시는 자신의 방과 틀에 박힌 일상이 좋았고, 봄이 오면서부터는 확실하게 시험을 통과하기 위해 강의를 듣고 돌아온 밤과 일요일에도 공부하기 시작했다.

　　매장 일은 이제 따분하고 지겹게 느껴졌고, 바쁘지 않은 한 주의 초반에는 특히나 시간이 느리게만 흘렀다. 그러나 쉴 시간이 아닌데 쉬거나 지각하는 직원, 또는 다음 손님을 맞을 준비가 안 된 듯한 직원이 없는지 미스 포티니가 항상 주시하고 있었다. 아일리시는 바르게 서 있으려고 조심했고, 손님이 찾을 경우에 대비했다. 시간을 신경 쓰거나 그 생각만 하다 보면 시간이 더 느리게 간다는 걸 경험으로 알았으므로 아일리시는 참는 법을 배웠다. 그러다가 일이 끝나고 매장을 빠져나오면 비로소 모든 걸 훌훌 털어버리고 자유를 만끽했다.

　　어느 날 오후 플러드 신부가 매장 안으로 들어오는 걸 보았지만 아일리시는 대수롭지 않게 생각했다. 바르토치 사장 부녀가 신부를 불렀던 그날 이후 그 매장에서 신부를 본 적은 없었지만, 신부와 바르토치 사장은 친구니까 사장한테 볼일이 있을지도 몰랐다. 신부는 먼저 미스 포티니에게 말을 걸었고, 아일리시가 있는 쪽을 힐끔 쳐다보더니 이쪽으로 다가올 것처럼 하다가, 다시 미스 포티니와 몇 마디 애기를 나눈 뒤 두 사람은 함께 사무실 쪽으로 향했다. 아일리시는 한 손님을 응대하고 있었다. 그런 다음 누군가 마구 펼쳐 놓은 블라우스들을 발견하고는 그쪽으로 가서 블라우스들을 반듯하게 개켜 제자리에 놓았다. 그러고 나서 몸을 돌렸을 때, 미스 포티니가 다가오고 있었다. 미스 포티니의 얼굴에는 사람을 뒤로 물러나게 하고 못 본 척 재빨리 멀어지고 싶게 만드는 뭔가가 있었다.

"잠시 사무실에 와 줄 수 있을까?" 미스 포티니가 말했다.

아일리시는 자기가 무슨 잘못을 한 건 아닌지, 누군가 자기의 어떤 행동을 이른 건 아닌지 생각해 보았다.

"무슨 일인데요?" 아일리시가 물었다.

"나는 말 못 하겠어." 미스 포티니가 말했다. "그냥 와 보는 게 좋을 거야."

미스 포티니가 몸을 돌려 종종걸음으로 앞서가는 것을 보자 아일리시는 전에 자기가 잘못했던 일이 이제야 발견되었다는 확신이 더욱 굳어졌다. 미스 포티니를 따라 매장을 나와 복도를 걸어가던 중 아일리시가 걸음을 멈추었다.

"죄송하지만, 그래도 무슨 일인지 말씀은 해 주셔야죠."

"난 말 못 하겠어." 미스 포티니가 말했다.

"그럼 무슨 단서라도 주세요."

"네 가족에 관한 거야."

"일인가요, 사람인가요?"

"사람."

순간 아일리시는 어머니가 심장마비를 일으켰거나 계

단에서 굴렀을지 모른다고, 아니면 오빠 중 하나가 버밍엄
에서 사고를 당했을지 모른다고 생각했다.

"누구요?" 아일리시가 물었다.

미스 포티니는 대답하지 않고 다시 앞장서더니 복도 끝
방 앞에 멈춰서 문을 열었다. 그녀는 뒤로 물러서며 아일리
시더러 들어가게 했다. 작은 방 안에는 플러드 신부 혼자
의자에 앉아 있었다. 신부가 머뭇거리며 일어나더니 미스
포티니에게 자리를 비켜 달라고 손짓했다.

"아일리시." 신부가 불렀다. "아일리시."

"네. 무슨 일이죠?"

"로즈 일이다."

"언니한테 무슨 일이 생겼나요?"

"오늘 아침 로즈가 죽은 걸 어머니가 발견하셨다."

아일리시는 아무 말도 하지 않았다.

"자다가 숨을 거둔 모양이야." 플러드 신부가 말했다.

"자다가요?" 아일리시는 되물으면서, 언니나 어머니에
게 마지막으로 소식을 들었던 때를 떠올리며 뭔가 잘못되
었다는 암시라도 있었는지 기억을 더듬어 보았다.

"그래, 갑작스러운 일이었어. 어제 골프를 치러 나갔고
더없이 건강한 모습이었다더구나. 로즈는 자다가 세상을
떠난 거야, 아일리시."

"그리고 어머니가 언니를 발견했고요?"

"그래."

"오빠들도 알아요?"

"그럴 거다. 지금 우편선으로 집에 가고 있을 게다. 오늘 밤 빈소가 차려질 거야."

아일리시는 다시 매장으로 돌아가 방금 일어난 일을 멈추거나 신부가 말을 못 하게 막을 방법은 없을까 궁리했다. 침묵 속에서 그녀는 플러드 신부에게 여기서 나가라고, 다시는 이런 식으로 찾아오지 말라고 말할 뻔했으나, 그게 얼마나 바보 같은 행동인지 곧바로 깨달았다. 그는 여기 있었다. 그녀는 신부가 한 말을 이미 들었다. 시간을 되돌릴 수는 없었다.

"그쪽에다 오늘 밤 어머니를 에니스코시의 사제관에 모셔 오라고 말해 놓았으니 우린 여기 사제관에서 어머니에게 전화 드리도록 하자."

"거기 신부님 중 한 분이 신부님한테 연락하신 거예요?"

"퀘이드 신부님이 하셨어."

"확실한 거예요?" 아일리시는 그렇게 물었다가 재빨리 한 손을 내저으며 그의 대답을 막았다. "그러니까 제 말은, 모든 게 오늘 일어난 일이란 거예요?"

"오늘 아침 아일랜드에서."

"말도 안 돼." 그녀가 말했다. "아무 낌새도 없었는데."

"아까 전화로 프랑코 바르토치한테 얘기했더니 널 집에 데려가라고 하더구나. 키호 부인한테도 말해 두었다. 토니네 집 주소를 알려 주면 그 청년한테도 소식을 전하마."

"이제 어떻게 하죠?"

"장례식은 모레 있을 거다."

아일리시를 울게 한 것은 신부의 목소리에 밴 부드러움, 그녀의 눈을 피하는 신부의 조심스러운 태도였다. 그리고 이런 일에 대비해 신부가 주머니 속에 준비해 둔 게 분명한 크고 깨끗한 흰 손수건을 내밀자 아일리시는 그를 밀치면서 거의 히스테리에 가깝게 흥분했다.

"대체 내가 뭐 하러 여기 왔을까요?" 아일리시가 물었지만, 너무 격하게 흐느끼고 있었기 때문에 신부는 그 말을 못 알아들은 것 같았다. 그녀는 손수건을 받아 코를 풀었다.

"대체 내가 뭐 하러 여기 왔을까요?" 그녀가 다시 물었다.

"로즈는 네가 더 나은 삶을 살기를 바랐어." 그가 대답했다. "로즈는 좋은 일을 한 것뿐이야."

"이제 다시 언니를 못 보겠네요."

"로즈는 네가 잘 지내는 모습을 누구보다 기뻐했어."

"다시는 언니를 못 볼 거예요. 그렇죠?"

"그건 정말 슬픈 일이다, 아일리시. 하지만 언니는 지금 천국에 있어. 우리가 생각해야 할 점은 바로 그거란다. 그리고 언니는 널 지켜보고 있을 거야. 우리는 네 어머니를 위해, 그리고 로즈의 영혼을 위해 기도해야겠지. 그리고 아일리시, 우리는 신께서 일하시는 방법이 우리와는 다르다는 점을 명심해야 해.”

“애초에 여기 오지 말았어야 하는 건데…….”

아일리시는 다시 울음을 터뜨리면서 그 말을 반복했다. “여기 오지 말았어야 하는 건데…….”

“밖에 차를 세워 두었으니 어서 사제관으로 가자꾸나. 어머니와 얘기를 나누는 게 너한테 좋다는 건 너도 알잖니.”

“집을 떠난 후로 엄마 목소리를 들은 적이 없어요.” 아일리시가 말했다. “그냥 편지만 했어요. 엄마한테 전화하는 게 이번이 처음이라니 정말 끔찍하죠.”

“나도 안다, 아일리시. 어머니도 같은 마음일 거야. 퀘이드 신부님이 어머니를 모시러 가서 사제관까지 태워다 주신다고 하셨어. 어머니도 충격에 빠져 계실 거다.”

“엄마한테 무슨 말을 해야 할까요?”

처음에 어머니는 더듬거리기만 했다. 마치 혼잣말하듯 중얼거렸으므로 아일리시가 도중에 끼어들어 잘 들리지 않는다고 얘기해야 했다.

"지금은 잘 들리니?"

"네, 엄마. 잘 들려요. 훨씬 잘 들려요."

"로즈는 잠자는 것 같았다. 오늘 아침에도 다른 게 없었어." 어머니가 말했다. "로즈를 깨우러 들어갔는데 깊이 잠들어 있기에 좀 더 자라고 했어. 그런데 계단을 내려오다 보니 그런 생각이 들더구나. 그렇게 늦잠 자는 건 로즈답지 않다고……. 난 부엌 시계를 쳐다보고는 10분만 더 기다려 보겠다고 생각했어. 그다음에 올라가서 건드려 보니 돌처럼 차갑더구나."

"세상에, 어떡해……."

"로즈의 귀에 통회의 기도를 속삭였다. 그러고는 옆집으로 달려갔어."

전화선을 타고 흐르는 침묵을 깨뜨리는 건 희미하게 지직거리는 소음뿐이었다.

"밤새 잠결에 떠난 거래." 어머니가 마침내 다시 말을 이었다. "커디건 선생님이 그렇게 말씀하셨다. 로즈는 아무한테도 말하지 않고 그 선생님 병원에 다니고 있었고 검사도 받았대. 로즈는 알고 있었어. 심장 때문에 언제든 그런 일이 생길 수 있다는 걸. 심장이 좋지 않았다고 커디건 선생님이 말씀하시더구나. 어떻게 손쓸 수 있는 게 없었대. 로즈는 아무한테도 말하지 않고 평소처럼 지낸 거야."

"언니가 심장이 안 좋다는 걸 알고 있었다고요?"

"의사 선생님은 그렇게 말씀하셨어. 로즈는 계속 골프도 치고 모든 걸 다 하면서 지내겠다고 했다고. 의사 선생님은 로즈한테 좀 쉬라고 했다는데, 쉬었더라도 결과는 같았을지 모르지. 난 어떻게 생각해야 할지도 모르겠구나, 아일리. 로즈는 아주 용감했던 것 같아."

"언니가 아무한테도 말 안 했어요?"

"아무한테도. 전혀 아무한테도. 로즈는 아주 평화로워 보였다. 아까 나오기 전에도 로즈를 보았는데 아직 우리와 함께 있다고 잠시 착각할 정도였어. 그만큼 생전 모습 그대로였거든. 하지만 아일리, 로즈는 갔다. 로즈는 떠났어. 그거야말로 세상 무슨 일이 있어도 일어나지 않을 거라고 생각했는데……."

"지금 집에 누가 있어요?"

"이웃들이 모두 와 있다. 네 삼촌 마이클도 있고, 클로너걸에서도 사람들이 왔어. 도일 집안 사람들도 다 와서 지금 집에 있다. 네 아버지가 돌아가셨을 때 난 너무 많이 울지 말아야겠다고 다짐했다. 나한테는 너와 로즈, 네 오빠들이 있었으니까 말이야. 그리고 네 오빠들이 떠날 때에도 똑같이 했고, 네가 떠날 때는 로즈가 있었어. 그런데 지금은 아예 아무도 없구나, 아일리. 아무도 없어."

아일리시는 대답을 하고 싶었지만 울음이 북받쳐서 어머니가 자기 말을 못 알아들을 것 같았다. 어머니는 전화기 저편에서 한동안 말이 없었다.

"내일 너 대신 로즈한테 작별 인사를 하마." 어머니가 다시 말하기 시작했다. "그게 내가 할 일 같구나. 로즈한테 내가 작별 인사를 하고 그다음엔 너 대신 또 작별 인사를 해야지. 로즈는 지금 천국에서 아버지랑 같이 있을 거다. 네 아버지 옆에 로즈를 묻을 거야. 밤이면 묘지에 묻힌 네 아버지가 얼마나 외로울까 자주 걱정했는데 이제 로즈가 네 아버지 곁에 있겠구나. 그 두 사람은, 이제 함께 천국에 있을 거야."

"그래요, 엄마."

"로즈가 왜 그렇게 젊은 나이에 가야 했는지 모르겠다. 이 말밖에 떠오르지 않아."

"정말 충격이에요." 아일리시가 대답했다.

"오늘 아침에 만졌을 때 로즈는 차가웠다. 정말 차갑더구나."

"언니는 편안하게 눈을 감았을 거예요."

"로즈가 나한테 말했다면, 몸이 좀 아프다고 알려 줬다면 좋았을걸. 로즈는 날 걱정시키고 싶지 않았던 거야. 퀘이드 신부님이나 다른 사람들도 다 그렇게 말하더라. 그랬다면 로즈한테 많은 걸 해 줄 순 없었어도 그나마 지켜봐 주기는 했을 텐데……. 어떻게 생각해야 좋을지 모르겠구나."

어머니의 한숨 소리가 들려왔다.

"이제 가 봐야겠다. 묵주 기도를 올릴 시간이야. 로즈한테 너랑 얘기하고 왔다고 전하마."

"꼭 전해 주세요."

"잘 지내렴, 아일리."

"조심히 가세요. 오빠들한테도 나랑 통화했다고 전해 주시고요."

"그러마. 그 애들은 내일 아침에 도착할 거야."

"조심히 가세요, 엄마."

"잘 지내렴, 아일리."

아일리시는 전화기를 내려놓고서는 울기 시작했다. 그녀는 방구석에 있는 의자를 발견하고 울음을 참으려 애쓰면서 거기 앉았다. 플러드 신부와 가정부가 와서 차를 내주고 진정시키려 했지만, 아일리시는 계속해서 올라오는 발작적인 흐느낌을 멈출 수 없었다.

"죄송해요." 그녀가 말했다.

"우린 신경 쓰지 말아요." 가정부가 말했다.

아일리시가 조금 차분해지자 플러드 신부가 하숙집까

지 차로 태워다 주었다. 토니가 벌써 응접실에 와 있었다. 그가 그 집에서 얼마나 오래 기다렸는지 알 수 없었다. 아일리시는 토니와 키호 부인을 쳐다보면서, 자기를 기다리는 동안 그들이 무슨 얘기를 했는지, 혹시 키호 부인이 결국 토니가 아일랜드인이 아니라 이탈리아인이라는 사실을 알았는지 궁금했다. 키호 부인의 얼굴에는 친절과 동정이 가득했지만, 한편으로는 그 소식과 방문객들이 불러일으킨 흥분 덕분에 그날의 권태에서 벗어난 듯한 느낌도 들었다. 키호 부인은 부산하게 방을 들락날락하면서 친한 척 토니를 성 대신 이름으로 불렀고, 토니와 플러드 신부를 위해 쟁반에 홍차와 샌드위치를 내왔다.

"어머님이 딱하게 되셨어……. 달리 할 말이 없구나. 어머님이 딱하게 되셨어." 그녀가 말했다.

아일리시는 이번만큼은 키호 부인에게 예의를 차릴 필요가 없다고 느꼈다. 그녀는 부인이 말할 때마다 다른 곳을 쳐다보았고 어느 대목에서도 대꾸하지 않았다. 그러자 키호 부인은 시시때때로 아일리시에게 차를 따르랴, 아스피린과 물 한 잔을 내밀랴, 뭔가 좀 먹어야 한다며 우기랴 오히려 더 애쓰는 것 같았다. 아일리시는 토니가 키호 부인이 권하는 샌드위치와 케이크를 넙죽넙죽 받으면서 정말 친절하다는 둥 하는 감사의 말은 제발 그만두기를 바랐다. 토니가 이제 그만 떠나 주고 키호 부인은 그만 떠들고 플러드 신부 역시 그만 갔으면 했다. 그러나 방에 들어가서 다가올 밤을 마주할 엄두가 나지 않았으므로 아일리시는 아무 말도 하지 않았다. 곧이어 키호 부인과 토니, 플러드 신부는 마치 아일리시가 그 자리에 없다는 듯 화제를 바꾸더니, 지난 몇 년 동안 브루클린에 일어난 변화를 얘기하고, 앞으로 또 무엇이 바뀔지 저마다 의견을 제시했다. 그들은 이따금 조용해졌다가 아일리시에게 뭐 필요한 건 없는지 물었다.

"불쌍한 것, 충격을 받았어요." 키호 부인이 말했다.

아일리시는 아무것도 필요하지 않다고 말한 후 눈을 감았고, 그들은 대화를 이어 갔다. 키호 부인은 저녁 모임을 위해 텔레비전을 살지 두 사람에게 의견을 물었다. 그녀는 텔레비전이 사람들 마음을 끌지 못하면 자기 혼자 텔레비전과 함께 남겨질까 봐 걱정이라고 토로했다. 토니와 플러드 신부, 두 사람 모두 텔레비전을 사라고 권했다. 그러나 키호 부인은 방송국에서 계속 프로그램을 만든다는 보장이 어디에도 없다며 모험을 감수하기 싫다는 말만 늘어놓았다.

"세상 사람들 모두 한 대씩 사면, 그때 사야겠어요." 그녀가 말했다.

마침내 화제가 떨어지자, 플러드 신부는 다음 날 오전 10시에 로즈를 위한 미사를 예고했다. 키호 부인이 참석을 약속했고, 토니도 어머니와 함께 참석하기로 했다. 평소처럼 사람들이 모일 거라고 플러드 신부가 말했다. 그는 미사 시작 전에 특별했던 어떤 이의 안식을 위한 미사임을 알리고, 영성체 전에 로즈에 관해 몇 마디 전한 후 사람들에게 그녀를 위해 기도해 달라고 부탁하겠노라고 했다. 플러드 신부가 토니를 집까지 태워다 주기로 하고서는, 토니가 현관에서 아일리시를 포옹하는 동안 눈치껏 키호 부인의 응접실에서 부인과 함께 기다렸다.

"말을 할 기운이 없어서 미안해." 그녀가 말했다.

"내내 생각해 봤어. 우리 동생 중 하나가 죽으면 어떻게 될까 하고……. 이기적인 소리로 들릴지 모르지만 네 기분이 어떤지 짐작해 보려고 노력했어."

"생각이 나면 견딜 수가 없어. 잠깐 잊었다가도 마치 방금 그 소식을 들은 것처럼 다시 떠올라. 충격에서 벗어나지 못할 것 같아."

"곁에 있어 주고 싶은데."

"내일 아침에 보잖아, 어머니께 힘들게 오지 마시라고 말씀드려."

"엄마는 가실 거야. 지금은 어떤 것도 문제가 안 돼." 그가 말했다.

이상한 일이었다. 다음 날 아침 아일리시는 밤새 푹 잔 것 같은 느낌이었다. 잠을 깨면서는 곧바로, 오늘은 출근하는 게 아니라 로즈를 위한 미사에 가야 한다는 사실이 떠올랐다. 로즈는 아직도 프라이어리가의 집에 있을 것이고, 사람들은 오늘 저녁에 로즈를 성당으로 데려가서 내일 아침 미사가 끝난 후 땅에 묻을 터였다. 키호 부인과 함께 교구 교회를 향해 집을 나설 때까지는 이 모든 것이 간단하고 명쾌하며, 거의 불가피한 일처럼 느껴졌다. 낯익은 거리를 걸으면서 모르는 사람들을 지나치던 아일리시는 문득 깨달았다. 로즈가 아니라 그들 중 어느 한 사람이 죽을 수도 있었다는 것을. 그랬다면 공기 속에 희미한 따사로움이 깃든 어느 평범한 봄날 아침처럼, 그녀는 아무렇지 않게 출근하고 있었을 것이었다.

로즈가 자다가 죽었다는 건 도무지 상상할 수 없는 일이었다. 잠깐이라도 눈을 뜨지 않았을까? 정말 그냥 누워서 잠잘 때처럼 편안히 숨 쉬다가, 아무것도 아니라는 듯 심장이 멈추고 호흡이 멈춰 버린 걸까? 어떻게 이런 일이 있을 수 있지? 언니가 밤에 소리를 질렀는데 아무도 못 들은 건 아닐까? 하다못해 중얼거리거나 속삭이기라도 하지 않았을까? 전날 저녁에 언니는 무언가 알았던 건 아닐까? 무엇이든 이 세상에서 숨 쉴 마지막 날이라는 단서가 될 만한 것이 있지 않았을까?

아일리시는 로즈한테서 받은 편지 묶음을 바라보면서, 이 가운데 어느 편지와 편지 사이에 로즈가 자기 병을 알았을까 생각해 보았다. 아니면 아일리시가 떠나기 전에 이미 알았던 걸까? 그 가능성은 아일리시가 브루클린에서 보낸 그간의 시간에 관해 생각했던 모든 것을 바꿔 버렸다. 자신에게 일어난 모든 일이 하찮아 보였다. 그녀는 로즈의 필체를 보았다. 또박또박하고 차분하고, 극도의 침착함과 자신감이 묻어나는 글씨. 로즈가 어떤 단어를 쓰면서 고개를 들어 한숨을 내쉬고는 오로지 의지력에 기대어 마음을 다잡고 편지를 적어 내려갔을지도 모른다는 생각이 들었다. 의사 말고는 누구에게도 자신의 비밀을 알리지 않겠다고 결심한 뒤 한순간도 흔들리지 않고 편지를 이어 갔을 로즈라면 말이다.

아일리시는 탁자 위에서 흔들거리는 촛불을 곁에 두고 로즈가 이제 검은 수의를 입고 누운 모습을 상상했다. 이내 관이 닫히고 현관과 바깥 거리에 있는 모든 사람이 엄숙한 표정을 지을 것이다. 오빠들은 아버지의 장례식에서 그랬듯이 정장을 입고 검은 넥타이를 매고 있을 터였다. 미사를 올리고 플러드 신부의 집으로 가는 오전 내내, 아일리시는 로즈의 죽음과 장례식의 매 순간을 머릿속에서 그렸다.

아일리시가 오후에 출근하고 싶다고 하자 다른 사람들은 깜짝 놀랐다. 아니, 거의 불안해했다. 아일리시는 키호 부인이 플러드 신부에게 뭐라고 속삭이는 걸 보았다. 토니는 진심이냐고 물었고, 그녀가 고집하자 바르토치스 매장까지 자기가 같이 가고 나중에 퇴근할 때 집에 데려다주겠다고 했다. 키호 부인이 저녁에 토니와 플러드 신부를 초대했고, 하숙생들과 같이 식사한 후 로즈의 안녕을 위한 묵주 기도를 올리기로 했다.

아일리시는 다음 날도 출근했고, 그날 저녁에는 수업을 듣기로 마음을 굳혔다. 영화관이나 무도회에는 갈 수 없었기 때문에 아일리시와 토니는 근처 간이식당에 갔다. 토니는 아일리시에게 별로 말하고 싶지 않거나 울고 싶으면 그래도 괜찮다고 했다.

"이런 일이 없었다면 좋았을걸. 지금도 이 일이 일어나지 않았기를 바라는 마음뿐이야."

"나도 그래." 아일리시가 말했다. "언니가 우리에게 알려 주기만 했어도 좋았을걸. 아니면 아무 일도 일어나지 않고 언니가 집에 잘 있었다면⋯⋯. 언니 사진이라도 한 장 있었다면 우리 언니가 얼마나 예쁜지 보여 줄 수 있었을 텐데."

"너도 예뻐."

"언니는 누구보다도 예뻤어. 다들 그렇게 말했지. 지금 언니가 있는 곳을 떠올리는 게 익숙해지지가 않아. 언니가 죽었다는 사실이랑 관이니 장례식이니 하는 생각은 이제 그만하고 기도를 시작해야 할 텐데, 그게 어려워."

"괜찮다면 내가 도와줄게."

날씨는 따뜻해지고 있었지만 아일리시는 세상 모든 색깔이 빛 바랜 느낌이었다. 매장에서 그녀는 매 순간 조심했고, 단 한 번도 흐트러진 모습을 보이거나 갑자기 화장실에 달려가 운 적이 없다는 사실이 스스로 대견했다. 미스 포티니는 언제든 일찍 퇴근하고 싶거나 그동안의 일을 말하기 위해 바깥에서 자기를 보고 싶으면 근무 시간이라도 걱정하지 말고 말하라고 일렀다. 토니는 수업이 있는 날마다 시간 맞춰 데리러 왔다. 아일리시는 말하고 싶지 않을 때 내버려두는 그의 배려가 좋았다. 토니는 그저 손을 잡거나 그녀의 몸에 팔을 두르고 집으로 바래다주었다. 집에서는 동료 하숙생들이 하나둘씩 다가와 뭐라도 필요한 게 생기면 방문을 두드리거나 부엌을 찾아오라고. 그녀를 도울 수 있다면 무엇이든 하겠노라고 말해 주었다.

어느 날 밤, 차를 마시려고 부엌으로 올라간 아일리시는 긴 이 탁자 위에서 아까는 보지 못했던, 자기 앞으로 온 편지를 발견했다. 아일랜드에서 온 편지였고, 잭의 필체였다. 아일리시는 당장 편지를 뜯어 보지 않고, 차가 준비된 후에야 편지를 챙겨 아래층으로 가져왔다. 누구의 방해도 받지 않고 읽기 위해서였다.

아일리시에게,

엄마가 부탁해서 편지를 보내. 엄마는 편지를 쓰실 만한 상태가 아니거든. 난 지금 앞쪽 응접실 창가 탁자에서 편지를 쓰고 있어. 사람들로 넘치던 집에 지금은 아무런 소리도 들리지 않는구나. 다들 집으로 돌아갔거든. 우리는 오늘 로즈 누나를 묻었어. 엄마는 오늘 날씨가 좋았고 비가 걷혔다는 얘기를 편지에 쓰라고 하더라. 퀘이드 신부님이 누나를 위한 미사를 올려 주셨어. 우리는 하룻밤 동안 우편선을 타고 고생한 후 더블린에서 기차 타고 어제 아침 집에 도착했지. 누나는 아름다웠어. 머리도 그렇고 모든 것이 말이야. 다들 누나가 잠자는 것처럼 평온해 보인다고 했어. 우리가 오기 전까지는 그게 사실이었는지 몰라도, 내가 봤을 때는 좀 달라 보이더라. 전혀 누나 같지가 않았어. 나쁘다거나 뭐 그런 건 아니었는데 무릎을 꿇고 누나를 만졌을 때, 순간적으로 그게 전혀 누나가 아니라는 느낌이 들더라고. 이런 얘긴 안 하는 게 좋은지 모르지만 너한테는 그때 느낌을 말하는 게 좋을 것 같아. 엄마가 나한테 그러셨거든. 그동안 있었던 모든 일과 집에 찾아온 모든 손님들, 골프 클럽 전체와 데이비스 사무실이 오늘 오전에 휴업했던 것까지도 빠짐없이 편지에 쓰라고 말이야. 아빠가 돌아가셨을 때와는 느낌이 달랐어. 아빠가 돌아가셨을 때는 어떤 순간은 살아 계시다는 생각이 들었는데, 내가 봤을 때 로즈 누나는 돌처럼 굳어 있었거든. 그림 속에서 나온 것처럼 온통 창백했지. 그래도 아름답고 평온해 보이긴 했지만……. 내가 어디가 잘못된 건지는 모르겠지만 관을 옮길 때까지도 그게 누나라는 게 실감이 안 되더라. 운구는 형들이랑 나랑 젬이랑 빌, 그리고 클로너걸에서 온 폰시 도일이 같이 했어. 장례식에서 최악이었던 건 우리가 누나한테 이런 짓을 하고 있다는 것, 누나를 관 속에 가두고 땅에 묻고 있다는 사실이 도저히 믿기지가 않는다는 거였지. 돌아가면 누나를 위해 기도해야겠지만 장례식에선 도저히 기도를 따라 할 수 없었어. 엄마가 너 대신 누나한테 특별한 작별 인사를 했다고 전해 달래. 난 엄마가 누나한테 작별 인사를 할 때 그 방에 있지도 못했어. 너무 심하게 우느라 하마터면 운구도 못 할 뻔했지. 묘지에서도 도저히 쳐다볼 수가 없어서 계속 눈을 가리고 있어야 했어. 어쩌면 이런 얘기는 너한테 하지 말아야 하는 건지도 모르겠다. 문제는 우리는 일 때문에 돌아가야 하는데 엄마가 아직 그걸 모르시는 눈치라는 거야. 엄마는 우리 중 한 명이 남아 줄 거라 기대하시는데, 너도 알다시피 그럴 수가 없잖니. 그쪽 일은 그렇지가 않아. 너 있는 데는 어떤지 몰라도 우리는 돌아가야 하고, 그러면 엄마는 여기 홀로 남겨지시겠지. 이웃들도 계속 찾아올 테고 다른 사람들도 오겠지만 아직 엄마는 거기까지는 생각을 못 하시는 것 같아. 엄마는 너를 간절히 보고 싶어 하시는 것 같고, 실제로 바라는 건 그것뿐이라고 줄곧 말씀하시는데 우리는 뭐라고 해야 할지 모르겠더라. 엄마가 이 얘기를 써 달라고 부탁한 건 아니지만 엄마가 편지를 직접 쓰실 수 있을 때가 되면 아마 말씀하시겠지. 엄마는 밤이면 아직도 혼자 주무시지 못하고, 앞으로도 그럴 것 같다는 말씀만 하셔. 하지만 우리는 돌아가야 해. 엄마가 나한테 이 마을에서 일자리를 알아보라고 하셔서 그러겠다고 말씀은 드렸지만 문제는 난 돌아가야 하고 팻 형과 마틴 형도 마찬가지라는 거야. 이렇게 두서없이 늘어놓아서 미안해. 이 소식을 듣고 큰 충격을 받았겠지. 우리도 그랬으니까. 그날 우리는 하루 종일 마틴 형을 찾느라 애를 먹었어. 형이 마침 외근을 나가 있었거든. 로즈 누나가 묘지에 있다고는 정말 상상하기도 힘들다. 이것밖에 할 말이 없어. 엄마는 모든 사람이 잘해 줬다고 편지에 쓰길 바라실 거고 실제로 모든 사람이 잘해 주었어. 하지만 엄마가 항상 울고 계신다는 말을 쓰면 싫어하시겠지. 어쨌거나 엄마는 거의 항상 울고 계셔. 이제 그만 쓰고 봉투에 집어넣어야겠다. 이 편지를 다시 읽어 보지는 않을 거야. 몇 번이나 편지를 썼는데 읽어 보다가 찢어 버리는 바람에 새로 써야 했거든. 얼른 봉투에 넣어서 내일 아침 부칠 생각이야. 지금 마틴 형이 엄마한테 우리가 내일 떠나야 한다고 말씀드리는 모양이네. 이 편지가 아주 형편없지 않기를 바라지만 말했다시피 도대체 무슨 말을 써야 할지 몰라서 말이야. 내가 이 편지를 부치면 엄마가 좋아하시겠지. 지금 엄마한테 가서 편지를 다 썼다고 말씀드려야겠어. 너도 엄마를 위해 기도해 주렴. 그럼 이만.

사랑하는 오빠, 잭

아일리시는 그 편지를 몇 번이나 읽었다. 그러고는 지금 자기만 이곳에 머물 수는 없다는 사실을 깨달았다. 오빠가 쓴 글에서 오빠의 목소리가 들리는 것 같았고, 오빠가 이 방에 함께 있는 것 같았다. 마치 오빠가 방금 헐링 시합에서 돌아와 자기 팀이 졌다는 소식을 숨도 안 쉬고 전하는 것만 같았다. 만약 고향 집에 같이 있었다면 오빠와 떠들면서 그의 얘기에 귀를 기울이고, 어머니와 마틴 오빠, 팻 오빠랑 나란히 앉아 그동안 벌어진 일들을 곱씹을 수 있었을 것이다. 로즈가 죽어서 누워 있는 모습이 그려지지 않았다. 그동안은 잠을 자는 사람처럼 로즈가 누워 있을 거라고만 상상했었다. 그러나 이제는 생기가 죄다 빠져나가서 돌처럼 굳은 채 관 속에 갇혀 있는 로즈를 생각해야 했다. 모든 것이 바뀌었고 바뀌고 있고 그들에게서 떠나 버린 로즈를 떠올려야 했다. 차라리 잭이 이 편지를 안 썼다면 좋았을걸 하는 야속함도 있었지만, 누군가는 편지를 써야 했을 것이고 편지를 가장 잘 쓰는 사람이 잭이었다.

아일리시는 어떻게 해야 할지 고민하면서 방 안을 서성였다. 잠깐 동안은 지금 지하철을 타고 항구로 가서 대서양을 건너는 다음 배편을 찾아 뱃삯을 치르고 기다리다가 배를 타면 될 것 같았다. 그러나 곧 그럴 수는 없다는 걸 알았다. 배에 그녀가 탈 자리가 없을 수도 있고 어쨌거나 돈은 지금 은행에 있었다. 위층으로 올라가 하숙생들에게 도움을 구해 볼까 생각도 했지만, 그들 중 누구도 지금은 도움이 되지 않을 터였다. 그나마 도움이 될 만한 유일한 사람이 토니였다. 시계를 쳐다보았다. 10시 30분이었다. 지하철까지 서둘러 가기만 한다면 한 시간 안에 토니의 집에 도착할 수 있었다. 늦은 시간이라 열차가 자주 오지 않으면 조금 더 오래 걸릴 수도 있었다. 아일리시는 외투를 꺼내 들고 급히 복도로 나갔다. 지하실을 나가 문을 닫고는 소리 내지 않으려 조심하면서 계단을 올라갔다.

토니의 어머니가 실내복 가운을 입은 채 아일리시를 맞았고 위층 아파트 문 앞까지 안내했다. 그 집 식구들은 잠을 자려고 누웠던 게 분명했고 아일리시는 이런 시간에 불쑥 찾아온 무례를 정당화할 만큼 비탄에 빠진 표정이 아니라는 걸 알고 있었다. 문틈으로 토니의 부모가 자는 접이식 침대가 이미 펼쳐져 있는 것을 본 아일리시는 별일 아니라고, 폐를 끼쳐 죄송하다고 말하고 집으로 돌아가려고 했다. 그러나 그건 앞뒤가 맞지 않는 소리였다. 토니 어머니는 토니가 지금 옷을 갈아입고 있으니 곧 나올 거라고 말했다. 침실에 있던 토니가 모퉁이 간이식당에 가자고 소리쳤다.

갑자기 잠옷 차림의 프랭크가 나타났다. 프랭크는 소리 없이 다가왔기 때문에 아일리시는 그가 바로 앞에 올 때까지 미처 보지 못했다. 호기심에 가득 차고 비밀스러운 프랭크의 표정은 거의 희극적이어서, 어느 영화 속 어두운 거리에서 방금 강도 사건이나 살인 사건을 목격한 사람 같았다. 프랭크는 아일리시를 빤히 바라보면서 미소를 지었다. 그녀 역시 미소로 답하는 순간 토니가 나타났고, 덕분에 프랭크는 네 할 일이나 하고 아일리시를 가만두라는 핀잔을 듣고 방으로 들어가야 했다.

토니의 모습을 보니 자고 있던 것 같았다. 그는 주머니에 열쇠가 있는지 확인하고는 소리 없이 부엌으로 들어갔다. 아일리시에게는 보이지 않는 부엌에서 그는 어머니인가 아버지한테 무언가 소곤거리다 다시 나왔는데, 그 얼굴에는 의젓하고 책임감에 넘치면서도 걱정스러운 기색이 역력했다.

간이식당을 향해 거리를 걸으면서 토니는 아일리시를 바짝 끌어당겼다. 그들은 천천히 걸으면서 아무 말도 하지 않았다. 아까 그의 아파트 계단을 내려올 때는 잠깐이나마, 이렇게 늦은 시간에 찾아왔다고 토니가 화난 줄 알았는데 지금 보니 그게 아니었다. 같이 걸으면서 가까이 꼭 달라붙는 방식은 그가 그녀를 사랑한다는 걸 확실히 느끼게 해 주었다. 심지어 토니는 평소보다 더 찰싹 붙어 있었다. 아일리시는 이렇게 도움이 필요할 때면 플러드 신부나 키호 부인보다는 토니를 찾아오는 편이 든든하다는 사실, 자기에게 그가 첫 번째 사람이라는 사실이 그에게 중요하다는 것도 알고 있었다. 오늘 밤 방문이야말로 아일리시가 지금까지 보여 준 그 어떤 행동보다 그녀가 그의 곁에 남겠다는 의지를 정확하고 분명하게 보여 준 셈이었다.

간이식당에 들어가 주문을 끝낸 후, 토니는 천천히 잭의 편지를 읽었다. 아일리시가 보기엔 너무 느리다 싶을 정도로, 몇몇 단어는 입술을 달싹거리면서 천천히 읽었다. 아일리시는 문득 이 편지를 그에게 보여 주지 말아야 했나, 이렇게 그의 집으로 달려가지 말아야 했나 하는 후회가 들었다. 아일리시의 어머니가 딸을 보고 싶어 하고 혼자 지내지 못한다는 대목을 읽을 땐 틀림없이, 토니로서는 그녀가 떠날 것이며 이것이 그 소식을 알리는 방식이라고 오해할 게 뻔했다. 편지를 읽는 토니의 얼굴이 창백해지고, 맹렬하게 집중하는 것처럼 표정이 몹시 심각해지는 걸 지켜보면서 아일리시는 짐작했다. 지금 토니가 에니스코시에 있는 어머니에게 그녀가 필요하다는 암시가 담긴 부분을 곱씹고 있음을. 이제 아일리시는 아까 어떻게든 감정을 자제하지 못했다는 사실이, 그리고 자신이 이 사태를 예견하지 못했던 사실이 원망스러웠다. 그리고 어떤 말로도 토니에게 자신이 아일랜드로 돌아가지 않을 거라는 확신을 심어 줄 수 없다는 생각에 스스로가 어리석게 느껴졌다.

편지를 도로 건네는 토니의 눈에 눈물이 맺혀 있었다.

"잭은 아주 다정한 사람인가 봐. 내 생각엔……." 그는 잠시 머뭇거리더니 탁자 위로 아일리시의 손을 잡았다. "내가 뭐 후회한다는 뜻이 아니라, 그냥 내가 너랑 장례식에 가는 게 옳지 않았나 하는 거야. 너랑 같이 거기 갈 수 있었다면 말이야."

"알아."

"곧 어머니가 편지를 쓰시겠네. 그러면 편지봉투를 뜯지도 말고 일단 우리 집으로 달려와야 해."

그 말이 아일리시가 어머니의 편지를 뜯을 때 자기가 위로해 주어야 하니까 혼자 있어선 안 된다는 뜻인지는 알 수 없었다. 그게 아니라면 그녀의 마음을 알 수 없어서, 또는 그녀의 의도를 정확히 짐작할 수 없었기 때문에 아일리시가 가느냐 마느냐 하는 문제에 관해 어머니가 뭐라고 하는지 직접 확인하고 싶다는 의미였을 것이다.

아일리시는 이 모든 게 실수였다고 생각하면서, 밤늦게 방해해서 미안하다고 사과했다. 이 말이 얼마나 쌀쌀맞게 들릴지, 그리고 얼마나 거리를 두는 것처럼 보일지 걱정이 들자, 아일리시는 자신이 필요로 할 때 지금 이렇게 같이 나와줘서 정말 고맙다고 말했다. 토니는 고개를 끄덕였다. 그러나 그가 편지 때문에 심란하다는 걸, 혹은 어쩌면 아일리시의 행동에 몹시 섭섭해하고 있다는 걸, 아니면 둘 다 섞인 심정으로 곤혹스러워하고 있다는 걸 그녀는 알고 있었다.

자칫하면 집으로 돌아가는 마지막 열차를 놓칠 수도 있

다며 아일리시가 말렸지만, 토니는 그녀를 집까지 바래다 주겠다고 고집했다. 또 한 번 그들은 말없이 걸었다. 그러나 지하철역에서 집까지 캄캄하고 춥고 텅 빈 거리를 걸어가는 동안, 아일리시는 상처 입은 사람 품에 안겨 있다는 느낌이 들었다. 그 편지의 어조가 실제로 무슨 일이 벌어졌는지를 그에게 똑똑히 일러 주었을 뿐 아니라, 아일리시가 그로서는 전혀 알지 못하는 전혀 다른 세계에 속한 사람임을 확실히 각인시킨 듯했다. 아일리시는 그가 울 것 같다는 생각이 들었고, 자신의 슬픔 일부를 그에게 건넸다는 죄책감마저 들었다. 그러다가 그녀는 그 쓰라리고 슬픔 어린 혼란 속에서도 그것을 기꺼이 받아 주고 참아 주는 토니에게 친밀감을 느꼈다. 아일리시는 이제 그를 찾아 이 밤길을 나섰을 때보다 더욱 혼란스러웠다.

집 앞에 도착하자 토니가 붙잡았지만 키스하지는 않았다. 아일리시는 그의 온기가 느껴질 만큼 바짝 다가섰다. 곧이어 두 사람 다 흐느끼기 시작했다. 아일리시는 자기는 가지 않을 거라고 토니가 믿게끔 말하고 싶었다. 하지만 순간 그런 생각이 들었다. 토니는 그녀가 가야 한다고 생각할 거라고, 그 편지가 아일리시의 의무를 그에게 일깨워 주었다고. 그래서 지금 그 모든 것 때문에 우는 거라고. 죽은 로즈 때문에, 외로운 그녀의 어머니 때문에, 가야 하는 아일리시 때문에, 그리고 남겨질 자신 때문에 우는 거라고. 확실한 다짐이라도 할 수 있다면 좋으련만. 아니, 그가 무슨 생각을 하는지 안다면, 또는 왜 지금 그녀보다 더 서럽게 우는지 이유라도 알 수 있기를 바랐다.

아일리시는 이렇게 혼자 지하실 계단을 내려가서 방에 전등을 켜면 그 적막을 견디지 못하리라 예감했다. 그리고 그가 등을 돌려 돌아가지 못할 거라는 것도 알았다. 그녀는 외투 주머니에서 열쇠를 꺼내면서 키호 부인의 방 창을 가리켰고 입술에 손가락을 갖다 대었다. 그들은 발끝으로 지하실 계단을 내려갔다. 아일리시가 문을 열고 현관 전등을 켠 뒤 소리 나지 않게 지하실 문을 닫았고, 방문을 열어 주고는 복도 전등을 껐다.

방은 따뜻했다. 두 사람은 외투를 벗었다. 토니는 울어서 얼굴이 퉁퉁 부어 있었다. 애써 웃음을 지으려는 그를 아일리시가 다가가서 껴안아 주었다.

"여기가 네가 사는 데야?"

"응, 한 번이라도 소리 냈다가는 난 쫓겨날 거야."

그는 부드럽게 키스했고 그녀가 입을 벌려 주었을 때에야 혀로 화답했다. 그의 몸은 따뜻했다. 토니를 바짝 끌어당기는 순간 아일리시는 그의 몸이 이상하리만치 연약하게 느껴졌다. 아일리시는 손으로 그의 등을 쓸어내리다가

셔츠 밑을 파고들어 살갗을 어루만졌다. 그들은 말없이 침대로 다가갔다. 둘이 나란히 누웠을 때, 토니가 아일리시의 치마를 올렸고, 그녀가 성기를 볼 수 있을 만큼 바지를 내렸다. 아일리시는 그가 신호를 기다리고 있으며, 키스를 계속하는 동안 그 이상은 아무것도 하지 않을 생각임을 알았다. 그녀는 눈을 뜨고 그의 감은 눈을 보았다. 조용히 몸을 떼어 낸 아일리시는 팬티를 벗었다. 다시 나란히 누울 때쯤엔 그도 아일리시가 만질 수 있게 바지를 더 많이 내리고 속옷도 벗었다. 토니는 아일리시의 가슴에 손을 대려고 했지만 브래지어를 쉽게 풀지 못했다. 대신 아일리시의 등에 손을 대고서는 맹렬히 키스하는 데 집중했다.

그가 그녀 위에서 몸을 움직여 안으로 들어왔을 때 아일리시는 갑작스러운 공포가 느껴졌으나 소리를 내지 않으려 애썼다. 고통과 충격 때문만은 아니었다. 자신이 그를 통제할 수 없다는 생각 때문이었다. 그녀가 원했던 것보다 그의 성기가 훨씬 더 깊숙이 파고들었다. 그것이 밀고 들어올 때마다 그녀의 내부 어딘가를 망가뜨리기라도 할 것만 같았다. 그것이 뒤로 물러가면 한숨 돌리다가도 다시 들어올 때면 더욱 아플 뿐이었다. 그것을 멈추려고 아일리시는 있는 힘껏 몸을 죄었다. 그렇게 세게 밀고 들어오지 말라고, 뭔가 부서질 것 같다고 소리 지르거나 신호를 보내고 싶었다.

소리를 지를 수 없다는 사실 때문에 공포는 더욱 심해졌다. 아일리시는 젖 먹던 힘까지 다해서 온몸을 세게 죄었다. 그러는 동안 그가 숨을 토하며 소리를 냈다. 사람의 것이라곤 상상하지 못한 소리, 새어 나가지 못하게 억누른 흐느낌 같은 소리였다. 움직임이 멈춘 사이 아일리시는 이제 그가 몸을 빼기를 바라는 마음에서 몸을 더욱 힘껏 죄었다. 하지만 그는 그녀 위에서 숨을 몰아쉬고 있었다. 토니는 자신의 호흡 외에는 어떤 것도 의식하지 못하는 모양이었다. 아일리시가 밑에 조용히 누워 있는 이 시간 동안 그녀가 존재하는지 알지도 못하고 신경 쓰지도 않는 것 같았다. 아일리시는 앞으로 어떻게 서로 얼굴을 마주 볼 수 있을지 자신이 없었다. 그녀는 그가 뭐라도 하기를 기다리며 움직이지 않았다.

이윽고 몸을 뗀 후 토니의 행동은 그녀를 놀라게 했다. 그는 아무 말도 없이 일어서서 아일리시를 바라보며, 미소를 짓고는 신발과 양말을 벗더니 이어서 바지와 속옷까지 벗어 던졌다. 그리고 침대 옆에 무릎을 꿇고 천천히 그녀의 옷을 벗겼고, 그녀가 알몸이 되어 팔로 가슴을 가리자 자신도 셔츠를 벗어 알몸이 되었다. 그는 수줍은 듯 조용히 그녀 곁으로 다가와 침대 이불을 들어 올리더니, 같이 침대보를 덮은 채 한동안 말없이 나란히 누워 있었다. 얼마 후 그녀의 손이 다시 발기된 그의 성기에 닿았을 때, 아일리시는 그의 몸이 얼마나 매끄럽고 아름다운지 알았다. 모든 것을 드러낸 토니는 그녀와 길거리에 있을 때보다, 또는 키도 체격도 더 큰 남자들과 비교되어 때론 유약해 보이기까지 하는 무도장에 있을 때보다 훨씬 더 강인해 보였다. 토니가 다시 그녀 안으로 들어오고 싶어 한다는 걸 알았을 때, 아일리시는 아까는 너무 심하게 거칠었다고 속삭였다.

"내 목까지 밀고 들어오는 줄 알았어." 아일리시가 숨을 죽이며 웃었다.

"그럴 수만 있다면 좋게."

그녀는 그를 세게 꼬집었다.

"어림없어, 그런 건 바라지도 마."

"아, 아파." 토니가 속삭이고는 키스하면서 천천히 그녀 위로 올라갔다.

이번에는 아까보다 고통이 더 심했다. 마치 몸 안에 멍이 들었거나 베인 곳을 그가 때리는 느낌이었다.

"아까보다 나아?" 그가 물었다.

그녀는 최대한 세게 몸을 죄었다.

"아, 정말 좋아. 더 해 줄 수 있어?"

한 번 더 깊이 밀고 들어오면서, 토니는 그녀와 같이 있다는 사실을 의식하지 못하는 듯했다. 자기만의 세계에 빠진 듯 보였다. 그가 그녀를 초월했다는 이런 느낌 때문에 아일리시는 어느 때보다 더 그를 갈망했고, 지금 이 순간과 훗날 이 일에 대한 추억만으로도 충분하리라는 생각이 들었다. 그것은 지금까지 그녀가 상상했던 그 어떤 것보다도 그녀에게 커다란 변화를 가져다주었다.

다음 날 토니는 아일리시가 퇴근하기를 기다리고 있었다. 그들은 아무 말 없이 지하철역을 향해 풀턴가를 걸어갔다. 지하철역에 다다르자, 그들은 수업이 끝난 후 학교 건물 밖에서 다시 만나기로 약속했다. 헤어질 때 그는 우울하다 못해 거의 그녀에게 화난 듯한 표정이었다. 나중에 그는 아일리시를 집까지 바래다주었는데, 그녀가 지하실 계단을 내려가기 전 고개를 돌렸을 때 토니는 여전히 그 자리에 서 있었다. 그는 동생 프랭크가 씩 웃을 때와 너무도 닮은, 장난기와 순진함이 가득한 웃음을 보냈으므로, 아일리시는 웃음을 터뜨리며 짐짓 나무라듯 그에게 손가락질을 했다.

부엌에 올라가 주전자 물이 끓기를 기다리는 동안 식탁에 홀로 앉아 있는 키호 부인이 그녀에게 말을 붙이지 않고 있다는 사실이 점점 분명하게 느껴졌다. 아일리시는 가벼운 마음에 키호 부인에게 무슨 문제가 있냐고 물어볼 뻔했지만 이상한 점을 눈치채지 못한 척 시치미 떼고 부엌을 서성였다.

그러다가 문득 어떤 소리도 놓치지 않고 듣는 재주가 있는 것 같은 키호 부인이 어젯밤 토니가 지하실에 드나드는 소리를 듣지 않았을까 하는, 어쩌면 더 나쁘게는 그의 목소리를 들은 건 아닐까 하는 생각이 스쳤다. 하숙생들이 저지를 수 있는 온갖 무도한 행위 중에서도, 그것만큼은 하숙생들 자신이나 키호 부인이 일말의 가능성으로라도 입에 담지 못했던 짓이었다. 그건 생각할 수 있는 범위를 넘어선 것이었다. 패티와 다이애나가 마음껏 남자 친구 얘기를 할 때는 많아도, 둘 중 누군가가 남자 친구와 밤새도록 함께 지내거나 남자 친구를 침실로 들인다는 건 생각조차 할 수 없었다. 키호 부인이 자아내는 오싹한 침묵 속에 앉아서, 아일리시는 토니가 자기 방 근처에 왔었다는 사실을 뻔뻔하게 단칼에 부정하기로, 그런 생각은 집주인만큼이나 자기에게도 충격이라고 주장할 작정이었다.

아일리시가 수란과 토스트를 만드는 사이 패티와 다이애나가 들어왔고, 그제야 그녀는 마음이 놓였다. 그들은 패티가 외투 한 벌을 봐 두었는데, 급여가 나오는 금요일까지 그 옷이 그대로 있으면 살 거라고 이야기했다. 키호 부인은 말없이 일어서더니 쾅 소리 나게 문을 닫고 부엌을 나갔다.

"뭐가 또 신경을 긁나 보지?" 패티가 물었다.

"난 알 것 같아." 다이애나가 아일리시를 보면서 말했다. "하지만 맹세코 난 아무 소리도 못 들었어."

"뭘 들었다고?" 패티가 물었다.

"아무것도." 다이애나가 대답했다. "하지만 아름답게 들리던걸."

아일리시는 깊은 잠을 잤고 아침에 깼을 때는 힘이 없고 온몸이 쑤셨다. 로즈의 죽음이 마치 오래전 일처럼 느껴진 반면, 토니와 함께 보낸 밤은 아주 강력한 뭔가로 아직 그녀 곁에 남아 있었다. 아일리시는 만에 하나 임신했다면 어떻게 그 사실을 알게 되는지, 그 징후가 얼마나 빨리 나타나는지 궁금했다. 그녀는 배를 만져 보면서, 어쩌면 바로 지금 여기서 뭔가 일어나고 있는 건 아닐까 하고 상상해 보았다. 조그만 매듭 같은, 아니 그보다 더 작은, 물방울보다도 작지만 안에는 그것이 자라는 데 필요한 모든 것이 담긴 무언가가 이루어지고 있지 않을까. 아일리시는 그것을 멈추게 하거나 씻어 낼 어떤 방법이 있는지 알고 싶었다. 그러나 그런 생각이 머리에 떠오르자마자, 그런 생각을 하는 것마저도 옳지 않으며, 자신이 고해성사를 해야 하고 토니도 그래야 한다고 믿었다.

아일리시는 토니가 다시는 어젯밤처럼 씩 웃지 말아 주기를, 그리고 만약 임신했다면 그녀가 처한 곤경을 깨달아 주기를 바랐다. 그리고 만약 임신이 아니라면, 그들이 한 일이 옳지 않은 일이며, 더구나 로즈가 이제 막 무덤에 누운 지금은 더더욱 옳지 않은 일임을 지금의 그녀처럼 그가 이해해 주기를 바랐다. 그러나 고해성사를 하러 가서 그들이 저지른 일을 사제에게 말한다고 해도, 그 일이 있기 30분 전만 해도 둘이서 함께 울고 있었다는 말은 누구에게도 하지 못하리라. 그건 너무 이상해 보일 테니까.

그날 저녁 아일리시는 토니를 만나자마자 다음 날인 금요일 저녁에 둘 다 고해성사를 하러 가야 한다고, 그가 이 일을 이해해 주리라 믿는다고 말했다.

"난 플러드 신부님한텐 못 가겠어. 아니, 나를 알아볼 어떤 신부님한테도 못 갈 거야. 상관없다는 건 알지만 그래도 못 하겠어."

토니는 자기 동네의 교회로 가자고 했다. 그곳의 사제들은 대부분 이탈리아인이라는 것이었다.

"영어로 말하면 무슨 말인지 이해 못 하는 신부님들도 더러 계시거든."

"그렇담 그건 진짜 고해성사가 아니잖아."

"하지만 몇 마디 중요한 단어는 알아들으시겠지."

"농담하지 마. 너도 고해성사를 해야 해."

"알아." 그가 말했다. "나한테 하나만 약속해 줄래?" 그가 다가섰다. "고해성사를 한 뒤에도 나한테 다정하게 대해 주겠다고. 그러니까 내 손을 잡아 주고 나한테 말을 걸어 주고 웃어 주겠다고."

"그럼 제대로 고해성사를 하겠다고 약속할 거야?"

"그럼, 약속할게. 그리고 엄마가 일요일에 우리 집에서 점심 식사를 같이했으면 하셔. 엄마는 계속 네 걱정이거든."

다음 날 저녁 그들은 토니가 다니는 교회 밖에서 만났다. 토니는 각자 다른 사제를 찾아가야 한다고 우겼다. 아일리시가 만날 사제는 긴 이탈리아식 성을 가졌지만 그냥 '안토니'라고 불렀다. 젊고 친절하고 영어를 하는 사람이라고 했고, 토니는 나이 많은 이탈리아 사제 중 한 사람을 찾아간다고 했다.

"신부님이 네 말을 이해하시게 확실히 말씀드려야 해." 아일리시가 속삭였다.

아일리시가 사제한테 사흘 전 밤에 남자 친구와 성관계를 두 번 가졌다고 말하자, 사제는 오랫동안 침묵을 지켰다.

"이번이 처음이었나요?" 마침내 사제가 입을 떼고 물었다.

“네, 신부님.”

“두 분이 서로 사랑합니까?”

“네, 신부님.”

“만약 임신한다면 어떻게 하실 건가요?”

“그는 저랑 결혼하려 할 거예요.”

“당신도 그 사람과 결혼하고 싶은가요?”

아일리시는 대답하지 못했다. 얼마 후 그가 다시 물었다. 동정 어린 목소리였다.

“저도 그 친구랑 결혼하고 싶어질 거예요.” 그녀는 머뭇거리면서 말했다. “하지만 지금은 결혼할 준비가 되어 있지 않아요.”

“하지만 그 사람을 사랑한다면서요?”

“그는 좋은 사람이에요.”

“그걸로 충분한가요?”

“그를 사랑해요.”

“하지만 확신하지는 못하는군요?”

아일리시는 한숨을 쉬고는 아무 말도 하지 않았다.

“그와 벌인 일이 후회되나요?”

“네, 신부님.”

“속죄를 위해 성모 마리아께 기도하세요. 딱 한 번. 천천히 그 의미를 되새기면서요. 그리고 한 달 후 다시 오겠다고 약속하셔야 합니다. 만약 임신했다면 그건 그때 다시 얘기하기로 하고요. 우리가 할 수 있는 한 모든 방법으로 도와드리겠습니다."

키호 부인의 집으로 돌아와 보니 지하실에 자물쇠가 채워져 있었다. 아일리시는 위층 현관문으로 들어가야 했다. 키호 부인은 미스 매캐덤과 부엌에 있었는데, 미스 매캐덤은 무도회에 가지 않겠다고 말하고 있었다.

"앞으로 지하실 출입문을 잠가 놓을 생각이다." 키호 부인은 마치 미스 매캐덤에게만 말하듯 내뱉었다. "그 아래 누가 내려가는지 알 수가 없잖아."

"잘하셨어요." 미스 매캐덤이 맞장구를 쳤다.

아일리시가 저녁을 준비하는 동안, 키호 부인과 미스 매캐덤은 아일리시를 유령 취급 하고 있었다.

아일리시의 어머니는 자신이 얼마나 외롭게 지내는지, 낮이 얼마나 길고 밤은 얼마나 힘든지 하소연하는 편지를 보내왔다. 이웃들이 항상 집에 들러 들여다보고 차 마시러 오라고 부르지만, 어머니는 사람들에게 말할 거리가 다 떨어졌다고 푸념하고 있었다. 아일리시는 어머니에게 여러 번 편지를 보냈다. 바르토치스 매장과 풀턴가의 다른 가게들에 나온 여름옷 스타일에 관한 소식이며, 5월에 있을 시험을 준비한다는 애기를 하면서, 자격을 갖춘 부기원이 되기 위해 시험에 합격하도록 열심히 공부하고 있다고 적었다.

집으로 보내는 편지에는 토니 애기를 일절 한 적이 없지만, 지금쯤 어머니는 로즈의 방을 치우다가, 혹은 사무실 책상에 있던 로즈의 유품을 받아 보다가 아일리시가 로즈에게 보낸 편지를 발견하고 읽었을지도 모르는 일이었다. 토니는 매일 만나고 있었으나, 때로는 그저 학교 밖에서 만나 같이 시내 전차를 탔다가 집까지 걸어오는 게 전부였다. 그녀의 방에서 함께 보낸 그날 밤 이후 둘 사이의 모든 것이 달라져 버렸다. 그는 더 편안해진 것 같았고, 기꺼이 침묵할 줄도 알았으며 많은 관심을 끌려고 하거나 농담하려 애쓰지도 않았다. 그리고 자기를 기다리고 있는 토니를 볼 때마다, 아일리시는 둘이 더욱 가까워졌다는 느낌을 받았다. 키스할 때마다, 심지어는 길을 걷다가 서로 몸이라도 스치면 함께했던 그날 밤이 떠올랐다.

일단 임신이 아니라는 사실을 알게 되자 아일리시는 즐거운 마음으로 그날 밤을 떠올리게 되었다. 특히 그 사제를 다시 만난 뒤에는 마음이 더욱 가벼워졌다. 사제는 아일리시와 토니 사이에 있었던 일이 옳지 않은 건 사실이지만, 이해하기 어려운 일은 아님을 에둘러 말했다. 어쩌면 그건 그들이 결혼해서 가족을 이루는 걸 고려해야 한다는 신의 계시일지 모른다고 했던 것이다. 두 번째로 갔을 때는 그 사제가 아주 편안하게 말을 받아 준다고 느껴졌다. 아일리시는 그동안의 모든 이야기를 털어놓고 어머니에 대해서는 어떻게 해야 하는지 물어보고 싶은 마음이 들었다. 어머니의 편지는 점점 더 슬퍼져 갔고, 가끔은 편지지 위의 글씨가 이상하게 비뚤어져서 거의 읽을 수 없을 때도 있었다. 그러나 아일리시는 더는 말하지 않고 고해성사실을 나왔다.

어느 일요일에 미사를 마치고 실라 헤퍼넌과 교회를 나오던 아일리시는 플러드 신부를 보았다. 미사가 끝나면 종종 교회 앞에 서서 교구 주민들에게 인사하는 플러드 신부인데, 그날따라 그들이 다가가자 시선을 피하며 그늘 속으로 자리를 옮기더니 곧 여러 명의 여자들과 진지하게 대화를 나누었다. 아일리시는 뒤에서 기다렸지만 신부는 그녀를 힐긋 보기만 할 뿐 그냥 등을 돌려 급한 걸음으로 멀어져 갔다. 키호 부인이 신부에게 고자질했다는 생각이 곧바로 뇌리를 스쳤다. 그렇다면 되도록 빨리 신부를 만나야 했다. 비록 플러드 신부에게 무슨 말을 어떻게 해야 할지 아직 생각해 둔 건 없지만, 신부가 어머니에게 편지를 쓰는 상상할 수도 없는 일을 하기 전에.

그래서 아일리시는 토니의 식구들과 점심 식사를 한 뒤, 토니에게 지금은 가서 공부를 해야 한다고 둘러대고 나중에 만나자고 약속했다. 토니가 지하철을 타고 바래다주겠다는 것도 거절했다. 지하철역을 나온 아일리시는 곧장 플러드 신부의 집으로 향했다.

앞쪽 응접실에서 신부를 기다리며 앉아 있던 아일리시는 그제야, 자기가 섣불리 키호 부인 얘기를 꺼낼 수는 없으니 신부가 먼저 얘기를 꺼내기를 기다려야 한다는 생각이 들었다. 만약 신부가 키호 부인 이야기를 하지 않으면 어머니 이야기를 하면 되고, 하다못해 부기 시험에 합격한 후 바르토치스 사무실에 결원이 생기면 그녀가 자리를 옮길 가능성이 있는지를 의논할 수도 있었다. 복도를 걸어오는 발소리를 들으며 아일리시는 선택권은 자신에게 있음을 깨달았다. 굳이 모든 걸 인정하지는 않으면서도 신부 앞에서 겸손한 표정으로 비굴하게 사죄하는 듯한 태도를 보일 수도 있었다. 아니면 이런 상황에서 로즈가 취할 행동을 상상하고, 당당하게 자리에서 일어나 플러드 신부에게 나라고 어떤 잘못도 저지르지 못하란 법은 없다는 식으로 말할 수도 있을 것이다.

응접실에 들어온 플러드 신부는 뭐가 거북한지 아일리시와 직접 눈을 마주치지 않았다.

"지금 제가 방해되는 건 아니겠죠, 신부님."

"아, 아니다. 전혀 아니야. 그냥 서류를 보던 중이었다."

지금은 신부보다 먼저 말을 꺼내는 것이 중요했다.

"신부님이 어머니께 말씀을 들으셨는지는 모르겠지만, 어머니가 제게 계속 편지를 보내시는데 전혀 잘 지내시는 것 같지 않아서요."

"참 유감이구나. 물론 나도 네 어머니가 힘들 거라고 생각은 했다만."

아일리시를 바라보는 그 눈빛이 뭐든 간에, 신부는 그 눈빛으로 자기가 한 말에 그 이상의 뜻이 담겨 있음을, 어머니가 단지 로즈를 잃어서만이 아니라 밤중에 침실로 남자를 들이는 딸을 두어서 더 힘들 거라는 암시를 전하고 있었다.

아일리시는 이제 신부의 눈을 똑바로 마주하고 침묵으로 충분히 뜸을 들이면서, 자기는 신부가 한 말의 의미를 이해했지만 조금이라도 그것에 대해 고민할 의사는 없음을 보였다.

"신부님도 아시겠지만 전 다음 달 시험에 기대를 걸고 있어요. 통과하면 제가 자격을 갖춘 부기원이 된다는 걸 뜻하니까요. 저축해 둔 돈이 조금 있으니 바르토치스에서 무급 휴가를 허락해 준다면 잠깐 어머니를 뵈러 고향에 다녀

올까 해요. 그리고 다른 하숙생들하고도 그렇지만 키호 부인하고 지내는 게 좀 힘들어서 아일랜드에서 돌아오면 하숙집을 바꾸는 걸 고려해 볼까 해요."

"키호 부인은 아주 좋으신 분이다. 요즘에는 아일랜드의 정이 남아 있는 그런 집이 많지 않아. 옛날에는 더 많았지만 말이다."

아일리시는 대답하지 않았다.

"내가 바르토치 사장한테 말해 주길 바라는구나?" 신부가 물었다. "얼마나 오래 있다 올 생각이니?"

"한 달요." 아일리시가 말했다.

"돌아오면 사무실에 자리가 날 때까지 매장에서 일하겠다고?"

"네."

신부는 고개를 끄덕이더니 뭔가 생각하는 눈치였다.

"키호 부인한테도 내가 말해 주었으면 하는 거니?"

"부인을 벌써 만나신 줄 알았어요."

"로즈가 죽은 뒤론 아직이야." 플러드 신부가 말했다. "그 후로 내가 부인을 만난 적이 있는지 잘 모르겠구나."

아일리시는 신부의 얼굴을 가만히 뜯어보았지만 그 말이 사실인지 아닌지 종잡을 수 없었다.

"키호 부인과 잘 지내 보는 건 어떻겠니?"

"제가 어떻게요?"

"부인은 널 무척 아끼시던데."

아일리시는 아무 말도 하지 않았다.

"이렇게 하자꾸나." 플러드 신부가 말했다. "네가 키호 엄마와 화해한다면 바르토치 사장한테 얘기해서 주선해 주마."

"어떻게 하라는 말씀이세요?" 그녀가 다시 물었다.

"부인한테 상냥하게 대하렴."

플러드 신부를 만나기 전까지는 잠시 고향에 다녀온다는 생각은 아예 떠올리지도 못했었다. 그러나 일단 말이 내뱉어지고, 전혀 터무니없지는 않은 그 말이 플러드 신부의 승낙을 얻자 그것은 하나의 계획, 그녀가 결심한 일이 되고 말았다. 다음 날 점심시간에 아일리시는 여행사에 가서 대서양 횡단 정기선의 뱃삯을 알아보았다. 시험 결과가 나올 때까지는 기다리겠지만, 일단 시험 결과가 나오면 한 달 동안 집에 갈 계획이었다. 편도 여정이 닷새나 엿새는 걸릴 테니 어머니와는 2주 반 정도 보내게 될 터였다.

아일리시는 그 주 후반에 어머니에게 편지를 쓰면서도 집에 갈 계획에 관해서는 일언반구도 하지 않았다. 어느 날 그녀는 백화점 매장에 찾아온 플러드 신부를 보았다. 신부가 그녀 옆을 지나면서 한쪽 눈을 찡긋해 보인 걸로 봐서 그녀 일로 거기 온 모양이었다. 아일리시는 신부가 곧 그녀를 위한 소식을 전해 주기를 바랐다.

금요일 무도회가 끝나고 토니가 그녀를 집까지 바래다준 후, 아일리시는 플러드 신부가 인편으로 보낸 편지를 발견했다. 곧이어 키호 부인이 부엌에 들어오더니 홍차를 준비하겠다고 하면서 아일리시도 같이 마시자고 말했다. 아일리시는 키호 부인에게 따뜻한 웃음을 보이며 좋다고 말하고는 방에 내려가서 편지를 열어 보았다. 플러드 신부가 쓴 그 편지는, 바르토치스 매장에서 그녀에게 한 달 무급 휴가를 줄 수 있으니 날짜는 미스 포티니와 정하면 되고, 그녀가 시험에 합격하면 6개월 이내로 사무실 일자리를 제공할 수 있기를 바란다는 내용이었다. 편지를 침대에 놓고 위층으로 올라가 보니 아일리시의 찻잔에는 홍차가 넘칠 정도로 채워져 있었다.

"내가 지하실 문을 자물쇠로 잠가 두면 마음이 좀 놓이겠니?" 키호 부인이 물었다. "어떻게 해야 좋을지 몰라서 같이 포커 치는 친구의 남편인 멀홀 경사한테 부탁했다. 사람 좋은 그분이 부하 순경들한테 우리 지하실 문을 특별히 감시하라고 시켰다더구나. 만에 하나 그 아래서 부적절한 행동을 보게 되면 보고하라고 했대."

“오, 정말 좋은 생각이에요, 키호 부인.” 아일리시가 말했다.

“다음에 부인께서 그분을 만나면 우리 모두를 대신해 감사하다고 전해 주세요.”

아일리시는 법학 시험이 지난번처럼 쉽게 출제되기를 바랐다. 나머지 모든 과목은 그동안 공부한 것으로 충분했다. 그러나 최종 시험의 하나로 모든 학생은 한 회사의 1년 살림에 관한 모든 세부 항목을 정리하게 될 예정이었다. 임대료, 난방비, 전기료, 임금, 그리고 기계와 다른 자산에 대한 감가상각비, 채무, 자본 투자와 세금 등이 모두 들어가야 했다. 이뿐만 아니라 도매나 소매의 수많은 재원에서 오는 수입도 있을 것이었다. 이 모든 것을 원장의 세로 칸에 정확히 기입하고, 연례 총회에서 회사 이사진과 주주들이 원장을 보고 이익이나 손실 규모를 한눈에 알 수 있도록 깔끔하게 정리해야 했다. 이 시험을 통과하지 못하는 학생은 다른 필기시험 성적이 좋더라도 합격점을 얻지 못한다고 들었다. 시험 전체를 다시 쳐야 한다는 뜻이었다.

시험 날짜가 가까워져 오던 어느 날 밤 토니와 함께 집에 가던 중, 아일리시는 일단 시험 결과가 나오면 한 달 동안 집에 갈 거라는 계획을 이야기했다. 마침내 어머니에게도 그 소식을 편지로 전했던 것이다. 토니는 아무 대꾸도 없었지만, 집에 도착하자 동네 한 바퀴만 같이 걷자고 부탁했다. 그는 얼굴이 창백해져 심각한 표정이었고 말하면서도 아일리시를 똑바로 쳐다보지 않았다.

하숙집에서 멀리 떨어진 어느 곳에 이르자 토니는 사람이 없는 계단에 앉았고 아일리시는 난간에 기대섰다. 아일랜드로 간다고 하면 그가 화낼 거라고 짐작하고는 있었다. 그리고 너는 브루클린에 가족이 있으니 집에서 떨어져 사는 게 어떤지 모를 거라고 해명할 각오가 되어 있었다. 만약 너도 비슷한 상황이라면 집에 다녀올 거라는 말도 준비해 두었다.

"돌아가기 전에 나랑 결혼해 줘." 그가 거의 숨죽인 소리로 말했다.

"뭐라고?" 아일리시가 계단으로 다가가 그의 곁에 앉았다.

"가면 넌 돌아오지 않을 거야."

"한 달만 가 있는다니까, 말했잖아."

"가기 전에 나랑 결혼해."

"내가 돌아온다고 믿지 않는구나."

"나도 네 오빠가 쓴 편지를 읽었잖아. 네가 집에 갔다가 다시 떠나오기가 얼마나 힘들지 알아. 나라도 힘들 거야. 난 네가 얼마나 착한 사람인지 알아. 어머니를 혼자 남겨 둘 수 없다고 설명하는 네 편지를 받을까 봐, 내내 가슴 졸이며 지낼 거라고."

"꼭 돌아온다고 약속할게."

지금까지 결혼해 달라고 말할 때마다 토니는 그녀에게서 고개를 돌린 채 혼잣말하듯 웅얼거렸다. 하지만 이번에 그는 아일리시를 똑바로 쳐다보았다.

"교회에서 하는 결혼을 말하는 것도 아니고 남편과 아내로서 같이 살자는 것도 아니야. 누구한테 말할 필요도 없어. 그저 우리 둘만 알면 돼. 교회에서 하는 결혼은 나중에 네가 돌아온 후 우리가 결심이 섰을 때 하면 되잖아."

"그냥 그런 식으로 결혼해도 되겠어?" 아일리시가 물었다.

"그렇고말고. 혼인 신고를 해야 하니까 뭐가 필요한지 내가 알아볼게."

"왜 그렇게 결혼을 하고 싶은 거야?"

"그냥 우리끼리 뭐라도 해 두자는 얘기야."

"하지만 왜 그러기를 바라는데?"

이제 그의 눈에는 눈물이 고여 있었다. "그렇게라도 하지 않으면 미쳐 버릴 것 같아서."

"아무한테도 말하지 말고?"

"아무한테도. 각자 반일 휴가를 내는 거야, 그거면 돼."

"그럼 반지도 끼고?"

"원하면 끼는 거지. 싫다고 해도 괜찮아. 네가 원하면 모든 걸 그냥 우리 둘 사이의 비밀로 해도 돼."

"약속으로는 충분하지 않아?"

"약속할 수 있다면, 이것도 충분히 할 수 있어." 그가 말했다.

토니는 아일리시의 시험이 끝나자 곧 날을 잡았고 그들은 모든 준비를 시작하면서 필요한 서류 양식을 채워 나갔다. 그날을 앞둔 일요일에 아일리시는 평소처럼 토니네 식구들과 점심을 먹으러 그의 집에 갔다. 자리에 앉을 때 그녀는 토니가 어머니한테 말했거나, 아니면 어머니가 무슨 낌새를 챘다는 느낌을 받았다. 식탁에는 새 식탁보가 깔려 있었고 그의 어머니는 중요한 행사를 암시하는 옷차림을 하고 있었다. 이윽고 들어온 토니의 아버지와 세 동생도 모두 평소와는 다르게 재킷 차림에 넥타이까지 매고 있었다. 그들이 식사를 위해 자리에 앉았을 때도, 무엇보다 프랭크가 유난히 조용했다. 그리고 프랭크가 무슨 말을 하려고 하면 식구들이 아예 입을 열지도 못하게 막았다.

식사 도중에도 몇 번이나 더, 프랭크는 뭔가 말하려고 입을 열 때마다 제지당하곤 했다.

보다 못한 아일리시는 프랭크가 하고 싶은 말이 뭔지 들어 봐야겠다고 고집을 부렸다.

"우리가 다 롱아일랜드로 이사 가서 누나도 거기다 집을 짓게 되면, 누나 집에 내 방 하나 마련해 줄래요? 우리 식구들이 못살게 굴면 누나 집에 가서 지낼 수 있게요."

아일리시가 보니 토니는 고개를 숙이고 있었다.

"물론이지, 프랭크. 그리고 언제든 오고 싶을 때 와도 돼."

"내가 하고 싶었던 말은 그게 다예요."

"철 좀 들어라, 프랭크." 토니가 말했다.

"철 좀 들어, 프랭크." 로런스가 받았다.

"그래, 프랭크." 모리스도 거들었다.

"봤죠?" 프랭크는 아일리시에게 몸짓을 하더니 세 형들을 가리켰다. "내가 이런 형들을 상대해야 한다니까."

"걱정 마. 형들은 내가 알아서 할게." 아일리시가 말했다.

식사가 거의 끝나고 디저트가 나오자, 토니의 아버지가 특별한 유리잔들을 꺼내더니 프로세코* 한 병을 땄다. 그는 아일리시의 안전한 여행과 귀환을 위해 건배하자고 제안했다. 이것 또한 토니가 식구들에게 결혼 얘기는 한마디도 안 하고, 그냥 한 달 동안 집에 가 있겠다는 그녀의 계획만 말했다는 것으로 생각해도 될지 알 수 없었다. 그렇지만

♦ Prosecco. 이탈리아의 스파클링 와인.

프랭크가 엿듣지 않은 이상, 토니가 프랭크에게 그 사실을 알렸을 리는 없다는 생각이 들었다. 어쩌면 그들은 그저 그녀가 고향에 간다는 이유로 특별한 점심을 마련한 것인지도 몰랐다.

디저트에 이은 기분 좋고 유쾌한 분위기 속에서 아일리시는 둘이 결혼할 거라는 소식을 토니가 식구들에게 벌써 알렸기를 바라는 마음마저 들기 시작했다.

토니가 잡은 혼인 신고식은 아일리시가 떠나기 일주일 전 오후 2시였다. 시험은 잘 치렀으므로 아일리시는 합격을 거의 확신했다. 결혼하는 다른 남녀들은 가족과 친구들과 함께 왔기 때문에, 토니와 아일리시의 혼인 신고식은 매우 조촐해 보였고 신속하게 끝났다. 차례를 기다리는 사람들은 단둘이 치르는 그들의 신고식에 굉장한 호기심을 보였다.

그날 오후 기차를 타고 코니아일랜드로 가면서, 토니는 처음으로 언제쯤 두 사람이 교회에서 결혼하고 함께 살게 될지 물었다.

"그동안 돈을 좀 모아 뒀어. 그거면 아파트를 구할 수 있을 거야. 그렇게 살다가 준비가 되면 새 집으로 이사하자."

"난 상관없어." 아일리시가 말했다. "지금 너랑 같이 우리 고향 집으로 가는 거라면 좋겠다."

그가 그녀의 손을 잡았다.

"내 마음도 그래. 근데 네 손가락에 낀 반지가 근사해 보인다."

아일리시는 반지를 보았다.

"키호 부인이 보기 전에 반지 빼는 걸 잊지 말아야 할 텐데."

바다는 거칠어서 회색을 띠고 있었고 바람은 하얗게 굽이치는 구름을 사방으로 흩어 놓고 있었다. 그들은 천천히 판자 산책로를 따라 걷다가 부두로 내려갔고, 부두에 서서 어부들을 지켜보았다. 돌아오는 길에 네이선스 식당에 앉아 핫도그를 먹던 아일리시는 옆 테이블에 앉은 사람이 그녀의 결혼반지를 유심히 살펴보는 걸 눈치챘다. 그녀는 혼자 미소를 지었다.

"나중에 우리 애들한테 우리가 이렇게 결혼했다고 말할 날이 올까?" 아일리시가 물었다.

"아마 우리가 늙어서 할 얘기가 바닥났을 즈음에." 토니가 말했다. "아니면 무슨 기념일을 위해 아껴 둘 수도 있고."

"애들이 어떻게 생각할지 궁금하다."

"우리가 지금 보러 갈 영화 제목이 〈뉴욕의 꽃 The Belle of New York〉이야. 아이들이 그 대목은 믿겠지. 하지만 영화가 끝나고 지하철을 타고 내가 널 키호 부인의 집에 떨어뜨려 놓고 혼자 돌아왔다면, 그건 믿지 않으려 들걸."

핫도그를 다 먹은 그들은 나란히 지하철역을 향해 걸어가 그들을 시내로 데려다줄 열차를 기다렸다.

제4부

어머니가 로즈의 침실을 보여 주었다. 방은 아침 햇살로 가득했다. 로즈는 모든 것을 두고 갔다, 옷장과 서랍장에 둔 옷가지들까지도 원래 있던 그대로라고 어머니는 말했다.

"사람을 불러서 창문도 닦고 커튼도 세탁했다. 그리고 내가 직접 방 먼지를 떨고 쓸긴 했지만, 그것 말고는 예전과 똑같아."

집 자체는 낯설지 않았다. 아일리시가 감지한 건 든든하고 익숙한 분위기, 희미하게 배어 있는 음식 냄새, 그림자들, 생생한 어머니의 존재감뿐이었다. 그러나 로즈의 침실에서 느껴지는 정적은 전혀 생각하지 못한 것이었다. 그 방을 바라보고 서 있으면서도 아일리시는 거의 아무 느낌이 없었다. 어머니는 지금 그녀가 울기를 바랄까, 아니면 로즈의 죽음을 더욱 사무치게 느끼게끔 방을 그대로 놔둔 걸까. 아일리시는 무슨 말을 해야 좋을지 몰랐다.

"조만간 우리가 이 옷가지들을 정리할 때가 오겠지. 로즈가 얼마 전에 새 겨울 외투를 샀는데 너한테 어울리는지도 보자꾸나. 로즈는 예쁜 것들을 많이 갖고 있었어."

갑자기 피로가 몰려오면서 아일리시는 이따가 아침 식사를 하고 나면 잠을 좀 자야겠다고 생각했다. 그러나 어머니는 진작부터 막내딸과 함께 이 문간에 서서 로즈의 방을 바라보며 과거를 추억할 이 순간을 계획하고 있었을 터였다.

"사실 가끔은 로즈가 아직도 살아 있는 것 같아." 어머니가 말했다. "위층에서 아주 작은 소리라도 들릴 때면 틀림없이 로즈라는 생각이 자꾸 들어."

아침 식사를 하면서 아일리시는 뭔가 할 말을 생각해 내고 싶었지만 어머니가 하는 말 한마디 한마디가 미리 준비해 둔 것 같아 좀처럼 말을 꺼내기가 힘들었다.

"네가 로즈의 무덤에 갈 때 가져갈 화환을 만들어 달라고 특별히 주문했다. 계속 날씨가 좋으면 가 보자꾸나. 그때 가서 네 아버지 묘비명 아래 로즈의 이름과 날짜를 새기면 되겠다."

아일리시는 어머니가 말하는 도중에 끼어들어 "저 결혼했어요"라고 선언하면 어떻게 될까 잠시 생각해 보았다. 어머니는 못 들은 척하거나 아예 아일리시가 아무 말 하지 않은 것처럼 시치미를 뗄 것이다. 그것도 아니라면, 창유리가 깨질 것이다.

겨우 말할 틈이 생겨서 피곤하니 잠시 누워 있어야겠다고 말할 때까지, 어머니는 미국에서 그녀가 어떻게 지냈는지, 하다못해 집으로 오는 여행이 어땠는지 한마디도 묻지 않았다. 어머니가 딸에게 할 말과 보여 줄 것들을 미리 준비해 둔 것처럼, 아일리시도 첫날인 오늘을 어떻게 보낼지 계획한 것이 있었다. 뉴욕에서 코브까지 오는 뱃길이 리버풀에서 출발했던 첫 번째 항해보다 얼마나 더 순탄했는지, 햇볕을 쬐면서 갑판에 앉아 있는 게 얼마나 좋았는지 설명할 생각이었다. 그리고 자신이 시험에 합격했고, 조만간 자신을 정식 부기원으로 인증하는 자격증을 발송할 거라는 브루클린 칼리지의 편지를 어머니에게 보여 드릴 예정이었다. 아일리시는 어머니를 위해 산 카디건과 스카프, 스타킹 몇 켤레를 내밀었지만, 어머니는 거의 멍한 얼굴로 그것들을 옆으로 치워 두면서 나중에 열어 보겠다고 말했다.

아일리시는 옛날에 쓰던 방의 문을 닫고 커튼을 치자 마음이 놓였다. 전날 밤 로슬레어 항구에 있는 호텔에서 푹 잤는데도 오로지 자고 싶다는 생각뿐이었다. 코브에서는 토니에게 안전하게 도착했다는 엽서를 보냈고, 로슬레어에서는 이번 여행을 설명하는 편지를 썼다. 지금 이 침실에서는 편지를 쓰지 않아도 된다는 것이 다행스러웠다. 이 방에는 생기가 전혀 없었고, 자신에게 아무 의미 없다는 사실이 오히려 두려울 정도였다. 집에 오면 기분이 어떨지 생각한 적이 전혀 없었다. 당연히 편안할 거라고 기대했기 때문이다. 이 집의 방들이 주는 익숙함을 너무도 그리워했으므로 집 안에 들어서면 행복하고 편안할 거라 예상했다. 그러나 이 첫째 날 오전에 할 수 있는 일이라곤 돌아갈 때까지 남은 날을 세는 게 고작이었다. 기분이 묘했고 죄책감이 들었다. 아일리시는 침대에 몸을 웅크리고 누워 잠들기를 바라며 눈을 감았다.

어머니가 차 마실 시간이 다 됐다며 깨웠다. 여섯 시간은 잔 것 같은데도 다시 잠드는 것 말고는 하고 싶은 게 없었다. 어머니가 뜨거운 물을 준비했으니 목욕하고 싶으면 하라고 말했다. 아일리시는 여행 가방을 열어 옷가지를 옷장에 걸고, 나머지 물건들은 서랍장에 넣으며 정리를 시작했다. 그리고 구김이 많이 가지 않은 듯한 여름 드레스 한 벌과 카디건 하나, 깨끗한 속옷과 납작한 구두 한 켤레를 꺼냈다.

목욕을 마치고 옷을 갈아입은 뒤 부엌에 들어가자, 어머니가 살짝 못마땅한 눈길로 그녀를 위아래로 훑어보았다. 아일리시는 지금 입은 옷 색깔이 너무 밝아서 그런가 보다 했지만, 이 옷보다 어두운 색의 옷은 없었다.

"요즘 시내 사람들 모두가 네 소식을 묻는다." 어머니가 말했다. "하다못해 넬리 켈리까지 네 소식을 묻더구나. 그 여자가 가게 문 앞에 서 있는 걸 봤는데 나한테 으르렁거리듯 큰 소리로 묻지 뭐냐. 네 친구들도 모두 집에 들르고 싶어 하던데, 네가 안정될 때까지 기다리는 게 좋겠다고 말했다."

아일리시는 어머니가 항상 이렇게 말대꾸는 사양한다는 식의 말투를 썼던가 싶어 의아했다. 그러다 갑자기, 전에는 어머니와 단둘이 있었던 적이 거의 없었음을 깨달았다. 어머니와 그녀 사이에는 항상 로즈가 있었다. 로즈는 두 사람 모두에게 할 말도 많았고, 질문도 많았고, 들려줄 평이나 의견도 많았다. 단둘이 있기는 어머니에게도 힘들 거라고 아일리시는 생각했다. 결국 며칠 더 기다리면서 어머니가 그녀의 미국 생활에 관심을 가지게 될지, 그래서 서서히 토니 얘기를 꺼내고, 미국에 돌아가면 토니와 결혼할 거라고 말할 만한 분위기가 될지 두고 보는 것이 최선일 것 같았다.

그들은 식탁에 앉아 로즈가 죽은 후 몇 주 동안 받은 애도의 편지와 추모 카드를 전부 훑어보았다. 어머니는 한 추모 카드를 간직하고 있었다. 거기엔 로즈가 가장 아름답고 행복했던 때의 사진과 함께 로즈의 이름과 나이, 사망 날짜가 적혀 있고, 뒷면 아래쪽에는 짤막한 기도문이 실려 있었다. 이런 카드에는 답장을 보내야 했다. 그뿐만 아니라 편지를 보낸 사람들, 조문 왔던 사람들에게도 특별한 인사말이나 긴 편지로 답장을 보내야 했다. 어머니는 추모 카드를 세 더미로 분류해 두고 있었다. 첫 번째는 봉투에 이름과 주소를 적어 카드를 동봉하기만 하면 되는 것들, 두 번째는 어머니가 인사말이나 편지를 써야 하는 것들, 마지막은 아일리시가 인사말이나 편지를 써야 하는 것들이었다. 아일리시는 어렴풋이, 아버지가 돌아가신 후에도 이런 일이 있었다는 게 기억났다. 그러나 생각해 보면, 로즈가 모든 일을 처리했고 아일리시는 적극적으로 참여하지 않았다.

어머니는 그동안 받은 애도의 편지 가운데 몇 통은 외우다시피 했다. 모든 조문객의 방명록도 갖고 있었다. 어머니는 그 명단을 일일이 훑으면서 너무 자주 들렀던 사람이나 너무 오래 머물렀던 사람, 또는 남의 험담을 너무 많이 했던 사람이나 뭔가 말실수를 해서 기분을 상하게 했던 사람에 관해 언급했다. 그리고 멀리 브리에서 자기 이웃이라며 시골 출신의 투박한 사람들을 데리고 찾아온 어머니의 사촌들도 있었는데, 어머니는 그 사촌들이든 사촌의 이웃들이든 다시는 볼 일이 없기를 바란다고 했다.

이어서 어머니는 커시갭에서 온 도라 데버루와 그 언니 스타티아 얘기를 했다. 두 사람은 어느 날 밤에 불쑥 찾아와서는 방에 있던 나머지 사람들이 들어 본 적도 없는 사람들에 관한 소식을 끊임없이 떠들었다고 했다. 두 사람 각자 추모 카드를 남겼으니 찾아 줘서 고맙다는 짤막한 인사를 적어 보내기는 하겠지만, 두 번 다시 급하게 찾아오도록 부추길 필요는 없다는 것이었다. 그리고 노라 웹스터가 왔었는데, 오빠들이 학교 다닐 때 선생이었던 마이클과 함께였으며, 시내를 통틀어서 가장 좋은 사람들이라고 평했다. 그 사람들이야 다시 와도 상관없지만 어린아이들이 있어서 아마 다시 오지는 않을 거라고 어머니는 말했다.

어머니가 나머지 사람들 이름을 줄줄 읊는 동안 아일리시는 미국에서 지내는 동안 들어 보지 못했던, 혹은 생각해 보지 못했던 이름들 때문에 킥킥대고 웃을 뻔했다. 어머니가 탑 근처에 사는 한 노파 얘기를 했을 때는 결국 참지 못하고 이렇게 물었다.

"세상에, 그 할머니 아직도 살아 계세요?"

어머니는 수심 어린 표정을 짓더니 다시 안경을 쓰고는

잘못 분류해 두었던 골프 클럽 회장의 편지를 찾기 시작했다. 로즈가 클럽에서 무척 소중한 여성 회원이었고 몹시 그리워질 거라는 내용의 편지였다. 그 편지를 찾은 어머니는 엄격한 표정으로 아일리시를 보았다.

아일리시가 쓴 편지나 인사말은 모두 어머니의 검사를 받아야 했는데, 어머니는 걸핏하면 다시 쓰라고 하거나 말미에 한 단락을 더 붙이기를 원했다. 그리고 아일리시가 쓰는 편지와 자신의 답장에서, 이제 아일리시가 집에 돌아와 말벗이 있으니 더는 방문할 필요가 없다는 점을 강조하길 바랐다.

아일리시는 사람들이 일단 첫 번째나 두 번째 문장을 넘어가면 애도를 표현하는 방식이 저마다 다르다는 게 신기했다. 어머니 역시 답장마다 말투나 내용을 달리하려 애쓰면서 각자에게 적당한 답례를 표하려고 했다. 그러나 그 일의 속도가 더디었으므로 첫째 날이 저물 때까지도 아일리시는 밖에 나가거나 혼자 있을 시간이 없었다. 심지어 절반도 끝내지 못했다.

다음 날 아일리시는 열심히 편지를 쓰면서, 계속 이렇게 이야기를 나누거나 그동안 받은 편지를 하나하나 다 들춰 보다가는 그들 앞에 놓인 일을 절대 마치지 못할 거라고 여러 번 어머니에게 말했다. 그러나 어머니는 대부분의 편지에 답장해야 하는 사람은 자신이지 아일리시가 아니라고 주장하면서 계속 천천히 편지를 썼을 뿐 아니라, 자신이 쓴 모든 편지를 아일리시에게 읽어 보라고까지 했다. 게다가 편지를 쓴 사람들에 관해, 아일리시가 만나지 못한 사람들까지 포함해 일일이 평하는 것을 멈추지 않았다.

아일리시는 몇 번이나 화제를 바꾸려 시도했다. 언제 더블린에 같이 갈 수 있는지, 하다못해 어느 오후에라도 기차 타고 웩스퍼드에 다녀올 수 있는지 물었다. 그러나 어머니는 기다려 보자고만 할 뿐, 중요한 건 이 편지들을 써서 부치는 것이며 그다음에는 로즈의 방을 치우고 로즈의 옷들을 정리해야 한다고 했다.

둘째 날에 차를 마시던 중 아일리시는 조만간 친구들에게 연락하지 않으면 친구들이 섭섭해할 거라고 어머니에게 말했다. 일단 이렇게 말을 꺼낸 이상, 하루쯤 자유 시간을 얻어 내고 말리라고 결심했다. 그래야만 점점 변덕스러워져 가는 어머니의 날카로운 감시 아래 편지를 쓰고 봉투에 주소 적는 일을 끝낸 후 곧장 로즈 방 정리로 넘어가는 것을 피할 수 있었다.

"내일 화환을 배달해 달라고 주문했으니 내일은 같이 묘지에 가자꾸나."

"네, 그럼 내일 저녁에 아네트랑 낸시를 만날래요."

“사실 그 애들이 너 언제 오느냐고 물어 오기는 했다. 이런저런 핑계로 내가 물리치기는 했지만 굳이 만나야겠다면 그 애들을 우리 집으로 초대하는 게 좋겠다.”

“그럼 지금 가서 전할래요.” 아일리시가 말했다. “낸시한테 메모를 남겨 놓으면 낸시가 아네트한테 연락할 거예요. 낸시가 아직도 조지를 만나나요? 낸시 말이 조지랑 약혼했다고 그러던데.”

“그 모든 소식은 낸시한테 직접 들으렴.” 어머니가 말하고는 미소를 지었다.

“조지는 정말 좋은 신랑감일 거예요. 더군다나 잘생겼고.”

“글쎄다, 난 잘 모르겠구나. 그 집 식구들이 낸시를 가게에서 노예처럼 부릴지도 모르지. 그리고 그 셰리든 부인이란 사람이 좀 고상한 척해야 말이지. 나라면 그런 여자는 아예 거들떠보지도 않을 거야.”

거리로 나오자 아일리시는 곧바로 마음이 편안해졌다. 마침 화창하고 따뜻한 저녁 시간이어서 거리가 얼마나 멀든 기분 좋게 걸어갈 수 있을 것 같았다. 한 여자가 아일리시의 옷과 스타킹, 구두, 그리고 햇볕에 태운 피부를 유심히 살펴보는 것 같았다. 낸시네 집으로 걸어가는 동안 아일리시는 재미있게도, 이 동네에서 자기가 매력적으로 보인다는 사실을 깨달았다. 그녀는 결혼반지를 꼈던 손가락 부위를 만지면서 오늘 밤 어머니가 잠자리에 들면 토니에게 편지를 쓰고 내일 아침 어머니 몰래 편지 부칠 방법을 궁리하기로 다짐했다. 문득 그런 생각도 들었다. 로즈에게 썼던 편지를 어머니가 못 보았을지도 모르니, 아일리시에게 특별한 사람이 미국에 있다는 비밀을 어머니에게 부드럽게 알리는 계기가 될 수도 있겠다고.

다음 날 아일리시와 어머니가 화환을 들고 묘지를 향해 나섰을 때, 길에서 마주친 사람마다 어김없이 걸음을 멈추고 말을 걸어왔다. 그들은 아일리시에게 매우 좋아 보인다고 덕담을 하면서도 도가 지나치거나 호들갑스럽게 칭찬하지는 않았다. 어머니와 함께 로즈의 무덤에 가는 길이라는 걸 알아보았던 것이다.

가족 묘역이 있는 곳을 향해 묘지 안의 큰길을 걸어갈 때에야 아일리시는 자신이 이 일을 얼마나 두려워하고 있었는지 비로소 실감했다. 그녀는 지난 이틀 동안 어머니에게 많이 짜증 냈던 게 미안해져서, 천천히 걸음을 늦추면서 화환을 든 채 어머니의 팔짱을 꼈다. 묘지에 서 있던 몇몇 사람이 무덤으로 다가가는 그들을 지켜보았다.

무덤에는 시들어 가는 화환이 있었다. 어머니는 그 화환을 치우고, 아일리시 곁으로 물러나 묘석을 마주 보았다.

"그래, 로즈." 어머니가 조용히 말했다. "아일리시가 왔다. 아일리시는 지금 집에 와 있어. 너에게 줄 싱싱한 꽃을 가져왔다."

아일리시는 어머니가 자기도 무슨 말이든 하기를 바라는지 알 수 없었지만, 지금은 울고 있었으므로 어머니가 알아듣게 말할 자신이 없었다. 그녀는 어머니의 손을 잡았다.

"언니를 위해 기도하고 있어. 그리고 언니 생각 많이 하고 있어." 아일리시가 속삭였다. "언니도 나를 위해 기도해 줘."

"로즈는 우리 모두를 위해 기도하고 있을 거야." 어머니가 말했다. "로즈는 저 위 천국에서 우리 모두를 위해 기도하고 있어."

조용히 묘지에 서 있는 동안, 로즈가 저 흙 아래 어둠에 둘러싸여 있다고 생각하니 아일리시는 견딜 수가 없었다. 그녀는 생전 로즈의 모습을 떠올리려고 애썼다. 반짝이는 눈, 목소리, 한기를 느낄 때 어깨에 카디건을 걸치는 습관, 그리고 어머니를 대하는 방식까지도. 로즈는 어머니가 딸들의 아주 사소한 일상까지 흥미를 갖도록 만들었다. 마치 어머니 자신이 딸들과 같은 친구, 같은 관심사, 같은 경험을 지닌 것처럼. 아일리시는 로즈의 영혼에 집중하면서, 발밑 바로 아래 축축한 흙 속에서 일어나고 있을 로즈 몸의 변화를 생각하지 않으려 애썼다.

집으로 올 때는 서머힐을 거쳐 페어그린을 지나 뒷길로 돌아왔다. 오늘은 아무도 만나고 싶지 않다는 어머니의 말 때문이었지만, 어머니는 아일리시가 누구를 만나서 집으로 초대하거나 어떤 이유에서든 아일리시가 자기 곁을 떠날 구실이 생기는 걸 원하지 않는 듯했다.

그날 저녁 낸시와 아네트가 집에 찾아왔을 때, 아일리시는 바로 낸시의 약혼반지를 알아보았다. 낸시는 조지와 약혼한 지 두 달이 되었고, 로즈 일 때문에 아일리시에게 그 소식을 알리지 않았다고 설명했다.

"하지만 결혼식에 맞춰서 네가 왔으니 정말 잘됐지 뭐니. 너희 엄마도 기뻐하셨어."

"결혼식이 언제야?"

"6월 27일 토요일."

"그때면 내가 떠난 후일 텐데." 아일리시가 대답했다.

"너희 엄마가 그때까지는 네가 여기 있을 거라고 그러셨어. 너랑 너희 엄마 모두 결혼식 초대에 응한다는 답장을 보내셨는걸."

어머니가 찻잔과 받침, 찻주전자와 조각 케이크가 담긴 쟁반을 들고 방으로 들어왔다.

"너희들 왔구나. 너희 둘을 보니 정말 반갑다. 이 집에 다시 생기가 도는 것 같아. 우리는 네 결혼을 고대하고 있단다, 낸시. 네 결혼식을 위해 우리도 가장 멋진 옷을 준비해야겠네. 로즈도 그걸 바랄 거야.”

어머니는 누가 뭐라고 대답하기도 전에 방을 나갔다. 낸시는 아일리시를 쳐다보고는 어깨를 으쓱했다. “너 꼼짝없이 내 결혼식에 와야겠다.”

아일리시가 머릿속으로 계산해 보니 결혼식은 떠나기로 예정한 날보다 나흘 뒤였다. 해운 회사에 미리 알려만 주면 날짜를 바꿀 수 있다던, 브루클린 여행사 직원의 말이 떠올랐다. 곧바로 그녀는 몇 주 더 머물기로 결심하고는 바르토치스 매장에 너무 심하게 반대하는 사람이 없기를 바랐다. 토니에게는 어머니가 출발 날짜를 잘못 알고 있었다고 설명하면 되겠지만, 어머니가 그 어떤 것도 잘못 알았을 리 없었다.

“혹시 뉴욕에서 널 애타게 기다리는 사람이 있는 건 아니지?” 아네트가 물었다.

“집주인 키호 부인 같은 사람?” 아일리시가 대답했다.

아일리시는 둘 중 누구에게라도 마음을 터놓을 수 없다는 걸 알았다. 더구나 이렇게 같이 있는 상황에서 너무 많은 것을 밝히지 않으면서는 말이다. 만약 이들에게 얘기한다면, 곧 어느 친구의 어머니든 자신의 어머니에게 그녀가 뉴욕에서 남자 친구를 사귄다고 말할 것이 뻔했다. 그러니 아무 말도 하지 않는 게 상책이었고, 대신 옷과 공부 얘기나 키호 부인과 하숙생들 얘기를 하는 게 나았다.

친구들이 그간의 소식을 전해 주었다. 누가 누구와 사귀는지, 누가 약혼할 계획인지 말했다. 낸시의 동생이 크리스마스 이후로 짐 패럴과 사귀다 헤어지기를 반복하다가 마침내 완전히 관계를 청산하고 펀스 출신의 새 남자 친구를 만난다는 최근 소식까지 알려 주었다.

"그 애는 모험 삼아 짐 패럴과 사귀었던 거야." 낸시가 말했다. "짐 패럴은 그날 밤 너한테 했던 것만큼이나 내 동생한테도 못되게 굴었어. 그때 짐 패럴이 얼마나 못되게 굴었는지 기억나지? 우린 모두 내 동생이 짐 패럴과 사귀지 않는다는 데 돈을 걸었어. 그런데 사귀지 뭐니. 하지만 결국엔 견디다 못해 헤어졌고, 나중에는 짐 때문에 정말 속이 썩었다고 고백하더라. 하지만 조지 말로는 짐 패럴이 일단 친해지고 나면 정말 좋은 사람이래. 조지가 짐 패럴이랑 같이 학교를 다녔잖아."

"조지는 정말 괜찮은 남자야." 아네트가 말했다.

짐 패럴은 조지의 친구로서 결혼식에 오지만, 낸시 동생이 펀스 출신의 새 남자 친구도 초대하겠다며 우기고 있다고 낸시가 말했다. 이렇게 남자 친구와 결혼 계획 얘기로 수다를 떨다 보니, 아일리시는 자기와 토니 외에는 아무도 참석하지 않았던 둘만의 비밀 결혼을 낸시나 아네트에게 말하면 그들이 할 말을 잃고 당황할 것 같았다. 그들에게는 너무도 이상한 일일 게 분명했다.

그 뒤로 며칠 동안 아일리시는 시내를 돌아다녔다. 일요일에 어머니와 함께 11시 미사를 보러 갔을 때는 사람들이 아일리시의 예쁜 옷과 세련된 머리 모양, 가무잡잡하게 태운 피부에 관해 한마디씩 칭찬했다. 아일리시는 날마다 아네트나 낸시를 같이 또는 따로 만날 계획을 세우면서, 어머니에게 미리 알리곤 했다. 그다음 주 수요일, 날씨가 좋으면 내일 점심때쯤 조지 셰리든과 낸시, 아네트와 함께 큐러클로 해변에 놀러 가기로 했다고 말하자, 어머니는 그렇다면 그날 저녁 아일리시의 외출 약속을 취소하고 로즈의 물건을 정리하면서 보관할 것과 버릴 것을 고르자고 했다.

그들은 옷장 속에 걸린 옷들을 꺼내 침대 위에 쌓아 놓았다. 아일리시는 언니 옷은 하나도 필요 없으니 전부 자선단체에 기부하는 게 최선이라고 확실히 말하고 싶었다. 그러나 어머니는 벌써 로즈가 산 지 얼마 되지 않은 겨울 외투는 물론이고 조금만 수선하면 아일리시에게 맞을 거라며 원피스 여러 벌을 옆으로 빼 두었다.

"여행 가방에 다 들어갈 자리가 없어요. 그리고 이 외투는 예쁘지만 내가 입기엔 색깔이 너무 어둡고요.”

여전히 옷들을 분류하느라 바쁜 어머니는 아일리시의 말을 못 들은 척했다.

“내일 아침에 이 원피스들과 외투를 가지고 양장점에 가야겠다. 적당한 크기로 줄이고 네 신식 미국 스타일에 맞추면 달라 보일 거야.”

이번에는 아일리시가 어머니의 말을 못 들은 척 서랍장 맨 아래 서랍을 빼서 내용물을 바닥에 쏟아부었다. 로즈에게 썼던 편지들이 만약 그 안에 있다면, 어머니가 찾기 전에 먼저 찾아내려는 속셈이었다. 낡은 메달과 소책자, 심지어 몇 년 동안 사용한 적 없는 머리 그물망과 머리핀, 접어놓은 손수건이 나왔다. 사진과 높은 골프 점수가 적힌 기록 카드도 있었다. 아일리시는 사진들을 한쪽으로 치워 놓았다. 그 서랍에는, 아니, 다른 어느 서랍에서도 편지의 흔적은 전혀 없었다.

“대부분이 다 쓰레기예요, 엄마. 사진만 놔두고 나머지는 버리는 게 낫겠어요.”

“아니, 내가 한번 전부 봐야겠다. 거긴 관두고 여기 와서 이 스카프 개는 거나 도와주렴.”

결국 다음 날 아침 아일리시는 어머니에게 로즈의 원피스나 외투가 아무리 우아하고 비싸더라도 자기는 그 어떤 것도 입고 싶지 않으니 양장점에 가지 않겠다고 힘주어 말했다.

"그럼 나더러 저것들을 버리란 말이니?"

"그 옷들을 좋아할 사람은 많아요."

"너한테는 좋은 옷이 아니라고?"

"제게는 제 옷이 있어요."

"좋다, 네 마음이 바뀔지도 모르니 저 옷들을 옷장에 넣어 두마. 저것들을 줘 버릴 수도 있지만 그랬다간 일요일 미사에서 모르는 사람이 저 옷을 입고 있는 걸 보게 될지도 몰라. 그럼 참 기분 좋겠구나."

아일리시는 우체국에 갔을 때 우표와 미국에 보낼 때 쓰는 규격 봉투를 미리 충분히 사 두었다. 그녀는 토니에게 아일랜드에 몇 주 더 머물겠다는 편지를 보냈고, 코브에 있는 해운 회사에는 전에 예약했던 배편을 취소하고 이후 돌아갈 날짜를 어떻게 예약하는지 알려 달라는 내용의 편지를 썼다. 미스 포티니와 키호 부인에게는, 일단 더 기다리다가 출발 날짜가 가까워지면 그때 가서 늦게 돌아간다는 소식을 전하기로 했다. 병을 핑계로 대는 게 괜찮은지 알 수 없었다. 그녀는 토니에게 로즈의 무덤을 방문했던 일과 낸시의 약혼 소식을 전하면서, 외로울 때면 그를 떠올리기 위해 반지를 늘 지니고 다닌다는 말로 그를 안심시켰다.

점심시간에 아일리시는 수건 한 장과 수영복, 샌들 한 켤레를 가방에 넣고, 조지 셰리든이 태우러 오기로 약속한 낸시네 집으로 향했다. 날씨는 화창했다. 공기는 달콤하고 고요했지만, 낸시네 집 안에서 조지가 도착하기를 기다릴 때는 덥고 답답하게 느껴졌다. 조지가 배달할 때 몰고 다니는 스테이션왜건의 빵빵거리는 경적이 들리자 그들은 밖으로 나갔다. 놀랍게도 짐 패럴이 아일리시를 위해 차 문을 열어 주었고, 낸시를 앞쪽 조수석에 타게 하더니 자기는 아일리시 옆에 앉았다.

아일리시는 짐에게 쌀쌀맞게 고갯짓으로 인사하고는 되도록 멀리 떨어져 앉았다. 지난 일요일 미사에서 그를 보기는 했지만 애써 피했다. 차가 시내를 벗어날 무렵, 아일리시는 같이 가는 사람이 아네트가 아니라 짐이라는 사실을 깨달았다. 미리 말하지 않은 낸시가 괘씸했다. 사실을 알았다면 약속을 취소했을 터였다. 차가 오즈번 도로를 따라 비니거 힐을 향해 달릴 무렵 조지와 짐이 무슨 럭비 경기 얘기를 시작하자 아일리시는 더욱 화가 났다. 차는 이어서 큐러클로를 향해 오른쪽으로 돌았다. 잠깐 동안 아일리시는 두 남자가 말하는 데 끼어들어서 브루클린에도 비니거 힐이 있다고, 그렇지만 그 이름을 땄음에도 에니스코시를 굽어보는 비니거 힐과 비슷한 점은 전혀 없다고 말할까 생각했다. 저들의 입을 닥치게 할 수만 있다면 어떤 얘기라도 좋았다. 그러나 대신에 짐 패럴에게 한마디도 하지 말자고, 아예 그의 존재도 인정하지 말자고, 그리고 저들의 대화에 틈이 생기는 즉시 짐 패럴이 입도 벙긋 못 할 화제를 꺼내기로 결심했다.

조지가 차를 세운 후 모래 언덕에 놓인 판자 길을 낸시와 함께 앞서가며 모래사장으로 향할 때였다. 짐 패럴이 아일리시에게 어머니의 안부를 묻고는 자기도 어머니 아버지와 함께 로즈의 장례식에 갔었다는 얘기를 아주 빠르게 쏟아 놓았다. 그러고는 자기 어머니가 골프 클럽에서 로즈 누나를 무척이나 아끼셨다며 말을 이었다.

"어쨌거나 그 일은 오랫동안 우리 마을에서 일어난 사건 중에 제일 슬픈 일이었어."

아일리시는 고개를 끄덕였다. 짐 패럴이 자기를 좋게 생각해 주기를 바라는 거라면, 가능한 한 빨리 자기는 그럴 의사가 전혀 없다고 알려야 했다. 다만 지금은 때가 아닌 것 같았다.

"집에 있으려면 힘들 거야. 물론 네 어머니는 좋으시겠지만." 아일리시는 그를 돌아보고는 슬프게 미소 지었다. 그들은 다시 입을 다물었고 해변에 도착해 조지와 낸시를 따라잡을 때까지 말하지 않았다.

나중에 보니, 짐은 수건이나 옷을 가져오지도 않았다. 그는 어쨌거나 물이 너무 차가울 거라고 말했다. 아일리시 는 낸시를 쳐다보고는, 낸시에게 보라는 듯이 짐에게 날카 로운 눈길을 던졌다. 짐이 신발과 양말을 벗고 바지 밑단을 말아 올린 채 바다로 걸어가는 사이, 나머지 세 사람은 옷 을 갈아입기 시작했다. 몇 년 전이었다면 아일리시는 에니 스코시에서 오는 내내 자신의 수영복과 수영복 맵시를 걱 정하고, 해변에서 꼴사납거나 어색해 보이지는 않을까 고 민하고, 조지와 짐이 어떻게 생각할까 마음 졸였을 것이었 다. 그러나 지금, 그녀는 귀향길 뱃전에서, 그리고 토니와 코니아일랜드에서 그을린 구릿빛 피부를 간직하고 있었 다. 해변으로 걸어가는 발걸음에는 묘한 자신감이 실려 있 었다. 그녀는 물가에서 찰박거리며 물장난을 하는 짐 패럴 에게 한마디도 하지 않고 지나쳐 물속으로 걸어 들어갔다. 첫 번째 높은 파도가 다가와 부서지는 순간에 파도 속으로 몸을 던져 그 너머로 헤엄쳐 나갔다.

아일리시는 짐 패럴이 자기를 지켜본다는 걸 알았다. 그 의 옆을 지나갈 때 본의 아니게 물을 튀기게 될 거라는 생 각에 혼자 미소를 지었다. 그 순간 이 일을 언니에게 말하 면 그녀가 좋아할 거라는 생각이 머리를 스쳤다. 그러나 다 음 순간 실제로 아플 만큼 사무치는 회한이 밀려왔다. 로즈는 죽었고, 이런 평범한 일들을 그녀는 영원히 알 수 없었으므로.

나중에 낸시와 조지가 밸리코니거 해변 쪽으로 앞장서 걸어가자, 아일리시와 짐이 그 뒤를 따르게 되었다. 짐이 미국에 관해 묻기 시작했다. 그는 뉴욕에 사는 삼촌이 두 명 있다고 했다. 맨해튼의 초고층 건물들 사이에 있는 삼촌들의 모습을 상상하곤 했는데, 알고 보니 뉴욕시에서 300킬로미터 넘게 떨어진 곳에 살고 있다는 있었다는 것이다. 그중 한 분이 사는 곳은 뉴욕주에 있고 번클로디보다도 작은 마을이었다. 로즈가 아는 신부님이 자신에게 미국행을 권했고 많이 도와주었다고 아일리시가 말하자, 짐은 신부님의 이름을 물었다. 플러드 신부라는 대답을 들은 짐 패럴은 자기 부모님이 그를 잘 안다고, 그가 자기 아버지와 함께 세인트피터스 칼리지를 다녔던 같다고 말했다. 그 순간 아일리시는 당황했다.

나중에 그들은 웩스퍼드로 차를 몰고 가서, 결혼식 피로연 장소로 예정된 텔벗 호텔에서 차를 마셨다. 에니스코시에 돌아와서는 짐이 집에 가기 전에 아버지의 선술집에 가서 한잔 마시자고 일행을 초대했다. 바에서 손님을 접대하고 있던 짐의 아버지는 그들의 나들이 소식을 잘 알고 있었고, 아일리시가 안절부절못할 만큼 넘치도록 따뜻하게 그녀를 맞아 주었다. 그들은 헤어지기 전, 오는 일요일에도 나들이를 가자고 약속했다. 조지는 다음번엔 큐러클로에서 돌아오는 길에 코트타운의 무도회에 갈 수도 있다고 했다.

아일리시는 프라이어리가의 집 현관 열쇠가 없었으므로 문을 두드려야 했다. 어머니가 잠들지 않았기를 바랐다. 어머니가 천천히 문으로 나오는 소리가 들리는 걸로 봐서 부엌에 있었던 모양이었다. 자물쇠를 열고 빗장을 풀기까지 한참이나 걸렸다.

"그래, 왔구나." 어머니가 말하고 미소를 지었다. "너한테 열쇠를 하나 줘야겠구나."

"주무시는데 깨운 건 아니죠?"

"그래, 네가 나가는 걸 보고 오늘 늦게 올 줄 알았는데 그렇게 늦지는 않았네. 아직 완전히 어둡지는 않잖니."

어머니는 문을 닫고 아일리시를 부엌으로 이끌었다.

"자, 말해 보렴. 오늘 나들이는 재미있었니?"

"좋았어요. 웩스퍼드까지 가서 차를 마셨어요."

"짐 패럴이 너무 못되게 굴지는 않았겠지?"

"괜찮던걸요. 평소 태도에 비하면."

"그건 그렇고. 중요한 소식이 있다. 데이비스 사무실에서 너를 찾아 사람을 보냈더구나, 회사가 비상이라고. 내일 화물차 기사들이랑 공장에서 일하는 사람들에게 급여를 줘야 하는데 여직원 하나가 휴가 중이고 앨리스 로시는 아파서 누워 있대. 그래서 어쩔 줄을 몰라 하던 차에 누군가 네 얘기를 했다는구나. 그래서 너더러 내일 아침 9시 반까지 사무실에 와 달라고 하기에 갈 거라고 대답했다. 거절하는 것보다야 들어주는 게 낫지.”

“제가 와 있는 줄 그 사람들이 어떻게 알았대요?”

“시내에 네 소식을 모르는 사람은 없어. 내일 아침 8시 반에 아침을 차려 놓으마. 격식에 맞는 옷차림으로 가는 게 나을 거야. 이제 지나치게 미국 냄새 나는 옷은 안 돼.”

어머니는 흡족한 미소를 한가득 머금고 있었고, 덕분에 아일리시는 마음이 놓였다. 요 며칠 사이에 둘 사이의 침묵이 두려워지면서, 딸의 미국 생활에 관해 어떤 것에도, 아무리 사소한 얘기에도 관심이 없는 어머니가 야속해지던 참이었다. 이제 그들은 부엌에서 낸시와 조지 얘기, 그들의 결혼 애기를 나누었고, 결혼식에 입을 옷을 사러 다음 주 화요일에 더블린에 가기로 계획을 세웠다. 그리고 낸시의 결혼 선물로 무엇을 살지 의논했다.

위층에 올라갔을 때, 아일리시는 처음으로 집에 온 것이 덜 불편하게 느껴졌다. 심지어 데이비스 사무실에서 급여 건을 처리할 내일과 주말이 기다려지기까지 했다. 그러고 나서 옷을 벗던 아일리시는 침대에 놓인 편지 한 통을 발견했다. 편지봉투에 적힌 이름과 주소를 보고서 단번에 토니의 편지임을 알아보았다. 어머니는 편지를 거기 놓아두면서도 편지에 관해선 한마디도 않기로 작정한 게 틀림없었다. 순간적으로 토니에게 무슨 안 좋은 일이 생겼나 하는 불안에 휩싸여 봉투를 열었지만, 그녀를 향한 사랑을 고백하고 얼마나 보고 싶은지 강조하는 솔직한 문장을 읽자 아일리시는 마음이 놓였다.

편지를 읽다 보니 그 편지를 아래층에 가져가서 어머니에게 읽어 주고 싶었다. 문체는 딱딱하고 격식을 차렸으며 예스러웠다. 그건 분명 편지 쓰기에 익숙하지 않은 사람이 쓴 글이었다. 그렇지만 토니는 거기에 자기만의 어떤 것, 따스함, 친절, 세상에 대한 열정을 덧입히고 있었다. 그리고 항상 그에게 깃든 어떤 기운이, 그 편지에도 서려 있었다. 고개를 돌리면 그녀가 떠나 버릴까 하는 조바심 같은 것이. 사실 그날 오후에, 따뜻한 날씨와 바다를 만끽하고, 낸시와 조지, 심지어 마지막에는 짐과도 즐겁게 어울리는 동안 아일리시는 토니에게서 멀리, 아주 멀리 떨어져 있었다. 갑작스럽게 다시 익숙해져 버린 편안함 속에 푹 젖어 있기는 했다.

이제 아일리시는 토니와 결혼하지 않았다면 어땠을까 하는 마음이 들었다. 그를 사랑하지 않아서, 또는 돌아갈 생각이 없어서가 아니었다. 어머니나 친구들에게 사실을 털어놓을 수 없는 까닭에 미국에서 보낸 나날들이 고향에서 보내는 이 시간과는 도저히 연결될 수 없는 일종의 환영으로 다가왔기 때문이었다. 그것은 마치 그녀가 둘인 것 같은 이상한 느낌을 주었다. 브루클린에서 두 번의 추운 겨울과 힘들었던 숱한 나날에 맞서 싸우고, 사랑에 빠졌던 한 사람과, 어머니의 딸로서 모두가 아는, 아니 모두가 안다고 생각하는 또 한 사람.

아일리시는 당장 아래층으로 내려가 자기가 저지른 짓을 어머니한테 말하고 싶었지만, 결코 그러지 않을 거란 사실을 알고 있었다. 그러느니 직장 때문에 브루클린에 돌아가야 한다고 둘러대고, 브루클린에 돌아간 뒤 사랑하는 남자를 만나고 있으며 그와 약혼하고 결혼하고 싶다고 편지로 털어놓는 편이 더 간단할 터였다. 이 집에 있을 날도 몇 주 안 남았다. 그 시간을 최대한으로 즐기는 것이 현명했다. 막간 촌극을 부를지 모를 중대 결정은 절대 하지 말자고 그녀는 침대에 누워서 생각했다. 이렇게 집에 있을 기회가 앞으로 다시 있으리란 보장이 없었다. 그녀는 내일 아침에 일찍 일어나서 토니에게 편지를 쓰고 데이비스 사무실에 일하러 가는 길에 부치기로 했다.

다음 날 아침, 아일리시는 자기가 로즈의 유령이라는 생각을 떨치기 힘들었다. 어머니는 로즈한테 하던 것과 똑같은 말로 옷맵시를 칭찬하고, 로즈에게 하던 것과 똑같이 아침을 차려 주면서 말을 붙였다. 그런 뒤에는 아일리시 자신도 로즈처럼 씩씩한 걸음으로 일하러 나섰던 것이다. 로즈가 다녔던 길을 걷던 아일리시는 우아하고 당당한 로즈의 걸음걸이를 흉내 내지 않으려고 애써 좀 더 천천히 걸어갔다.

사무실에는 언니에게서 자주 얘기 들었던 마리아 게딩스가 기다리고 있었다. 그녀는 현금이 보관된 내실로 아일리시를 안내했다. 그녀에 따르면 요즘이 한창 바쁠 때여서 화물차 기사들과 공장 사람들 모두가 지난주에 초과 근무를 했다. 근무 시간을 기록해 놓긴 했지만, 지금까지 아무도 초과 근무 수당을 계산하지 않았다. 수당은 특별한 양식에 기입해서 일반 급여에 추가해서 지급하고, 급여 명세서도 별도로 제공해야 했다. 마리아는 명세서가 알파벳 순서로 정리되어 있지도 않다고 전했다.

아일리시는 지급해야 할 초과 근무 수당 비율에 관한 모든 정보를 자신에게 알려 주고, 두 시간 정도 혼자 내버려 두면 해결해 보겠노라고 말했다. 단, 필요할 때마다 마리아에게 질문할 수 있기를 바랐다. 아일리시는 혼자 일할 때

능률이 가장 높지만 사소한 의문이라도 생기면 마리아에게 알리겠다고 말했다. 마리아는 아일리시가 방해받지 않고 사무실에 혼자 있도록 문을 닫아 두겠다고 말하고 사무실을 나서면서, 사람들은 보통 5시쯤에 급여 봉투를 받으러 오며 지불할 돈은 금고에 현금으로 보관되어 있다고 말했다.

아일리시는 스테이플러를 찾아서 각 일꾼의 통상적인 급여 명세서에 초과 근무 수당 양식을 붙이기 시작했다. 그리고 그것들을 알파벳 순서로 정리했다. 정리를 마친 후 아일리시는 근속 연수와 직책에 따라 차이가 나는 수당 비율표와 대조하며, 노동자 한 명 한 명에게 지급할 금액을 계산해 서류에 기재했다. 이 액수를 별도의 목록에 적고, 그런 다음 그 액수를 합산해서 회사가 사람들에게 지급해야 할 총액이 얼마인지 알아냈다. 액수가 딱딱 들어맞았기 때문에, 일은 일사천리로 진행되었다. 덧셈에서 실수하지 않게 집중하고, 금고 안에 지불할 지폐와 동전이 충분하다면 이 일을 완벽하게 끝낼 수 있을 듯했다.

아일리시는 짧게 점심시간을 갖는 동안, 마리아에게 별다른 도움은 필요하지 않고 봉투 한 묶음과 잔돈이 충분하지 않을 경우에 은행이나 우체국에 다녀올 사람만 있으면 된다고 말했다. 모든 일은 4시에 끝났다. 지급된 급여 총액은 처음 그녀가 합산했던 액수와 같았다. 아일리시는 각각의 봉투에 지급액의 세부 항목이 들어간 명세서를 넣었고, 사무실 보관용으로 명세서마다 한 부씩 복사해 두었다.

이것은 아일리시가 꿈꿔 오던 바로 그 일이었다. 바르토치스 매장에 서서 손님들에게 밝은 피부에는 세피아색과 커피색이 어울리고 어두운 피부에는 레드폭스 스타킹이 어울린다고 말하면서, 곁눈으로 사무실 직원들이 왔다 갔다 하는 것을 볼 때, 브루클린 칼리지에서 강의를 듣거나 앉아서 시험공부를 할 때 꿈꾸곤 했던 그 바로 일이었다. 그녀는 일단 토니와 결혼하면, 퇴사해서 집을 청소하고 음식을 준비하고 쇼핑을 하고, 그러다가 아이를 낳고 아이들을 돌보게 될 거라는 걸 알고 있었다. 아직까지 토니에게는 계속 일하고 싶다고, 하다못해 부기원이 필요하다는 곳이 있으면 집에서 시간제로라도 일하고 싶다고 말해 본 적이 없었다. 바르토치스의 사무실 여직원 중에 결혼한 사람은 아무도 없는 것 같았다. 데이비스 사무실에서 하루 일과를 마칠 때쯤 아일리시는, 토니가 동생들과 세우기로 한 회사의 회계 업무를 자기가 볼 수 있을지도 모른다는 생각이 들었다. 이런 생각을 하다 보니, 아침에 토니에게 편지를 쓴다고 하고선 깜박했다는 사실을 깨달았고, 저녁때 꼭 시간을 내서 편지를 써야겠다고 다짐했다.

일요일, 아직 따뜻한 날씨가 이어지고 있었다. 점심 식사를 막 끝냈을 때 조지가 낸시와 짐을 태운 차를 프라이어리가에 있는 그녀의 집 앞에 세웠다. 짐은 차 뒷문을 열고서 아일리시가 타도록 문을 열어 주었다. 흰색 셔츠 차림의 그는 소매를 걷어 올리고 있었다. 그 팔의 검은 털과 하얀 피부가 아일리시의 눈에 띄었다. 그는 머릿기름을 바르고 있었다. 옷차림에 상당히 신경 쓴 모양이었다. 차가 시내를 빠져나갈 때 짐이 아일리시에게 조용히, 전날 밤 선술집이 어땠는지 물었다. 그러면서 부모가 자신에게 그 선술집을 물려주었지만, 본인이 외출하고 싶어 하면 기꺼이 대신 나와서 일해 주니 자기는 정말 행운아라고 덧붙였다.

조지는 큐러클로는 너무 북적거릴지도 모른다며 대신 커시갭으로 가서 절벽을 타고 내려가자고 했다. 그곳은 아일리시가 어렸을 때 가족들과 함께 찾아가곤 했던, 그러나 오랫동안 간 적도 없고 생각한 적도 없는 장소였다. 차가 블랙워터 마을을 지날 때 아일리시는 자기가 아는 곳들, 아버지가 저녁때면 들르곤 했던 데이비스 부인의 선술집이나 짐 오닐의 가게 같은 곳을 손가락으로 가리키려다 참았다. 아주 오랜 시간이 지나서 다시 고향을 찾은 티를 내고 싶지 않았다. 그녀에게는 이곳이 오늘 같은 일요일 여름날에 다시 못 볼 풍경일지 몰라도, 나머지 일행에겐 그냥 더 조용한 곳을 찾느라 조지가 결정한 장소에 지나지 않았다.

그녀가 이곳에 얽힌 추억을 말한다면 친구들은 틀림없이 그 차이를 깨닫게 될 것이었다. 아일리시는 대신에, 차가 밸리코니거로 돌기 전 언덕을 올라가는 동안 건물 하나하나를 마음에 새기며 추억을 떠올렸다. 잭 오빠와 함께 그 마을에 나들이 갔던 일이나 사촌인 도일 집안 아이들이 찾아왔던 일들을……. 옛일을 떠올리다 보니 아일리시는 말이 없어졌고, 차가 왼쪽으로 돌아 커시갭으로 난 좁은 모랫길을 따라갈 때는 차 안의 편안함이나 유쾌함, 여유롭고 조용한 분위기와는 동떨어진 느낌이 들었다.

차를 세운 후, 조지와 낸시가 절벽 쪽으로 앞서갔고 짐과 아일리시는 뒤에서 따라가게 되었다. 짐은 자기 옷가지와 수건은 물론 아일리시의 수영복과 수건이 든 가방을 들고 걸었다. 오솔길을 절반쯤 내려간 그들은 컬런스 하우스에서 잠시 걸음을 멈추었다. 그 건물 앞에 짐의 옛 선생님인 레드먼드 씨가 밀짚모자를 쓰고 앉아 있었던 것이다. 휴가차 이곳에 온 게 분명했다.

"이렇게 좋은 여름은 다시없을 것 같군요, 선생님." 짐이 인사했다.

"그러니 마음껏 즐겨야지." 레드먼드 씨가 대답했다. 아일리시는 그 남자의 발음이 어눌하다는 걸 눈치챘다.

다시 걸음을 옮길 때, 짐이 낮은 목소리로 레드먼드 선생님은 자기가 좋아했던 유일한 선생님인데 뇌졸중이 와서 안됐다고 말했다.

"저분 아드님은 어디서 뭐 하는데?"

"에이먼? 공부하고 있다고 해야겠지. 그 친구가 늘 하는 게 그거니까."

오솔길 끝에 도착해 절벽 끝을 내려다보니, 아래쪽 바다는 고요하다 못해 매끈하게 보일 정도였다. 물가와 가까운 모래는 짙은 황색을 띠고 있었다. 파도 위로 바닷새들이 낮게 줄지어 날았고, 파도는 가까스로 부풀어 올랐다가 조용히, 거의 소리 없이 부서졌다. 바다와 하늘 사이에 엷은 안개가 수평선을 가리고 있었지만 그것만 아니라면 하늘은 시리도록 파랬다.

조지가 절벽 사이 골짜기의 마지막 모랫길을 내려갈 때는 구르다시피 해야 했다. 그는 뒤에 오는 낸시를 기다렸다가 그녀를 안아서 내려 주었다. 짐도 똑같이 했다. 아일리시는 그가 자기를 포옹하듯 너무 가까이 잡는다는 느낌이 들었지만, 짐은 서로가 익숙한 일을 하고 있다는 듯 자연스러웠다. 아일리시는 지금 토니가 자기를 지켜본다는 생각에 순간적으로 몸을 떨었다.

모래밭에 깔개 두 장을 펴는 사이 짐이 신발과 양말을 벗고 바닷물 온도가 어떤지 확인하고 왔다. 물이 따뜻한 편이며 지난번에 왔을 때보다 훨씬 낫다면서, 옷을 갈아입고 수영하러 들어가야겠다고 했다. 조지도 같이 간다고 했다. 두 사람은 물에 늦게 들어가는 사람이 저녁을 사기로 내기 했다. 낸시와 아일리시는 수영복으로 갈아입었지만 깔개 위에 그대로 앉아 있었다.

"어떨 때 보면 저 둘은 꼭 어린애들 같아." 바다에서 소란스러운 장난에 여념이 없는 조지와 짐을 지켜보던 낸시가 말했다. "공 하나만 있어도 그걸 가지고 한 시간은 놀걸."

"아네트는 어떻게 된 거야?" 아일리시가 물었다.

"저번 목요일에 올 때 짐이 온다고 사실대로 말하면 네가 안 나올 거라 생각했어. 나랑 조지만 온다고 했어도 안 왔을 거고. 그래서 아네트가 온다고 둘러댔던 거야. 선의의 거짓말인 셈이지."

"그런데 짐은 개과천선이라도 한 거야?"

"그 애는 긴장했을 때만 못되게 굴어. 본의 아니게 말이야. 마음이 얼마나 여린데. 게다가 널 좋아해."

"그게 언제부터였는데?"

"지난주 일요일 어머니랑 같이 11시 미사에 왔던 널 봤을 때부터."

“낸시, 내 부탁 하나만 들어줄래?”

“뭔데?”

“저기 물속에 있는 짐한테 가서 전해 줄래? 제발 꿈 깨고 저 멀리 꺼져 버리라고. 아니, 더 좋은 방법도 있어. 동네 근처에 연못을 아는데, 거기 빠져 죽는 건 어떠냐고 물어봐 줘.”

둘은 깔개 위로 쓰러지면서 깔깔거렸다.

“결혼식 준비는 다 마쳤어?” 아일리시가 물었다. 짐 패럴에 관한 얘기는 더 이상 하고 싶지 않았다.

“미래의 내 시어머니만 빼면 준비는 다 됐지. 조지 어머니는 날마다 이건 했으면 좋겠다, 이건 뺐으면 좋겠다고 하면서 다른 말씀을 하시거든. 우리 엄마는 조지 어머니가 정말 끔찍한 속물이라고 생각하셔.”

“사실이 그렇지, 안 그래?”

“나도 가만히 당하지만은 않을 거야.” 낸시가 말했다. “하지만 결혼식이 끝날 때까지는 참을래.”

조지와 짐이 돌아오자 네 사람은 해변을 따라 걷기 시작했다. 처음에 두 남자는 몸을 말리기 위해 뛰었다. 아일리시는 조잡하고 몸에 꼭 끼는 그들의 수영복이 우스웠다. 해변에서 저런 차림으로 쏘다닐 미국 남자는 한 명도 없을 것 같았다. 게다가 코니아일랜드에서는 지금 이 두 사람처럼, 뒤에서 두 여자가 지켜본다는 사실을 전혀 의식하지 못한 채 단단한 모래 위로 어설프게 달리는 두 남자도 없을 것이다.

바닷가 모래사장에 다른 사람은 없었다. 아일리시는 이제야 조지가 왜 이 외딴 장소를 선택했는지 알 것 같았다. 조지와 짐이, 어쩌면 낸시까지 가세해서, 아일리시와 짐이 나머지 두 사람처럼 연인이 되도록 완벽한 하루를 계획했던 것이다. 앞에서 달리던 두 남자가 돌아오고, 이윽고 두 연인을 앞세우고 가면서 짐이 다시 말을 걸어왔을 때, 아일리시는 듬직하고 편안한 존재감과 거리에서 자연스럽게 우러나오는 그의 목소리 음색이 싫지는 않다는 사실을 깨달았다. 그의 눈은 맑고 파래서 어떤 것도 해롭게 보지 않을 것 같았다. 그리고 지금, 이 파란 눈이 그녀를 좀처럼 떠나지 못하고 노골적인 관심을 보이고 있었다.

아일리시는 적당히 맞춰 주기로 마음먹으면서 미소를 지었다. 지금은 휴가 중이고 거리낄 건 없었지만, 마치 여자 친구라도 되는 것처럼 그와 함께 바다에 들어갈 생각은 없었다. 그런 짓은 하지 않았다는 떳떳한 마음으로 토니의 얼굴을 마주하고 싶었다. 아일리시와 짐은 걸음을 멈췄고, 조지와 낸시가 얕은 물에서 놀다가 파도를 향해 다가가는 모습을 지켜보았다. 짐이 함께 바다에 들어가자고 제안했을 때, 아일리시는 고개를 젓고는 그보다 앞서 걸어갔다. 짐이 따라오는 잠깐 사이에, 아일리시는 만약 토니가 오늘 같은 날 친구 한 명과 젊은 여자 두 명을 대동하고 코니아 일랜드에 갔는데, 그중 한 여자와 둘이서 바닷가를 걸으며 시간을 보냈다는 사실을 알게 된다면 자기 기분이 어떨까 생각해 보았다. 그건 있을 수 없는 일이었다. 그건 절대 그가 할 만한 행동이 아니었다. 그리고 토니는 지금 그녀가 하는 행동의 아주 작은 부분만 떠올려도 괴로워할 터였다. 가방을 놓아둔 장소로 돌아갔을 때, 짐은 여전히 수영복만 입은 상태로 아일리시를 위해 깔개를 반듯하게 펴주며 미소를 짓고는 따뜻한 햇볕이 내리쬐는 그녀 옆자리에 편안히 누웠다.

"아버지가 그러시는데 이쪽 해안선이 심하게 침식되고 있대." 그는 마치 한창 대화 중이었다는 듯 말을 꺼냈다.

"우리 가족도 오래전에는 여기 마이클 웹스터와 노라가 매입한 오두막에서 1주일이나 2주일 정도 머물곤 했어. 우리가 그 오두막을 빌렸을 때 주인이 누구였는지는 기억나지 않네. 하지만 매년 여름 찾아올 때마다 뭔가 달라지곤 했지." 아일리시가 말했다.

"우리 아버지가 옛날에 여기서 너희 아버지를 본 적 있다더라."

"그땐 다들 시내에서 여기까지 자전거 타고 오곤 했잖아."

"브루클린 근처에도 바닷가가 있어?"

"아, 그럼. 여름이면 주말마다 항상 사람들로 북적거리는걸."

"거기서는 별의별 사람들을 다 보겠구나." 그는 마치 자기 생각이 맞다는 듯 말했다.

"별의별 사람들이 다 있지."

다시 한동안 침묵이 이어지는 사이 아일리시는 몸을 세우고 앉아서, 조지가 물 위에 떠 있는 낸시에게 헤엄쳐 다가가는 모습을 가만히 지켜보았다. 짐도 몸을 일으키고 앉아 그들을 지켜보았다.

그가 조용히 말을 꺼냈다. "우리도 물에 들어갈까?" 아일리시는 이 말을 기다렸고 거절하기로 마음먹고 있었다. 그가 끝까지 고집할 경우 브루클린에 특별한 사람이 있다고, 곧 돌아가서 만나야 할 남자가 있다는 말까지 할 참이었다. 그러나 그의 말투는 뜻밖에도 겸손했다. 쉽게 상처받는 사람처럼 조심스러웠다. 아일리시는 혹시 그게 연기가 아닌지 의심했지만, 짐이 너무나 연약해 보이는 표정으로 그녀를 바라보고 있었기 때문에 잠깐 어떻게 해야 좋을지 마음을 정할 수 없었다. 만약 거절한다면 그는 패배자처럼 홀로 바다로 걸어갈 거라는 생각이 들었다. 왠지 그런 모습을 보고 싶지는 않았다.

"좋아." 그녀가 대답했다.

바닷속으로 걸어갈 때 짐이 잠시 그녀의 손을 잡았다. 그러나 파도가 밀려오자 아일리시는 손을 뺐고 더는 망설이지 않고 똑바로 헤엄쳤다. 아일리시는 그가 따라오는지 고개를 돌려 확인하지도 않고 계속 헤엄치면서 나아갔고, 낸시와 조지가 꽉 껴안고 키스하고 있는 곳을 의식하면서 짐 패럴만큼이나 그들을 피하려고 애썼다.

아일리시는 짐이 고마웠다. 수영을 매우 잘하면서도 처음에는 굳이 따라오려 하지 않았던 것이다. 대신에 짐은 해변과 나란히 배영을 하면서 아일리시를 혼자 내버려두었다. 아일리시는 맑고 고요한 바다 풍경 따위는 잊어버리고 파도를 즐겼다. 푸른 하늘을 바라보고 발차기를 하며 물에 떠 있는 동안 짐이 다가왔다. 그러나 그는 아일리시를 건드리거나 너무 가까이 가지 않으려고 조심했다. 아일리시와 눈이 마주치자 그가 미소 지었다. 지금 짐이 하는 모든 행동, 말 한마디, 몸짓 하나하나가 신중히 절제되고 치밀히 계산한 것 같았다. 아일리시를 짜증 나게 하거나 서두른다는 인상을 주지 않도록 신경 쓴 기색이었다. 그리고 이렇게 배려하는 만큼, 아일리시에 대한 관심을 아주 분명히 표현하고 있었다.

그녀는 모든 상황이 너무 빨리 진행되도록 내버려두지 말아야 했다는 것을 깨달았다. 첫 나들이 후 낸시에게 자신은 어머니와 함께 집에 있거나 함께 외출해야 한다고, 다시는 낸시와 조지, 짐 패럴과 외출할 수 없다고 말해야 했다. 잠시였지만 낸시에게 모든 진실은 아니더라도 브루클린으로 돌아가면 약혼할 사람이 있다고만 이야기할까 고민도 했다. 그러나 아무것도 하지 않는 것이 최선이었다. 어차피 곧 돌아갈 테니까.

짐과 함께 물에서 나와 보니 조지가 카메라로 사진 촬영을 준비하고 있었다. 낸시가 지켜보는 가운데, 짐이 아일리시 뒤에 서서 그녀를 감싸안았다. 그녀는 그의 체온, 그녀에게 밀착된 그의 상체를 느낄 수 있었다. 그렇게 조지가 그들의 사진을 몇 장 더 찍은 후 이번엔 짐이 방금 그들과 똑같은 자세를 취한 조지와 낸시의 사진을 찍었다.

이어 그들은 키팅스에서 북쪽으로 걸어오는 한 사람을 발견하고 기다렸다. 조지가 그 사람에게 카메라 작동법을 알려 주고서는 네 명의 사진을 부탁했다. 짐은 천연덕스럽게 행동했지만, 그가 하는 어떤 것도 천연덕스럽지 않다고 아일리시는 생각했다. 등 뒤로 다시 한번 그의 무게를 느꼈다. 그렇지만 그는 조지가 낸시에게 하는 것만큼 아일리시에게 가까이 몸을 대지 않으려고 조심했다. 그가 노골적으로 몸을 부대끼는 느낌은 전혀 없었다. 그랬다면 지나친 행위가 됐을 테지만 그는 그런 위험을 무릅쓰지 않기로 마음먹은 것 같았다. 사진을 찍고 난 후 아일리시는 깔개를 펴둔 곳으로 돌아가 옷을 갈아입고 일행이 돌아갈 준비를 마칠 때까지 햇볕 아래 누워 있었다.

에니스코시로 돌아오는 길에 그들은 코트타운 호텔의 간이식당에서 가서 차를 마시기로 했다. 그곳이 9시까지 문을 연다는 조지의 말 때문이었는데, 차를 마신 후에는 그 호텔 무도장에 가기로 했다. 조지는 낸시가 준비하는 데 너무 오래 걸린다며 놀렸고, 낸시는 아일리시와 자기는 바다에 들어갔다 온 뒤라 머리를 감아야 한다고 우겼다.

"그럼 빨리 감아." 조지가 말했다.

"빨리 못 감아." 낸시가 대꾸했다.

짐은 아일리시를 바라보더니 웃음을 지었다.

"세상에, 아직 결혼하지도 않았는데 부부 싸움을 하네."

"싸울 만하잖아." 낸시가 말했다.

"낸시 말이 맞아." 아일리시가 거들었다.

짐이 다정하게 손을 뻗어 아일리시의 손을 꽉 쥐었다.

"그래, 너희 두 사람 말이 다 옳아." 그는 아일리시의 환심을 사려 애쓰는 것처럼 보이지 않으려고 일부러 자조적이고 비꼬는 말투를 썼다.

그들은 7시 반까지 준비를 마치기로 약속했다. 아일리시가 머리를 감는 사이 어머니는 아일리시의 모든 드레스와 구두를 살폈다. 혹시나 입을 드레스에 구김이 갔을 경우를 대비해서 어머니는 다리미와 다림판을 꺼내 놓았다. 아일리시가 머리에 수건을 감고 나와 보니, 어머니는 토니가 좋아하는 파란 꽃무늬 드레스와 파란 구두를 골라 놓고 있었다. 아일리시는 이 옷은 입을 수 없다고 말할 뻔했지만, 아무리 궁리해서 핑계를 댄다 한들 쓸데없는 갈등만 일으킬 거라는 생각에 그냥 입기로 했다. 어머니는 저녁 시간에 혼자 남겨진다는 사실에 섭섭해하기보다는 오히려 아일리시가 차려입고 다시 외출한다는 사실에 흥분한 듯 그 드레스를 다림질하기 시작했다. 그사이 아일리시는 머리에 헤어 롤러를 말고 로즈의 전기 드라이어를 사용했다.

조지와 짐 모두 코트타운 호텔 주인과는 럭비를 하면서 아는 사이였으므로, 양초와 포도주가 준비된 특별석에 샴페인을 곁들인 특별 메뉴를 예약해 두었다. 그들이 그 식당에서 가장 중요한 손님이라도 되는 듯 다른 손님들이 힐끔힐끔 쳐다보고 있었다. 조지와 짐 모두 스포츠 재킷에 플란넬 바지를 입고 있었다. 메뉴판을 찬찬히 보고 음식을 주문하는 낸시의 모습을 지켜보던 아일리시는 낸시에게서 뭔가 새로운 점을 발견했다. 낸시는 예전보다 세련된 태도로 웨이터의 진지한 응대를 받아들이고 있었다. 몇 년 전이었다면 웨이터의 거드름에 하늘로 눈을 치켜뜨거나, 아니면 태연하고 친근하게 말을 붙였을 낸시였다. 아일리시는 곧 깨달았다. 낸시는 곧 셰리든 부인이 될 것이다. 그 작은 도시에서 그건 대단한 일이었다. 낸시는 재미를 느끼며 벌써부터 그 역할놀이를 하고 있었다.

나중에 호텔 바에서 지금은 끝난 럭비 시즌에 관해 이야기할 때, 조지와 짐과 호텔 주인은 잘생기고 근사해 보였다. 이상한 일이라고 아일리시는 생각했다. 조지와 짐이 코트타운 호텔에 데려온 사람들이 친구 여동생들이 아니라니. 아일리시가 알기로는, 조지가 낸시와 사귀기 시작했을 때 그 작은 도시의 모든 사람이 깜짝 놀랐다. 낸시의 남자 형제들은 평생 럭비라고는 한 번도 하지 않을 사람들인데, 그런데도 조지가 낸시를 사귀게 된 건 아마도 낸시가 아주 예쁘고 품행이 매우 단정했기 때문이라고들 추측했다. 그리고 2년 전, 짐 패럴이 그녀에게 노골적으로 무례하게 대한 건, 그녀가 그 소도시에서 아무것도 가진 게 없는 빈털터리 집안 출신이어서 그랬던 거라고 아일리시는 생각했다. 하지만 이제 미국에서 돌아온 그녀는 무언가 매혹이라 부를 만한 것을 두르고 있었다. 남자들의 대화를 지켜보는 지금, 그 차이가 아일리시의 모든 것을 바꿔 놓고 있었다.

그 호텔 무도장에 에니스코시에서 온 사람이 그렇게 많을 줄은 아일리시는 상상도 못 했다. 춤추는 사람 중에 많은 이들이 낸시와 조지가 곧 결혼할 사이라는 걸 아는지, 두 사람은 홀을 누비는 동안 여기저기서 축하 인사를 받았다. 가만히 보니, 짐은 상대방을 알아보았다는 고갯짓만으로 인사하는 버릇이 있었다. 매정하지는 않았지만 자신에게 다가오도록 권유하지도 않는 인사였다. 짐은 항상 생글거리는 조지보다는 더 근엄하게 느껴졌는데, 선술집을 운영하다 보니 많은 사람을 알고 있으면서도 어느 정도 거리를 두어야 했기 때문인 듯했다.

아일리시는 조지와 짐이 잠깐 파트너를 바꿨을 때를 제외하고는 내내 짐과 춤을 추었다. 그녀는 에니스코시에서 온 사람들이 자기를 지켜보며 수군거리고 있다는 걸 알았다. 음악이 빨라져서 아일리시와 짐이 춤을 잘 춘다는 게 확실해졌을 때는 특히 주목을 받았고, 조명이 어두워지고 음악이 느려져서 서로 가까이서 춤을 출 때에도 마찬가지였다.

무도회가 끝난 후에도 바깥 밤공기는 여전히 따뜻했다. 짐과 아일리시는 조지와 낸시에게 곧 따라갈 테니 차 있는 데까지 먼저 가라고 했다. 하루 종일 짐의 행동은 흠잡을 데가 없었다. 그녀를 따분하게 하거나 성가시게 하지도 않았고, 지나치게 들이대지도 않았다. 짐은 꽹장히 사려 깊고, 때로는 재미있으며, 기꺼이 침묵할 줄 알고, 그러면서도 정중했다. 술 취한 사람들, 나이 지긋한 사람들, 코트타운까지 트랙터를 타고 온 듯한 차림새의 사람들로 붐비던 무도장에서는 더욱 돋보였다. 그는 잘생기고 우아하고 눈치가 빨랐다. 밤이 깊어질수록 그와 함께 있다는 것이 아일리시는 자랑스러웠다. 게스트 하우스와 새로 지어진 방갈로 사이에서 공간을 찾아낸 그들은 키스하기 시작했다. 짐은 천천히 움직였다. 이따금 두 손으로 아일리시의 얼굴을 감싸 쥐고는 어스름 속에서 그녀의 눈을 들여다보다가 열정적으로 키스했다. 그의 부드러운 혀의 감촉이 입안에서 처음 느껴졌을 때 그녀는 편안하게 반응했고, 나중에는 진정한 설렘에 가까운 감정으로 화답했다.

에니스코시로 돌아오는 차 안에서, 뒷자리에 나란히 앉은 두 사람은 자신들의 행동을 숨기려고 애쓰다가 결국에는 포기했고, 낸시와 조지로 하여금 큰 웃음을 자아냈다.

월요일 아침, 데이비스 사무실에 나와 달라는 전갈을 받았을 때, 아일리시는 수고비를 주려나 보다고 짐작했다. 사무실에 가 보니, 이번에도 마리아 게딩스가 기다리고 있었다.

"브라운 사장님이 만나고 싶어 하세요. 지금 사장님이 다른 손님을 만나고 계시는지 확인해 볼게요."

브라운 씨는 로즈의 상사였고, 공장 소유주 중 한 사람이었다. 아일리시가 알기로는 스코틀랜드 출신이었는데, 아주 크고 번쩍번쩍한 차를 몰고 다니는 그를 종종 본 적 있었다. 그의 이름을 말하는 마리아의 목소리에는 두려움과 존경심이 담겨 있었다. 얼마 후 마리아가 돌아와서 사장님이 당장 아일리시를 만나고 싶어 한다고 전했다. 그녀는 아일리시를 복도 맨 끝 방으로 안내했다. 브라운 씨는 기다란 책상 뒤 높은 가죽 의자에 앉아 있었다.

"레이시 양." 그가 일어서서 책상 위로 몸을 기울여 아일리시의 손을 잡고 흔들었다. "로즈가 떠났을 때 어머님께 편지를 썼죠. 우리는 매우 가슴이 아프다고, 찾아뵈어도 되는지 여쭈려고 말이죠. 머지않아 레이시 양이 미국에서 돌아왔다는 소문을 들었어요. 마리아 얘기를 듣자 하니 부기원 자격증을 가지고 있다던데, 미국식 부기겠죠?"

아일리시는 두 나라의 부기 체계에 그다지 큰 차이는 없을 거라고 설명했다.

"아마도 그렇겠죠." 브라운 씨가 말했다. "어쨌든, 지난주에 레이시 양이 일을 정말 잘해줘서 마리아가 매우 만족해하더군요. 물론 우리는 놀라지 않았어요. 레이시 양은 로즈의 동생이니까. 로즈는 정말 일을 잘했거든요. 우리가 로즈를 얼마나 그리워하는지 모를 겁니다.”

“로즈 언니는 저에게 훌륭한 본보기였어요.” 아일리시가 말했다.

“바쁜 시기가 끝날 때까지 우리가 사무실에 제대로 붙어 있을지나 모르겠군요. 하지만 장기적으로 봐서 부기원과 급여 지불 방식을 잘 아는 사람이 필요하다는 건 확실하죠. 레이시 양이 일단 시간제로, 급여 지급 업무를 계속해 주었으면 합니다. 일단 일을 하다가 나중에 상근직으로 전환하는 걸 애기해 보기로 하고요.”

“전 미국에 돌아갈 계획이에요.”

“아, 물론 그렇겠죠.” 브라운 씨가 말했다. “하지만 레이시 양이 확고한 결단을 내리기 전에 다시 얘기해 볼 수 있지 않을까요?”

아일리시는 이미 내 결정은 확고하다고 말하려다가, 이 문제에 관해서 더 애기할 필요가 전혀 없다는 브라운 씨의 말투를 보고 지금은 대답할 차례가 아님을 깨달았다. 아일리시는 대답 대신 자리에서 일어섰다. 브라운 씨가 일어나 문까지 그녀를 배웅하면서 어머니에게 안부를 전해 달라고 하고는 마리아 게딩스를 따라가는 그녀를 지켜보았다.

마리아의 손에는 아일리시에게 줄 현금이 든 봉투가 들려 있었다.

그날 저녁 아일리시는 낸시의 집에 가서 결혼식 아침 식사에 초대할 손님 명단을 보면서 좌석 배치를 의논하기로 약속했었다. 아일리시는 브라운 씨와의 당혹스러웠던 면담을 들려주었다.

"2년 전에 그 사람은 나를 쳐다보지도 않았어. 로즈 언니가 그 사람한테 내 일자리라도 있을까 하고 물어봤는데 그냥 딱 잘라 거절했지. 없다고."

"그야 그때랑은 상황이 다르잖아."

"그리고 2년 전 애서니엄 회관에서 짐 패럴은 나를 무시하는 게 자기 의무라고 생각하는 것 같았어. 조지한테서 나랑 춤춰 달라는 특별 부탁까지 받았으면서."

"네가 변한 거야." 낸시가 말했다. "넌 달라졌어. 네 모든 것이 달라졌다고. 널 아는 사람들이 보기에도 그렇지만 그냥 네 얼굴만 아는 사람이 봐도 넌 달라졌어."

"뭐가 달라졌는데?"

"좀 더 성숙하고 진지해졌달까? 그리고 옷차림이 미국식이라 달라 보이는 것도 있고. 너만의 분위기가 있어. 어쨌든 짐이 같이 놀러 갈 핑곗거리를 찾아보라고 쉬지도 않고 우리를 닦달한다니까."

나중에 잠자리에 들기 전 아일리시가 어머니와 차를 마시고 있을 때, 어머니는 패럴 집안과 아는 사이라는 사실을 상기시켰다. 물론 선술집 위층에 있는 그 집에 발을 들여놓은 지는 오래되었지만.

"겉에서 보면 그다지 눈에 띄지는 않지만, 그 집은 이 소도시에서 가장 좋은 축에 속해. 2층에 있는 방 두 개가 짝문으로 이어져 있는데, 예전부터 사람들이 그 집이 아주 크다고 이러쿵저러쿵 떠들곤 했지. 소문을 들으니 그 부모는 그 애 엄마 고향인 글렌브린으로 이사 간다고 하더구나. 이모할머니가 거기 집을 물려주었대. 그 아버지는 말을 무척 좋아하고 경마도 아주 잘하는데, 거기서 말을 키울 계획인가 보더구나. 그러면 짐이 그 큰 집을 차지하게 되는 셈이지."

"그렇게 되면 짐이 아쉬워하겠네요. 짐이 놀러 갈 때는 부모님이 선술집을 봐주신다니까요."

"뭐, 이사는 아주 서서히 조금씩 하겠지." 어머니가 대답했다.

위층 침대 위에는 토니에게서 온 편지 두 통이 놓여 있었다. 아일리시는 결심과 달리 토니에게 편지를 쓰지 않았다는 사실을 깨닫고는 화들짝 놀랐다. 그의 글씨가 적힌 두 개의 봉투를 보았다. 문을 닫은 방 안에 선 그녀는 토니의 모든 것이 이토록 멀게 느껴진다는 것이 참으로 기묘하게 느껴졌다. 그뿐만 아니었다. 브루클린에서 있었던 다른 모든 일까지 거의 다 녹아 버려서 더는 실감 나지 않았다. 이를테면 키호 부인 하숙집에 있는 그녀의 방, 시험, 브루클린 칼리지에서 집으로 가는 시내 전차, 무도장, 토니가 부모와 세 동생과 살고 있는 아파트, 그리고 바르토치스 매장까지도. 불과 몇 주 전만 해도 구석구석 생생한 것들로 꽉 찬 듯했던, 너무도 견고하게만 보이던 것을 되찾으려는 사람처럼, 아일리시는 그 모든 것을 찬찬히 되새겨 보았다.

아일리시는 그 편지들을 서랍장에 집어넣고 내일 저녁 더블린에서 돌아오면 답장을 쓰기로 했다. 낸시의 결혼식 준비에 대한 온갖 이야기와, 어머니와 함께 산 옷 이야기를 전해 줄 작정이었다. 브라운 씨와의 면담 이야기와 그에게 브루클린으로 돌아갈 거라고 통보한 이야기까지 쓸 수도 있었다. 이 두 통의 편지를 아직 받지 못한 것처럼 편지를 쓰기로 했다. 지금은 이 편지들을 열어 보지 않고, 편지를 다 쓴 뒤에 읽을 생각이었다.

아일리시는 다시 익숙해진 이 집의 방들과 따뜻하고 편안한 이 모든 것을 떠나 브루클린으로 돌아가면 오랫동안 돌아오지 못할 거라는 생각에 겁이 났다. 침대 가장자리에 걸터앉아 구두를 벗고 양손을 머리 뒤에 받쳐 누우면서 아일리시는 깨달았다. 그동안 자기가 다시금 집을 떠나는 것과 돌아가서 마주해야 할 모든 것에 관한 생각을 미루면서 하루하루를 보냈다는 걸.

때로 그 생각들이 날카로운 일깨움으로 다가오기도 했지만, 대부분의 시간에는 아예 떠오르지도 않았다. 어느덧, 토니와 진짜로 결혼했다는 사실을 떠올리려면, 또는 브루클린의 숨 막히는 더위, 바르토치스 매장의 일상적인 따분함, 키호 부인 하숙집 방으로 돌아간다는 사실을 기억하려면 애써 노력해야 했다. 그녀는 이상한 사람들과 이상한 억양들, 이상한 거리들로 가득한 삶으로, 지금 생각하면 시련으로만 여겨지는 삶을 마주할 것이었다. 아일리시는 사랑과 위안을 주는 존재로서 토니를 떠올리려고 애썼다. 그러나 그 자리에는 그녀가 바라든 바라지 않든 결속되어 버린 어떤 사람이 있었다. 그 결속의 본질과 돌아가야 하는 의무를 잊지 못하게 만드는 사람이.

결혼식이 있기 며칠 전, 데이비스 사무실에서 반일 근무를 끝낸 아일리시를 짐 패럴이 데리러 와서, 함께 웩스퍼드에서 식사를 하고 영화를 본 뒤 집으로 돌아오던 때였다. 짐이 아일리시에게 브루클린에 언제 돌아갈 계획이냐고 물었다. 사실 돌아갈 배편을 어느 날짜로 예약하고 싶은지 전화로 연락해 달라는 해운 회사의 편지를 받았지만 아직 답하지 않은 상태였다.

"아직 해운 회사에 전화하지는 않았는데 아마 보름 뒤가 될 거야."

"이곳이 그리워지겠네."

"엄마를 혼자 두고 떠나는 게 정말 힘들어."

짐은 오일게이트를 지날 때까지 한동안 아무 말이 없었다.

"우리 부모님이 곧 시골로 이사를 가셔. 우리 외가가 글렌브린 출신인데 이모할머니가 엄마한테 거기 땅을 남겨 주셨거든. 지금 부모님은 그곳에서 일하고 계셔."

아일리시는 어머니한테서 벌써 그 애기를 들었다고 말하지 않았다. 그의 거취 문제를 가지고 어머니와 이러쿵저러쿵 얘기했다는 걸 알리고 싶지 않았다.

"그래서 선술집 위층이 내 집이 돼."

아일리시는 짐에게 요리할 줄은 아는지 물으려다가 자칫 유도 신문처럼 들릴지도 몰라서 그만두었다.

"조만간 저녁때 차 마시러 와, 부모님이 널 만나면 무척 좋아하실 거야."

"고마워."

"결혼식이 끝난 뒤에 약속을 잡아 보자."

에니스코시 대성당에서 결혼식이 끝나면 짐이 아일리시와 어머니, 아네트 오브라이언과 그녀의 여동생 카멜을 태우고 결혼식 피로연이 열리는 웩스퍼드에 갈 예정이었다. 그날 아침 프라이어리가에선 하루가 일찍 시작되었다. 어머니는 아일리시의 침실로 홍차를 가져와서 날씨가 흐리다는 둥 지금 비가 오지 않기를 바란다는 둥 말했다. 전날 밤 두 사람 모두 오늘 아침을 위해 미리 옷을 꺼내 두었다. 더블린의 아노츠 백화점에서 산 아일리시의 정장은 치마와 소매가 너무 길어서 수선을 했다. 밝은 빨간색인 그 옷에 흰색 면 블라우스를 받쳐 입기로 했고 미국에서 산 붉은 기가 도는 스타킹과 빨간 구두, 빨간 모자에 흰색 핸드백을 골라 두었다. 어머니는 스위처스 백화점에서 산 회색 트위드 정장을 입을 예정이었다. 이제 어머니는 조금이라도 날이 덥거나 많이 걸으면 발이 붓고 아파서 소박하고 납작한 구두를 신어야 한다며 아쉬워했다. 어머니는 로즈의 회색 실크 블라우스를 받쳐 입기로 했다. 그 블라우스가 마음에 들기 때문이기도 했지만, 로즈가 그 옷을 무척 좋아했고 낸시의 결혼식에 로즈가 좋아하던 옷을 입으면 로즈도 좋아할 거라고 생각했기 때문이었다.

만약 비가 오면 짐이 아일리시네 집에 와서 차로 태우고 성당에 가기로 하고, 날씨가 좋으면 성당에서 만나기로 약속이 되어 있었다. 아일리시는 토니에게 보낼 편지를 몇 자 적었고 토니의 편지 가운데 한 통을 뜯은 상태였다. 토니는 동생 모리스, 로런스와 함께 그들이 사 두었던 땅도 보고, 그 땅을 다섯 구획으로 나누기 위해 롱아일랜드에 갔다고 전하고 있었다. 그쪽으로 수도나 전기 같은 설비가 곧 아주 싼값에 들어올 거라는 믿을 만한 소문이 파다하다고 전했다. 아일리시는 이 편지를 접어 토니의 나머지 편지와 함께 낸시가 준 커시갭의 해변에 갔을 때 찍은 사진들이 있는 서랍에 넣었다. 아일리시는 자신과 짐이 함께 찍은 사진들을 빤히 들여다봤다. 사진 속 두 사람은 행복해 보였다. 짐은 그녀의 목에 팔을 두르고 카메라를 보며 환하게 웃고 있었고, 그녀는 고개를 뒤로 젖힌 채 이 세상에 근심거리 하나 없다는 듯 웃고 있었다. 이 사진들을 어떻게 해야 좋을지 알 수 없었다.

어머니가 바깥 날씨를 살펴보는 것을 보니 내심 비가 오기를 바라는 모양이었다. 짐 패럴이 차를 몰고 와서 멀지 않은 성당까지 어머니와 아일리시를 태워 준다면 어머니로선 무엇보다 즐거운 일일 터였다. 마침 결혼식을 핑계로 이웃들이 허물없이 찾아와서는 한껏 차려입은 아일리시와 어머니를 구경하고, 잘 다녀오라며 덕담하기 좋은 날이었다. 그리고 벌써부터 아일리시와 짐이 만나는 사실을 눈치 챈 어머니와 마찬가지로, 짐을 그 소도시에서 자기 사업을 하는 청년, 훌륭한 신랑감으로 여길 이웃들도 있을 터였다. 짐 패럴이 차로 데리러 온다면 엄마에게는 자신이 집에 온 이후 생긴 모든 일 중 가장 중요한 사건이 되리라 아일리시는 생각했다.

첫 빗방울이 유리창을 두드렸을 때, 어머니의 얼굴에는 흡족한 표정이 숨김없이 드러났다.

"위험을 무릅쓰지는 말자꾸나." 어머니가 말했다. "아마도 마켓 스퀘어쯤 가면 비가 쏟아질 거야. 난 네 하얀 블라우스에 재킷의 빨간색이 물들까 봐 걱정이다."

그러더니 그녀는 혹시나 비가 멈출까, 짐 패럴이 일찍 도착할까 걱정하면서 30분 내내 앞쪽 창가에 붙어 있었다. 아일리시는 부엌에 있었지만 짐이 올 때를 대비해 모든 준비가 되어 있도록 신경 썼다. 어느 순간인가 어머니가 부엌에 들어오더니 짐이 오면 응접실로 들어오라고 할지 물었다. 그러나 아일리시는 짐이 차를 몰고 온다면 당장 집을 나설 수 있게 준비해야 한다고 말했다. 결국 그녀는 어머니와 같이 창가로 가서 밖을 내다보았다.

짐이 도착했다. 그는 운전석 문을 열고 우산을 들고 씩씩하게 나왔다. 아일리시와 어머니는 부산을 떨며 현관으로 나갔다. 어머니가 문을 열었다.

"시간은 걱정하지 마세요." 짐이 말했다. "두 분을 곧장 성당 앞에 내려 드리고 주차할 테니까요. 시간은 충분할 것 같아요."

"차 한잔 들고 가라고 할까 했는데." 어머니가 말했다.

"하지만 그럴 시간이 없을 것 같아요." 짐이 미소를 지었다. 그는 밝은색 정장에 파란색 셔츠와 줄무늬 넥타이를 하고 황갈색 구두를 신고 있었다.

"이건 지나가는 소나기 같은데 말이지." 어머니가 차를 향해 나서면서 말했다. 옆집에 사는 맥스 로턴이 나와 손을 흔들고 있었다. 아일리시는 우산을 든 짐이 돌아오기를 기다리면서 문 앞에 서 있었지만 맥스의 손짓에 답하거나 그 여자가 뭐라 말할 기회를 주지는 않았다. 현관문을 닫고 차를 향해 가던 아일리시는 다른 두 집도 문이 열려 있는 걸 보았다. 잔뜩 멋을 낸 아일리시와 어머니를 짐 패럴이 태워 갔다는 소문이 퍼져 어머니를 기쁘게 해 줄 것이었다.

"짐은 완벽한 신사로구나." 성당으로 걸어 들어가면서 어머니가 말했다. 어머니는 자부심과 위엄이 넘치는 태도로 주변을 둘러보지도 않고 사람들의 시선을 한껏 의식하면서 천천히 걸었다. 잠시 후면 짐 패럴과 함께 있을 자신과 딸이 교회 안에서 주목받게 될 거란 사실을 온전히 즐기고 있었다.

하지만 하얀 면사포를 쓰고서 길고 하얀 드레스를 끌며, 제단에서 기다리는 조지를 향해 아버지와 함께 천천히 걸어가는 낸시의 화려함에 비하면 그것은 아무것도 아니었다. 미사가 시작되어 교회 안의 흥분이 가라앉을 무렵, 짐 옆자리의 아일리시는 아침에 침대에서 눈을 뜰 때 떠오른 생각을 즐기고 있는 자신을 발견했다. 짐이 결혼하자고 청해 오면 어떻게 할까를 상상했던 것이다. 사실 얼토당토않은 생각이었다. 그들은 서로를 충분히 잘 알지 못했고 그래서 그럴 가능성은 별로 없었다. 그뿐만 아니라, 무슨 수를 써서라도 그가 청혼할 마음이 들지 않게끔 해야 한다고 그녀는 생각했다. 거절 외에는 다른 어떤 대답도 할 수 없기 때문이다.

그러나 자꾸만 떠오르는 질문들은 막을 수 없었다. 만약 토니한테 우리의 결혼은 실수였다고 편지를 쓰면 어떻게 될까? 누군가와 이혼한다는 게 쉬운 일일까? 그리고 바로 얼마 전에 브루클린에서 저지른 일을 짐한테 얘기할 수나 있을까? 이 소도시 사람들이 아는 이혼한 사람이란 엘리자베스 테일러뿐이었고 그 밖의 몇몇 영화배우가 전부일 것이다. 어쩌면 자기가 어떻게 결혼하게 되었는지 정도는 짐에게 설명할 수도 있겠지만, 짐은 한 번도 이 소도시를 떠나 살아 본 적이 없는 사람이었다. 그의 순진함과 예의 바른 태도, 그를 함께 있기에 좋은 사람으로 만드는 장점들은 역설적으로 그의 한계가 될 터였다. 특히나 이혼 같은, 그의 경험으로는 듣도 보도 못한 말도 안 되는 문제가 제기된다면 더욱더. 최선의 방법은 그 모든 일을 생각하지 않는 것이었다. 그러나 결혼식이 계속되는 지금, 그녀 자신이 저 제단에 서 있고, 오빠들이 결혼식을 위해 집에 와 있고, 어머니는 멀지 않은 곳의 멋진 집에 딸이 산다는 사실을 뿌듯하게 여기는 상황을 꿈꾸지 않기는 힘들었다.

아일리시는 영성체를 받고 자리로 돌아와 기도를 하려고 애쓰다가, 기도하면서 물으려 했던 질문에 스스로 답하는 자신을 발견했다. 그 답이란 어떤 답도 없다는 것, 그녀가 할 수 있는 어떤 일도 옳지 않다는 것이었다. 아일리시는 토니와 짐이 서로 마주 보는, 아니 서로 만나는 장면을 그려 보았다. 두 사람은 저마다 따뜻하고 친근하게, 태평스럽게 미소 짓고 있고, 짐이 토니보다는 덜 적극적이고 덜 재미있고 호기심도 적었다. 하지만 더 의젓하고, 이 세상에서 자기 위치에 대한 확신을 가지고 있었다. 이어서 아일리시는 이 교회에서 지금 옆에 앉아 있는 어머니와, 그녀가 돌아와 어느 정도 완화되긴 했지만 로즈의 죽음이 어머니에게 가져온 황폐함과 충격을 생각했다. 토니, 짐, 어머니,

이 세 사람 모두에게 그녀는 상처만 안겨 줄 뿐이었다. 그들은 밝은 빛으로 둘러싸인 순수한 사람들이었고, 그들 주위를 맴돌고 있는 그녀는 어둡고 어떤 확신도 없었다.

낸시와 조지가 함께 중앙 통로를 걸어오고 있었다. 저 달콤함, 확실함, 순수함의 편에 같이 낄 수만 있다면, 어리석고 속상한 일을 저질렀다는 회오의 감정 없이 새 삶을 시작할 수만 있다면, 그녀는 무슨 짓이든 할 것 같았다. 어떤 결정을 내리든 자신이 저지른 일의 결과를, 혹은 지금 하는 일의 결과를 피할 방법은 없었다. 짐과 어머니와 나란히 중앙 통로를 걸어 교회 밖으로 나와 화창하게 갠 하늘 아래 하객들 사이에 합류하면서, 문득 아일리시는 지금 자신이 토니를 사랑하고 있지 않는 것처럼 느껴졌다. 토니는 그녀가 꾸던 꿈의 일부 같았다. 얼마 전 강렬한 자극을 받고 깨어난 꿈. 그리고 깨어 있는 지금 이 시간에, 한때 너무도 견고했던 그 존재에는 어떤 실체나 형체도 없었다. 그것은 그저 낮과 밤, 그 모든 순간의 끝자락에 드리운 그림자에 불과했다.

성당 밖에서 사람들이 사진을 찍기 위해 자세를 취하는 사이 해가 완전히 모습을 드러냈다. 리본으로 장식한 커다란 차를 빌려 타고 웩스퍼드로 떠날 준비를 하는 신랑 신부를 보기 위해 많은 구경꾼이 몰려들었다.

결혼 피로연 조찬에서 아일리시는 한쪽 옆에 짐 패럴을, 다른 한쪽 옆에 결혼식 참석차 잉글랜드에서 돌아온 조지의 형을 두고 두 사람에게 번갈아 이야기했다. 아일리시의 모습을 어머니가 신중하고 다정하게 지켜보고 있었다. 음식을 입에 넣을 때마다 딸이 자리에 그대로 있고 오른쪽에는 변함없이 짐 패럴이 있는지, 그리고 그들이 즐거운 시간을 보내는지 확인하기 위해 쳐다보는 어머니의 모습이 아일리시는 웃기기까지 했다. 아일리시가 보니, 조지 셰리든의 어머니는 커다란 모자와 오래된 보석들과 어마어마한 품위를 빼면 아무것도 남지 않을 나이 지긋한 공작부인 같았다.

축하 연설이 끝난 후 신랑과 신부, 신부와 신부 가족, 신랑과 신랑 가족의 사진을 찍고 있을 때, 어머니가 아일리시를 찾더니 자신은 오브라이언 집안의 두 아가씨와 함께 에니스코시에 타고 갈 차량을 구했다고 속삭였다. 어머니는 매우 흡족해하면서도 음모를 꾸미는 듯 은밀했다. 틀림없이 짐 패럴은 어머니가 이 일을 꾸몄다고 믿겠지만, 아일리시 자신이 이 음모에 가담하지 않았음을 알릴 방법이 전혀 없었다. 신혼부부의 차가 떠나는 걸 지켜보면서 아일리시와 짐이 환호하고 있을 때 낸시의 어머니가 다가왔다. 낸시의 어머니는 여러 잔의 셰리주와 약간의 포도주와 샴페인 때문인지 행복에 겨운 상태였다.

"그래, 짐. 나만 그러는 게 아니야. 사람들이 다음번에 우리가 모일 만한 큰 행사는 자네 덕분일 거라고들 말한단다. 그리고 아일리시, 낸시가 돌아오면 너한테 해 줄 충고가 아주 많을 거야."

낸시 어머니는 킬킬거리면서 웃기 시작했는데 아일리시 눈에는 몹시 흉해 보였다. 아일리시는 그들을 지켜보는 사람이 아무도 없는지 확인하려고 주위를 둘러보았다. 짐 패럴이 번 부인을 차갑게 쏘아보고 있었다.

"우린 생각도 못 했어." 번 부인이 말을 이었다. "낸시가 셰리든 집안에 시집갈 줄은. 그리고 듣자 하니 패럴 씨 내외가 글렌브린으로 이사 간다더라, 아일리시."

번 부인은 달콤하게 아부하는 듯한 표정이었다. 아일리시는 더 이상 낸시 어머니의 말을 듣지 않게 무슨 핑계라도 대서 화장실로 달려가고 싶었다. 그러나 다음 순간, 그렇게 되면 짐 혼자 낸시 어머니와 남으리라는 걸 깨달았다.

"저희는 어머니한테 차가 어디 있는지 알려 드리기로 했어요." 아일리시가 황급히 말하면서 짐의 재킷 소매를 끌어당겼다.

"오, '저희'라고!" 번 부인이 외쳤다. 그녀는 토요일 밤에 집으로 돌아가는 변두리 동네 여자처럼 소리쳤다. "다들 들었어요? '저희'라니! 오, 이제 멀지 않았네. 우리 모두 모여 즐거운 시간을 보내고 네 어머니가 기뻐하실 날이. 아일리시, 며칠 전에 네 어머니가 결혼 선물을 갖고 오셨을 때 그런 날이 오면 기쁘겠다고 하시더구나. 왜 기쁘지 않으시겠니?"

"우리는 이제 가야 해요, 아주머니." 아일리시가 말을 잘랐다. "그만 가 봐도 되죠?"

짐과 걸어오면서 아일리시는 짐을 향해 눈살을 찌푸리며 고개를 저어 보였다.

"저런 분이 장모님이라고 상상해 봐!" 그녀가 말했다.

조금 무례한 행동일지 몰라도 이렇게 말하면 지금 저런 상태의 낸시 어머니와 아일리시가 혹시 무슨 관계가 있을까 하는 의심은 사지 않을 것 같았다.

짐은 차가운 미소를 지어 보였다. "갈까?" 그가 물었다.

"그래. 어머니는 에니스코시로 가는 차를 어디서 타는지 정확히 알고 계셔. 우리가 여기 더 있어야 할 이유는 전혀 없어." 아일리시는 오만하고 침착하게 말하려고 애썼다.

그들은 탤벗 호텔의 주차장을 빠져나와 선창가를 따라 달리다가 다리를 건넜다. 아일리시는 어머니가 번 아주머니에게 했을 말을, 아니, 정확히는 번 아주머니가 한 말을 더는 생각하지 않기로 다짐했다. 만약 짐이 자신의 침묵과 단단히 다문 입에 대해 해명하고 싶다면, 그러라고 마음대로 둘 참이었다. 아일리시는 짐이 입을 열 때까지는 말하지 않기로, 그리고 그를 혼란스럽게 만들거나 부추기는 일 따위는 하지 않을 심산이었다.

차가 큐러클로로 접어들 때쯤 마침내 짐이 입을 열었다. "어머니가 네게 전해 달라 하셨어. 골프 클럽에서 로즈 누나를 기리는 상을 제정할 예정이래. 여성 단장이 신입 여성 회원 중 최고 점수를 올린 사람한테 레이디 캡틴의 날에 특별 트로피를 수여한대. 어머니가 늘 말씀하셔, 로즈 누나는 우리 도시에 새로 온 사람들한테도 항상 정말 친절하게 대해 줬다고."

"맞아. 언니는 항상 새로 온 사람들한테 잘해 줬어. 그건 사실이야."

"참, 다음 주 골프 클럽에서 그 상을 선포하는 연회를 여는데 어머니는 네가 우리 집에 와서 차를 마시다가 같이 그 연회에 참석했으면 하셔."

"정말 좋겠다." 아일리시가 말했다. 아일리시는 어머니가 그 소식을 들으면 기뻐하실 거라고 말하려다가, 이미 그녀의 어머니에 관한 말은 그날 하루 넘칠 만큼 들었다고 생각되어 그만두었다.

그들은 차를 세우고 해변을 향해 걸어 내려갔다. 날씨는 여전히 따뜻했으나 바다에는 연무가 두텁게, 거의 안개처럼 끼어 있었다. 그들은 밸리코니거를 향해 북쪽으로 걷기 시작했다. 결혼식장과 멀리 떨어져서 짐과 함께 있으니 아일리시는 마음이 편안했고, 낸시 어머니가 떠들었던 말에 짐이 아무런 언급도 하지 않고 신경도 쓰지 않는 것 같아서 기뻤다.

밸리발루를 지난 뒤, 그들은 모래 언덕에 편하게 앉을 만한 장소를 발견했다. 짐이 먼저 앉더니 그녀가 자신에게 등을 기대어 앉도록 자리를 마련해 주었다. 그리고 그녀의 몸에 팔을 둘렀다.

바닷가에는 그들 말고는 아무도 없었다. 그들은 부드러운 모래 위에서 자그르르 부서지는 파도를 한동안 말없이 바라보았다.

"결혼식은 재미있었어?" 마침내 짐이 물었다.

"응, 재미있었어." 아일리시가 대답했다.

"나도 그랬어. 난 혼자여서 그런지 다른 사람의 형제자매를 보는 일이 늘 재미있더라. 언니를 잃은 너는 정말 힘들었을 거야. 오늘 형제자매들이랑 있는 조지와 낸시를 보고 있으려니까 기분이 좀 이상했어."

"외동으로 자라는 게 힘들었어?"

"오히려 요즘 더 그런 것 같아. 부모님은 점점 나이 드시는데 나 혼자뿐이잖아. 하지만 혼자라는 게 어쩌면 다른 식으로 영향을 끼쳤는지도 몰라. 난 사람들과 잘 지내는 데는 정말 소질이 없거든. 선술집에서 손님들한테 말 거는 건 하겠는데, 그건 내가 요령을 알아서 그러는 거고. 그러니까 내 말은 친구를 얘기하는 거야. 난 친구 사귀는 데는 영 소질이 없었어. 늘 사람들이 나를 싫어한다고 생각했어. 아니, 스스로 어쩔 줄 몰랐던 거야."

"하지만 너한테는 친구가 많잖아."

"사실은 안 그래. 그러다가 친구들이 여자를 사귀기 시작하면서 더 힘들었지. 난 여자애들한테 말 붙이기가 항상 힘들었거든. 내가 널 처음 만난 그날 밤 기억해?"

"애서니엄에서 말이지?"

"그래. 그날 밤 그 클럽에 가는 길에, 나와 사귀는 거 비슷한 관계였던 앨리슨 프렌더개스트가 나한테 절교 선언을 했어. 어느 정도 예상한 일이었지만 무도장에 들어가는 도중에 그 애가 진짜로 말해 버린 거지. 내가 알기론 그때 조지가 낸시를 정말 좋아하고 있었는데 마침 낸시가 와 있더라고. 그래서 조지가 낸시에게 다가간 거지. 그때 조지가 너를 데리고 왔잖아. 사실 난 시내에서 널 본 적이 있었고 너를 괜찮게 생각하고 있었어. 그날 마침 넌 혼자였고 정말 친절하고 다정했으니까. 그때 생각했지. 이렇게 또 만났구나 하고. 하지만 춤을 청하려고 하면 내 혀가 굳어 버릴 것 같았어. 그래도 해야 한다고 생각은 했어. 거기 혼자 서 있기는 정말 싫었으니까. 그런데도 도저히 너한테 춤을 청하러 갈 수가 없는 거야.”

“그래도 왔어야지.”

“그러고 나서 네가 떠났다는 얘기를 들었을 때는 내 운이 거기까지구나 싶었어.”

“그날 밤 네가 어땠는지 기억나. 난 네가 우리를 싫어한다는 인상을 받았어, 나랑 낸시 모두.”

“그러다가 네가 고향에 돌아왔다는 소식을 들었지.” 그는 혼잣말하듯이 말했다. “그리고 널 다시 봤을 때, 넌 정말 멋있어 보였어. 그때 난 낸시의 동생과 그 모든 사건 때문에 무척 상심해 있었지만, 널 다시 만나기 위해서라면 뭐든지 하겠다고 생각했어.”

그는 아일리시를 가까이 끌어당기고는 그녀의 가슴에 손을 얹었다. 그의 숨소리가 무겁게 들려왔다.

“앞으로 네 계획에 관해 얘기를 나눌 수 있을까?” 그가 물었다.

“물론이지.” 아일리시가 대답했다.

“내 말은, 네가 꼭 돌아가야 한다면, 떠나기 전에 약혼이라도 할 수 있는지 말이야.”

“조만간 그 얘기를 할 때가 있을 거야.”

“내 말은, 이번에도 널 잃는다면, 글쎄, 그걸 뭐라고 표현해야 좋을지는 모르겠어. 하지만…….”

아일리시는 그를 향해 돌아앉았고 둘은 키스하기 시작했다. 그들은 안개가 더욱 짙어지고 밤의 첫 어스름이 내릴 때까지 그곳에 머물러 있다가, 차를 세워 둔 곳으로 돌아와 에니스코시로 향했다.

며칠 후 짐의 어머니로부터 다음 주 목요일에 차를 마시러 오라고 정식으로 초대하는 짧은 편지가 도착했다. 차 마신 후에 참석할 로즈를 기리는 골프 클럽 연회에 관한 이야기도 함께 적혀 있었다. 아일리시는 어머니에게 그 편지를 보이고 같이 연회에 갈 생각인지 물었지만, 어머니는 너무 슬플 것 같다며 거절했다. 어머니는 아일리시가 패럴 모자와 함께 골프 클럽에 가고 거기서 집안을 대표하는 것으로 족하다고 했다.

그 주말에는 내내 비가 내렸다. 토요일에 짐이 찾아와서 그들은 함께 로슬레어에 갔다가 저녁에는 스트랜드 호텔에서 식사를 했다. 디저트를 먹으면서 뭉그적거리고 있을 때, 아일리시는 그에게 모든 걸 말해 버리고, 그에게 도움을, 하다못해 충고라도 부탁하고 싶은 충동이 일었다. 짐은 좋은 사람이었고 어떤 면에서는 현명하고 영리했지만, 보수적이기도 했다. 그는 이 소도시에서 자신이 갖는 위치에 만족했다. 괜찮은 선술집을 운영하며 명망 있는 집안 출신이라는 사실이 그에게는 중요했다. 그는 평생 정도를 벗어난 일을 해 본 적이 없었고, 앞으로도 절대 하지 않을 사람이었다. 그가 그리는 자신의 미래와 세계 속에는 결혼한 여자, 아니, 더 나쁘게는 결혼한 사실을 그에게든 누구에게든 말하지 않는 여자와 시간을 보낼 가능성 같은 건 아예 없었다.

아일리시는 호텔 식당의 부드러운 조명에 비친 그 다정한 얼굴을 보면서 지금은 아무것도 말하지 않기로 했다. 그들은 에니스코시로 차를 몰았다. 집에 돌아와 침실 서랍장에 넣어 둔 채 몇 통은 아직 뜯지도 않은 토니의 편지들을 들여다보던 그녀는 짐에게 사실을 말할 시간은 절대 오지 않을 것을 알았다. 그것은 말할 수 있는 게 아니었다. 그녀의 거짓말에 대한 그의 반응은 도저히 상상할 수 없었다. 그녀는 돌아가야만 했다.

지금까지 한동안 플러드 신부에게, 또는 미스 포티니나 키호 부인에게 자꾸만 출발이 지연되는 이유를 설명하는 편지를 미루어 왔다. 며칠 안에 꼭 편지를 쓰겠다고 그녀는 다짐했다. 해야 할 일을 더는 미루지 말아야 했다. 그러나 출발 날짜를 어머니에게 알리는 것, 짐 패럴에게 작별 인사를 한다는 것은 생각만 해도 두려웠고, 그 두려움은 또다시 이 두 가지 일에 관한 생각을 지워 버릴 만큼 강력했다. 그녀는 생각했다. 조만간 그 일을 해야겠지만, 지금은 아니라고.

골프 클럽 행사가 있기 전날 아일리시는 로즈의 무덤에 다시 들르기 위해 오후 일찍 혼자서 묘지로 향했다. 이슬비가 추적추적 내리고 있어서 우산을 들고 갔다. 묘지에 도착했을 때는 7월 초인데도 바람이 차가웠다. 이 회색빛 찬바람 속에서 로즈가 잠든 묘지는 휑하니 버려진 장소 같았다. 나무 한 그루, 무성한 관목도 없이, 늘어선 묘비들과 통로와 저 아래 죽은 자들의 침묵만이 가득했다. 아일리시는 여기저기 묘비에서 자기가 아는 이름들, 학교 친구들의 부모나 조부모들, 기억에 선명히 남아 있는 남자들과 여자들, 지금은 모두 죽어서 시내 변두리 이곳에 누워 있는 사람들의 이름을 보았다. 지금 그들 대부분은 산 사람들에 의해 기억되고 있겠지만, 그 기억도 계절이 한 번 지날 때마다 서서히 희미해질 터였다.

아일리시는 로즈의 무덤 앞에 서서 기도를 올리거나 아

무 말이든 속삭이려고 애썼다. 슬픔이 느껴지자 어쩌면 그것으로도 충분할 것 같았다. 여기 찾아와서 동생이 얼마나 로즈를 그리워하는지 로즈의 영혼에게 알리는 것으로 충분했다. 그러나 울음도 안 나오고 무슨 말을 할 수도 없었다. 아일리시는 최대한 오래 무덤 앞에 서 있다가 걸음을 옮겼고, 막상 묘지를 떠나 서머힐과 프레젠테이션 수녀원 쪽으로 걸어갈 때쯤엔 그 어느 때보다 날카로운 비애가 밀려왔다.

메인가 모퉁이에 도착했을 때 아일리시는 뒷길로 가기보다는 시내를 통과하기로 했다. 사람들의 얼굴들, 오가는 사람들, 문 연 가게들을 보다 보면, 로즈에게 말을 건네지 못했다거나 기도하지 못했다는 죄책감에 가까운 이 뼈아픈 슬픔이 덜어질 거라는 생각에서였다.

성당 맞은편을 지나 마켓 스퀘어 쪽으로 접어들 때 누군가 그녀를 부르는 소리가 들렸다. 둘러보니 미스 켈리네 가게에서 일하는 메리가 소리치면서 길을 건너오라고 손짓하고 있었다.

"무슨 일이라도 생겼니?" 아일리시가 물었다.

"미스 켈리가 언니를 보고 싶어 하세요." 메리가 말했다. 메리는 숨넘어가기 직전이었고 겁먹은 표정이었다. "저더러 지금 꼭 언니를 데려오라고 하셨어요."

"지금?" 아일리시가 웃으며 물었다.

"지금요." 메리가 되풀이해 말했다.

미스 켈리는 문 앞에서 기다리고 있었다.

"메리, 우린 잠시 위층에 가 있을 테니까, 혹시 누가 날 찾거든 내가 일 끝나면 내려간다고 전해라." 미스 켈리가 말했다.

"네, 미스 켈리."

미스 켈리는 그 건물에서 자신의 집으로 통하는 출입문을 열어 아일리시를 안내했다. 아일리시가 들어가서 문을 닫자, 미스 켈리는 어두운 계단을 올라 거실로 그녀를 데려갔다. 거실은 거리 쪽으로 나 있었지만 거의 계단만큼 어두웠고, 아일리시가 보기엔 가구가 지나치게 많았다. 미스 켈리는 신문으로 뒤덮인 의자를 가리켰다.

"신문들을 바닥에 치우고 거기 앉아라." 그녀가 말했다.

미스 켈리는 아일리시 맞은편 빛바랜 가죽 안락의자에 앉았다.

"그래, 어떻게 지내니?" 미스 켈리가 물었다.

"아주 잘 지내요. 고맙습니다."

"나도 그렇게 들었다. 어제 네 생각을 하다가 한번 만나보고 싶었다. 마침 어제 미국에 있는 매지 키호한테서 들은 얘기가 있어서 말이다."

“매지 키호요?” 아일리시가 물었다.

“너한테는 키호 부인이겠지만 내 친척이야. 결혼하기 전 성이 컨시딘이었지. 그리고 우리 어머니도 성이 컨시딘이었고. 그러니 그 둘이 사촌지간이지.”

“키호 부인은 전혀 그런 말씀이 없으셨어요.”

“오, 컨시딘 가문 사람들은 항상 입이 무겁지.” 미스 켈리가 말했다. “우리 어머니도 마찬가지셨고.”

미스 켈리의 말투는 묘하게 들떠 있었다. 아일리시가 보기엔 미스 켈리가 자기 흉내를 내고 있는 것 같았다. 아일리시는 미스 켈리가 키호 부인의 친척이라는 게 정말 가능한 일인지 생각해 보았다.

“정말이세요?” 아일리시가 차갑게 물었다.

“당연히 그이는 네가 처음에 거기 도착했을 때 네 안부며 모든 걸 나한테 얘기해 주었다. 그러다가 전혀 소식이 없었지. 매지는 상대가 먼저 연락할 때만 자기도 연락하는 그런 사람이거든. 그래서 내가 그 여자한테 1년에 두 번 전화하지. 전화비 때문에 전화로는 절대 오래 얘기하지 않는다. 하지만 전화하면 그이는 좋아하지, 특히 새로운 소식을 전해 주면 말이다. 그러다가 네가 여기에 오니 그게 새 소식이었지. 네가 내내 큐러클로 해변에서 놀다가 멋진 옷을 입고 코트타운 호텔에 갔다는 소문을 들었다. 그런데 얼마 후 우리 가게에 온 어떤 남자 손님이 그러더구나. 커시갭에서 네 사진을 찍어 줬다고 말이야. 네가 멋진 친구들이랑 어울렸다던데.”

미스 켈리는 아주 즐거운 듯했다. 아일리시는 도무지 그녀를 저지할 방법을 생각해 낼 수 없었다.

“그래서 내가 매지한테 전화해서 그 모든 소식을 알려 줬다. 그리고 네가 데이비스 사무실에서 급여 지급을 담당한다는 얘기도 했지.”

“정말이에요, 미스 켈리?”

미스 켈리는 지금 내뱉는 모든 말을 준비해 둔 것이 분명했다. 커시갭에서 사진을 찍어 준 남자라니, 아일리시는 그 사람을 기억하지도 못했고 그 전에도 본 적이 없었지만, 그 남자가 미스 켈리의 가게에서 자기 얘기를 떠들었고, 이 소식이 브루클린의 키호 부인에게 전달되었다고 생각하니 갑자기 겁이 났다.

“그런데 매지가 자기도 들려줄 소식이 있다며 다시 나한테 전화했더구나.” 미스 켈리가 말했다. “그래, 그랬지.”

“키호 부인이 뭐라고 하던가요, 미스 켈리?”

“오, 그이가 뭐라고 했는지는 너도 알 텐데?”

“그게 그렇게 재미있던가요?” 아일리시는 미스 켈리와 똑같이 경멸적인 말투를 쓰려 애썼다.

"오, 날 속일 생각은 마라! 세상 사람 모두를 속여도 나는 못 속인다."

"전 누구를 속이고 싶은 생각 같은 건 없어요."

"그렇지, 레이시 양? 지금도 그게 네 성이라면 말이야."

"무슨 말씀이세요?"

"그이가 나한테 전부 다 말했다. 그 남자 손님이 말한 대로 세상은 아주 좁은 곳이거든."

아일리시는 미스 켈리의 얼굴에서 고소해하는 표정을 보고 자신이 공포를 감추지 못했음을 알았다. 토니가 키호 부인을 찾아가서 둘이 결혼한 사실을 말했을까 생각한 순간 온몸에 소름이 끼쳤다. 그러나 다음 순간 그건 불가능하다는 생각이 들었다. 아마 그보다는 그날 시청에 줄 서 있던 누군가 아일리시나 토니를 알아보았거나, 혹은 그들의 이름을 보고 그 소식을 키호 부인이나 부인의 친구에게 전했을 가능성이 더 높았다.

아일리시는 일어섰다. "하실 말씀이 그게 전부인가요. 미스 켈리?"

"그래, 그리고 매지한테 다시 전화해서 너를 만났다고 얘기하마. 어머니는 어떻게 지내시니?"

"아주 잘 지내세요, 미스 켈리." 아일리시는 떨고 있었다.

"그 무슨 번인가 하는 집안 아이의 결혼식이 끝난 후 네가 짐 패럴의 차에 타는 걸 보았다. 네 어머니는 아주 좋아 보이더구나. 한동안 네 어머니를 못 보긴 했다만 아주 좋아 보였어.”

“어머니가 들으시면 기뻐하실 거예요.”

“오, 그래, 그렇고말고.” 미스 켈리가 대답했다.

“그럼 말씀 다 하신 거죠, 미스 켈리?”

“그래.” 미스 켈리는 잔인한 미소를 지으면서 일어났다.

“우산 챙기는 거 잊지 마라.”

거리에 나온 아일리시는 핸드백을 뒤져 여객선 예약 전화번호가 적힌 해운 회사의 편지를 찾았다. 그녀는 마켓 스퀘어에서 고드프리스 문구점에 들러 편지지와 편지봉투를 샀다. 그리고 캐슬가를 따라 걷다가 우체국까지 캐슬 힐을 내려갔다. 우체국 창구에 가서 전화를 걸고 싶다며 전화번호를 건네자, 사무실 구석에 전화가 있는 칸막이 쪽에서 기다리라고 했다. 전화가 울리자 아일리시는 수화기를 들고 해운 회사 직원에게 이름과 인적 사항을 말했다. 그 직원은 서류를 찾아보더니 코브에서 뉴욕으로 가는 가장 빠른 배편이 금요일인 모레에 있으며, 괜찮다면 추가 요금 없이 3등석 자리를 예약해 주겠다고 했다. 아일리시는 좋다고 대답하고 출항 시간과 도착 예정일을 들은 뒤 전화를 끊었다.

전화 요금을 지불하고 아일리시는 항공 봉투를 부탁했다. 우체국 직원이 봉투 몇 장을 꺼내자 그녀는 넉 장을 달라고 하고는, 창가 근처 칸막이에서 네 통의 편지를 썼다. 플러드 신부, 키호 부인, 미스 포티니에게는 간단하게 출발이 늦어져서 죄송하다고 하고는 언제 도착하는지 적었다. 토니에게는 사랑한다고, 그리고 보고 싶다는 말과 함께 다음 주말쯤에는 같이 있게 될 거라고 썼다. 아일리시는 정기선 이름과 도착 예정 시간을 자세하게 적은 후 서명했다. 그런 다음 나머지 세 개의 봉투를 봉한 뒤 토니에게 쓴 편지를 다시 읽었다. 그 편지를 찢어 버리고 새 편지지를 달라고 할까 하다가 그냥 봉하고는 다른 편지들과 함께 직원에게 건넸다.

프라이어리 힐로 돌아오는 길에 아일리시는 우체국에 우산을 두고 온 사실을 알았지만 찾으러 돌아가지 않았다.

어머니는 부엌에서 설거지를 하고 있었다. 아일리시가 들어가자 어머니가 돌아보았다.

"아까 네가 나간 후에 나도 같이 갔어야 하는 게 아닌가 했다. 거기는 외로운 곳이잖니."

"묘지예요?" 아일리시가 식탁 앞에 앉으며 물었다.

"거기 갔던 게 아니었니?"

"거기 갔었어요, 엄마."

아일리시는 이제 어머니한테 사실대로 말할 수 있을 거라 생각했지만 쉽지 않았다. 입이 도저히 떨어지지 않았고, 무겁고 가쁜 숨만 몇 번 나왔을 뿐이었다. 어머니가 다시 몸을 돌려 그녀를 쳐다보았다.

"괜찮니? 기분이 안 좋은 거니?"

"엄마, 처음에 돌아왔을 때 말씀드렸어야 하는 게 있었는데 지금이라도 해야겠어요. 집에 오기 전에 저 브루클린에서 결혼했어요. 저 결혼했다고요. 돌아오자마자 말씀드려야 했는데."

어머니는 수건을 집어 손을 닦기 시작했다. 그러고는 조심스레 반듯하게 수건을 접어 놓고 천천히 식탁으로 다가왔다.

"미국인이니?"

"네, 엄마. 브루클린 사람이에요."

어머니는 한숨을 쉬었고 마치 기댈 것이 필요한 사람처럼 손을 내밀어 탁자를 잡았다. 어머니가 천천히 고개를 끄덕였다.

"아일리, 결혼했다면 남편이랑 같이 왔어야지."

"알아요."

아일리시는 울기 시작했고 머리를 숙여 팔을 괴었다. 얼마 후 흐느낌이 가시지 않은 채 고개를 들어 보니, 어머니는 꼼짝도 않고 있었다.

"좋은 사람이니, 아일리?"

아일리시는 고개를 끄덕였다. "좋은 사람이에요."

"네가 결혼한 상대라면, 틀림없이 좋은 사람이겠지. 난 그렇게 믿는다."

어머니의 목소리는 낮고 부드러웠으며 안도감을 주었다. 그러나 아일리시는 어머니의 눈빛에서 지금 어머니가 느끼는 감정을 최대한 말로 옮기지 않으려고 얼마나 애쓰고 있는지 알 수 있었다.

"전 돌아가야 해요. 내일 아침 떠나야 해요."

"그러니까 내내 그걸 나한테 말하지 않았던 거니?" 어머니가 말했다.

"미안해요, 엄마."

아일리시는 다시 울기 시작했다.

"억지로 결혼해야 했던 건 아니지? 문제가 있었던 건 아니지?" 어머니가 물었다.

"아니에요."

"그럼 하나만 물으마. 만약 결혼하지 않았다면, 그래도 돌아갔을 거니?"

"모르겠어요."

“하지만 내일 아침 기차를 탄다고?”

“네, 기차로 로슬레어까지 갔다가 다시 코브로 가야 해요.”

“내가 조 뎀프시한테 가서 내일 아침 너를 태우러 오라고 하마. 아침 8시에 오라고 할 테니까 기차 시간은 넉넉할 거다.” 어머니는 잠시 말을 멈추었다. 엄청나게 피로한 표정이 어머니의 얼굴을 뒤덮고 있었다. “그런 다음 난 자러 가야겠다. 피곤하니까 말이야. 내일 아침엔 너를 보지 못할 것 같구나. 그러니 지금 여기서 작별 인사를 하마.”

“아직은 너무 이른걸요.”

“지금, 딱 한 번만 인사를 하는 게 나아.” 어머니의 목소리가 단호해졌다.

어머니가 다가왔다. 아일리시가 일어서자 어머니는 아일리시를 껴안았다.

“아일리, 울면 안 돼. 네가 어떤 사람과 결혼하기로 결심했다면, 그 사람은 아주 착하고 다정하고 특별한 사람일 거야. 그렇지?”

“맞아요, 엄마.”

“그래, 그럼 천생연분이구나. 너도 그런 면을 다 가지고 있으니 말이다. 네가 보고 싶을 거다. 하지만 그 사람도 너를 그리워하고 있을 테지.”

아일리시는 어머니가 문으로 걸어가서 문간에 서 있을 때 뭔가 다른 말을 해 주기를 기다리고 있었다. 그러나 어머니는 아무 말 없이 그저 아일리시를 쳐다보기만 했다.

"돌아가면 그 사람에 관해서 편지 써 줄 거지?" 마침내 어머니가 물었다. "모두 들려줄 거지?"

"돌아가는 대로 그 사람에 관해서 편지 쓸게요."

"더 말하면 울음만 나올 것 같구나. 어서 뎀프시에게 가서 너를 태우고 갈 차를 부탁하고 오마." 어머니는 천천히, 위엄 있고 침착하게 부엌을 나가면서 말했다.

아일리시는 부엌에 조용히 앉아 있었다. 브루클린에 남자 친구가 있다는 사실을 어머니가 처음부터 알고 있었는지 궁금했다. 아일리시가 로즈에게 쓴 편지에 관한 언급은 한 번도 없었지만 그 편지들이 어디선가 나타났던 게 틀림없었다. 어머니는 로즈의 유품을 정말 꼼꼼하게 살펴보았다. 만약 남자 친구 때문에 돌아가야 한다고 선언하면 뭐라고 대답할지 어머니가 오래전부터 준비해 둔 건 아닐까. 차라리 어머니가 화라도 냈다면, 아니, 하다못해 실망감이라도 표현했다면 그나마 속이 편했을 것이다. 어머니의 반응 때문에 지금 아일리시는, 부스럭거리는 소리를 저쪽 방에서 듣고 있을 어머니를 두고 말없이 가방을 싸면서 이 저녁을 홀로 보낼 일이 세상 무엇보다 하기 싫었다.

처음에는 당장 짐 패럴을 만나야 할 것 같았지만, 다시 생각해 보니 지금은 그가 선술집에서 일할 시간이었다. 아일리시는 선술집에 가서 짐을 만나 그에게 사실대로 말하려는 자기 모습을, 또는 대신 일을 봐줄 아버지나 어머니를 모시고 올 때까지 기다렸다가 짐과 함께 밖에 나가서 작별 인사를 전하는 자기 모습을 상상해 보았다. 그가 상처 입으리라는 건 상상이 갔지만, 정확히 어떻게 나올지는 알 수 없었다. 아일리시가 이혼하기를 기다리겠다고 하고 떠나지 말라고 설득해 올지, 아니면 왜 자기를 부추겼느냐고 해명을 요구할지 감이 오지 않았다. 그를 만나는 건 아무런 소용도 없으리라고 그녀는 생각했다.

돌아가야 한다는 내용의 쪽지를 써서 그가 오늘 밤 늦게나 내일 아침에 발견하도록 그의 집 문 안쪽에 밀어 넣을까도 생각해 보았다. 그러나 오늘 밤에 그 쪽지를 발견한다면 그는 곧바로 그녀를 찾아올 것이다. 그렇다면 내일 아침 기차역에 가는 길에 들러 쪽지를 남기기로 했다. 그냥 돌아가야 한다고, 미안하다고 하고, 브루클린에 도착한 후 편지로 설명해 주겠다는 말만 쓰면 될 것이다.

어머니가 돌아와 천천히 계단을 올라 방으로 들어가는 소리가 들렸다. 아일리시는 어머니를 따라가서 내가 짐을 싸는 동안 같이 있어 달라고, 나에게 말을 붙여 달라고 애

원할까 생각했다. 그러나 작별 인사는 딱 한 번만 하고 싶다고 고집하던 어머니의 태도에는 강철같이 확고한 구석이 있었다. 지금 어머니에게 자비를 구하는 건, 또는 떠나기 전에 어머니에게 무엇이든 바라는 걸 요구하는 건 소용없을 것 같았다.

방에 들어간 아일리시는 짐 패럴에게 짧은 편지를 쓰고 한쪽으로 치워 두었다. 그리고 침대 밑에서 가방을 꺼내 침대 위에 놓고 옷가지들을 챙겨 넣기 시작했다. 옷장 문을 열고, 옷이 걸린 옷걸이들을 가로장에서 꺼내면서, 그 소리에 귀 기울이고 있을 어머니의 모습이 훤히 그려졌다. 방 안을 왔다 갔다 하는 그녀의 발소리를 긴장해서 귀로 쫓고 있을 어머니의 모습이 상상이 갔다. 토니의 편지들을 넣어 둔 서랍을 열었을 때쯤에는 가방이 거의 차 있었다. 아일리시는 편지를 꺼내 가방 구석으로 밀어 넣었다. 아직 안 읽은 편지들은 대서양을 건너면서 읽을 생각이었다. 커시갭에 갔던 날 찍은 사진들을 손에 쥐었다. 그녀는 한순간 짐과 조지, 낸시와 함께 찍은 사진과 짐과 단둘이 카메라를 향해 너무도 순진하게 미소 짓고 있는 사진을 찢어 아래층 쓰레기통에 버릴까 했다. 그러다가 다시 생각해 보고는 천천히, 가방 속에서 옷을 죄다 꺼낸 뒤 앞면이 바닥을 향하게 두 장의 사진을 고이 놓고는 그 위를 다시 옷으로 덮었다. 시간이 흘러 언젠가는 그 사진들을 보면서, 곧 있으면 이상하고 아련한 꿈처럼 여겨지게 될 일을 추억하게 될 날이 오리라 생각하면서.

아일리시는 가방을 닫고 아래층으로 옮겨 현관 복도에 놓아두었다. 밖은 아직 환했다. 식탁에 앉아 음식을 조금 먹는 동안 하루의 마지막 햇살이 창문으로 들어왔다.

그다음 몇 시간 동안 몇 번이나, 차와 비스킷이나 샌드위치를 준비한 쟁반을 들고 어머니 방으로 가고 싶은 유혹을 느꼈다. 어머니의 방은 여태 닫혀 있었고 방에서는 아무 소리도 나지 않았다. 아일리시가 방문을 두드리거나 열면, 보나 마나 어머니는 방해받고 싶지 않다고 단호하게 말할 터였다. 나중에 자기 방으로 올라가기로 했을 때 아일리시는 로즈의 방문 앞을 지나다가, 들어가서 로즈가 죽은 그곳을 마지막으로 눈에 담을까 하는 생각도 했지만, 문밖에서 걸음을 멈추고 일종의 경의를 표하듯 잠깐 눈만 내리깔았을 뿐 문을 열지는 않았다.

커튼을 치지 않은 채 잤기 때문에 아일리시는 먼동이 밝아 오자 잠이 깼다. 이른 시간이었고 새소리 외에는 아무 소리도 들리지 않았다. 어머니 역시 깨어서 모든 소리에 귀를 기울이고 있다는 걸 아일리시는 알고 있었다. 아일리시는 조심스럽게 미리 꺼내 둔 깨끗한 옷으로 갈아입었고, 입던 옷과 화장품은 아래층에 내려가 여행 가방에 집어넣었다. 모든 것을 빠짐없이 챙겼는지 확인했다. 돈, 여권, 해운 회사에서 온 편지, 그리고 짐 패럴에게 쓴 짧은 편지. 그러고는 앞쪽 응접실에 앉아 조 뎀프시의 차가 오는지 살폈다.

차가 도착하자 아일리시는 조 뎀프시가 노크하기 전에 얼른 문간으로 나갔다. 그녀는 손가락을 입술에 대고 소리 내지 말라고 신호했다. 그가 가방을 차 트렁크에 싣는 동안 아일리시는 집 열쇠를 현관 탁자에 놓았다. 차가 출발한 뒤 아일리시는 래프터가에 있는 패럴 씨네 집에 잠깐 들러 달라고 부탁했고, 차가 그 집 앞에 섰을 때 편지를 현관 우편함에 집어넣었다.

기차가 슬레이니 지선을 따라 남쪽으로 향할 때, 아일리시는 아침에 배달된 우편물들을 들고 계단을 올라가는 짐 패럴의 어머니를 상상했다. 짐은 요금 청구서들과 사업상 편지들 사이에서 그녀의 편지를 발견할 것이었다. 그 편지를 열어 보고 어떻게 할지 고민하던 그가 오전 어느 때쯤 프라이어리가에 있는 집을 찾아가면 자신의 어머니가 문을 열어 주는 모습이 그려졌다. 어머니는 씩씩하게 어깨를 펴고 턱을 굳게 다문 채로 짐 패럴을 쳐다볼 것이다. 표현할 수 없는 슬픔과 끌어낼 수 있는 모든 자부심을 동시에 담은 눈빛을 내보이면서.

“그 애는 브루클린으로 돌아갔어요.” 어머니는 그렇게 말하리라. 기차가 맥마인 다리를 지나 웩스퍼드로 향할 때, 아일리시는 다가올 세월을 그려 보았다. 그 세월과 더불어 그 말을 들었던 남자에게 그 말의 의미는 점점 작아져 갈 것이다. 반면에 자신에게는 그 의미가 점점 더 크게 다가올 것이다. 생각이 거기에 이르자 아일리시는 설핏 웃음을 지었다. 그러고는 눈을 감고 더는 아무것도 상상하지 않으려 애썼다.

옮긴이의 말

이향異鄕. 누구든 일단 고향을 떠나면 새로운 삶터에서도, 고향에서도 결국 이방인이 될 수밖에 없다. 망명, 추방, 이민 등 여러 가지 형태를 이향이라는 색깔 없는 말로 바꿀 수 있다면, 이향은 현대 아일랜드 작가들이 많이 천착하는 주제 중 하나다. 18세기 중반에는 대기근과 영국의 식민 통치라는 아픈 역사 때문에, 그 후로는 아메리칸드림을 좇아 수많은 아일랜드인이 신세계로 이민을 떠났다. 아울러 오랜 역사에서 정치·문화적으로 영국과 맺어지면서 형성된 복잡한 긴장 관계로 인해 아일랜드에서는 피아彼我 문제가 중요한 화두였다. 이에 아일랜드 작가들은 주체성 또는 자아 찾기를 글쓰기의 주제로 삼곤 했다. 『브루클린』

에서 콜럼 토빈 역시 이향을 주제로 삼기는 했지만 살짝 힘을 빼서 미시적으로 다룬다. 제2차 세계대전이 끝나고 얼마 지나지 않은 1950년대 초를 배경으로, 뉴욕으로 취업 이민을 떠난 아일랜드의 젊은 여성이 겪는 사건들을 쉽고도 담담하게 풀어내는 방식으로.

얼핏 보기에 『브루클린』은 평범한 소도시 출신의 평범한 젊은 여성이 삶과 사랑을 찾아가는 이야기로 읽힌다. 아일리시(Elis는 '신의 서약'을 뜻하는 켈트어라고 한다)는 아일랜드 남동부의 작은 소도시 에니스코시 출신이다. 몇 해 전 아버지를 여읜 아일리시는 홀어머니, 능력 있고 아름다운 언니와 함께 산다. 오빠들은 일자리를 찾아 잉글랜드로 떠나고, 아일리시는 부기를 공부하고 있지만 그녀가 사는 작은 소도시에서는 미래의 꿈은커녕 당장 일거리를 찾을 수 있을지도 장담할 수 없다.

셈에 재능이 있을 뿐 아일리시는 그다지 특출할 것도 없이 착하고 대체로 수동적이며 조용한 성격이다. 은근히 자존심이 있기는 하지만 그것도 평범함의 선을 넘지 않는다. 왠지 소설 여주인공으로는 자격 미달이라 여겨질 만큼 답답한 면도 있다(아일리시를 보고 제인 오스틴의 『맨스필드 파크』에 나오는 패니 프라이스를 떠올린 독자도 있었다). 아일리시가 일자리를 찾아 미국으로 떠나게 된 것도 언니와 한 사제가 손을 써준 결과이지 애초에 그녀가 의도했던 일이 아니었다. 그러나 수동적인 아일리시를 향한 토빈의 시선에서는 조금의 경멸이나 조롱을 찾아볼 수 없다. 극단적인 행동이나 자기주장을 할 줄 모르고 대체로 덤덤하게 상황을 받아들이는 아일리시에게 작가는 오히려 알게 모르게 미묘한 존경심을 표현한다. 그녀가 겪는 에피소드들은 살짝 유머러스하게 그려지는데(이따금 그녀가 행하는 소심한 복수는 정말 귀엽다) 여기서도 아일리시는 웃음거리가 아니다. 어쩐지 그런 유머는 '인생에 웃을 일도 있어야지' 하는 여유처럼 다가온다. 이런 놀라운 공감 효과는 이야기를 전개하는 작가의 독특한 시점에서 나오는 듯하다.

콜럼 토빈은 이 책에서 3인칭 시점을 사용하면서도, 때로는 아일리시의 일기를 들여다보는 보는 느낌이 들 만큼 거리를 두지 않고 사건을 아일리시의 관점으로 굴절시킨다. "주인공의 힘없는 상태를 힘을 뺀 산문 속에 반영하고 싶었다"라는 토빈은 매우 절제된, 그러나 애써 다듬은 티가 나지 않는 담백한 문장으로 아일리시의 내면을 천천히, 때로는 꼼꼼히 짚어 나간다. 그런 행간에서 느껴지는 토빈의 따스한 시선은 아일리시가 느끼는 난감함, 무기력함, 외로움에 독자가 공감할 때면 큰 위로로 다가온다.

아일리시의 이야기를 좇아서, 이따금 히죽거리면서 책

장을 훌훌 넘기다 보면 마음 한구석에서 슬며시 불안함이 고개를 들 때가 있을지 모른다. 혹시 내가 재미에 빠져 무얼 놓치고 있는 건 아닐까? 걱정하지 않아도 된다. 콜럼 토빈은 이렇게 말한다. "나는 독자들을 붙잡을 단순성 같은 것을 추구하고 있었다. 서사에 정교한 문장이나 장난 같은 것은 전혀 없다. 그냥 이야기를 써 나가고 그 이야기가 진실하게 읽히도록 노력했고 그렇게 만들었다." 이런 노력, 즉 평범하고 단순하게 글을 쓰려는 노력은 어쩌면 콜럼 토빈에게는 하나의 중대한 실험이었을 것이다. "그것은 내가 글쓰기를 시작할 때 시도하려 들지 않았던 것이었다. 예를 들어 나의 첫 두 소설은 시간을 가지고 장난을 친다. 『브루클린』은 시간으로 장난치지 않는다. 플래시백은 전혀 없다. 과시하지 않고 앞으로 나아간다. 몇 년 전이었다면 이걸 시도해 볼 자신감도 없었을 것이다." 이쯤에서는 고개가 끄덕여진다. 어려운 문학처럼 보이기 위해, 실험적 작품처럼 보이고 싶어서 독자로 하여금 시험지를 받은 사람처럼 무력감을 느끼게, 또는 문제를 풀고야 말리라는 전의를 불태우게 하는 소설이 얼마나 많은가. 이런 걸 생각하면 처음부터 끝까지 소박한 문체와 단선적인 서사로 독자들을 붙잡아 놓는다는 것이 도리어 실험이자 위업으로 다가온다.

    토빈은 이 책에서 일종의 글쓰기 역학을 실현하려고 시도했다. 최소한의 재료로 최대의 효과를 뽑아내려 하고, 가장 평범하고 단순한 글들로 가장 커다란 충격을 주려 했다. "내가 중요하게 생각하는 점은, 작품을 쓰는 나는 그 책에서 내가 등장인물들에 관해 이야기하는 것 이상 아는 것이 없어야 하며, 이후에 그들에게 일어나는 일에 관해서도 더 아는 것이 없어야 한다는 것이다. 이 말은 모든 세부가 정확해야 한다는 뜻이다." 어떤 뉘앙스나 그림자도 없이 간결하고, 있는 그대로, 이렇다 할 기교가 없는 문장 속에서 그는 "원하는 표현과 감정의 폭을 얻을 수 있는지 보고 싶었다"라고 말한다. 이 시도는 멋지게 성공해 『브루클린』을 빼어난 작품으로 만들어 냈고 수많은 비평가로부터 찬사를 받았다. 내 번역이 최대한 저자의 의도에 가깝기를 바랄 뿐이다.

    그러나 강렬한 단편소설 같은 에피소드들이 이어지는 이 작품에는 중간중간 훌쩍 건너뛰고, 의도적으로 삭제한 듯한 장면들이 많다. 독자는 이 인물 저 인물이 어떤 사람인지 궁금해하지만 토빈은 그들에 관해서 자세히 이야기하지 않는다. 결국 그 빈자리를 채우는 것은 독자의 몫인데, 콜럼 토빈은 의식적으로 독자의 참여를 요구한다. "한 권의 책에서는 단어들만큼이나 독자의 상상력이 많은 역할을 하도록 허용하는 것이 중요하다"라는 것이 작가의 생각이다. 그래서 그는 『브루클린』을 쓸 때 "연필을 가지고 드로잉하듯이, 날카로운 세부를 많이 넣으면서도 충분한 음영과 충분한 여백을 주어 독자들이 상상력으로 채우도록" 했다. 아마도 이런 여백들이 서사에 속도감을 더해 주는 기능을 하기 때문인지, 『브루클린』은 지루할 틈이 없다.

콜럼 토빈이 『브루클린』에서 사용한 플롯은, 그가 열두 살에 아버지를 여의었을 때 경야에 찾아온 손님이 사람들에게 들려준 어느 여자의 이야기를 토대로 했다고 한다. 어릴 적 들었던 그 이야기에는 주인공의 심리나 내면에 관한 것은 없었지만 그럼에도 그의 뇌리에 내내 남아 있었다. 또한 그는 21세기 아일랜드에 유입되는 이민자들로 인해 일어나는 사회 변화에서도 영감을 얻었다. 그는 아일랜드에서 중국, 나이지리아, 폴란드 이민자들을 지켜보면서 그들이 자신의 고향과 아일랜드를 어떻게 느낄지 상상했고, 거기에 지난날 에니스코시에서 뉴욕으로 떠났던 한 여인의 이야기를 결합시켰다. 한편으로는 제인 오스틴, 조지 엘리엇, 헨리 제임스 등의 19세기 소설에서도 풍부한 영감을 얻었다고 한다. "이 책은 어떤 면에서는 제인 오스틴과 헨리 제임스에게서 영감을 받았다. 에니스코시 무도장에서 조지와 짐이 나오는 장면은 『오만과 편견』을, 마지막에 어머니와 관련된 문장은 『여인의 초상』의 마지막 장면을 기초로 했다."

1부에서 압권은 단연 뱃멀미 장면일 것이다. 정말 생생하고 절박하지만 희극적이며, 험난한 미국 생활을 예고하는 듯한 이 대목은 작가의 실제 경험을 토대로 한 것이다. 여행작가로 활약했던 토빈은 혼자서 뱃길로 여행을 많이 다녔고 심한 뱃멀미를 경험하기도 했는데, 화장실 문이 잠겼던 사건은 1986년 수단 항에서 수에즈 항까지 홍해를 건너는 배에서 실제 있었던 일이라고 한다.

작품을 이끌어 나가는 중요한 역할을 하는 플러드 신부는 매우 흥미로운 인물이지만, 나머지 등장인물들처럼 그의 배경에 관한 이야기는 거의 없다. 다만 토빈에 따르면 실제로 1950년대에 플러드 신부처럼 미국에서 아일랜드인들을 헌신적으로 돌봐주는 사제들이 많았다고 한다. 흥미로운 점은 아일리시가 도착한 1950년대의 브루클린(지금은 그때의 모습을 찾을 수 없다)은 아일랜드 이민자들이 많이 모여 있던 또 하나의 작은 아일랜드였다는 것이다. 여기서 토빈은 두드러지지 않게 에니스코시와 브루클린을 병치하면서 하나의 패턴을 만든다. "이 소설에서는 대부분의 것들이 두 번씩 나타나거나 서로에 대한 반향으로서 두 번

되풀이된다. 계단이 있는 몇 층짜리 건물이 두 채 나오고, 그 집 주인인 나이 든 여자가 두 명 나오며, 상사 겸 언니 같은 인물이 둘 있다. 두 개의 해변이 등장하고, 두 남자가 있다. 무도장도 두 곳이다. 가족도 두 가족이 있다." 이것은 마치 토빈이, 내가 어디에서 어떤 모습으로 살아가든 삶은 비슷한 과제를 준다는, 다시 말해 내가 나인 이상 조건과 환경이 달라졌다고 삶이 달라지지는 않는다는 등골 서늘한 사실을 말하는 것만 같다.

이 책의 열린 결말에 관한 토빈의 해설에서도 그가 시도했던 단순한 글쓰기, 여백의 글쓰기와 일맥상통하는 점을 찾을 수 있다. "이 책은 사건의 한가운데에서, 다시 말해 이야기가 끝나고 삶이 시작되는 대목에서 끝난다. 독자의 과제는 나머지를 채우는 것이다." 결국 이 책에서 말해지지 않은 여백이나 열린 결말에 대해서는 독자마다 다르게 반응하고 해석할 수밖에 없는데, 그 가능성이 독자들에게 더욱 큰 여운을 남길 것이다.

콜럼 토빈 역시 아일리시처럼 에니스코시 출신이다. 그는 유서 깊은 집안에서 태어났는데 그의 아버지는 지역 학교 교사였고, 할아버지는 아일랜드 공화파 형제단 단원으로 잉글랜드 지배에 항거하며 시민 불복종 운동을 하다 두 번이나 옥고를 치렀다. 토빈은 "열두 살 때부터 스무 살 때까지 날마다" 글을 썼다. 더블린 유니버시티 칼리지 졸업 후 바로 바르셀로나에 건너가 4년 동안 영어를 가르쳤지만, 이 시기에는 그곳의 흥분된 분위기에 취해 글을 못 썼다고 한다. 토빈이 다시 펜을 잡고 작가로서 경험을 쌓기 시작한 것은 바르셀로나에서 돌아온 후였다. 그는 잡지 기획자로 경력을 시작해 시사 잡지를 편집하다가, 1985년 더블린의 《선데이 인디펜던트》로 자리를 옮겨 칼럼니스트가 되었다. 아르헨티나와 스페인 여행기를 쓰다가 1990년에 첫 소설 『남쪽The South』을 발표했다. 이 데뷔작은 아일랜드 타임스 문학상을 받았다. 두 번째 소설이자 고향 에니스코시를 둘러싼 허구 세계를 창조한, 1992년 작 『불타는 황야The Heather Blazing』는 『브루클린』을 위한 서막이라고 할 수 있다. 이 작품은 영국작가협회가 작가들의 두 번째 작품에 수여하는 앙코르상Encore Award을 받았다. 1996년에는 아르헨티나를 배경으로 한 『밤의 이야기The Story of the Night』를 발표했다. 이후 다시 에니스코시를 배경 삼아 쓴 소설 『블랙워터 등대선The Blackwater Lightship』은 1999년 부커상 후보에 올랐다. 헨리 제임스에 관한 허구적 초상인 『거장The Master』 역시 2004년 부커상 최종 후보에까지 올랐으나 아깝게 수상에 실패했다. 그러다 여섯 번째 소설인

『브루클린』으로 마침내 2009년 코스타상 최우수 소설 부문을 수상했다. 현재는 스탠퍼드대학교와 프린스턴대학교에서 문예 창작을 가르치고 있다.

『브루클린』은 콜럼 토빈의 작품으로는 국내에 처음 소개되는 책이다. 혹시 독자들에게 조금이라도 도움이 될까 이런저런 정보를 두서없이 주절거리긴 했지만, 사실 이 작품에 관해서는 긴 이야기가 필요 없다. 『브루클린』은 재미있다. 쉽고 소박하지만 무게가 있다. 이 작품은 책장을 덮을 무렵에, 그리고 책을 덮고 난 뒤에는 더욱 충격적으로 다가온다. 『브루클린』이 코스타상 수상작이니만큼 이 작품에 대한 비평과 찬사는 수없이 찾아볼 수 있었다. 그 가운데 나의 독후감을 적절하게 대신할 문장을 딱 하나 고른다면, 《선데이 타임스》에 실린 이 문장을 꼽겠다. "토빈을 읽는 것은 한 번씩 작은 붓질을 거듭해 갑자기 충격적인 효과를 주는 그림을 완성하는 화가를 보는 것과 같다."

이 책을 읽으면서 아일리시와 함께 울고 웃었다. 가족, 언니, 암담한 실업 상태, 이민 초기의 타향살이, 까닭 없이 모든 게 서러운 신입 시절, 진짜 사랑인지 의심되는 사랑, 한밤중에 화들짝 깨어나서 절감하는 청춘의 막막함, 고향을 다시 찾은 낯선 느낌, 서서히 고향이 다시 익숙해질 때쯤 그 조화로움 위에서 문득 지질해 보이는 도시의 삶, 애써 치장했지만 결국 초라해지고 마는 위선……. 잊었던 많은 것들을 『브루클린』은 다시 불러냈다. 그렇게 살아난 기억들에 동반된 복잡한 감정 속에서, 미소를 자아내는 작가의 따스한 시선과 유머가 한편으로는 가슴을 말랑하게 만들고 정신을 무장 해제해 버리는 바람에, 어디쯤에 이르러서는 그냥 엎드려 울고 싶어지는 것이었다. 나에게 『브루클린』은 돈도 백도 줄도 없는 청춘을 위한 찬가, 세상 곳곳의 수많은 아일리시에게 보내는 따뜻한 응원이었다. 삶의 신산함에 몸서리가 쳐질 때, 언젠가 다시 아일리시를 생각하게 되지 않을까. 허락되지 않은 것을 감히 바라지는 않되, 원하는 것을 삶이 허락하지 않을 때는 훌훌 털어 버리는 또 다른 용기와 의연함을 보여 주었기에……. 요절한 어느 시인은 "모든 것은 순식간에 지나가고, 지나간 모든 것은 아름다워진다"라고 했다. 그러나 먼 훗날 돌이킬 오늘이 정말 아름답고 소중하게 느껴질지, 아직까지 나는 장담하지 못한다. 다만 씁쓸한 경험을 추억으로 갈무리하면서 "이 일을 떠올리며 웃을 때가 올 거"라는 아일리시의 믿음처럼, 오늘을 돌아보며 웃을 여유가 생기리라는 건 확실하다.

옮긴이 오숙은

1965년 제주에서 태어나 서울대학교 노어노문학과를 졸업하고, 브리태니커 편집실에서 일했다. 현재 전문 번역가로 활동하고 있으며, 옮긴 책으로는 메리 W. 셸리의 『프랑켄슈타인』, 움베르토 에코의 『추의 역사』, 『궁극의 리스트』, 니코스 카잔차키스의 『러시아 기행』, 『토다 라바』, 조르지 아마두의 『도나 플로르와 그녀의 두 남편』, 헬레나 레킷과 페기 펠런의 『미술과 페미니즘』, 앤드루 파커의 『눈의 탄생』, 시배스천 폭스의 『바보의 알파벳』, 콘웨이 로이드 모건의 『스탁』, 마틴 캠프의 『보이는 것과 보이지 않는 것』, 앤 기번스의 『최초의 인류』, 이언 피어스의 『티치아노 미스터리』 등이 있다.

브루클린

초판 1쇄 인쇄 2026년 3월 3일
초판 1쇄 발행 2026년 3월 25일

지은이 콜럼 토빈
옮긴이 오숙은
펴낸이 김선식

부사장 김은영
콘텐츠사업본부장 임보윤
기획편집 김보람 **책임편집** 김영훈 **디자인** 박영롱 **책임마케터** 최민경
콘텐츠사업2팀장 김보람 **콘텐츠사업2팀** 박하빈, 채윤지, 김영훈, 박영롱
마케팅사업1팀 이고은, 지석배, 최민경, 김은지 **홍보1팀** 김민정, 홍수경, 변승주
브랜드사업본부장 정명찬
브랜드홍보팀 오수미, 서가을, 박장미, 박주현 **영상홍보팀** 이수인, 염아라, 이지연, 노경은
저작권팀 성민경, 이슬 **편집관리팀** 조세현, 김호주, 백설희
재무관리팀 하미선, 임혜정, 이슬기, 김주영, 오지수
인사관리팀 강미숙, 김재경, 김혜진, 김주림, 황종원
제작관리팀 이소현, 김소영, 김진경, 유미애, 이지우
물류관리팀 김형기, 김선진, 주정훈, 양문현, 채원석, 박재연, 이준희, 최대식

펴낸곳 다산북스 **출판등록** 2005년 12월 23일 제313-2005-00277호
주소 경기도 파주시 회동길 490
대표전화 02-704-1724 **팩스** 02-703-2219 **이메일** dasanbooks@dasanbooks.com
홈페이지 www.dasanbooks.com **블로그** blog.naver.com/dasan_books
종이 스마일몬스터 **인쇄** 한영문화사 **코팅 및 후가공** 평창피엔지 **제본** 국일문화사

ISBN 979-11-306-7532-9 (03840)

다산북스(DASANBOOKS)는 책에 관한 독자 여러분의 아이디어와 원고를 기쁜 마음으로 기다리고 있습니다.
출간을 원하는 분은 다산북스 홈페이지 '원고 투고' 항목에 출간 기획서와 원고 샘플 등을 보내주세요.
머뭇거리지 말고 문을 두드리세요.